命运有无限种可能

# THE INVESTIGATOR

永城◎作品

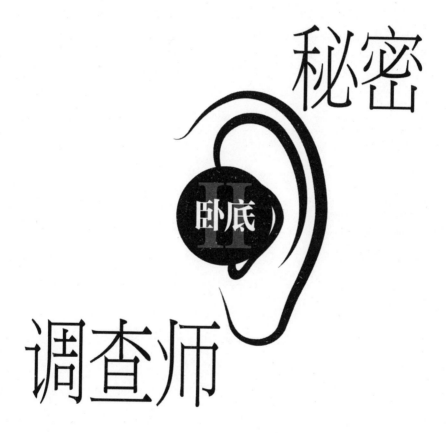

秘密

卧底 II

调查师

Ch FIC YONGCHEN
Yongcheng.
Mi mi diao cha shi.

作家出版社

秘密调查师

# 目录
Contents

　　上次为《秘密调查师》写序是 2010 年的初冬，在由北京飞往莫斯科的航班上。七年之后，为《秘密调查师》的再版写序，仍是在飞机上。这次是由北海道飞往北京，舷窗外的北国大地又是白雪茫茫。也不知我有多少时间是在飞机上度过的。早年是漂洋过海求学谋生，然后是肩负着公务四处奔波，现在则是全职码字的闲云野鹤。无论调查报告还是小说，加起来总有十几万字是在机舱里写就的。看来，不管从事何种职业，注定是一个漂泊的人生。

　　转眼离开商业调查已有数年。但既是为《秘密调查师》作序，总要再提一提那"神秘"的行业。

　　每当有人让我从《秘密调查师》里挑一句最具概括性的话，我总是不假思索地选出这一句：

　　　　我们的产品，是秘密。值钱的秘密。

　　这是小说中充满神秘感的 GRE 公司中国区老大对前来面试的年轻女子说过的话。这两个人物自然都是虚构的，就像这小说中的大部分人物和情节。但生动的故事往往来自真实的素材。比如，作为中国区的领导，我也曾面试过许多踌躇满志的年轻人。他们大多从中外名校毕业，拥有数年的金融、媒体或法务的工作经验，但对商业调查一无所知。因此目光里总是交织着忐忑和兴奋。他们希望加入的，是鼎鼎有名的"华尔街秘密之眼"——全球顶尖的商业调查公司。其数千名员工,隐藏在六十多个国家的金融区摩天楼里,秘密执行着数百起商业调查项目。他们为投资者调查未来合作对象的背景和信誉,为遭遇欺诈的公司找出销声匿迹的罪犯,为陷入经济纠纷的客户寻找对手的漏洞和把柄,另有一些为 VIP 客户提供的隐秘服务,是公司里大部分员工都不知道的。

十几年前,当我心情忐忑地接受面试时,对此行业同样一无所知。参与了数百个项目,走过十几个国家,顶过南太平洋的烈日,也淋过伦敦的冻雨,在东北的黑工厂受过困,也在东京的酒店避过险。在积累了许多经验之后才真正明白,一个商业调查师到底需要什么。面对那些拥有傲人简历的面试者,我总要问一个问题。这问题和英美名校的学历无关,和硅谷或华尔街的工作经验也无关。那就是:

应对一切可能性,你准备好了吗?

我这样问,因为我也曾被问到过同样的问题,并不是在面试时,而是在更尴尬也更紧迫的时刻。

那是在大阪最繁忙的金融区,一家豪华饭店的餐厅里。

"老兄,你准备好了吗?"

问我问题的,是个铁塔般巨大的西班牙裔男人,短发,粗脖子,皮肤黝黑,戴金耳环和金项链,体重起码有三百斤。若非见到他的名片,我会当他是西好莱坞的黑帮老大。可他并非黑帮,他叫 Mike,来自洛杉矶,是国际某知名律师事务所的合伙人。他身边是个身材娇小的西裔美女,那是他的私人秘书,他身后则是四名人高马大的保镖:两名白人,两名日本人,表情严峻,严阵以待。Mike 低头凑近我,补充道:"他们几个都带着家伙!"

我摇摇头。一个小时之前,我才刚刚在关西机场降落。民航不会允许我带"家伙"搭乘客机,即便允许,我也没有。

Mike 也摇摇头,脸上浮现一丝不屑:"没人告诉你吗?今天要见的证人,有可能是很危险的。我们不知他打的什么主意。但我们知道,他有黑帮的背景!"

这是一桩拖延了数年的跨国欺诈大案。骗子拿着巨款销声匿迹,直到三天前，Mike 在日本的同事接到了匿名电话举报，声称见到过他。听声音举报人是女性，日语并不纯熟，操着些中国口音。同事在电话中说服她和我们秘密约见。我和 Mike 就是为了这次会面，分别从北京和洛杉矶赶到大阪来。时间地点由对方定，我们严格保密，尽量减少随行人员。

Mike 的顾虑并不是多余的。销声匿迹的诈骗犯可不喜欢被人一直追踪，为了警告律所和调查公司不要插手，以"举报"为名把接头人约到僻静处"灭口"，也是发生过的。Mike 无奈地看着我，抱起双臂说："我给你半小时做准备。半小时后，我们在酒店大门见。"

重温一下项目背景：被骗的是一家美国金融企业，骗子和日本黑社会有染。Mike 的律师事务所受聘为美国企业尽量挽回损失，而我所就职的公司协助 Mike 的律师事务所，在全球追查骗子的行踪。半小时之后，我将同 Mike 在他的保镖和本地律师的陪同下，去接头地点和举报人见面。对于这位神秘的举报人，我们一无所知。她曾在电话里声称是那骗子的情人。但，谁知道呢？

半小时，我能做什么准备？举目四望，酒店门外有一家便利店，想必是不卖枪的。就算卖，我也不知怎么用，或许比没有更不安全。我回到十分钟前刚刚入住的酒店房间，取出手提电脑，给在北京的同事发了一封邮件，简单做了些安排——如果我发生了意外，请帮我……

写完那封具备遗书功能的邮件，我微微松了一口气。举目窗外，是一条被樱花淹没的街道，身穿和服的女人们，打着伞在花下拍照。原来竟是樱花怒放的季节，之前竟然丝毫也没注意到呢。

生活是美好的，但危险无处不在。作为一名商业调查师，危险似乎就更多一点儿。母亲因为我的职业抱怨过很多次：不务正业！在她看来，一个获得斯坦福硕士的机器人工程师，就该毕生研究万人瞩目的人工智能，改进那些我曾经研发的"蟑螂机器人"——那是我研究生时的课题：为丛林作战设计的仿生学机器人——穿越各种气候和地质条件下的丛林，深入敌人腹地，拍照，监听，执行其他更为秘密的任务。

毕业十几年之后，深入"腹地"的却并不是那些"蟑螂机器人"，而是我自己——整天西服革履地出入全球各地的高级写字楼，同银行高管和企业家们打着交道。我远离了机器人和人工智能，被众多的合同、账务、新闻、八卦、公开的和不公开的信息，还有无处不在的蛛丝马迹所淹没。

母亲一辈子做学问，无法量化商业咨询的技术含量和价值。一切用不上数理化公式的营生，她都当作不大正经。后来我辞了职，专心写起小说来。母亲就更失望了："你凭什么能写小说？又不是文科出身。而且，想象力又未必出众。"我不敢言语顶撞，只在心中默默辩解：没有经历，哪来的想象力？

因此，凭着当年寒苦的漂洋，在硅谷设计和生产机器人，以及之后走遍世界的调查师经历，想象力似乎真的日益发达了。那些匪夷所思的调查，跨越国境的历险，生意场上的尔虞我诈，绞尽脑汁的陷阱设计，高科技伪装下的原始冲动，被财富和欲望撕扯的情感和良知，就这样跃然纸上了。

当然，事实毕竟是和小说有所不同的。商业调查通常并不如小说里那般惊心动魄，正规公司的从业者也绝不会轻易踏入法律和道德禁区。而且这一行最需要严谨，容不得半点儿的牵强和不实。所以专业调查师会补充说："如果无法证明是真相，秘密一文不值。"

不过，前文所述的"大阪"经历却并非虚构。之所以要写这样一篇序，正是为了向读者透露一点儿藏在小说背后的真实情形。只不过，此类"情形"并不多见，而且只有资深人士才会亲自涉险，绝不会把既敏感又危险的任务推给普通员工。至于那次经历的结果：瞧，我还健在呢！至于其他细节，抱歉，那可不能直接透露。正如这部《秘密调查师》里写到的诸多"秘密"，是要经过了小说式的加工才能见人的。

说不定您手中的这部小说，就已经把谜底告诉您了。

2017 年 11 月 2 日
于札幌飞往北京的航班上

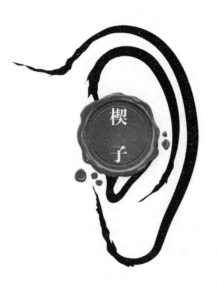

楔子

梦魇

娟儿的四周，是死一般的寂静。

微微的一点光，让她隐约看出这是一条地道，只够一人勉强通过。四周都是裸露的泥土，空气中弥漫着令人作呕的土腥气。

这是哪里？娟儿想不出。不记得怎么进来的，前因后果都记不得，只觉又湿又冷，四周狭窄得转不过身，胳膊和腿都受到约束，又麻又酸，就像用一个姿势睡了太久。

一瞬间，娟儿又感觉自己似乎正平躺着，双臂平放体侧，脊背硌得生疼。这是她惯用的睡眠姿势。难道是在做梦？也许正躺在公司宿舍的床上，褥子抽掉了。本打算今天洗的，不记得洗了没洗。

但那只是一瞬间。瞬间之后，她还是在地道里。

在东北，其实地道一点儿不稀奇。听老人说过，几十年前，为了防范"苏修"老毛子，到处都挖洞搞人防。娟儿上班的工厂也有一条，据说入口就在办公楼的地下室里，只不过常年锁闭，似乎大伙都只是听说，还没人真的进去过。难道，自己正在办公楼下的地道里？这厂子远离城镇，厂墙外是几十里的大野地，地道的另一头，又能通到哪里？

娟儿想迈步，腿却使不上劲儿，好像突然间不存在了。低头看看，腿脚都好好的，像是被谁施了魔法，就是不能往前走。前面有啥？娟儿向着地道深处瞭望。隐隐约约的，好像有个人影，身形丰腴，走路一扭一摆的。怎么那么眼熟？

是常姐！对了！今天本来就是跟着常姐出来的。

娟儿猛然想起来，今天是周末，自己跟着常姐去了温泉旅馆。常姐是娟儿的领导，财务总监，全厂公认的大好人。从国企到私企再到合资，员工换了几拨，常姐从没跟谁红过脸。对娟儿就更好，亲妹妹似的，洗温泉这样的美事儿，总不忘带上娟儿。她们午后出发，走的高速公路，傍晚到达温泉。一起吃农家菜，喝温过的黄酒，飘飘欲仙。娟儿本不想喝酒，可又不敢推辞，怕让常姐看出自己的心事。

这心事可真让娟儿为难，简直是如坐针毡！娟儿突然明白过来：迈不开步，兴许是自己心里不想往前走，不想跟上常姐。娟儿真的后悔，昨天不该摸常姐的大衣口袋。本来只是找抽屉钥匙，通常就在那只口袋里。都怪她平时和常姐太熟，找个东西都不用打招呼。没想到却翻出银行转账单！三千万美金，从公司的账户汇到香港！按照公司规定，出款都要经过娟儿核对。可这三千万，她一点儿都不知道。难道常姐在贪污？

要是在以前，娟儿必定假装没看见。反正单子在常姐衣兜里，又没放在她眼皮底下。可现在不同了。就算常姐待她再好，她也不能视而不见。因为她的世界里多了一个人——维。

别人都叫他维克多，或者伊凡诺夫先生。娟儿不喜欢那些称谓，他又不是语文课本里的人物。维其实非常和蔼，体贴入微，和娟儿周围的所有人都截然不同。他是黑白照片中的一团炽烈色彩；掺入烈酒的浓咖啡，放了许多糖，粗狂醇厚，又甜又辣又苦。在县城的酒店房间里，他先把她奉为公主，再像野兽般把她撕碎，在冰天雪地之中，带来夏天的狂风暴雨。在公司里，他们却像陌生人一样互不理会。维是俄方派驻的副总经理，负责合资企业的运营。说是合作，实为暗战。俄方经理和中方小会计本不该有什么交集。中方领导不能容许，他在俄罗斯的老婆恐怕更不能容忍。娟儿知道没有未来，因此才格外珍惜现在。维的任期是三年，娟儿还有两年半的时间。剩下的时间弥足珍贵。

可是，公司账户里的巨款不翼而飞，维却还蒙在鼓里。等到下次审计时发现了问题，恐怕一切为时已晚。作为俄方派驻的领导，他将面临什么？带着耻辱回俄罗斯去？县城酒店的约会必将提前结束。不！娟儿不要这一切结束得这么快！她得把常姐的秘密告诉维！

娟儿打定了主意，想要转身往回走，身体却还是不听使唤。不仅如此，土壁突然开始收拢，瞬间夹紧她的身体！娟儿大惊，想张嘴求救，却又发不出声音，嗓子里好像塞着棉花。土壁继续移动，越夹越紧，土腥味也越来越浓。有东西正从穴道顶端盘旋垂落，面条般的，根根倒挂，细长柔滑，不久蠕动至眼前。不是面条，是细长的虫子！娟儿浑身战栗，心中却突然醒悟：这是在做梦吗？

这念头让娟儿平静了些，因此更加明确，这的确是个噩梦，只是一时醒不过来。娟儿再次感觉到自己正平躺着，双手放在体侧。身体不听使唤，想翻身却翻不过来。她应该正躺在宿舍的小床上，地道和虫子其实都并不存在。

等等……她不该在公司寝室里的。不是跟着常姐到了温泉旅馆？最后的记忆是在餐厅，窗外雪花纷飞。温吞吞的黄酒让娟儿头重脚轻。为何如此不胜酒力？赶快醒过来吧！这梦境实在可怕！地穴的土壁继续挤压，潮湿的腥气愈发浓重，蠕动的白虫眼看就要钻进鼻孔了！娟儿拼命挣扎，想让自己醒过来。醒过来就好了！地道、白虫，一切都将消失！醒过来！

娟儿右手狠狠撞上冰冷的硬物，手背一阵剧痛。瞬间恢复了意识，梦境霍然消失了。

娟儿赶快睁开眼，眼前却还是漆黑一团，连梦境中的一点光也不见了。

这是在哪儿？肯定不是在宿舍里。怎会比梦里更黑更冷也更憋闷？娟儿猛吸一口气，鼻腔里立刻充满细小尘埃，土腥味比梦中更重。娟儿竭力睁大眼睛，眼前仍是漆黑一团。难道是失明了？娟儿心中大骇，猛抬手臂，手背再次撞上硬物。再抬左手，还是撞。右脚、左脚、肩膀、额头……处处都撞！她似乎有点儿明白了：这里并非地道，却比地道更狭小，四壁冰冷坚硬，氧气正在减少。这里到底是哪儿？难道还在梦里？

不可能。娟儿比任何时候都清醒。她醒了，却什么也看不见。四周是冰冷坚实的木壁，死死将她围困，仿佛有一双无形之手，正掐住她的脖子。她快要憋死了！巨大的恐惧瞬间将她吞噬。她尖声喊叫，声音弹回自己耳中，好像把头闷在水缸里。她竭尽全力用双肘撑向四壁，徒劳！用双膝，徒劳！用头、肩膀，都是徒劳！木壁仿佛生了根，纹丝不动。她眼冒金星，头晕目眩，胆战心惊！她最后一次使出全力，挣扎却仍是徒劳。

残留的能量瞬间消耗殆尽，剩下的是无边的绝望。

是常姐！

这念头突然钻进娟儿脑子里。空气越来越稀薄，娟儿的大脑却瞬间水洗般的清澈。她浑身的肌肉开始剧烈痉挛，因为缺氧，因为恐惧，也因为愤怒。她拼命张大嘴，却再也感受不到胸肺的运动，能感受到的，只有眼球就要鼓出眼眶，只有意识的渐渐远离。

娟儿用尽最后一丝气力，张嘴想说些什么，却再无气息进出。

漆黑的四周，终于恢复了死一般的寂静。唯有一滴泪，留在娟儿腮边。

李娟也许永远不会知道，此刻自己正躺在一副被钉死的小棺材里，棺材被埋入新挖的土穴。棺材之上是新填的厚土，厚土之上是一片密林。漆黑的密林中，细雪正悄然飘过枯枝断木。

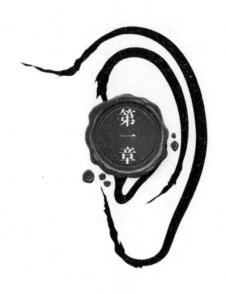

第一章

纯然天成

1

一周之后，一千公里以南。

2010年的最后一天，夜幕初降，北京城正被寒冷的雾霾笼罩。中国大饭店的自助餐厅却春意盎然。这家五星酒店的豪华餐厅里从不缺少光鲜靓丽的客人。但今晚，耀眼的客人却似乎只有一桌——餐厅正中落座的五位女客，不仅使周围穿梭的中外女士们相形见绌，就连酒店的华美装潢也黯然无光了。

五位小姐芳龄均在二三十岁之间，容貌是五星级的，身材八星。五位中的四位雍容华贵，珠光宝气，仿佛步上红毯的影后；另一位却衣着平平，风尘仆仆，乍看就像旅行中的大学生，但细看却也姿色出众，气质不凡。五人谈笑风生，旁若无人，好像舞台上的主角，镁光灯打在头顶。四周一片黑暗，藏着无数眼睛，好奇，嫉妒，贪婪。

就在"舞台"边缘，坐着这样一位"男观众"，有个明显特征，胖。

他坐着，仿佛大小两只球。小球好像大球生出的肉瘤子，生的过程并未彻底完成，两球互相嵌套，找不到能称作"脖子"的部位，幸亏有领带和金链子来定义。金链子有手指那么粗，给他算是项链，若给旁边倒水的小弟，就能当裤腰带。

胖子叫黄金龙，是吉林金合股份有限公司总裁。金合有两家镍加工厂，统共两三千员工。虽然拥有挂着金链子的双球身材，黄老板却并非黑社会。他是民营企业家，至少他常这样称呼自己。当然黄老板认识黑社会，但他也认识公安局的。

黄老板管理有方，人缘儿自然也不差。其实这也是他自以为的，因为三千工人没人敢不尊敬他，至少当面不敢。胆敢当面不尊敬他的只有他老婆。老婆以前美得一塌糊涂，黄老板自卑得一塌糊涂，需靠金链子增加信心。如今老婆又老又肥，黄老板也就不再自卑了。当然，金链子也戴习惯了，不愿意摘了。

其实在黄老板看来，"舞台上"的美女也没啥大看头，一身行头而已。比妖气，东北的小姐才叫火爆。瞅瞅周围那些男人，眼珠子都快掉下来了，其实北京人更没见过世面。要说值得多看两眼的，倒是五个里最素的。牛仔裤，白衬衫，头发随便扎了个马尾，没烫也没染，珠宝首饰一概没有，就连口红也懒得抹。人再多点儿，压根瞅不见她。

可黄老板瞅见了，而且多瞅了好几眼。

这女人眼睛里有汪水，细脖颈子上有一抹光。原汁原味，纯天然。头发也不错，乌黑柔亮的，要是能扎成个大辫子就更棒。黄老板没上过高中，却喜欢过下乡的高中生。初恋。那年他18岁。不敢说，只敢偷偷瞅。那个年代，没口红也没长筒丝袜，只有淡淡的南方口音。原汁原味。

可黄老板是来北京开会的，不是来泡妞的。泡妞哪儿都可以，技术年会却必须到北京的中国大饭店里开。不然他才不来吃这不中不洋的自助餐。与会嘉宾都在这儿吃，包在会议费里的。

黄老板不喜欢开会，尤其是以学术为名的会，坐会场比坐经济舱还别扭。在他看来，其实与会的也没几个真懂学术的。可他不来不成，还得西装领带，憋得浑身冒热气，好像蒸锅里的粽子。黄老板是金合的总裁兼大股东，却并非幕后大老板。大老板不方便亲自抛头露面，却很方便对黄老板发号施令。开会就是开会，不能泡妞。北京的妞也不好泡。这里的水看着清，可深。越清越容易淹死人，不如视而不见。黄老板起身再去拿吃的。满桌子花花绿绿，没个入味儿的，真糟蹋东西。

"啊！"

黄老板背后轻轻一声惊呼。黄老板忙转身，像陀螺被抽了一鞭子。

"纯天然"正手捧白瓷碟子，皱着眉往地上看。地上有个手机，电池和机身分了家。

黄老板没犹豫，赶快弯腰把手机和电池捡起来，却并不急着还给人家——得先把电池装回去。手机太小，手指头太粗。"纯天然"乖乖站在旁边等，乖得像个班主任身边的小学生。黄老板把手机递给她。她连说了几声谢谢，没敢抬眼皮。黄老板指指她手中的盘子："那蛋糕甜吗？"

她扑哧一笑，眼睛里那汪水险些溢出来："这是苹果派。甜，不过是无糖的。"

黄老板也嘿嘿笑。在他看来，切成三角形的不是发糕就是蛋糕。无糖还能甜？有她说话的声音甜？也带着点南方口音呢！不像东北娘们说话侉得像牲口。她的声音像是小猫爪子，在黄老板心里挠了挠。

黄老板回到自己座位。几个女人聊得更欢，就属"纯天然"最乖，藏在她们之间，低着头吃东西。真是一点儿也不显眼，就只有黄老板看得见。

是时候去机场了。黄老板起身穿大衣。再过几个钟头就到家了。家里有伺机不尊敬他的老婆，让他想起来就心烦。好在上海分公司开张了。新开张业务忙，总得再添些人手，比如一个漂亮的女助理，最好也能原汁原味。上海是个好地方，缺不了人才。

黄老板起身离开餐厅。五个女人继续欢声笑语，没人多看他一眼。今晚的"男观众"又不止他一个。远处墙角里就有这么一位，三十多岁，衣冠楚楚。位置偏僻不起眼，加之灯光昏暗，不仔细看看不出人有多精致，简直堪比品牌店门前挂的模特广告。他在这里坐了一个小时，一动不动。盘子里只有三片水果，他还没碰过，根本没打算碰。五分钟之后，他买了单，起身走出餐厅。

"走吧！该散伙了！"五个女人之中的一个说，眼睛瞥着精致男人的背影。

"这回谁中标了？"另一个问。四人齐齐把目光投向穿牛仔裤的女孩。

"中什么标？"女孩一脸迷惑。

"没人告诉你今晚干吗来的？"四人面露惊异之色。

"不知道。Jack没说。就说必须七点之前赶到。我衣服也没换就上飞机了。没想到你们都穿得这么漂亮！"

"不要开玩笑了！当我们是瞎子？"另外四个女人互视着诡笑。

"什么啦？我真的不知道。你们倒是告诉我，让我来北京干吗？"

"老板不说，我们也不能说喽！"

"不说拉倒！"女孩耸耸肩，嘻嘻一笑，把一粒红樱桃丢进嘴里。

▽ 2

十分钟后。晚上九点，国贸办公楼 A 座。

若在平时，这京城最高端的写字楼过了午夜依然灯火辉煌。但今晚是新年前夜，整栋大厦终于漆黑一片，唯有顶层四角的红色警示灯在缓缓闪烁。

然而，这栋大厦却并非彻底的人去楼空。就在 38 层，GRE 北京分公司走廊最深处的某间办公室里，还有一盏台灯正亮着。只不过那房间的百叶窗帘闭得很严，正如同这公司所有其他窗户一样，日夜阻挡着光线的出入。

GRE，Global Risk Experts。全球风险专家。

在这一层，还有另外两家全球知名的跨国企业：一家律所、一家会计师事务所。两家公司的门面都很气派，与其高端的国际风范相匹配。GRE 却截然不同——不起眼的玻璃门藏在楼道拐角处，只有门牌号，没有公司名称或 Logo。其貌不扬，身份不明，就像哪家公司并不常用的后门。

不起眼的玻璃门却是用加厚的防弹玻璃制成的。门口装有更不起眼的指纹识别器，严格监控记录每一次人员出入。如此同样的防弹玻璃门，里面还有一扇，也配有指纹识别装置，出入要求就更加苛刻。只有获准走进里面那道门，再经过一条狭长的走廊，方能见到一些大公司的样子：宽阔的办公大厅，密布的桌椅书架，还有繁琐的电子设备。那狭长的走廊两侧排列着许多房门，除了领导们的办公室之外，还有各种具备神秘功能的房间。其实与本层的其他公司相比，这家才是名副其实的"业内全球顶尖"。只不过，没多少人了解这个行业：秘密商业调查。

亮着灯的办公室就在办公大厅的最里侧，与密布的桌椅稍稍隔出一段距离。办公室的门牌用英文写着：

Steve Zhou, MD, Office Head
（Steve Zhou，执行董事，北京办公室负责人）

　　十分钟前离开中国大饭店自助餐厅的精致男人，此刻正端坐在办公桌前，手持电话，脸在幽暗的台灯光下显得格外严峻。

　　"她知道今晚的任务是什么？"精致男人的声音，如表情一样的阴沉严肃。

　　电话那端稍稍迟疑："我告诉她谁是目标人了，按照您的指示。"

　　"没让她换套衣服，化化妆？"

　　"时间太紧张了，我怕她赶不上飞机……"对方有点儿紧张，唯唯诺诺地辩解。

　　"这样更好，就是她了。"Steve 的语气不容置疑。对方却大吃一惊："您说谁？ May？您确定吗？"

　　"你怀疑我的判断能力？"

　　"不！我……我只是说，其他几位都是北京和香港办公室的资深……"

　　"但 May 已经是高级调查师了，对不对？"

　　"可……她是上周刚提升的，又从没有过实地调查的经验，第一次就直接参与这么重大的项目，会不会风险太……"

　　"Jack！"Steve 的声音简短而有力。电话那端立刻安静了。

　　"我相信你的能力，因此相信你的团队，包括 May。否则不仅你不会是 GRE 上海的总监，她更不会是 GRE 的高级调查师。"

　　Steve 挂断电话。没有结论。他的语气即是结论。

　　Steve 轻轻移动鼠标，电脑屏幕上出现一份人事档案：

　　GRE 上海办公室人事档案：

　　姓名：May Liu

　　姓名（中文）：刘思梅

　　性别：女

　　出生日期：1983 年 5 月 28 日

　　职务：高级调查师

　　入职时间：2010 年 10 月 20 日

　　直接负责人姓名及职务：Jack Yu（总监）

　　……

　　文件上还附了一张照片，女孩正甜甜地微笑。被选中的是她？

Steve 眉头轻蹙。以他十几年的调查经验，这结果的确让他有些迷惑不解。

这究竟是巧合，还是另有其因？

新年前夜，工体西路灯红酒绿。新世纪复兴的时尚街区正等着一声新年钟声，好彻底疯狂起来。

思梅并不想疯狂，可还是来到这条街上。回上海的航班是明早十点的。三两个久不曾见的朋友，约了到工体西路泡吧迎新。想着也无聊，不过别无选择。其实不仅在北京，即便在上海，她也并无更好的过节去处。思梅生于南方偏僻小镇，父母早逝，在寄宿学校长大，虽有亲戚资助学费，却并不如何亲近。后来思梅到上海读大学，亲戚一家搬去了北方，渐渐少了联络。思梅毕业后，就彻底不相往来了，思梅独自在上海生活。平日工作繁忙，朋友并不算多，能一起团聚过节的就更少。北京和上海其实并无区别。只是这趟北京之行来得突然，让她有些措手不及。

思梅中午才得到 Jack 的通知：放下手里的一切工作，立刻赶往虹桥机场，搭最近的航班飞往北京，抵达后直奔中国大饭店。这是 GRE 中国区负责人 Steve 的指令。任务交代完毕，Jack 稍事停顿，又补了一句："别换衣服，也别化妆。别太显眼。这次任务有风险！"

Jack 是总监，GRE 上海办公室的最高领导，曾经的调查高手，也是思梅的偶像。她期待有朝一日也能像 Jack 一样，在业内小有名气。但 Jack 也是年过 40 的离异男人。他的关心有时候超出领导的范畴。平时思梅只当作没听见，但今天 Jack 的几句叮嘱却让思梅有点儿兴奋：有风险？这该是个什么样的任务？

离敲响新年钟声还有 20 分钟，酒吧里烟气弥漫，人满为患。思梅和几个女友躲在角落，大张着嘴声嘶力竭地聊天，仿佛塞在鱼篓里将要窒息的鱼。谈话始终围绕着男人，那是思梅最缺乏素材的话题。有人问起 Jack，思梅笑着打岔。她并非不愿和朋友提起自己的老板。如果换个场合，话题再换作工作，思梅一定会滔滔不绝。Jack 的本事一直让她引以为荣。但现在这个场合提及 Jack，女伴们别有用心。思梅不禁摸摸牛仔裤兜里的手机，像是要把 Jack 藏得更牢一些——手机上有 Jack 三小时前发的短信：一定低调一点儿！

手机却偏偏在此时狂振起来，好像在故意表示反抗。思梅连忙挤出酒吧。街上灯火辉煌，人流如织。人人脸上皆是兴奋之情。

Jack 忧心忡忡地说："Steve 选中了你！"

思梅心中一阵雀跃："不会吧？"

"你很引人注目？" Jack 的语气里有些责备的意思。

"怎么可能！她们都打扮得跟大明星似的，我就像个乡下人！"思梅极力掩饰自己的兴奋。她知道 Jack 一贯风格保守，不希望让缺乏经验的年轻员工责任过重，一方面会影响项目的质量，另一方面也会给员工带来危险。更何况，这个员工是思梅。

果不其然。Jack 低声说："我去跟 Steve 说，你还没有准备好。"

思梅心中一急："可我准备好了！"

"但你缺乏这种经验！"

"经验是可以积累的。"思梅灵机一动，"再说，你得给我个机会，让我证明你是对的。"

电话那端沉默了。思梅猜测，她的话说到了点子上。两年前，思梅只是本地一家小咨询公司的前台秘书。小公司叫"鑫利"，总共不到十人，业务却五花八门：市场调研，商业情报，尽职调查，账务咨询。号称五脏俱全，其实只是饥不择食。老板是个从政府部门退休的芝麻官，虽有能力拿到一些不太公开的档案，却没能力找到外企客户。公司的核心竞争力是二老板 Jack：外企咨询公司背景，有十几年的商业调查经验。中年离异，事业型男人，在行业内颇有名气。被退休芝麻官忽悠得辞职创业，才发现离开大公司之后，自己的资源价值也跟着大大贬值。只好放下调查专家的架子，硬着头皮做了"万金油"。

思梅是 Jack 亲自面试和录用的。学历一般，成绩一般，但机灵细致，善解人意。Jack 对思梅关爱有加，手把手教她做项目，从前台提拔成咨询师。几个月前，GRE 找上鑫利谈收购。专业国际大公司收购名不见经传的小公司，看似令人意外，其实也有道理：GRE 一直计划在上海建立分支机构，只苦于缺乏管理人才。Steve 对 Jack 早有纳贤之意，之前接触过几次，只不过 Jack 是鑫利的顶梁柱，不好意思自己釜底抽薪。GRE 花 100 万收购鑫利，得到 Jack 和现成的运营团队；退休芝麻官拿着钱退出；Jack 则回归国际大公司，也算皆大欢喜。收购迅速完成，鑫利变成 GRE 上海办公室。Jack 成为 GRE 的总监和上海负责人。大公司的要求和标准都苛刻得多，鑫利原本算不上调查公司，老员工人人自危。多亏 Jack 力保，大部分员工得以被留用，而且破格得到 GRE 的调查师头衔。思梅得到的头衔是中级调查师。

GRE 的调查师级别，在外企咨询公司里算是极端苛刻的。入门的初级调查师，只负责处理基础桌面调查和资料整理工作。若想提升至中级调查师，除了圆满完成本职工作，还要找机会展示自己的特质：比如具备超强的观察分析能力，能从琐碎的细枝末节中发现有价值的线索；拥有特殊的关系网络，能打听到别人打听不到的事情；或者掌握出众的写作能力，妙笔生花。如果以上特质都不突出，至少也需展示过人的效率或耐力，一人能当两三人用，就算速度不够快，起码连续通宵熬夜加班不在话下。即便满足以上种种，也要苦熬几年才有升职机会。

而中级到高级的提升就更难。许多人工作多年，仍迈不上那个台阶。表现不够突出，进步不够明显，缺乏参与重大项目的经验。当然最关键的，是缺乏实地调查经验。实地走访，发展线人，深入虎穴，只能成功，不能失败。风险和难度绝非普通调查师能承担。不够出色的中级调查师，根本没机会尝试，也就永远不会积累实战经验。这是个死循环。北京办公室不乏工作多年而提升无望的中级调查师。

以思梅的经验和阅历，假若直接到 GRE 求职，恐怕连初级调查师都不够格。鑫利被 GRE 收购，思梅顺利得到中级调查师头衔，而且没过几个月，又在年底评估时一跃而成高级调查师，想必 Jack 起了重要作用。这让思梅不仅意外，而且不安。上海办公室足够小，Jack 一手遮天。但天上还有 Steve，在 GRE 中国谁都清楚，Steve 虽不是如来，却堪比齐天大圣，火眼不揉沙子。思梅得尽快让自己名副其实。

"好吧！"Jack 的声音有点儿沉重，"项目名称叫 Gold Sand（金沙），我把具体要求发到你邮箱。"

思梅把手机插回裤兜。金沙，富有冒险和传奇色彩，令人联想到 007 电影。她 27 年的人生虽不算幸福安逸，却也平淡无奇。GRE 的出现带来了异样的光芒，仅仅是其世界领先的精英外企形象就足以令人兴奋。GRE 在上海的分公司，沿用鑫利在浦西租用的小办公室，并没多少精英气质；但思梅也曾到 GRE 北京公司参加过短期培训，对国贸 38 层角落里别有洞天的办公室心驰神往。特殊的行业，秘密的使命，在电脑前查阅那些或有禁忌的信息就已经让她充满兴趣了，即将开始的卧底任务就更是紧张刺激。今晚的其他四位美女，人人资历深厚。唯独她，入门不过几个月。但最终胜出的，竟然是她！这简直令她难以置信，好像中了头彩。对于二十多岁的年轻人，新鲜刺激的诱惑往往远胜对危险的担忧。

危险又有何妨？她有她的理想——有朝一日能像 GRE 的调查专家一样，有精英的外表，福尔摩斯的内心。正像每个刚入行的年轻人一样，思梅对 GRE 的领导们拥有神话般的幻想。Steve 实在高不可攀，Jack 已足够令她崇拜——让全球最领先的公司为了得到他而收购一整间公司！

北京的冬夜格外寒冷，风中夹杂着细小颗粒，不知是雪是雾。思梅此行仓促，衣着过于单薄，此时却不觉得冷，一身清爽。突然之间，伴随一阵巨大的喧嚣，更多的人蜂拥着跑到街上。有陌生面孔对着思梅大叫：新年快乐！

新的一年，就这么大张旗鼓地来了。

13 小时之后，在地球另一侧的纽约时代广场，世界都市之王。

这里的新年钟声比北京迟了整整 13 个小时。但人潮的兴奋却有增无减。礼花正在广场上空盛开，震耳欲聋。帝国大厦顶楼咖啡厅靠窗的位置，坐着一男一女。礼花仿佛就在两人眼前爆裂，把耀眼的光芒铺洒在他们脸上。

男的是个身材瘦小的白人老头，金发碧眼，额头和眼角皱纹密布，不论容貌和表情，都令人想到爱因斯坦。女的则是华裔，年龄三十上下，面容姣美，皮肤白皙，黑发绾成传统的髻，仿佛古画中的冷面美人。

"谢小姐，我很抱歉。不该让您这么年轻漂亮的女人，把这本该狂欢的时光，浪费在我这个糟老头子身上。"金发男人侧目看着楼下密集的人头，一侧的嘴角微微翘起，似笑非笑。

"您太客气了。多亏了有您，我才不会在今天感觉太无聊和寂寞。"女人勉强笑了笑，低垂了目光。纯熟的英语里夹杂了一丝东方人的口音。

"是啊！地球就只是继续旋转，并不在乎今天是哪一天。对吧？"男人直视女人的脸。女人抬起视线，美丽的双眸闪烁着动人的光："您约我来，不是讨论地球自转的吧？"

"哈！当然不。那个让地球自己操心就好！"男人一笑，掉转话题，"真不敢相信，你还在美国。"

"我没什么可去的地方。"女人侧目看向窗外，避开男人执着的目光，精美的脸颊绷紧了，映出礼花的斑斓。

"那正好。不然我还没那么容易见到你。"

"为什么要见我？"

"OK，"男人指指窗外，"你知道那是哪里？"

盛开的礼花背后，是层层密布的高楼大厦。女人摇摇头。男人向前凑一凑，降低音量："GRE 全球总部。"

女人顺着男人手指方向一瞥，迅速移开视线，嘴角生出一丝鄙夷。男人暗暗点头：这正是他希望看见的。

"你恨他吗？"

"谁？"

"还能有谁？让你以为得到了重用，然后亲手把自己的丈夫送进……"

女人条件反射般地摇头，面孔因痛苦而扭曲。男人识趣地住口。女人把目光转回来，痛苦的表情竟为她增添了冷艳之色。她漠然注视着他："这些和你，又有什么关系？"

"因为我们有着共同的敌人。"

女人诧异地提起眉毛。男人却并不继续解释，只是微微一笑："你还是暂时离开美国吧。好不好？Yan？"男人掏出一个深蓝色小本摆在桌子上——一本崭新的美国护照。

女人翻开护照。照片是她的，姓名却是她从未听说过的。

"你想让我去哪儿？"

"中国。"

"去干什么？"

"让 Steve 身败名裂。"男人眼中闪过一丝阴险的光。

"我不干。"女人摇摇头，把护照丢回桌子上。

男人耸了耸肩："我还以为你恨他。"

"我的确恨他。不过，我不知道，你为什么也恨他。"

"原来如此！"男人把手指放在唇边，眯起眼睛，"让我讲个故事吧！30 年前，纽约有一位年轻的检察官，他所负责调查和起诉的，都是商业贿赂和欺诈的案子。于是，他发现了一个商机：商业背景调查。因为华尔街很多公司都面临一个困境：当你需要弄清楚谁是骗子的时候，不知道该去找谁帮忙。纽约的私家侦探倒是不少，只不过他们更擅长调查婚外情。那些手段在商业调查里行不通。所以，这位年轻的检察官，就开设了一家公司，给它起名叫 GRE。"

男人稍事停顿，把目光定在女人脸上，像是大夫在观察他的病人。

"那个检察官就是你，对吧？"女人淡淡地说，目光里并无惊讶。

男人点点头："你的功课做得不错。"

"你给我发邮件时，使用了真实姓名。我不会连自己公司——嗯，前公司——的创始人都不知道。特别是一位人人皆知的天才，用了十几年时间，把一家三人小公司变成了数千人的跨国企业。"女人的陈述好像例行公事，并没有丝毫恭维的意思。

"很好。如此说来，我就可以跳过一大段，直接到一年多以前。这位前纽约检察官很信任的一个人——确切地说，应该是他一手提拔的一位副总——耍了个小手腕，把公司从他手中抢走了。一个卑鄙的手腕。所以，那位检察官理应拿回本来就属于他的。不是吗？"男人同样使用淡然的口吻，没有愤怒，没有懊恼，亦没有怨恨。好像那位前检察官所遭遇的不幸，与他也没什么关系。

女人听说过这件事。那是一件有关美国国防安全的大案。前董事长兼 CEO 为了这笔 200 万美金的项目，做了冒险的决定，在巴基斯坦南部葬送了三位 GRE 员工的性命。被害者家属雇用了纽约最好的律师，GRE 不得不赔偿家属上千万美金。与此同时，与前董事长关系密切的东京办公室负责人被查出伪造客户资料和项目，两年之内，欺诈公司数千万美金。骗子从此销声匿迹，GRE 一分钱也没找回来。前董事长又花了几十万美金在账面抹平损失，好歹没有让"全球最顶尖的反欺诈公司遭遇严重内部欺诈"的新闻登上《华尔街日报》。在其他大股东的压力下，前董事长引咎辞职，退出董事会，被迫平价售出大部分公司股份。由他一手提拔的副总经理接替他担任新 CEO。被迫"退位"的前董事长从此销声匿迹，据说心灰意冷，一病不起。可他此刻就坐在她面前，Jason Brown，精神抖擞，目光慑人，微笑着，满脸皱纹里都是黑夜的影子。

"但为什么选中 Steve？"女人问。

"原因很简单。第一，Steve 曾是那位副总经理最得力的臂膀，也是他塑造出来的'明星 MD'；第二，Steve 并不是一只无缝的蛋。"

"你拿到他的把柄了？"

"No。"男人耸耸肩，表情越发神秘，"我只闻到了臭味，可我的眼神不好。蛋上的缝，还得你去找。"

"臭味？"

"是啊！臭极了！足以让他身败名裂。我的嗅觉一向是很准的。"

"可是，你又是怎么知道我的？"

"你看，GRE 毕竟是我创造的。就算不再是董事长，也总归会有些眼线。最近发生在中国的一些项目真有意思，我不得不仔细地进行了研究。"

女人微微点头，然后就沉默了。男人耐心地等着，并不催促，直到她再度开口："我能得到什么？单纯的报复，对我没有意义。"

"你想要什么？"

"我丈夫还在监狱里。"

男人哈哈一笑："你看，我们很快就有了共识！"

女人的表情却愈发严峻："我听说过 GRE 里流传的有关我的评价。不过，我想告诉您，那些评价或许和事实有出入。事实是，我只在 GRE 工作了不到三个月。之前我毫无调查经验，现在也未必有多少长进。不然也不会自己跳进 Steve 的陷阱里。"女人自嘲地苦笑，"所以，我不是你以为的那个我。"

"亲爱的，这些我都清楚。你就是我以为的那个你。"男人直视女人，嘴角保持着笑意，"你已经证明了你的天赋，天才也不是一开始就战无不胜的。"

男人故意顿了顿，飞快地挤了挤眼睛："不过这一次，只要你听我的，我们稳操胜券。"

女人问："我到底需要做些什么？"

　　"我喜欢这样的问题！"男人从大衣口袋里掏出一张照片递给她。照片上是另一个年轻漂亮的中国女孩，"她叫 May。Steve 刚刚把一项重要的任务交给她，是非常重要的任务。"

　　男人故意加重了四个字的语气，眼睛眯起来，眼角裂变出稠密的皱纹，仿佛被一脚踩碎的有机玻璃。

　　又一朵巨大的礼花，在窗外绽放。震耳欲聋。

第二章

金室藏娇

2011年的第一个星期一，是吉林金合股份有限公司上海分公司面试新员工的日子。上午十点，黄金龙的黑色大奔抵达"金蛋大厦"。分公司开业两周，他一共也没来两回。但今天的招聘必须由他亲自把关。

"金蛋大厦"在浦东陆家嘴，黄浦江边上。大厦的学名不叫"金蛋"，可它是金色的，黄老板喜欢，一眼就挑中了。尽管这大厦在建成前，曾经屡次烂尾易主，因此有人说它风水不好。但风水好不好，要看主人的命硬不硬。黄老板的运道的确不差。农村出身，小学文化，但一辈子有贵人旺。三十多年前，黄老板还叫黄砣子。当年就胖，像秤砣。那时也是个人物，不过只限于村里那帮土孩子。吉林通化前进镇黄家村，村里原本没有见过世面的人，直到知青们来了。

其实知青也是一群孩子。虽是孩子，却能分出贵贱，总有领头拔尖的。最拔尖的名叫"红军"，可见势不可挡。不仅名字红，出身更红。又红又专，能说会道。领导喜欢，群众巴结。村里老人说：半大个孩子，就有帝王相。

黄砣子也是领头的，野孩子头。起初还和红军不太对付。但群众拗不过组织，拳头拗不过枪杆子。黄砣子被红军招了安。黄砣子讲义气，为哥们两肋插刀。红军也讲义气，没嫌弃黄砣子没文化。红军果然有本事，官职比年龄长得快。不大个娃，破格成了大队副书记。不久改了政策，知青成群地回城。红军却没回，升了大队书记，安心当了农民头。有帝王相的孩子，远见也是非凡的。城是要回，但回去绝不是当个普通工人。农村包围城市，这本来就是领袖教导的战略。只不过帝王相的孩子必定经历更多挫折：上学提干的机会一个一个擦肩而过。红军的耐心也是常人不能及的，做好打持久战的准备，和黄砣子也更铁了。

又过了几年，黄家村有个小媳妇大了肚子。也是个没回城的知青，南方人，生得白皙精致，人见人爱，黄砣子也喜欢。可喜欢归喜欢，不敢要，那女人出身不好，又嫁了人。长大的黄砣子，虽然一脸土匪相，出身却无可挑剔，又是红军的左膀右臂，前途光明得不得了。那女人的丈夫是当地农民，年纪大她二十岁，身体还有残疾，要不了孩子。可女人毕竟还是大了肚子，是大队文书的——另一个没回城的知青。这才让黄砣子更气：那文书出身也不好，四眼臭老九。平时八脚踢不出半个屁，却偏敢偷偷给人家老婆弄大肚子，还死不承认。黄砣子带人将其揍了个半死，扔在山上。窝囊废就是窝囊废，没给打死，却给冻死了。12月初，山上的雪已经有半尺厚。那女人也没多活几天，难产死了。

黄砣子坐了八年牢，多亏红军托人把他弄出来。当年有帝王相的半大孩子终于熬出了头，不但上了大学，还成了国营前进镍厂的人事科主任，工厂招工，黄砣子得了个名额。别人要用两年的收成换，黄砣子啥都没用。红军讲义气。

国营镍厂业绩不佳，红军搞改革。改了革还是赔，可账上不能赔。地头熟，办事方便，从南方倒点儿烟酒和小电器，赚的钱并不自己挥霍，而是送给领导挥霍。红军转眼成了先进，升得比火箭还快。又五年不到，工厂归了大型国企集团，红军也调了北京，成了集团总公司的领导，黄砣子顺水推舟地升了前进镍厂厂长。可厂子虽然换了壳子，骨子里还是亏损，连着亏了这么多年，外加养肥了几层领导，终于亏损得再也藏不住。领导对黄砣子说：如今都在搞改制！这是改革政策。没过几个月，镍厂改了制，变成股份公司。职工大会持大股，集团持小股。又过了一年，职工大会解散，工龄买断。集团退了股，镍厂彻底姓了黄，改名金合公司，也终于翻身变了盈利企业。黄砣子成了名正言顺的民营企业家。

没过两年，领导又说：成功的民营企业，兼并效益不佳的国有企业，应该鼓励！

长山镍业，距前进镇150公里，现成的大国企，现成的连年亏损，黄总则是现成的成功民营企业家。2010年秋天，长山镍业也姓了黄，成了金合公司的子公司。黄总果然功夫了得，连俄罗斯老毛子都瞪眼：三千万人民币的收购额，变戏法似的就到了手，繁琐的章程和手续，没俩月一切搞定。这就是"关系"。翻译瞪圆小眼拼命张大嘴，用口形向俄方代表强调这两个字的重要性，好像嘴里含着金元宝。在中国做生意的老外都知道"关系"，简直就像如来真经——看似有理，表面浅显，实则深奥，法力无边。

米莎集团，俄罗斯的大型上市公司，早看中了长山镍业。米莎集团的主业是在俄罗斯加工钢铁，镍盐是重要原材料，在西伯利亚也有镍矿和镍厂，可产量有限，供不应求。在不太远的地方再弄个镍加工厂，设备不能太落后，政局不能太乱，工资还不能太高。中国吉林，21世纪的理想选择。

米莎能源早在2009年就找到长山镍业。别看长年亏损，国企却有国企派头。合资谈判拉锯扯皮，距达成共识遥遥无期。没想到到了2010年秋，突然冒出个叫金合的民营公司，一口竟然把长山镍业吞了。俄罗斯人眼见柳暗花明，谈判突飞猛进。民企老板小学文化，可宰相胸怀，将军魄力，火速与国际接轨，只要听到"与时俱进"或"国际化"这种字眼，什么条件都肯答应。两个月不到，合同签了，长山镍业成了中外合资。金合用土地厂房入小股，米莎用美金入大股。金合的黄老板何许人也？二斤伏特加面不改色。胖手一挥，长山镍业再占几十亩地盘。中国卧虎藏龙，俄罗斯人也不能示弱。又两个月不到，三千万美金的投资到了位。长山合资上了报纸电视，成为中外合资模范企业。黄老板的奥迪A6也换成了奔驰S500，更上一层楼，"成功"得无以复加。

领导又说：不能只看着家门口，要向全国发展。黄总的伯乐，总能给黄总指出新的方向——上海滩，通向世界的窗口。黄金龙也明白，这是领导的策略。调虎离山，省得老虎真的成了大王。其实用不着的，多少年的铁哥们，黄金龙别的不懂，懂的就是义气。

2011年新年新气象，金合上海分公司开张大吉。万事开头难，难就难在人力资源上。既然要开辟新市场，业务员少不了。长山的老员工懂产品，可没见过世面。不会说几句洋文，怎能在上海滩立足？会计得用长山的老人，行政可以招新的，借口很现成——老的不懂洋文！黄老板不懂洋文，也不太懂业务，可他是老总。招聘的日子，自然少不了他。

黄总走进"金蛋"大厦。大堂一片金黄。电梯也是金色的，看着都喜气。电梯停在18层。公司里地方不够，面试的人都挤在电梯口。黄老板故意不摘墨镜，大摇大摆往公司里走，好像华容道的滑车，不让路就能把谁碾死。老板得有老板的派头，可老板也要关心未来的新员工。墨镜有墨镜的好处，看不出眼睛在瞅谁。这一瞅不要紧，那个短头发女生是谁？

黄总记人过目不忘。至少对漂亮女人过目不忘。他还记得那可人的声音：

这是苹果派。甜，不过是无糖的。

思梅走出"金蛋"，仰头看陆家嘴那些林立的高楼。一群高大的玻璃怪物，就好像一夜之间从地里冒出来的笋子。这想法让思梅有些意外。小时候的事情，她是难得想起来的。

笋子是童年常见的，小学后墙外就有一片竹林。春夜一场雨，笋子纷纷撑破土皮，一下子冒出很高。她喜欢雨后翻动新土的气息。然而记忆里童年的气息，似乎只有这一点点。常听别人提起母亲的气息，她却不记得闻到过。

或许正因如此，童年才过得极快，连同少年时代，没留下多少痕迹。更真实而完整的记忆，似乎从上海开始。初次来到这座城市，大概是十年前。那时她已算青年，亭亭玉立，穿着印满格子的老式外套，提着脸盆和帆布旅行袋，满身绿皮火车的气味。大学门口的保安投来热情挑逗的目光。她出示入学通知书，保安的目光立刻黯淡了。

可她同样不属于同学们。他们比她领先一个世纪。她在他们的阴影中自卑地生活，就像巨大花束下的一束野草，舅舅寄来的生活费聊以为生，其他原本也是奢望。少女的原始之美却是挡不住的。只是大学里的男生尚未懂得欣赏，而她的安静也为她筑起一道无形壁垒。好在她很忙，用功学习，偶尔空闲时，她就搭公车到外滩，看老旧的大厦和时髦的男女。黄浦江里仍有蒸汽船，几毛钱搭一次。她搭过一两次，和下班工人的自行车挤在一起，只是为了到对岸去遥看外滩。那里当时只有一座东方明珠，突兀地站在一片工地里。

大学毕业后，工作和生活都在浦西。浦东似乎只是印在挂历上的背景画，常能望见，却与自己无关。她并不是上海人，也并不在乎浦

西的床或浦东的房。但她在乎这繁华的都市所暗示的未来。她于是结
识新的朋友，剪新的发型，买得体的冒牌服装，内心迅速成长，赶上
时代的步伐。大概因为成长过快，发育难免不够均匀，有关感情的部
分，远远落后于其他。她深知自己的弱点，把一切精力放在工作上。
她的理智是早熟的，情感却还是懵懂少年。理智告诉她，金沙项目是
一次绝佳的机会。不论 Jack 心底是否满意，她必须全力以赴。

思梅迈开步子，沿着街道缓缓前行。从明天起，她就要到"金蛋"
上班。在这之前，她该对附近的环境尽快熟悉起来。都有哪些商场、
餐厅、学校、医院、公司和单位；那些大厦的正门和侧门都在哪里，
大厦里的直梯、扶梯、消防通道和厕所都在哪里，何时人多，何时人
少……这是实地调查必做的功课。自她从北京回到上海，Jack 加班加
点，手把手传授技艺。如何留意周边情况，如何跟踪和反跟踪，如何
在最关键的时刻保护自己……

可那些都是纸上谈兵。从明天开始，就要来真格的了。

思梅穿过两个街口，经过一家高档百货公司。橱窗里陈列着来自
意大利的时装和皮包。花花世界，物欲横流。她在橱窗前逗留了两
秒，看自己的影子。来自淘宝的风衣和皮包，与橱窗里的名贵货色叠
加在一起，背景是宽阔的马路，马路对面的高楼大厦，还有路边驻足
张望的老人。

穿灰色外套的老人？

思梅心中一紧，缓缓侧身。马路对面，那老人已转身背对思梅，
好像迷了路，仰头四处张望。思梅不禁警觉：在哪里见过这老人？在
马路上？不对，应该是三个小时之前，在思梅走进"金蛋"面试的时
候。那老人当时正挂着拐杖，站在路边看报纸。他的拐杖呢？他的帽
子呢？他为什么会突然出现在这里？难道，他是在……跟踪？

思梅的心悬起来了。他是谁？为什么要跟踪她？她该怎么办？

沉着。Jack 传授的"秘密法宝"，没想到立刻派上了用场。

思梅继续沿着人行道慢走，尽量装作若无其事，浏览橱窗，偶尔
瞥一眼马路对面。一步，两步，三步，五步……走出十几步，老人仍
一动不动。莫非只是一场虚惊？那种灰色外套这城市总有几百人穿，
而且他始终戴着墨镜，正脸都没露。若在常人，根本就不会注意到
他。但思梅并非常人，起码理论上不是。Jack 的训练包括捕捉陌生人
身上那些最不起眼的特征：鬓角的长短，站立的姿势，哪只手习惯摸

头发，哪只手习惯插进口袋，衣兜还是裤兜……果不其然，思梅转过街角，那老人又跟上来。思梅站住，他也站住，二三十米之外，单手插兜。思梅心中一凛：他果然是在跟踪她！

沉着，还是沉着。光天化日，他又能怎样？但此人到底从何而来，有何目的？和金合有没有关系？想到即将开始的新项目，思梅仿佛被注射了一针兴奋剂。她瞬间做了个大胆的决定：反跟踪！危险和难度系数均提高几个数量级。她已经是高级调查师了。

思梅故意放慢脚步，选择一些喧闹的小店钻进去，随便找件衣服试试，和店员讨价还价，再故意从原门走出店来，让对方轻松找到自己。如此经过两三个街口，那灰色影子始终在几十米开外，时而在马路同侧，时而在另一侧，位置巧妙，角度刁钻，总能躲开思梅的视线。思梅不能大张旗鼓地寻找，只能借助街边橱窗或车辆的反光镜。GRE 的调查师都知道：跟在马路同侧的是外行；另一侧的是内行；忽左忽右变幻莫测的，那必是高手了。

既然是高手，就必定不会单独行动。真正的调查并非侦探小说，越是高手越懂得团队的重要性。必定还有别人。还有几个人？他们在哪里？思梅停住步子，掏出手机佯装发短信。老者正在马路对面，斜后方 25 度。没停脚，蹒跚着前行，不久便超过了思梅，拐进最近的弄堂。果然是老手，绝不停留在敌人视野之中。

看来，采取行动的时候到了。

思梅转身，故意背对那个弄堂，把手机凑近嘴边。表演，是高级调查师的必修课。思梅演完接听电话一幕，找个购物中心钻进去，四处都是镜子，四周一目了然。老者果然跟了进来。思梅迈开大步，走进洗手间，把一张十元钞票揉成一个小团，塞进牛仔裤口袋，然后冲马桶，洗手，用吹风机吹干，再昂首阔步走出卫生间，径直走出购物中心去。不必回头，她料定自己的一举一动都被盯牢了。

思梅走出商厦，在路边站定，频频查看手表，上演等人一幕。

街上行人虽多，合适的人选却未必是现成的。不过今天很幸运，迅速发现了目标——一个瘦高的男人，长发，络腮胡子，戴黑框眼镜，穿深蓝色牛仔裤和白色运动鞋，黑色的双肩背包反挂在胸前，好像流浪艺术家，正在街上闲逛。

3

佟远中午从报社偷偷溜出来，逛马路。

报社小记者的月薪不过几千，不比饭店里端盘子的好多少。漂在上海，生存不易。虽说有些文字功底，但如今文字是最不值钱的，除了写字，还需四处奔波，明察暗访。收入虽低，风险却高，不知哪天会被人捅上一刀。即便偶尔能在这日趋糜烂的世界里挖出一两个有毒细胞，也并不常常真正被人欣赏。人们喜欢一边痛骂，一边同流合污。佟远并不十分为自己的工作而骄傲。谋生而已。在街上"闲逛"也是谋生——新闻素材就藏在大街小巷。就在这笔直的大街两旁，林立着许多金融大厦，在这些大厦里，正发生着许多不为人知的故事。佟远抬头瞭望，穿过层层人流，不远处有一座金色大厦，在阳光下闪闪发亮，仿佛植入地面的一尊丰碑，时刻提示着新时代的关键词——财富。炫目的财富背后，到底隐藏着什么？

佟远的目标却并非这座金色大厦。旁边的另一座，虽不如金色大厦夺目，却也高耸入云，气势上并不输给金色大厦。就在几周之前，那大厦里空降了一位新的领导——某大型房地产公司上海分部的总经理。这或许将成为佟远的新选题。这选题不同以往，令佟远跃跃欲试。正巧手头没有急活儿，索性到这附近逛逛，反正社里也不安宁。

年底刚过，有人升职，有人辞职，剩下的都在纠结年终奖，报社里的气氛让佟远透不过气。理想虽然神圣，收入却永远是个尴尬的话题。春节将近，银行卡里却没多少钱。佟远的父母远在东北，从没来过上海，因此常把在上海打拼的孩子当作炫耀的资本。其实上海的天堂并不多，多的是挤满天才的贫民窟。总编昨天还说：要想多赚钱，就得换个工作。

"对不起！能帮我个忙吗？"

佟远眼前一亮。一个大眼睛女生突然在他眼前冒出来，打断他的思绪。那女生难为情地说："我，呵呵，真不好意思，我……"

佟远仔细打量那女生：身材细高，皮肤白净，没有化妆，也无需化妆，眼睛清澈而明亮。风衣材质一般，剪裁却很考究，把苗条的曲线勾勒得恰到好处。看上去像白领，不像骗子。但21世纪的陆家嘴，万事皆有可能，人又怎可貌相？一个美丽的骗子？这想法莫名地刺激了佟远。骗子不分大小，揭穿一个，总能帮到许多人。

"怎么了？"

"是这样的，"女孩压低声音，"有个男同事，一直骚扰我，非约我今晚去看电影，我只好跟他撒谎说我有男朋友。可他不信。你知道，他是……"女孩眨眨眼，"是我领导，而且疑心很重！"这略微有些合理，领导的确是难以直接回绝的。女孩继续说，"我告诉他，我男朋友中午会来公司找我吃午饭。我本想随便打电话找个朋友来帮忙的，但真不凑巧，单身的都没时间，不单身的……那肯定不太方便。眼看就到中午了……真的不好意思开口，如果你也不方便，不必勉强的。"女孩脸颊绯红，双手相互揉搓。在街上找人临时充当男友，简直没有可信度。佟远基本确认对方是骗子，不如将计就计，看她要耍什么花招。

佟远问："怎么帮？"

"过 15 分钟，到我公司楼下，等我出来，陪我一起走几步，拐个弯就行了。我领导应该会在楼上窗户里看到的，可以吗？"

女孩的目光还挺恳切。佟远实在想不出这诈骗的玄机会在哪儿，心中越发好奇，点头道："可以。你公司在哪儿？"

女孩面露喜色："太好啦！从这条街一直走，过三个街口，有一家商场，我公司就在商场后面。"

"15 分钟后，在商场门外？"佟远重复了一遍。至少，她的笑容极具感染力，令人心情愉快。

"对的对的！你太好了！"女孩用力点头，双目闪闪发光，边说边从牛仔裤口袋里掏出一个小纸团，塞进佟远手里，"还有，帮我买本新出的《读者》杂志。那人知道我习惯看那个，你买来给我，他就更信了。"女孩挤挤眼，佟远推道："不用！《读者》才三块一本！"

"别客气！你帮了我大忙，就当请你喝汽水！一会儿见！"女孩说罢，转身向公车站跑过去，一步跨上将要启动的公车，分秒不差。

*

15 分钟之后。

思梅坐在购物中心三楼咖啡厅靠窗的位置，凝神看着窗外。视线很开阔，从楼前的空场到远处的街口都一目了然。拿着杂志的长发男人，正站在喷泉边四处张望。思梅注意的并非是他。在他四周，或明或暗的角落里，有许多走来走去或站立不动的人。但她并没发现任何可疑目标。

思梅已在这里注目多时，并未找到线索。没人跟踪长发男人，也没人故意靠近他。半个小时之前，她在最后一刻跳上将要启动的公车，想必已经甩掉了跟踪的"尾巴"。"尾巴"既然把她跟丢了，就该盯住和她有过密切接触的人。长发男人就是她投的诱饵。她坐在这咖啡厅的窗前，看着长发男人拿着杂志走来，在楼前徘徊。灰衣老者的身影却没再出现，也没其他任何可疑之人。又过了十分钟，长发男人一屁股坐在商厦门口的石台上，没舍得用杂志当坐垫。思梅心中倍感歉意，不过随即就忘却了。她和他原本无关，以后也不会再见。又过了半小时，长发男人终于站起身，悻悻地走远了。高挑的背影很快被人潮吞噬，飘逸的长发也不见了，也算是个很有耐心的人了。思梅心中一阵感动，迅速消融在更广阔的失望里。是她的演技太拙劣，还是对手的确很高明？思梅沉思着从窗口转回头，打算叫侍者买单。赫然间，灰衣老者却正站在她眼前！

思梅大吃一惊，手足无措。那"老者"却摘掉墨镜，撕掉胡子。思梅的双颊立刻发了热，心中的惊异彻底变成了羞愧。

Jack 阴沉着脸说："你还嫩着呢！以后要是真的遇上'尾巴'，能甩掉就不错了！不要自作聪明！"

4

一周之后。

1月的上海，天总是阴阴沉沉，哭哭啼啼，寒得令人浑身发抖，一天到晚想要躲进被窝里。

思梅的公寓在黄浦区，48平方米。80年代的公寓楼，今冬似乎格外湿冷。倒不是上海的天气发生了突变，变化的是工作节奏。思梅以前每晚十点下班离开公司，到家11点。倒头就睡，没时间充分感受室内的气温。金合的时间表却全然不同：五点半一到，大家一哄而散，多待一分钟就要唱空城计。完全没有加班的必要：200平方米的办公室，一共八个人。一个总经理，一个会计，一个出纳，一个司机，两个业务，一个前台，还有一个总经理助理。总经理不开会，不见客，不发邮件，就连公司都不常来。剩下七个无所事事，她这个总经理助理尤其多余，唯一的功能就是订飞机票——虹桥到长春的往返，一周订过两回。除此之外，就是机场接送。思梅不会开车，但需要跟着。第一次思梅坐前座，黄总坐后座。第二次黄总一上车，把屁股往边上挪了挪："小邢坐后边。谈谈下周的工作。"

邢珊，思梅在金合公司的新名字。身份证是找"渠道"做的。GRE公司有很多"渠道"，学名该叫服务提供商，大部分是私营小公司，有些内部关系，能更顺利地拿到法律容许却事实不太容许的各种材料；或者能尝试拿到某些法律并不容许的东西。GRE是纽约上市公司，按照公司规定，一切行为必须遵循当地和美国联邦法律。但实际操作难免有些小例外。"邢珊"的身份证即是如此。金沙项目敏感而特殊，拥有中华区"齐天大圣"Steve的尚方宝剑，即便有些灰色小违纪，纽约总部的"如来"也只能睁一只眼闭一只眼，只要书面报告里不提。反正这是在中国，这里只看结果，不看过程——只要不出问题，一切手段都OK。金合是个民企，不会专门去核实一个月薪四千元小助理的身份信息。

黄总实在胖。即便是奔驰S500，后座也显得不够宽敞。黄总的胖腿时刻不离小助理的牛仔裤。多亏高架上堵得一塌糊涂，车里缺乏左右摇摆的惯性。黄总低声骂了一句："真他妈忙！两边都那么多乱八七糟的破事儿！当老子有三头六臂？"

"工作再忙也得注意身体。饭是要按时吃，不然要伤胃。"思梅小声回应，自觉无比做作，脸上有些发烧。思梅却没料到，这"羞涩"却恰巧帮了她。黄老板早习惯了会演戏的女人，扭捏的奔放的全都司空见惯，唯独这装不出来的羞涩，让他觉出点儿新鲜劲儿来。看那紧张的小眼神！好像做错事的小孩子。她看着哪儿呢？后视镜？

黄总四处看了看，从某一只镜子里找到司机老孙一双眯缝的笑眼。黄总故意大声咳嗽了一嗓子。老孙也是在上海新聘的，不是从吉林带来的，可既然当了几十年司机，怎能连这最基本的规矩都不懂？

思梅的表情越发不自然，迅速把脸转向车窗外。目光随之飘移，黄总的心也跟着一起飘：真是纯天然！就连两腮的淡淡红晕都是纯天然！比那些涂脂抹粉的娘们儿强多了！当年难产死掉的女人，突然在黄总脑子里一闪。那影子让他心里一颤。黄总鼓了鼓勇气，想拉"纯天然"的手腕。可机场已经到了。还是司机不给力，见老板在兴头上，也不知道多兜几个圈子。该把老刘带到上海来。老刘是吉林的老司机，跟了自己十几年。可长山合资被俄罗斯人盯得太紧，不能不留个信得过的。黄总想起老毛子，心里又是一阵烦，低声骂了一句："妈的。飞来飞去，想把老子累死！以后陪我应酬。学明白了，也能替替我！下周三回上海，来接我！"

老孙还算识相，快步为黄总打开车门。黄总起身下车。思梅忙跟上，黄总却又突然转身。思梅险些撞到黄总怀里，连忙退回半步，下意识地低头看地。黄总咂了咂嘴，皱眉道："咋这么蔫儿？没点儿年轻人的朝气！多跟同事交流！下班去打打球！活动活动！公司的福利干吗不用？"

思梅知道黄金龙说的"福利"是陆家嘴附近的一处公共羽毛球馆。不知谁租的场地，反正金合的员工也能用。黄金龙的暗示很明确：她不够主动。羽毛球并不重要。思梅硬着头皮把黄总一直送进贵宾厅。既然黄总有了态度，她就得尽量识相。顶好一直送上飞机，幸亏民航局不让。

从机场出来，思梅直接去搭地铁，没让老孙等。老孙脸上虽堆着笑，但那笑意里富有深刻的含义。思梅拎得清：黄总不在，S500 和她没关系。再说，她也不能让金合的人知道自己的真实住处。她必须画一条线，一侧是金合，另一侧是自己的一切，任何信息不能逾越此线。这是卧底的基本法则。

手机又在思梅裤兜里振。掏出来一看，果然是 Jack。短信约思梅晚上见面，谈谈项目进度。北京又在问了。到金合卧底一周了，她还丝毫没有进展。其实她早想多做些什么，可 Jack 让她耐心等待和观察。

九点半，老地方。九点半正是 Jack 平常下班的时间。离婚的事业男，把办公室当成情人。这正是令思梅崇敬之处。

思梅看看手表，五点刚过，时间还早。与其裹着被子坐在家里，不如换了运动服去打羽毛球，就算是执行黄总的命令。其实黄金龙根本不在乎，可思梅自己在乎。能够多一些接触"新同事"的机会，她本来也不该放过。谁知线索从何而来？

而且羽毛球对于思梅，总有些"老朋友"的意思。上中学时常打，还代表学校参加过比赛。那曾是她唯一获得同学关注的机会。上了大学，不再参与业余比赛，女生中缺少对手，男生又统统疏于来往。球也多年没打了。

球馆距离金合不远，两站地铁的距离。每周二、五晚七到九点，金合的员工免费。这一晚来了十几个，有两个金合的年轻同事，剩下的思梅并不认识，不知来自哪个公司，但看得出他们彼此都熟识。场地该是另一家公司所租，金合的人只是来"借光"的。思梅谁也不熟，第一次不便多问。以后再伺机慢慢打听。

随机组合打双打，打一局，等三局。思梅打完一局，坐回长椅上。人虽然多，水平却一般，运动量不够，没出多少汗，一直坐着。

面前两个球场紧挨着。左侧的场地很忙碌，走马灯似的换人。右侧的场地却很清闲，一共就三个人，两男一女。三人打单打，打两局歇一局。场上的两个上下飞舞，大汗淋漓。歇着的坐在思梅身边不远处，是个沉默寡言的小伙子，浑身正冒着热气。

小伙子穿深蓝色运动背心和短裤，踢足球或许更恰当。鞋倒是穿对了，红色的阿迪。没穿袜子。脚踝很光滑，反射着日光灯的白光，也反射着他自己的目光——他时常盯着自己的脚踝，也许是脚尖。有时也抬头看球场，一声不吭，表情严肃，仿佛满怀着心事。思梅比他大方，旁若无人地大声给同事加油。那原本就是她的工作——和同事打成一片。同事才是她的目标，可她莫名地一直注意到那小伙子。观察一个人，不需要用正眼去看。即便不是高级调查师，这也是女孩子的特长。那小伙子面容白皙清秀，似有几分面熟，但想不起来在哪儿见过。

轮到小伙子上场，完全暴露在思梅的视野里。年龄该是和思梅相仿，高个子，长腿，寸头，头型很帅，身材略瘦，像运动员或者当兵的，目光简单而正直。他打球很专注，动作敏捷，跳得极高，球拍呼呼生风。打了好球并不作声，也没笑容，坚决不向两边看。失误会沮丧，但只一点点。赢下一局，终于释然，流露瞬间的傻气，北方人特有的。思梅也为他叫了几声好：球打得实在好。可惜他的观众太少。她不希望那么精彩的球变得默默无闻。她突然很想跟他比试比试，就算输也无妨。他赢球后的表情傻得可爱。

小伙子打完一局，迈开长腿往回走。他又低头看脚，再次变得满腹心事。他额头有几粒青春痘，使他并不完美。他发尖上的汗珠儿晶莹剔透。真的有些面熟，也真的想不出在哪里见过。看来，思梅离合格的高级调查师还差得远。

小伙子一屁股坐回长椅，和思梅保持着半个人的距离，但比刚才靠近了些，手撑在长椅边缘。应该不是当兵的，因为手指纤细修长，比女孩子还白嫩。

轮到思梅上场。她也格外卖了些力气，努力挥拍扣杀。多年不碰球拍，没想到再拿时却也能得心应手。一记重扣，同事齐声叫好，里面掺着一个悦耳的男低音。声音虽小，却被思梅捕捉到了，心中微微一震。那声音似乎也有些耳熟。思梅握拳在空中一挥，灯光灌入双目。瞬间的错觉，仿佛回到学生时代。在操场上，情窦初开的男生女生们，在耀眼的阳光下挥汗如雨。那是许多人的美好回忆，思梅却只是局外之人，混在演员里的观众，冷静观察着别人谱写青春之歌。

晚上九点三十分，思梅准时到达约会地点，Jack 已经在等了。

五星酒店的咖啡厅，并不十分正式，只有三明治和意大利面，但安静而隐秘。Jack 喜欢这地方。距离公司不远，24 小时不打烊，不吵不闹，从不乌烟瘴气。思梅也喜欢这里，能让她联想到外国的间谍电影。此处便成了思梅向 Jack 汇报工作的固定场所。

"有什么情况？" Jack 把黑莓手机放在餐桌上。在 GRE，那是领导身份的象征：公司发给总监以上的领导，24 小时开机，24 小时不能离身。

"金合又来人了。常芳，会计。从长山过来的老员工。应该是黄金龙的亲信。"

"她是第一个从东北带过来的。对吧？其他都是本地招的？"

思梅点点头。金合都有哪些员工，她早已向 Jack 汇报过。

"这人多大年纪？人怎样？"

"大概四十多岁吧，大大咧咧，老好人，热心肠。"

"她不可能真的对你热心。"

"Sorry，是表面看。"思梅有点儿难堪，是自己的表达不够严谨。她心里清楚，民企的账房多半得由自家人掌管。常芳的背景只有两种可能：黄金龙的亲信，或者黄金龙幕后老板安插的亲信。

Jack 皱了皱眉，调转话题："别人呢？你到金合一周了，就没发现其他可以发展成线人的人？"

思梅摇摇头，却不知如何应答。发展线人？这是她头一次听到。她以为自己的任务，就是对黄金龙投其所好。

"这项目，我们知道得太少。"Jack 补充了一句。思梅心中反倒更疑惑：复杂的案子不都是如此？正因别处找不到线索，才需要单刀直入。不入虎穴，焉得虎子？Jack 是不是担心黄金龙不会真的亲近她？其实机会已经来了。思梅说："黄下周三回上海，他说要我陪他应酬。"

Jack 的表情却越发严峻。他立刻摇头："不能说陪就陪。"

思梅有些意外，睁大眼睛看着 Jack。

"他提出任何要求，你都不要立刻答应，要随时通知我。"Jack 凝视思梅，"这不仅是为了你的安全，更为了完成这项任务。"

思梅点点头，似懂非懂。Jack 又轻描淡写地补充了一句："欲擒故纵，明白吗？"

"可我们会不会错过时机？黄金龙又不经常在上海。Steve 不是急着要结果？"

"那也没办法，我们掌握的信息太少，贸然接近黄金龙，是很危险的。"

其实思梅没那么担心危险这件事，Jack 是不是过于谨慎了？思梅反问："难道别的项目，都会事先知道很多？"

"起码比这一次多！"Jack 似乎有些不快，沉默了片刻，叹了口气，心事重重地说，"唉，不知道 Steve 为什么要接这个项目。我们其实……其实真的没什么把握。"

\*

此时此刻，在北京国贸 C 座 80 层，北半个中国最高的酒吧里，爵士乐实在是有点儿聒噪。斑斓昏暗的灯光下，红男绿女，欢声笑语，烟气冉冉升起。落地窗外也弥漫着烟气，使城市灯火变得与室内同样朦胧暧昧。那是京城冬季常有的雾霾，高速发展的经济所创造的"特效"。内外两个截然不同的世界，唯有对呼吸道的刺激是略同的。

在酒吧最里侧的雪茄室内，靠墙角的僻静位置，有个略显别致的组合——两个中年男人相对而坐，一中一洋，没有妖媚的女人出席。

洋人大约五十出头,一头卷发,身形粗壮魁梧,穿三件套的西服,跷着二郎腿,手夹雪茄,烟气从鼻孔和嘴里一股股冒出来。中国男人则小巧精致。他端坐着,双手交叉,后背挺直,西装服帖,发尖和领带一丝不苟。正是 GRE 中国区的负责人 Steve。而他对面的,则是俄罗斯米莎公司的副总经理伊万。谈工作,酒吧绝非 Steve 的首选,可这里是伊万的最爱。当然,私密的地方未必真能保密,而嘈杂的公共场所有时反而更保险。

自从在这角落坐定,脱掉意大利名牌的纯毛大衣,伊万就开始大发牢骚。米莎公司接到匿名信已经三周有余,委托 GRE 的调查也开始快两周了,居然没有任何可以向莫斯科汇报的。匿名信仅此一句:"合资公司有问题。中方在捣鬼!"却一下子命中米莎公司 CEO 的心结——米莎和吉林金合的合资企业经营了大半年,投资数千万美金,到现在厂房还没建起一半,计划新增的生产线更是无影无踪。中方到底是办事效率低呢,还是故意拖延?为何要拖延?会不会另有打算?会不会贪污欺诈?那几千万美金呢?到底还在不在合资公司的账户里? CEO 立刻一身冷汗,连忙下令负责海外项目的伊万立刻飞往中国。GRE 是全球最好的商业调查公司,Steve 又是知名的业内高手,选定调查公司并不难,难熬的是掏钱之后在酒店等消息。Steve 最初的建议原本专业且合理——分两步走,一方面调查匿名信的来历,另一方面调查合资公司内部是否真存在问题。但调查展开不到 24 小时,第一步就已经山穷水尽:匿名信是通过电子邮件发送的,发自中国大陆某公共邮箱,IP 却是境外的——澳大利亚。应该是故意翻墙发的,没留下任何踪迹,看来举报人也有反调查的专业意识,而且打算一直藏在暗处。希望全部寄托在合资公司内部调查一面,但快两周过去了,GRE 还没一点儿进展。米莎的 CEO 每晚从莫斯科打来长途电话,伊万已经不知如何招架。眼前这中国人却从不多做解释,大多时候沉默不语,面无表情,只是嘴角有些细微动作,应该是笑,但说不清是哪种笑。这让伊万格外恼火,却又不敢发作,怕真得罪了他,项目更无进展,好像被狐狸降服的熊,怒火中烧,却又无计可施。

伊万又问了一遍进展,双眼狠狠盯着 Steve。Steve 嘴角的笑意消失了,上下两片薄唇微微移动:"我们需要一些准备时间,行动马上就要开始了。"

"那最好。我已经等了快两个礼拜了!"伊万长出一口气,仿佛抓到了救命稻草，却又充满疑惑，"您能不能跟我分享一下具体的行动计划呢？"

"请相信我。"Steve 就只有四个字。

伊万心中又是一堵。他很清楚，从对面这瘦小的中国男人口中，恐怕再也问不出其他细节。客户仅仅需要结果，具体行动计划则是 GRE 的秘密。这是写在合同里的，伊万心里明白，没人愿意把看家的本事与人分享。伊万叹气道："好好，我相信你！我亲爱的 Steve，你可千万别让我失望！"

Steve 点头微笑，随即招呼侍者买单。伊万起身穿上大衣，却又犹豫着不肯迈步。Steve 并不发问，只是微笑地看着他。

"哦！对了，我告诉过你了吗？我们派驻合资公司的副总经理维克多，他有一个秘密的女朋友，是合资公司的会计！这是维克多昨天才告诉我的！他之前没说，因为担心被他的妻子……"

Steve 温和地打断伊万："您昨天一得知这个消息，就立刻通过电话告诉我了。您还说，维克多找不到这位女朋友了。现在有何进展？"

伊万摇头道："没有。还是找不到！我想，也许你们可以从找到这个女人下手？她也许会知道一些内幕？"

"我们会按照我们所掌握的情况，制定最行之有效的方案。"Steve 的回答，永远都是最得体却又最令人不满。伊万又是一阵恼火，正要发作，Steve 却又偏偏赶在他之前开口："您知道这位女子的中文姓名吗？"

"Zhuan？还是 Guan？我马上去和维克多确认！"伊万终于得到一丝安慰，风风火火走出酒吧，仿佛提速的火车头，引得众人纷纷瞩目。

Steve 却故意耽搁了片刻，等伊万壮硕的身影在门廊消失后，方才从容起身，悄然走出酒吧。夜色已深，他却并不打算立刻回家。十点正是大好的工作时间，深夜令思维异常敏捷。

Steve 走到办公室门前，稍事停顿。门正虚掩着，并未关紧。他推门走进室内，反身关紧门，又四处看了看，这才掏出手机。其实整间公司甚至整个楼层都再无他人，可他必须加倍小心。不论何时何地，都不能把隐秘当成理所当然。越是给人安全感的地点，越容易潜伏着危险。这一点，每个调查专家都明白。这间办公室从来都不安全，也曾有人溜进来，得到过绝不该得到的东西。自从那次马失前蹄，Steve

离开时再不关紧房门，只将其虚掩着，和门框形成特定角度，以便每次返回时暗暗检查。除此之外，室内其他物品位置也都牢记在心。不论门锁柜锁还是抽屉锁，对这满是调查师的公司而言，其实都并非屏障。最重要的东西绝不能藏在锁的后面。相反，要让它暴露在光天化日之下，让人视而不见。

Steve 拨通 Jack 的手机。没有问候语，没有感叹词，劈头盖脸道："金沙已经开始一周了，花掉了客户 6000 美金。"

"可是，您也知道，这个项目我们掌握的线索太少……" Jack 语露难意。Steve 断然道："线索少，是拖沓的理由？"

"我们一直在努力，只是……" Jack 吞吞吐吐。其实，他的难处显而易见。仅凭一句"中方在捣鬼"，就敢承接一桩十万美金的秘密调查案件，不仅显得不自量力，甚至有些幼稚可笑。但 Steve 就是 GRE 中国至高无上的君主，他的决定无可置疑。

"只是什么？" Steve 追问。Jack 把话题转移："只是那工厂在千里之外，调查却在上海进行，即便得到一知半解，恐怕也无法当成坚实的证据……"

"我说过客户需要坚实的证据吗？你难道不清楚客户需要的是什么？" Steve 的语气愈加严厉。

Jack 无言以对。是的，客户并不指望通过秘密调查获取法庭认可的证据，只需了解事情的内幕。只要得到可靠消息，米莎自然会以大股东的身份进入合资企业，进行全面的内部审计，严重的运营或财务问题必然是会被发现的。但一旦如此，米莎也就彻底和金合撕破脸了。因此米莎必须在获得可靠消息之后，方能决定要不要硬来。Jack 有多年调查经验，是不该不明白这些的。

Jack 硬着头皮说下去："我的意思是，May 缺乏卧底调查经验，无法完全把控这种难度的案子。也许，我们应该换……"

"在 GRE，没有哪项工作是完全能够控制的。May 也是高级调查师。"

"可是……"

"是不是要我来接管这个项目和你的调查师？" Steve 丝毫不留余地。Jack 彻底沉默了。过了片刻，Steve 缓和了语气："当初总部一再反对收购鑫利，因为它既没有固定的业务，也没有可靠的客户，在总部看来，那就是一家皮包公司。但我坚持收购了。你不会不清楚那是为了什么。"

Jack 是业内知名的调查专家，这一切都是为了他。此刻 Jack 却并不感到荣幸，只觉肩上压着千斤重担："对不起，Steve。我会加把力！"

"不只是你，还有你的 Team。"

Steve 将手机放回西服口袋，他从来不用"再见"这种词语结束工作电话。工作必须继续，问候式的结束语皆属多余。他从不在多余的事情上浪费精力。他需要操心的还有很多。

Steve 浏览书桌，目光却被笔筒中的一支塑料马克笔吸引。那支笔的顶端有个绿色亮点，不及半粒芝麻大，正闪烁微弱光芒。Steve 取出马克笔，轻按笔帽，随即凑到耳畔。一连串动作自然而随意，好似全然无意。那支笔却嘤嘤地发出细声——那看上去粗扁的马克笔，其实是一只微型手机，手机里插着一张微型 SIM 卡，号码是从未曾在 GRE 备案过的。以前也有一只类似的手机锁在 Steve 的办公桌里，但被他的某个别有用心的下级发现了，从此埋下祸根。因此，锁是不可靠的。所以现在，Steve 就把它放在笔筒里，在不必开锁也能看得见的地方。

Steve 举着笔静立了片刻，耐心等那细声告一段落，这才张口轻声细语，声音瞬时变得温柔甜蜜，与几秒钟之前判若两人："尽管放心，一切都在按计划进行呢。"

第三章

初试虎穴

1

周二一早，思梅接到 Jack 的电话："上头"给了压力，得加快行动。尽管隔着手机，思梅还是能听出 Jack 心里的不情愿。这有违他一贯稳健的策略。"加快行动"就意味着思梅将迅速接近黄金龙。看来，Steve 给 Jack 的压力不小。这也情有可原。这项目何止是进展太慢？简直是毫无进展。当然也不能全怪 Jack 过于保守。从上周一到现在，卧底一周多，黄金龙一共到上海两次，每次停留不超过两天，与思梅的接触，只在接机送机的奔驰 S500 上。思梅掌握的一切私密信息，仅限于黄金龙往返于上海和长春的航班时间和座位。机会实在太少，她无计可施。

其他所有无需直接通过黄金龙获取的信息，只要思梅能想到的，她都已经查遍了。

首先是工商和税务调查：金合，2005 年成立，注册资金一千万元人民币，以厂房和设备出资，法人代表和大股东都是黄金龙。其余股份由黄金龙的弟弟和老婆分持。弟弟和老婆同时担任董事和监事。公司自成立至今没做过股权或董事变化，增资倒是年年有，截至 2009年底，注册资金已达一个亿，可见生财有道。思梅对黄金龙的弟弟和老婆也做了调查：弟弟有家餐厅，老婆有家美容院，再无其他生意。

接下来是网络媒体调查。没想到黄金龙出奇的低调，连民营企业家常见的自吹文章都找不到，这显然和脖子上的大金链子不符。提及金合的网络新闻倒是有一些，但报道的都是同一件事：2010 年底，金合的子公司长山镍业成功引入外资，和俄罗斯米莎集团建立合资企业。

思梅随即调查了长山镍业：1980 年成立的国企，90 年代中期开始连年亏损，2010 年秋，长山镍业被金合出资"改制重组"。所谓重组，就是私有化：国企变私企。网上有几篇匿名论坛投诉，标题是"金合非法侵占国有资产"，核心内容却在抱怨买断工龄的补偿金太少，多半只是下岗工人泄愤。

针对合资公司的工商及网络调查结果就更简单：米莎持股51%，金合持股49%，俄方担任法人和董事长，黄金龙担任副董事长和总经理，另有九个董事席位，俄罗斯米莎指派六名，金合指派三名。合资公司成立不到一年，尚未做过年检，只有注册资金到位的验资报告：五千万美金的注册资金，金合以土地厂房设备出资，占49%；俄罗斯米莎以美元现金出资，占51%，全部资金业已到位。有关媒体报道都很正面：成功引进外资，稳固中俄友谊。一切欣欣向荣。可那封检举信里所说的"中方捣的鬼"又到底指的什么？违规操作？劳资纠纷？还是贪污舞弊？

做过这一轮桌面调查，思梅收获甚微，心里越发没底。GRE的每个项目都不容易，但像"金沙"这样毫无线索的，倒是很少有人敢接。

对大多数公司而言，接到匿名举报实属常事。钩心斗角，利欲熏心，嫉贤妒能……各种动机皆有可能，处理需谨慎。放任不管固然不成，但过度跟进却有可能伤害员工忠诚度。GRE是业内老大，反欺诈调查的经验不计其数，其针对匿名举报的策略是：值不值得跟进，取决于举报信中是否提供足够有价值的线索。没有线索，又找不到举报人，最好的对策就是暂时置之不理且保守秘密。此种策略，即便是最年轻的项目经理也明白。偏偏Steve——GRE中国区的负责人——竟然仅凭一封毫无线索的匿名举报邮件，就敢向客户推销一个近十万美金的调查项目。GRE各大区竞争激烈，掌门人们皆把业绩当成命根，眼盯着纽约总部那几把交椅。莫非，Steve也是为了眼前业绩铤而走险？

但即便成功诱导客户签署了难以完成的项目合约，顶多也只能拿到一半的预付款，如果最终达不到客户的预期，不仅有可能拿不到尾款，也有损公司口碑和信誉。不但会失去这位客户，也会失去不少未来的潜在客户。作为商业调查行业的大师级人物、GRE的明星，Steve是不该犯此种低级错误的。因此，Steve对"金沙"的态度应该是：势在必得。

这猜测让Jack忧心忡忡。思梅则是紧张而兴奋。

思梅对Steve不熟，只在公司年会时见过一面。即便是完全不知底细的陌生人，只要被他的目光一扫，心中也会感到压力。Steve的双眼绝不揉沙子。就像战场上严厉的将军，他的士兵没有贪生怕死的机会。思梅就是冲进敌人阵地的士兵，她应该无所畏惧。拿破仑说过，不想当将军的士兵不是好士兵。

然而，已经过去九天了，思梅还没获得任何线索。黄金龙明天到上海，在此之前，她得再做些什么。

下班后，思梅又去了羽毛球馆。她得尽可能接近金合的员工，尽管他们也是新人。也许每人进入金合都并非巧合。谁知道线索藏在谁手里？尽管 Jack 警告过思梅：水能载舟，亦能覆舟。接近新同事固然有可能获得线索，也有可能增加自己的危险。卧底法则之一：多一个熟人，就得多撒一些谎，也就多一些穿帮的可能。因此过多参与诸如打球之类的社会活动，不仅未必有益，而且还增加风险。

但那羽毛球场却似乎有着某种特殊魅力。除了接近新同事的机会，总还有些别的。思梅说不清。

那小伙子比思梅早到球场，坐在老地方，在日光灯下揉搓他的球拍，看见思梅，连忙转开视线，手里的小动作却加剧了。他的装束与周五无异。深蓝色背心和短裤，红色的阿迪，有股子天然的土气，却并不俗。思梅又觉得面熟。从进门处远远观察，就更觉得熟，却还是死活想不出在哪儿见过，隔着一层窗户纸似的。

两个场地还空着，两人都不说话，各自摆弄手机。此人并非思梅应该留意的人。金合的同事才是，还有那些与金合共用场地的其他人。同事终于来了。思梅抬头打招呼。小伙子的同事也来了，还是周二晚上的那两位。他也打招呼，果然是那悦耳的男低音。那声音也熟。在哪儿听到过？可真是让思梅费解。

然后是打球或休息。两群人，两个场地，长椅自动分为两段。思梅坐在这一半的最右端，他则坐在那一半的最左端。两人之间留着些距离，却不够再坐一位。

有个思梅的男同事崴了脚，突然躺倒在地上。场上场下那么多熟人，偏偏是他第一个跑了过去，还带着应急的喷雾剂。他认真查看伤势，帮伤者喷上药剂。伤者疼得厉害，实在站不起来，他索性把伤者抱到场边。他看上去虽瘦，力气可不小。等众人都围拢过去，他便默默地走回来，一路揉着眼睛——伤者的手无意间碰到了他的眼睛，隐形眼镜被打掉了一只。

他把隐形眼镜摆在指尖。他的眼睛原本不大，此时眯着，又细又长。隐形眼镜落到地板上。他弯腰去找，半天找不到。思梅也弯腰去帮着找，只听他在耳畔低声说："别找了，不要了。我就是觉得不该乱扔。"

思梅笑了。四目相交，他右眼通红。他忙把目光挪开，漫无目的地游移。思梅也把目光移开，待到自觉安全了，又转回他脸上。他额角上浮有细微的汗珠，发梢上也有，晶莹剔透的。

他从书包里取出一只新的速抛隐形眼镜，犹豫着要不要拆封。思梅从包里取出消毒湿巾递给他。他摇头说不用。思梅一把撕开包装，塞进他手里："下次还我好了。"

"不知你下次什么时候再来。"他低头用湿巾慢慢擦手，目光盯紧脚尖，好像在跟谁赌气。他的北方口音瞬间把思梅带离了这座南方城市。他并不属于这里。思梅也不。思梅得到了鼓舞，心中的某道壁垒悄然间瓦解。她故意做出毫不在意的样子："总归会来的。"

"谁知道！"他果断地质疑，仿佛有十足的把握似的，然后咧嘴一笑，讪讪地说，"回头像上次一样，说话不算数。"

思梅恍然大悟，惊得捂住嘴巴："是你！你剪了头发？胡子也刮了？"思梅两颊火热，无限窘迫地说，"上次让你白等，真是对不起！我……"

"没关系！没关系！"他有些着慌，忙着摆手，"也没等多久。也就十分钟！哈哈！"他满怀歉意地憨笑，仿佛他才是做错事的人。思梅记得很清楚，她让他足足等了半个小时。她一直坐在窗边看着他，却竟然没记住他的模样。尽管那时他有长发和络腮胡子，可他也有高挺的鼻梁和白皙的双手。那时她的心思全没在他身上。

"周五，还来吗？"他问。

"其实……我也不知道。"

思梅的确不知道。黄总明天就要到上海，会一直停留到周末。金沙项目必须加紧，周五晚上恐怕是为数不多的黄金时机。如果这次再没收获，Steve 一定会非常不满，说不定会停掉项目——尽早停止烧钱，把损失减少到最低。如果客户不肯付款，GRE 只能自己买单。能少亏一点儿是一点儿。所以这周五，思梅必须全力以赴。

他自知问得冒昧唐突，低头看自己手里的湿巾。他的睫毛也很长，因此显得柔软和失落，和之前大胡子的粗犷形象大相径庭。她心中突然产生一股冲动，明知这违反了卧底工作的规定："手机号？或者 QQ？"

他忙拉开书包的拉锁，手里瞬间多了一张名片。动作一气呵成，仿佛早有预谋似的。

　　　　佟远，东部财经杂志，记者 / 编辑

　　"我叫……邢珊。"思梅说。她其实想说实话，但这周围都是金合的人。

　　佟远到家时，电子闹钟正显示 10∶15pm。球场和家相隔九站地铁和两公里步行。今晚他破了纪录，只用了 43 分钟。

　　他住在浦东较为偏僻的地区。40 平方米的通间，六七十年代的老公房，墙壁早已斑驳不堪。陈设过于简单陈旧：一床，一桌，一椅，一个衣柜。除去手机和电脑，屋里没什么能证明这是在 21 世纪。其实他的收入尚可承担略好一点儿的公寓。但整日在外奔波采访，住处也只是一张床。

　　佟远没顾上脱外套就直接坐在床头，开启手提电脑。有份计划书得做些微小调整。房间里温度很低，但他并不觉得冷。江南的冬天对于东北长大的小伙子本来也不在话下。QQ 连叫了几声，让他走了走神，可并不是新的交友请求。

　　佟远不知那女孩住在哪里，多久才能到家。回家后会不会拿出那张名片，会不会打开 QQ，或者直接把名片扔进废纸篓。她的信用原本不好。他曾经被她在街上放过鸽子。至今他仍不知那场邂逅是为了什么。

　　佟远的手机突然连着打了几个喷嚏。那种彩铃很独特，适合在拥挤不堪的地铁里呼唤主人。佟远一阵兴奋，猛地抓起手机，号码却是他所熟悉的。他莫名的一阵小失落，毕恭毕敬道："赵总，您好！"

　　"小佟，还没休息吧？你们高总电话没开机呢！明天高总有时间吗？你们公司的那个推广计划书，我不太满意呢！"电话里是成熟女人的声音，即便打着官腔，也柔美得有些发腻。

　　"我们高总出差了，这会儿可能还在飞机上。明天恐怕回不来……"

"噢，那小蔡呢？"

"蔡经理也出差了。"

"噢！这样啊！"女人失望道，"可这个计划最好周末前就能确定下来。你也知道，快过春节了。今年的事儿，别拖到明年去。是不是啊？"

"是的，赵总，这样吧！反正计划是我在做。要不，我直接听您指示？"

"噢？你？"女人迟疑片刻，"那你确定能按时给我改好吗？我可没时间说两遍。"

"您放心！保证让您满意！我明天去找您？"

"我啊，明天时间还挺紧的，下午四点半的飞机。你能不能陪我到机场？我就在路上跟你说说。就是得辛苦你自己从机场回市里。"

"好的赵总，没问题！地铁很方便！"

"那明天下午等我司机的电话，好吗？"

"好的赵总！没问题！"佟远放下手机，心中一阵雀跃。他的经验告诉他，经过一周的努力，机会终于来了！

可兴奋过后，他却猛然意识到自己的错误，后背见了冷汗：刚才在球馆，他竟然给错了名片！东部财经的记者？他自己都不知道，从衣兜里掏出来的怎会是这一张。在那羽毛球场里，不该有任何人知道他的记者身份。

佟远突然有种不好的预感，好像被感冒病毒侵染，体能在渐渐丧失。这一回，受损的是职业技能。佟远愤愤地拧灭了台灯。四周一片漆黑，可他眼前竟然又浮现出那张灿烂的笑脸，像是故意跟他作对似的。

\*

此时此刻，在黄浦江的另一侧，一条狭窄的弄堂里，思梅正悄然从一辆黑色的旧款奥迪车里钻出来。那车已在她楼前停了两个小时。熄着火，也熄着车灯。不仔细看，不会有人注意到车里有人。两个小时之前，它悄然停靠在距离思梅家最近的地铁站，在她一走出出口就能看到的地方。思梅并不惊讶，默默拉开车门，坐进去。从地铁站到思梅居住的弄堂，只需三分钟不到的车程。停车，熄火，然后是黑暗中的细细交谈。

Jack 恨不得把曾经传授的卧底要领都重复一遍。十几个小时之后，黄金龙乘坐的航班将会抵达虹桥机场。金合上海办公室的情况已很明朗：黄金龙是唯一的突破口，从其他人身上得不到任何有价值的信息。黄金龙这次来沪停留三天，虽然比前几次略长，却算不上宽松。思梅的时间相当有限，而且尚无具体计划。黄金龙固然知道内情，却绝不会欣然和新助理分享。思梅需寻找机会，随机应变。比如不经意间看一眼黄金龙的手机，听听他的电话，替他临时保管公文包……安全是最重要的。这一句 Jack 重复了许多遍。思梅今晚格外沉默，眼睛里隐约有些兴奋之光，这是最让 Jack 担心的。

在 Jack 看来，思梅原本安静内向，聪明是够的，心机却不足，善良更是致命弱点。Steve 却选中了她，不知心中打的什么主意。但 Steve 向来剑走偏锋，这是业内出了名的。Jack 自然不能过问。他对一只脚已经迈出车门的思梅说："项目清单发到你邮箱了。"

思梅吃了一惊，几乎不能相信自己的耳朵。GRE 的员工都知道，项目清单里罗列着所有关键信息，包括项目的来龙去脉、总价格、期限，以及客户的真实身份。这些信息往往是对调查师保密的。即便是那些必须了解的背景资料，通常也只由项目经理口头告知，极少直接把项目清单发给调查师的。GRE 有句话：看到清单，当上总监。当然也有例外，比如项目格外复杂，调查师所承担的责任和风险极大，因此需要对项目的背景有更深入的了解。但一般来说，既能担当此种重任，也距离提拔副总监不远了。

思梅下车，快步走进楼道。周围没有行人，楼上也没有灯光。湿漉漉的寒夜里，再没有比被窝更合适的去处。奥迪车的引擎在她身后一阵呻吟，车灯却仍是黑的，仿佛午夜的幽灵，悄悄地经过一排停在路边的车。其中有一辆黑色丰田普锐斯，也在路边停了很久了，车内外同样漆黑一团。可就在奥迪车经过不久，它也悄然启动了……

思梅回到自己的公寓，心脏仍在怦怦跳动。不知是上楼的运动造成的，还是因为那份邮箱里的项目清单。就算 Jack 再关照她，也不该做这种越级的事情。这次提升高级调查师就已经够令人意外了。莫非 Jack 还要让她更上一层楼？大老板 Steve 呢？能让奇迹再次发生？

思梅丢下运动背包，忙着打开电脑收取邮件。项目清单果然就在 Jack 新发的邮件附件中：

★项目名称：Gold Sand（金沙）

★客户：俄罗斯米莎能源集团

★项目类型：反欺诈调查

★目标：吉林金合股份有限公司；吉林长山镍业有限公司；黄金龙

★项目开始／结束：2010 年 12 月 26 日／未确定

★费用：开放（预付款：US\$ 50,000）

★项目介绍／调查任务／风险预估／保密协议／免责条例

……

思梅关闭电脑，心情却难以平复。这就是项目清单。尽管这里的绝大部分信息她早已从 Jack 口中得知，但她毕竟亲眼目睹了。这意味着什么？只能成功，不能失败！不论意味着什么，这似乎是她唯一的选择。思梅把双手插进衣兜，努力让自己平静下来，指尖触碰着一张硬纸片，却全然没在意。那是一张名片。名片的主人正裹着被子坐在床头，盯着电脑发呆。他原本关了灯却睡不着，所以又把电脑打开了。

思梅起得格外早。一夜没睡踏实，梦境相连却各不相关。Jack、Steve、黄金龙、常芳、司机老孙，走马灯似的在梦中出现。然而睁开眼的一刻，看见清晨的阳光，她却突然想起那年轻记者。这是件奇怪的事情。不记得梦里有他。

思梅在床边静坐了片刻，让自己进入工作状态。穿上贴身的小皮衣和细腿的牛仔裤。鞋也挑了双有跟的。镜子里的自己很洋气，和上海街头的许多女孩子一样。再过几个小时，黄金龙就要抵达上海。她必须全力以赴，抛开一切杂念。

8 点 18 分，思梅到达公司。办公室里空无一人。思梅打开电脑，从衣兜里摸出名片。她对羽毛球场地有些疑问，也许可以问问那位年轻的记者。不知这算不算是借口。他在隔壁场地里打球，也许毫不相干。思梅加了名片上的 QQ，对方的头像是一片天空，始终维持灰白的色调。不知是他还没上线，或者并不想接受邀请。

公司的门铃突然响了。

思梅看看表，8 点 25 分。自思梅来到金合，公司还从没来过快递员以外的访客。但快递员为了避免吃闭门羹，一般不会在九点以前出现。莫非是哪个同事忘记带门卡了？

思梅打开公司大门，一股暗香扑面而来。门外是个皮肤白皙的女人，看上去不到四十，身材高挑丰满，穿深色套装和皮鞋，长发绾成髻，戴银色项链和细钻戒，举止高贵而骄傲。

"请问黄总在吗？"那妇人嘴角带笑，声音带笑，唯独眼睛里并不笑，举止得体却又懂得随时展示身份。可她的身份到底是什么？思梅猜不透，只微笑作答："抱歉，黄总不在。有什么可以帮您的？"

对方却似乎早已料到，并无任何失望，只轻"哦"了一声，绕过思梅，径直走入公司："他去哪儿了？那我就在这里等他好了。"

思梅心中诧异：这女人竟然反客为主，也许和黄金龙颇有私交？思梅早已通过渠道调查过黄金龙的个人信息：他妻子、兄弟以及兄弟老婆们的照片也都见过，这妇人却是陌生的，也并无东北口音。她到底是谁？莫非，她的身份能为"金沙"带来新的突破？思梅决定找借口多加周旋，尽量多获取些信息："要不，我给黄总打个电话，看他何时能到？能告诉我您怎么称呼吗？"

那女人却收起笑容，摆手道："不必。"

"但我不知道黄总到底什么时候会……"

"没关系。我也没问你。"她随便找了个座位坐下，口气已有些不耐烦。看来，她并不打算和思梅多聊。既然如此也不必勉强，只需静静旁观。思梅话锋一转："您想喝点什么？茶还是咖啡？"

不待那女人回答，门外却突然传来另一个女人的声音："哎哟！赵总？是哪阵风把您吹来了？"

话音未落，常芳挎着小包走进办公室，脸上满载笑容，好像超载的货车，五官随时都有可能跌落。思梅心想，原来这女人姓赵，而且该是某家公司或单位的领导。是金合的客户还是其他关联企业？又或者是政府机关？行业协会？发放贷款的银行？

"我不能来吗？"赵总挑了挑眉毛，眼睛里有了笑意，话里却没有。

"哎哟！姐！瞧您说的！"常芳立刻换了称呼，小跑到那赵总身边，挎住赵总的胳膊，"咱这儿还不就是您家嘛！再说，咱们离得这么近，本该多走动的！只不过，我该去看您才对呢！"

"那可不敢当。我亲自来，还不是要吃闭门羹？"

"哪能呢！不可能！"常芳急着反驳了两句，这才似乎明白过来，"您是说老黄？他真的不在，还在长山呢！今儿下午才到上海。您难道不知道？"

思梅暗想：常芳热情得有些过火儿，让人觉出点儿"假"来，可见这"赵总"很有些身份，能和黄金龙平起平坐。

"我当然不知道了，老黄去哪儿才不会通知我呢！"赵总娇嗔地说。

"哈哈！看姐说的！既然来了，就到我屋里，咱姐俩好好唠唠嗑？"常芳边说边挽着赵总走进里间办公室，背影好得像亲姐俩。思梅却觉得别扭，这俩女人，不是敌人也是对头。

同事们陆陆续续来上班，看报上网，与平日并无两样。大家尚且不熟，所以也不怎么闲聊。办公室里很安静，隐约能听见里屋的谈话声，细长绵延，波澜不惊。思梅把注意力转回电脑屏幕，打开百度却又不知该搜些什么：仅凭一个"赵总"，又能搜到什么？

她突然发现，右下角的QQ在闪。"天空"不知何时已经变蓝了。

思梅点开那一小片蓝天，看见一行简短的文字："终于上线了！"

"等了很久？"

"还以为，你又要失踪了！"对方回应很快，却并未回答思梅的问题。

"还没还我纸巾呢。"思梅对着电脑轻轻一笑。

"哈哈！一定还！还多少都可以！啥时候还？"

思梅不禁又笑。猛抬头，办公室里很安静，没人注意她。瞬间的工夫，对话框里又多了两句：

"今天中午有安排吗？反正，咱们都在陆家嘴上班！"

思梅纳闷："你怎么知道我在陆家嘴上班？"

过了几秒仍没回复。

思梅猛然想起，不是自己一周多以前亲口告诉人家的？当然，那座办公楼跟她无关，那个所谓的"骚扰她的领导"也并不存在。思梅小小的内疚，在心里给自己找着借口：一切都是为了工作，她并无恶意。

对方却发来一个害羞的红脸，仿佛失礼的是他："请你吃午饭？以致谢意！"

思梅抬头看看表。十一点半了。这算约会吗？她想回答"好"，可又似乎有些草率。而且常芳的办公室里还有一位神秘客人，她想看看那谈话如何收场。办公室的门却突然开了。屋里的对话霍然嘹亮。赵总说："其实，我自己的事情都忙不过来呢！干吗操心别人的事儿？"

"姐！看您说的！您这么关心我，高兴还来不及呢！"

"唉！别的事儿我也就不管了。这人命关天的……"赵总佯作吃惊，抬手轻轻捂嘴，"哎呀，你看我，管不住嘴呢！真是，你能力那么强，什么事都一定能办好！是吧？妹？"

常芳脸上一阵发紧，瞬间又恢复了笑容："嗨！强个啥？不过一定不能让姐姐操心啊！您不留下吃午饭了？黄总下午就到了！"

"不了！我也得赶飞机呢！替我向老黄问好……"

"那是必须的！姐，以后常来！哦，我去看你！哈哈！"

常芳陪那赵总从里屋走出来，又是一股暗香，不知哪个牌子的香水，想必价格不菲。常芳将那女人一直送出公司大门，一路笑声连连，却比刚才更别扭，脸色也更难看了些，惨白得像是抹了一层洋灰。察言观色，捕捉最细微的变化，这正是 GRE 高级调查师的基本功。人命关天？她们到底都聊了些什么，让常芳变得紧张？

思梅再把视线转回 QQ 对话框，里面却多了几句：

"对不起！午饭吃不成了！突然有些工作！"紧跟着一串哭脸。然后又是一句，"晚饭？"

思梅微微皱了皱眉。这她可定不了。晚上黄金龙就在上海了。

黄金龙乘坐的航班两点十分抵达虹桥机场。晚点 20 分钟，已经算幸运了。如果是进出北京的航班，这都不算晚点。

黄老板并不喜欢北京，可又不能不去。他虽是老大的"左膀"，可人家还有"右臂"。这世界上，没有谁真把谁当成亲兄弟。这个道理他原本想不通，但别人劝多了，事也见多了，多少通了些。常芳说得没错：自己不替自己说话，别人就更有机会在背后捅刀子。英雄难过美人关。老大的"右臂"偏偏就是个女人，成事不足败事有余。最近刚刚出了事，换了个地方避风声。老大不得不把真金白银交给黄金龙这只"左膀"。本来的，半老徐娘，最大的本事也只不过生个孩子再撒撒娇，真到了出生入死的时候，还得靠他黄金龙！可那个姓赵的女人虽不能冲锋陷阵，却懂得背地里咬人。枕头风多厉害？早把老大吹出了戒心！共用一块羽毛球场还斤斤计较，说什么两家公司必须划清界限。随便找个老员工一问，都知道金合以前是从中原集团分出来的，保个狗屁密？黄金龙赌一口气，非要跟中原共享这块羽毛球场。其实他对羽毛球一丁点儿兴趣都没有。可他得让姓赵的知道，他可不是好惹的。

因为一路想心事，黄老板并没想起自己的小助理。直到看见她那高挑的身形，站在机场闸口外面。这让黄老板的心情好了一些。也让上海显得可爱了一些。黄老板越来越不喜欢上海，特别是"右臂"来了之后。不得不佩服老大，懂得什么叫人民监督人民。两家公司相隔不过百来米，窗户对着窗户，望远镜都能看进对方办公室里。

小助理今天穿了牛仔裤和小皮夹克，完全不像上山下乡的中学生，不过黄老板并不失望。原来"纯天然"和小皮夹克也能相得益彰。黄老板照旧让小助理并排坐 S500 后座，享受着牛皮和洗发水混合的暗香。

黄老板照旧去香格里拉饭店，不去公司。他没时间。尽管香格里拉距离"金蛋"一共不到两百米。从机场到浦东陆家嘴，S500 用了40 分钟。老孙开得还是有点儿快，不过这回没往后视镜里偷看。

下午三点整，车到香格里拉门口。小助理像往常一样，拎着黄老板的皮包，把黄老板送进酒店大堂。黄金龙接过包，可没让小助理立刻走。想了想，又不觉得有理由能把她留下。叹了口气道："唉！眼看过年了，还得来回跑！真他妈的倒霉，晚上还得陪他妈的狗屁领导们吃饭。小邢啊，今晚有安排吗？"

思梅眨眨眼睛："需要我陪吃饭？"

饭局是思梅订的。邀请的是几位上海当地的"土地爷"，想必对东北的事情并不了解，不过听听他们的谈话也无妨。

"那倒不必！一群狗屁领导！我是说，吃完饭……"

思梅心中莫名地一阵紧张，可理智很快占了上风——其实独处才更有机会。今晚她豁出去了。黄金龙正眯眼看着她。Jack 的嘱咐突然钻进她脑子里：欲擒故纵。思梅原本对此有些怀疑，但就在这一刻，看着黄金龙的眼睛，她却突然感觉到，Jack 是对的。

思梅面露难色："黄总，今晚我有点儿事……"

"哦？"黄总眉头一皱。

"也不知道，您吃完饭都几点了……"思梅迅速把目光从黄金龙脸上移开。这招她已试过好几次，好像挺管用。

黄老板撇一撇嘴，手一挥，扭头往酒店里走，像个保龄球，滚向电梯门。思梅心里一凉：难道自己又冒进了，要错失良机？可现在总不能改口，只能站在原地。她突然想起佟远，他约了她吃晚饭，刚才竟被她完全忘记了，她竟莫名地感到了一丝的安慰。

在电梯门将要关闭的一刻，黄金龙借着电梯里的镜子，往大厅里瞥了一眼，发现小助理还站在原地，微笑着目送他的背影。电梯门关闭了，他小声骂了一句："妈的！小骚货！老子还搞不定你？"

\*

此时此刻，香格里拉大门外，一辆宝马轿车正疾速启动，着急忙慌的，好像要从马路上助跑起飞。眼看就三点了，赵安妮的航班是四点半的。高峰时段马上就要开始，半个小时从陆家嘴难以赶到虹桥机场。赵安妮虽是华夏房地产的副总，东航客机却不会为了等她而拖延起飞。即便是集团公司的老总，民航客机也一样不会等。不过要是动用她那位可敬的舅舅，飞机有可能会等。赵安妮有位在山东很有影响力的舅舅，绝对算是曾经叱咤风云的人物，只不过现已离休多年。这是不少"圈里人"都听说过的。

赵安妮爱迟到，赵安妮的司机早就习以为常；赵安妮的司机常飞车，赵安妮也早就习以为常。不习惯的只有佟远，腹中隐隐的不舒服。不光是因为晕车，也因为在金融大厦的大堂等了一中午。11 点40 分接到赵安妮司机的电话，让他 20 分钟之内赶到大厦，可一直等到快三点赵安妮才终于出现。他早已习惯等待，更明白量变到质变的原理：看似无聊的事情往往在为有意义的结果做重要铺垫。只不过没见到邢珊，多少有些失望。佟远微微感到不安，仿佛某种病毒正在蔓延，引他分心，不像以前那么专业。在他这一行，分心的结果有可能是致命的。

赵安妮慢条斯理地讲着方案，佟远用手提电脑认真做笔记。宝马忽快忽慢，佟远腹中隐约的不适迅速发展成明确的恶心。赵安妮的香水味推波助澜。即便是高级香水，也会令晕车的人雪上加霜。宝马猛然一个急刹，佟远险些呕出来。好在车停稳了没再动。然后是一连串的喇叭声，司机小声咒骂。

三四辆车开外，有两辆轿车，并排挤在高架路中间，挡住所有车的去路。

"这是怎么了？"赵安妮尖声问。

司机答："一定是剐蹭了！"

赵安妮尖声道："干吗不把车挪开？这多碍事儿？"

司机说："怕挪开了弄不清责任吧！现在谁在乎碍别人的事？"

"哎呀，这怎么办？要误机了，老冯又要骂人了！"赵安妮的高跟鞋几乎要把宝马车底踩穿了。

"赵总别急！我想办法！"佟远拉开车门，三步并作两步，跑到最外侧的一辆车旁，抬手咚咚地敲车窗玻璃。车窗摇下了，没见说两句，佟远一把拽开后车门坐了进去。没几秒钟，只见那辆车缓缓启动，绕到另一辆车前面停下，让出的路面足以使后车通过。

佟远回到宝马车上。司机问："你在那车里都做了什么？"佟远呵呵一笑："我薅住那小子的脖领子跟他说，你不挪车，我就削你！"司机笑道："上海人，都怕真动手的。"

宝马车又启动了。佟远肚子里那股东西又往上顶，再也说不出话，刚才的勇猛瞬间瓦解。可他一眼瞥见赵安妮，在后视镜里看着他微笑不语。

车到虹桥机场，佟远帮赵安妮拉开车门，脸已憋得煞白，额角上渗着冷汗。赵安妮只当没看见，细声细气道："推广计划明天一定要做好了。记住了，发到我邮箱。辛苦啦！"

佟远提一口气，点了点头："没问题！赵总您放心！"

赵安妮走进机场大厅，忍不住回头看了一眼，见佟远正站在路边，冲着垃圾桶呕吐，瘦高的身体折成了180度。即便是个极其不雅的动作，也还是因为年轻而富有活力。赵安妮又想起高架桥上的一幕，不禁微微一笑。这小子倒是仗义，为了她要跟别人动手。赵安妮迈开大步，走进了机场。

佟远站直了身子，从书包里掏出纸巾擦嘴。宝马和赵总都没了踪影。可他知道赵总在机场门口停了停脚。吐归吐，眼睛可没完全闲着。他心里添了几分信心。这位赵总或许正在给他打开一扇门。

其实有关赵总的信息，佟远已经通过各种常规渠道掌握了一些：赵安妮，祖籍山东，1968 年 6 月生于青岛，至今未婚，无子女。山东大学经济学硕士，曾先后在上海及北京的几家公司市场部工作，于 2000 年进入中原集团北京分公司，担任总经理助理，于 2005 年调任中原集团子公司华夏房地产，任职副总经理，负责市场开发和公共关系。2010 年底，华夏房地产在上海开设分公司，赵安妮调任上海，担任该分公司首任总经理。然而就在她调任前一个月，华夏房地产有个叫徐涛的财务处长因贪污畏罪自杀了，留下妻子和一个女儿。

除了这些，佟远还听说，赵安妮的舅舅是高干，具体姓名和职位就不得而知了。这是两周前佟远在大湖公关面试的时候，听公司的项目经理小蔡说的。

大湖公关是佟远见过的最小的公司，一共只有三名员工——项目经理小蔡，行政小宋，和老板高总。大湖也似乎只有一个客户——华夏房地产。也许还有其他客户，但佟远从没听说过。如此小规模的公司，并非佟远最理想的跳槽之选。但就在八天前，大湖主动给他打了电话，问他有没有求职意向。也许是他之前在哪个求职网站上发的简历起了作用。面试时小蔡的一席话，着实让佟远动心。

小蔡说："知道你没公关方面的经验。不过没经验没关系。你的工作其实很简单，就是让客户高兴。客户就是华夏房地产，华夏房地产就是赵总。不过，她可不是一个很好应付的女人。"

"怎么不好应付？"佟远问。

"这么说吧，"小蔡压低了声音，尽管当时屋里就只有他俩，"她手下的财务处长都跳楼了。你说她好不好应付？"

"为什么跳楼？"佟远问。小蔡却微微一笑："这个职位，你差不多了解了。感兴趣呢，明天给我电话。"

第二天一大早，佟远打电话给小蔡，坚定地接受了大湖公关的工作。他相信他有本事让大湖公关公司的客户——华夏房地产满意，也就是让赵总满意。


"计划明天一定要做好了！"赵安妮的声音又在佟远耳边回荡。虹桥机场的大门正在不停开关，进出的旅客川流不息。没有问题，为了做好这计划，他完全可以通宵不睡。这对他来说，只是最简单的部分。

但晚餐还是不能省略的。邢珊，这两个字再度闯入佟远的脑海。这名字很美，但很浅，她却很深，像是一束包裹严密的鲜花，散发着神秘的气息，使她比那计划书更具吸引力。佟远掏出手机，并没收到任何信息。至少到现在为止，她还没发来毁约的通知。佟远迈开大步，向地铁入口走去。

思梅走进正大广场的侧门，选择了一部偏僻的电梯。最近两周以来，她早已对陆家嘴周边的商厦了如指掌。卧底期间，一切都需尽量低调，更何况这一顿晚餐之约，多少有些违背卧底原则。

思梅遥遥地看见佟远，在必胜客门口站着，默默注视着另一个方向，表情严肃而认真，像个满怀期待的接机者。人群正接连不断从另一部电梯上来。那的确该是她来的方向。只不过，她选择了一条僻静的远路。

思梅放慢脚步，看那高挑的侧影。黑框眼镜，深蓝色牛仔裤，白色运动鞋。双肩背反挂在胸前，好像直立行走的袋鼠。他是个再普通不过的年轻人，血管里流着北方人的血液。可他又像一块磁石，外表看不出任何奇特之处，却散发着无形的引力。到底是什么让她感觉到了吸引？"袋鼠"突然转过头来，眼镜片一闪，他的笑容很憨厚，和炫目的购物中心不够匹配，对她却恰到好处。

"当记者真好，上班就穿这些。"思梅走上前来，故意打量佟远。其实她早仔细打量过了。

"今天本来该穿正式些的，可惜我没有。呵呵。"他耸耸肩。

"今天为什么该穿正式的？"

"因为……因为我跳槽了，不当记者了，现在在公关公司上班，今天要见个客户。呵呵！"他尴尬地笑，好像又犯了什么错误。

"噢？昨晚还给我张假名片糊弄我！"思梅故意逗他。难怪胡子和长发都不见了。

佟远慌忙摆手："没有没有！是旧名片。上个礼拜刚到新公司上班，新名片还没来得及印。再说……电话和 QQ 又不是假的……"

佟远似乎还想继续解释，思梅笑着打断他："好啦好啦！跟你开玩笑的！谁管你在哪里上班呢？"佟远也跟着笑，脸却涨红了。

必胜客的生意不错，还不到六点，前面就排了五六桌。佟远和思梅在前台登记了名字，耐心坐等。过了 20 分钟，前面一桌没少，后面竟又多出十几个人。排在最后的是一个推着轮椅的中年妇女，轮椅上坐着瘫痪的女儿。女儿很期待，妈妈很焦虑，长长的一条队，排到时不知要几点了。

思梅其实并不喜欢必胜客。但请客的不是她，所以她没有别的建议。其实她宁可掏钱请佟远吃更好的餐厅。安静舒适，光线适宜，就像那些 Jack 经常挑选的地方。可她见到插在牛仔裤兜里的旧钱包，那钱包上裸露的线头，好像主人头顶的标语：我不需要施舍。她完全能理解。这句话也曾深入她的骨髓。记忆中的舅妈是吝啬的南方小女人，从不曾把她当成亲人。舅舅有时会偷偷往她书包里放一只苹果。她知道受人施舍的滋味。后来舅舅也消失了，只有每月寄来的微薄的生活费。她是班上最穷的，但她并不需要施舍。就和眼前这个穿着朴素的男生一样，她理解他，所以她并不做出大方的样子，卧底的工作也不容许。她现在只是月薪四千的小助理，并非年薪二十万的高级调查师。她借着排队的工夫去买饮料，佟远也想同去，可又担心被人加了塞。其实名字和手机都已登记在带位小姐的本子上。

思梅买了两杯汽水，一杯自己喝，一杯递给佟远："这样就扯平了！"其实他们都知道这样扯不平，也不想这么快就扯平。佟远憨厚地笑，他拔掉吸管，揭开饮料盖子大口地喝，文静而粗糙的男人。少量的汽水从他口角溢出，他抓过背包，从里面摸出纸巾。他的背包更旧，有几处破口，令人想到长途跋涉的背包客。思梅突然觉得，自己似乎也流浪了很多年。

又过了半小时，队伍推进仍然很慢。佟远也急躁起来，屡屡站起身，伸直脖子往餐厅里看。他本来个子就高，鹤立鸡群。思梅很想笑，勉强忍住了，手机就在这时响了，此刻正是它每天必响的时间。是 Jack 的短信："在哪里？情况如何？"

Jack 的短信一成不变，形式主义却又过于执着。思梅看着手机发呆，不知如何回复。必胜客的晚餐自然不必提，但黄老板曾经约她晚餐后见面，这是必须提前报告 Jack 的，下午急着赶回城里和佟远吃晚饭，倒是忘了。思梅正想着，佟远浑厚的男低音闯进思梅耳朵里："他们明明没有排队！而且也没有订位！我听见他说找你们经理了！"思梅循声看过去，发现他们已经排到头一个。但有人在他们之前加了个塞。

"他们早就来过的。名字也登记过的。人家有急事，又出去了。讲好的，你不晓得而已。有什么好吵的啦？"带位小姐毫不示弱。

"我在这里等了一个小时了。我就没见他们来过！再说我也有急事，晚上还要通宵加班呢！后面还有这么多人在排队，说不定他们都有急事呢，你问过大家了？"佟远提高音量，义正词严的。

小姐稍稍收敛了气势，阴阳怪气地低声说："如果让你先进去，你一定不会说这么多……"

餐厅经理小跑出来解围，赔着笑请佟远和思梅就座用餐。佟远却没下台阶，铁青着脸站着。思梅在他耳边小声说："我们换一家，不吃了。"佟远感激地看了一眼思梅，回头向着等位的长队瞭望，看见推轮椅的母亲，转身对经理说："我们不吃了！我的位置，让给她们！"

三分钟之后，佟远和思梅并肩走出大厦。空中飘着毛毛细雨，偶尔落到脸上，清清爽爽的。佟远低头小声说："对不起！我害得你没饭吃！"

思梅忍俊道："看你，把我说得像个饭桶。"

佟远反倒愈发严肃认真起来："我不是那个意思！我脾气不好，一生气，就忘了是在请人家吃饭，不是只有我自己。"

思梅强忍住笑，故意嗔怪道："看你！又把我说得那么小气！"

佟远憋红了脸，还要继续解释，思梅连忙抢过话头："今晚真的要通宵加班？"

佟远点点头："有个计划明早要交。"

"那还吃什么必胜客！都已经快八点了！你公司在哪里？"

佟远转身，指指不远处一座六层高的办公楼，八九十年代的建筑，躲在陆家嘴林立的高楼大厦之中，难免显得局促而忐忑。一共三名员工的公关公司，客户也只有一家，金碧辉煌的摩登大厦恐怕是负担不起的。

"走！我们去买外卖！今晚不要浪费时间，好好工作！"思梅拉起佟远的胳膊，迈开大步往前走，两人肩并着肩，兴致高昂，好像他们将要打包的，是天下最可口的美味。

思梅的手机却突然响了。响个不停。这次不是短信。

思梅想起 Jack 的短信还没回，心中一沉，拿出手机，却看到黄老板的号码。黄金龙在电话里气哼哼道："小邢！妈的快来把我送回酒店！"

*

五分钟前。就在思梅和佟远走出大厦的一刻，一个身着黑色风衣，身材娇小的摩登女郎，匆匆来到必胜客门前，对带位小姐说："我刚才登过记的，现在轮到我了吗？"

小姐茫然地翻着登记簿："有吗？我怎么不记得？"

"怎么没有？我就排在刚才那个男的后面。"风衣女郎一把夺过登记簿，"他的名字在哪儿呢？刚走的那个男的，带着一个女的？我的应该就在他们下面！"

小姐半信半疑地指指登记簿："他的名字在这里……您的名字在哪里？"

"不对的！你肯定吗？不是这个吧！下面怎么找不到我的名字？"

"不会错的，就是这个，姓佟的，我不会记错……"吵架了自然不会记错。

"哎呀烦死了，算了不吃了！"风衣女郎不容带位小姐说完，转身快步走出大厦去。留下茫然的带位小姐：今天的顾客怎么都这么大的火气？带位小姐却不知道，只需一眼，登记簿上的名字和手机号码就都印在那摩登女郎脑子里了。

6

同一个夜晚，北京虽然比上海更冷，却并没下雪。北风刮得很凶，像是一群囚兽突然从笼子里跑出来了。

在六环之外，平谷城区往东约 20 公里处，有个半山腰的小村子，不过二三十户人家，被果林环抱，只有一条窄窄的土路进出，分外僻静。土路穿过小村，沿山势上行大约百十米，路边有一户院子，红砖砌成的院墙与村子里的农宅区别不大，只是地势更高，因此显得院墙也高，隐约的一片，比村子里的院子大。不像住家，倒像是村办的小企业。院墙内的房子倒是不多，被树木的枝冠遮掩，从外面只能隐约看到房顶，普普通通的。

院子里却有一座环形大宅，下沉式设计，一连三层。宅子建成 U 形，中间是个露天花园，好像一口巨大的天井。大宅亮着一大片灯，都被收在"天井"里面，院子外是见不到的。柔暖的光线穿过深色窗帘的缝隙，抹了一缕在花园的假山石上。

那亮着灯的正是巨大的主卧套房。正中是超大的欧式双人床，床侧竖着一面画着中国山水画的屏风，屏风前是豪华的欧式贵妃椅。床的另一侧是烤漆的梳妆台和高背椅子。厚重的深蓝色天鹅绒窗帘拉开了一条缝，露出落地的玻璃窗，好像一条狭长的镜子。

赵安妮走进卧室时，中原集团的总经理兼党委书记冯军正斜靠在贵妃椅上，拿着一份报纸阅读。

赵安妮轻轻关上卧室门，把包扔在床上，开始脱她的呢子大衣。冯军继续读报，仿佛并未察觉有人走进房间。赵安妮还是故意放慢了脱衣的速度，从容地把身体舒展开来，仿佛一株含苞的花朵，正缓缓地绽放。

赵安妮欣赏玻璃窗上自己的身影，仍像十年前一样婀娜。她也在玻璃窗上看到冯军的目光，眯着眼，有一团烟雾，正缓缓在他眼前扩散。赵安妮无声地走过去，把手搭在冯军肩头。冯军转过身来，把烟掐灭在烟灰缸里，顺势握住赵安妮的手："累吗？"

赵安妮并不回答。她俯下身，用胳膊圈住冯军的脖子："红军，我想妞妞了。我想去伦敦。"

"好啊，那就去待两天！"

"不嘛，我想去待上几年，陪妞妞上小学。唉！那么小，爹妈就不在身边，多可怜！"

"妇人之见！那么多人陪着她呢！"

"再多，也比不上自己的爹妈！我不要我的女儿从小没人疼！反正你现在也用不着我了。我也整天闲着。上海就是个空壳，找公关公司做什么宣传计划，可正经连业务是什么还不知道呢！"

"胡说！谁说我用不着你？你也知道，中原在跟林氏打官司，把我弄得焦头烂额呢！"

赵安妮知道冯军指的是中原集团和香港上市公司林氏集团因青岛郊区那两千亩地皮产生的纠纷。地皮本是中原集团的，承诺卖给香港林氏，收了十几亿的定金，但林氏集团的内部突然出了家族丑闻，林老板被儿子篡了权。中原集团借机以林氏集团的声誉问题为名，拒绝履行和林氏签署的地皮开发合同，同时又以林氏当前控制人不明为由，拒绝退还定金。林氏集团为了这批土地欠下银行巨额贷款，青岛合约被撕毁的新闻一出，公司股价立刻大跌。林氏面临破产的危机，自然要和中原集团打官司。赵安妮斜眼瞥着冯军，不屑道：

"不就是个香港上市公司吗？它在大陆跟你打官司还能占到便宜？法院难道会向着它，跟中原这样的大国企过不去？"

"话是这么说，可香港公司会利用媒体嘛！现在已经搞得满城风雨了。弄不好，咱们就成了骑虎难下了。"

"嘁，那也是你自己惹的！吃着碗里的，想着锅里的！"

赵安妮用鼻子哼了一声。她心里很清楚，有家在英属维京群岛注册的公司正秘密接触林氏集团。那公司声称在大陆颇具人脉背景，能保证林氏顺利拿回那两千亩土地。当然忙也不是白帮的，条件是林氏按市价出售20%的股份。拿到这20%，英属维京群岛的那家公司将超越林氏家族，成为林氏集团最大的股东。其实说白了，公司就变成人家的了。而且目前林氏股价算是跌入谷底了，这20%的股份也就值两三千万美金。

"看你说的！我这还不是为了给咱们多赚点？"冯军立直身子，收起笑容。赵安妮却不以为然，继续撒娇道："赚了也是你的，不是我的。我什么都不要，就要我的女儿。"

"蠢话！你当初不是跟我保证过，不会因为女儿感情用事？"冯军也瞪了眼睛。赵安妮噘着嘴不再说话，手也离开冯军的胳膊，从梳妆台上拿起梳子把玩。

冯军的语气又软下来："乖！再坚持一阵子。钱现在都在黄砣子手里，你得给我把他看牢了！那可是咱提着脑袋赚来的。等林氏20%的股份到手，咱就把地皮给林氏，股票肯定翻几倍，到时候再把股票一抛，这辈子也就够了。然后咱们一起去英国。好不好？"

这回是冯军把手放在赵安妮手背上，好像慈父似的。赵安妮撇了撇嘴，没再言语。冯军哈哈一笑："看你！跟个小孩子似的！今天上午去金合了？怎么样？"

"能怎么样？不也是个壳子？又没啥正经业务，还弄了一屋子人！五六个上班的，都挺年轻，像是本地招的，除了常芳。"说到常芳，赵安妮把嘴噘得更高了。冯军柔声问："怎么了？受气了？"

"不敢当呢！本来就是我自讨没趣送上门的！说什么要给人推荐个会计！常芳差点儿跟我翻脸了！我走路都得绕着那座大厦，省得让人打闷棍！"

冯军仰头笑道："哈哈！我倒要看看，谁敢打你这个'高干外甥女儿'的闷棍！"

赵安妮佯怒："讨厌！说真的呢！我要给公司搬家。我不要每天离他们那么近！心烦！"

"乖，别生气！"冯军把嘴凑到赵安妮耳畔，"我亲自给黄砣子打电话，让你把会计派过去！"

赵安妮又"嘁"了一声，好像鼻子出了毛病："嘁！他能听你的？你让他别用那块羽毛球场，他听了？"

"唉！你啊！"冯军叹了口气，又呵呵笑，却并没下文。赵安妮眉梢一扬，轻声问："今晚，你还走吗？"

"唉，今儿晚上……"冯军低着头犹豫。

"怎么？开始怕老婆了？"

冯军眉头一皱，似要发作。赵安妮双手搂住冯军的脖子，声音立刻换了一个频率："人家明天就要回上海了，人家要你陪嘛！"

"明天？干吗那么急？"

赵安妮小嘴一噘："还不是得去灵隐寺给你还愿？"

冯军恍然大悟："又到日子了？乖，你真好！去了多替我美言几句！"

"嘁，人家替你跑断了腿了，你都不答应多陪陪人家！"

"哈哈！好吧，今晚不回了。陪你！"冯军伸手点点赵安妮的鼻子尖。赵安妮咯咯笑着躲进冯军怀里，像个早熟的小姑娘。冯军抱着赵安妮轻声道："饿不饿？叫田嫂弄点儿吃的？"

"好啊！随便什么都行！我去换衣服！下了飞机就忙着往这儿赶，身上臭死了！"

赵安妮边说边从冯军怀里钻出来，穿过主浴室，走进更衣室。那更衣室足有二三十米长，仿佛一条漆黑狭长的隧道，两侧排列着巨大的衣柜，隧道的两头各有一扇门，一扇和主浴室相连，另一扇直接通向楼道，两扇门都没有锁。其实还有第三扇门，藏在某个衣柜里，那却是长年紧锁的。修建人防工事，那可是冯军年轻时候的强项。

赵安妮轻轻关上门，把自己关在漆黑的更衣室里，掏出手机，飞速打好一条短信：

> 宝贝，今晚要陪老家伙，见不了了。你的菊

赵安妮一点发送键，短信化作电波，飘向北京城区灰雾笼罩的夜空。

"小邢啊，你总算来了！看把黄总急的！"

常芳原本坐在沙发上跟黄金龙窃窃私语，看见思梅则立刻起身相迎。黄金龙喉咙里咕噜了一声，满脸的不屑，却又忍不住瞥了思梅一眼，嘴角的半根烟卷险些掉下来。他正斜靠在皮沙发上，像是一只充气过度的大皮球。包厢不算小，可此刻正烟雾弥漫，加之酒精的腐臭，着实令人作呕。

"黄总今晚喝得有点高！你看看！这脸红的！你送黄总回香格里拉吧！"

"我没高！"黄金龙脾气突然大起来，摇摇晃晃往起站，脚下一趔趄。思梅赶忙上前扶住。常芳也跟着叫，脚可没动地方："妈呀老黄你小心着点儿！还没高呢？舌头都硬得赶上砖头了！也不知今儿晚上要整个啥，咋喝这老多呢？"

"那不是得陪……陪领导吗？"

"得了吧！"常芳哼了一声，扭头对思梅说，"人领导早都走了，自己个儿还狠命灌呢！你说把自己身体喝坏了，多让人心疼！"

思梅问："黄总怎么了？"

常芳叹了口气："唉！别提了！心里不痛快呗！"

黄金龙却借着酒劲儿叫起来："我没啥不痛快的！我又没干啥见不得人的事儿！谁他妈干了谁清楚！吃了狗屎来让老子擦屁股，完事还他妈给老子后背捅刀子，老子他妈的干死你！"黄金龙边叫边挥舞双手，身体立刻又失去平衡，思梅扶不住，只得任由那沉重的大肉球再滚回沙发里。思梅心中纳闷：黄金龙这番牢骚，莫非和今早见到的女

人有关？

　　常芳忙打断黄金龙："你瞎咧咧啥！我看你真是醉得不轻！赶快让小邢送你回香格里拉！小邢，账已经结过了，黄总的车送领导去了还没回来，你陪黄总打的吧！"常芳正说着，包里的手机突然响起来，苹果手机特有的铃声。思梅知道常芳有一部苹果手机，不知是3G还是3GS，平时总放在她自己的办公桌上。常芳掏出手机接听，该是她的司机打来的——常芳也雇了带司机的私车，不过不是奔驰而是宝来，司机也不是全天候，只是一天用两三次而已。常芳忙穿上外衣往外走，出门了又返回来，好像突然想起什么，凑到黄金龙耳边："老黄，你喝多了，注意点儿！早点儿歇着！"

　　思梅知道这句是什么意思。常芳虽然表面热情，内里却在小心提防着思梅。这也正常。不过，黄金龙的确是醉了。看来今晚机会难得。思梅招呼饭馆的服务生叫了车，把黄金龙扶出餐厅。黄老板晃晃悠悠的没有重心，半个身子都压在思梅胳膊上。多亏有服务生帮忙，不然黄老板到不了车子里。

　　思梅主动陪黄老板坐后座。黄老板上了车就像个死人，一动不动也不说话，倒是把思梅的手抓牢了，让她也动弹不得。手机突然在思梅的牛仔裤口袋里振了振。又是短信。应该不是Jack。她在来餐厅的路上已经跟Jack通过电话。除非有特殊情况，Jack绝不会在她和金合的人在一起的时候打电话或发短信，更不用说那人是黄老板。那又是谁的短信呢？思梅很想拿出手机看一看，手却被黄老板紧抓着。黄老板的胖手心儿好像沾了水的肥皂，又冷又硬又腻味。思梅看看黄老板，突然发现他不知何时把头扭过来冲着思梅，而且眼睛半睁着。思梅一惊，心脏跳到了嗓子眼，也彻底打消了拿手机的念头，轻声说："很快就到酒店了，要不您先睡一会儿？"

　　黄金龙不吭声，也不放手，头倚在椅背上，眼睛仍眯缝着，好像一尊遥望众生的佛像。思梅心中愈发忐忑，不知他心里打着什么主意。又过了片刻，鼾声起了，眼睛还眯缝着。原来他就是这样，睡觉的时候眼睛闭不牢。思梅松了一口气，小心翼翼抽出手，掏出手机。短信只有一句：

　　　　盒饭很好吃！可惜你没吃到！

*

黄浦江的另一侧，在那藏在摩天楼缝子里的旧办公楼里，佟远正看着手机发呆。手机后面是电脑显示屏，屏幕上的计划只做了个开头。今晚效率低下，完全不像工作中的他。桌上有两个快餐饭盒。一个空着，另一个还没动过。邢珊没来得及吃。临走时，她说："我来不及了，你替我吃了吧！"

邢珊到底去了哪里？那个让她刻不容缓的电话声音大得出奇。那是一句粗话。他没多问，她倒是解释了：老板喝多了，等着她去接。是上次那个打算骚扰她的老板吗？佟远放下手机，努力把心思放在电脑屏幕上："2011年，提升华夏房地产的企业形象，利用企业优势，扩大在上海乃至华东区的影响力……"都是废话，空洞至极。邢珊到底去了哪儿？是谁在电话里冲她说粗话？她到底在哪儿上班？多半不是她曾经告诉过他的那栋楼，否则她就不该去那球场打球。她到底还有多少秘密？

佟远使劲儿搓了搓脸。好吧，扯平了。反正大家都有秘密。

思梅颇费了些气力，才使黄老板躺在床上。

从出租车到香格里拉的客房，黄老板算是略有配合，但主要还是靠着思梅的胳膊。黄老板一进客房，就彻底成了一摊烂泥。思梅直起身子喘了口气，再看黄老板，正四仰八叉地躺在床上，眯缝着眼打呼噜。现在该做些什么？

不知为何，几天来的兴奋一扫而光。此刻她只想逃离这飘着酒气和鼾声的酒店房间。这里让她脖颈发僵，后背微微冒冷汗。床上躺着的男人，就像沉睡的怪兽，随时有可能醒过来，把她一口吃掉。

冷静。思梅深吸一口气，默默告诫自己。不能在这时候退缩。她是高级调查师，正在完成一项秘密调查的任务。这是梦想的起点，不能在此时做了逃兵。

思梅把思想集中在项目上，这是她思考过几百遍的：金合到底有没有在长山合资里捣鬼？当然，她不能指望今晚就得到答案。但她需要得到线索。线索，或许隐藏在一些更为容易回答的问题中：长山的运营状况如何？财务状况如何？资金是否真的被挪用了？工商档案里有的只是注册资本，并无年检审计报告。长山是千里之外的偏远小镇，合资公司的账本和资料都锁在公司办公室的抽屉里，黄金龙未必会带在身上。即便真的带了，也未必是真的——你不知他带来给谁看的。哪家民企没有好几本账？

长山遥不可及，线索还得从黄金龙身上找。迂回求解。每个高难度的商业调查项目都好像一道复杂的数学题，不绕几个弯子是难以发掘真相的。黄金龙平时都在忙些什么？和什么人来往？谈的什么生意？除了长山和金合，还有什么其他投资？赔了还是赚了？有没有贪污米莎资金的动机？

一阵清脆的铃声在黄老板身上响起来。思梅一惊，冷汗终于冒了出来，头脑倒是更加冷静了。黄金龙的手机是一只诺基亚N97。思梅也有一只一模一样的，是她到金合上班后，GRE给她配置的。她还从没用那N97打电话或发短信，可她比黄金龙更了解那手机的功能。

手机铃声响过八遍，不响了。黄老板一动没动。思梅鼓足勇气，蹑手蹑脚来到床边，手轻轻伸向黄老板的外套。思梅暗暗告诉自己：黄金龙醉了，不会醒过来。可他的眼睛仍眯缝着，仿佛正注视着思梅的一举一动。思梅愈发心慌，很想立刻起身跑掉。她闭上眼，努力回忆Jack的话：沉着。她深吸一口气，轻轻推推黄金龙的肥胳膊：

"黄总，这样睡舒服吗？把外套脱了再睡？"思梅边推边轻声说。黄金龙一动不动，没有反应。思梅稍稍放心，加大手上的力度，胆子也慢慢大起来，黄金龙却像在床上生了根。思梅铆足了劲儿，黄金龙好歹翻了个身。思梅把外套揪下一半，另一半还压在黄金龙身子底下。思梅探手一摸，手机硬邦邦的就在衣兜里。她迟疑了片刻，并没立刻去拿手机，而是继续使劲掀动那个大肉球，一边轻声说着："这怎么可以呢！会感冒的！"

思梅边说边用力把外衣完全拽出来，给黄金龙盖上被子，这才把手伸进外衣口袋，掏出N97，关机，拆下SIM卡……

突然又是一阵清脆的铃声。这次是门铃。不早不迟。门外有人连声问："黄总？黄总？您睡了吗？"

是老孙，黄总的司机。思梅心中大惊：他怎么来了？

"黄总！黄总？您没事儿吧？"

敲门声更急了。思梅四处看了一圈，这是标准的酒店房间，并无躲藏之处。这可怎么办？思梅四处搜索，一眼看见茶几上的矿泉水瓶子，高声应道："就来！"

地球的另一侧，美国纽约长岛的高档住宅区里，有一座乳白色的四层洋房，坐落于宽阔的花园之中，如绿草坪上抛锚停泊的豪华邮轮，沐浴在冬日午后的阳光里。这曾是纽约售价最高的豪宅之一，象征主人的才能和成就。然而，世异时移，光辉不再。这房子或许就是尚存的一切，但时间还在延续，一切尚未定论。主人仿佛刻意在躲避阳光似的，把每间房间的窗帘都拉严了。在那些不见阳光的房间里，不知蕴藏着什么秘密。

顶层的书房里正弥漫着雪茄的呛人气味。长像如爱因斯坦的金发男人，一手夹着雪茄，一手拿着手机，眯着眼，在黑暗中轻声细语："亲爱的，那颗东方的明珠怎么样了？"

"对不起，我不知道你指的是什么。"手机中的女声委婉冰冷，仿佛受了地球另一侧那寒冷冬夜的感染。

"呵呵，"男人微微一笑，"Yan，我不相信你会真的缺乏幽默感。"

"Jason，如果你想找乐子，干吗不去看脱口秀呢？"

"哈哈！看看，你的确并不缺乏幽默感。"GRE 创始人 Jason 的笑声更嘹亮，以隐藏心中的小别扭。若是在以前，即便是这女人老板的老板，也不敢用这种态度跟他说话。当然现在不同了。他不再是全球顶尖商业调查公司的总裁，她也不再是那家公司的雇员。一个月前，这女人从她老板手里接到一个叫作"晚餐"的案子，尽心尽力完成了调查，却没承想，那个案子只是老板精心设计的一个陷阱。因此他们绕开了那公司，直接结成了一个秘密联盟。他们彼此帮助，但归根到底，是她在帮他一个忙。

"好吧，你是对的。那就让我们节省些时间，直接进入主题吧。你是不是有好消息要告诉我？"

"我一周前才刚到上海。"

"一个老练的调查师，不需要太久，就会带来好消息。"

"那就请你找一个真正老练的调查师吧！"她说的没错。作为调查师，她还算不上老练。从入职到离职，一共也不足三个月。然而，就是这三个月时间，她向所有人证明了，她适合干这一行。她的进步突飞猛进。但这些都并非 Jason 找上她的真正理由。他看好她，不仅仅因为她的调查技巧，更因为她拥有充足的理由做这个调查。尽管她表面对此并不热衷。这大概就是东方女人的特点吧。Jason 喜欢这种特点——从不把内心的愿望写在脸上。

"其实，我要是你，早就去环游世界了。再说，谭先生也未必会那么讨厌香港，是不是呢？" Jason 悠悠道。只要她的丈夫——不，该说是前夫——还关在香港的监狱里，她就一刻不得安宁。这一点他在新年前夜见她第一眼时就猜到了。

"我需要帮助。"她的语气很坚定。这正是 Jason 想听到的。

"我已经按照你的要求，给了你一辆车，有本地牌照，引擎很安静。还有一台手提电脑和两部充值手机，一部本地号码，一部香港号码。你现在还需要什么呢？"

"我需要查一个电话号码的机主姓名和通话记录。"

"中国难道没有人能做这些？据我了解，那里有些小公司是无所不能的。"

"最近风声紧。除非是老客户，新活儿没人敢接。我知道 GRE 的服务商有人能做，但我不能找 GRE 的服务商。他们会告诉 Steve。"

"真的没有别人能帮你？我想想看啊，北京办公室是不是还有一位方先生？他的工作效率似乎很低啊，怎么还能留在 GRE？居然没被炒掉？"

"你说的没错。方和 Steve 之间有矛盾，但正因为他还在 GRE，说明他和 Steve 已达成某种协议。因此，我不知道能不能信任方。"

"亲爱的，有时候，优秀的调查师也需要冒一些小风险。而且，" Jason 顿了顿，"你们中国人不是有这样一句话：知己知彼，百战百胜？"

对方没有回答。电话里一片沉寂。Jason 继续说："你如果真的了解对方需要什么，你的风险或许就会很小。"

女人冷冷一笑："好。既然你说了，我就没什么可担心了。"

▼10

"哎呀！真不好意思！睡了？"

司机老孙站在客房门外，搓着手，话里有话。思梅假装没听见，故意不回答，只是微微含笑地看着他。思梅本来紧张得喘不过气，可门打开的一刻，却突然自如了，就像面对摄像机的演员突然进入角色了。

倒是老孙显得更不自然："我去送领导回家，再回饭馆就没人了，我心里惦记着黄总，黄总的电话没人接，给常姐打电话她又不接！我就想，还是到酒店来看看，黄总是不是已经回来了？"

老孙边说边往房间里瞅。房间里很昏暗，只有一盏床头的台灯亮着。床上小山似的一团被子，被子里有人鼾声大作。思梅的着装很整齐，只是前胸的衣服湿了一片。

"黄总已经睡了，喝得有点儿多，是常姐让我把黄总送回来的。"思梅用手摩挲衣角，"黄总刚才吐了，刚刚我在卫生间里收拾，所以耽搁了……"

"这样啊！唉，辛苦你了！真是的，本该我来送黄总的！结果耽误你这么晚，还把衣服也弄龌龊了。要不，你赶快回家吧？剩下的我来！"老孙作势要进屋，思梅没让路。黄金龙的手机上正插着一根线，复制尚未完成。思梅嘴上却说："没有关系的，都收拾得差不多了，我也正要走呢。"

"那我送你？"老孙微微弓着身子，眉眼都笑在一起。

"不用了，我叫朋友来接我了。"

"真的吗？不要客气！这么晚了！没有地铁了！"老孙说着，又往房间里看了两眼。思梅心中诧异：老孙到底是想守着黄金龙，还是要盯住自己？看来今晚无论如何都不能让他如愿。

"没有没有，我没客气呢！真有朋友来接我！要不，我打电话问问我朋友！看看他到哪里了。如果还没出来，我就搭您的车！"思梅边说边掏出自己平时常用的手机："喂？你出来了吗？我们单位的司机师傅来了！你要是还没出来，就不要麻烦了！我让他送我回去……"

老孙笑眯眯看着思梅，表情好像猜透了剧情的观众。思梅权当没看见，继续说道："什么？你快要到了？好的好的，我知道了！到了给我电话，我就下来！"

老孙脸上笑容依旧，表情并无明显变化。思梅收起手机："他就要到了。就不用麻烦您了！这么晚了，您还是早点回去休息吧？谢谢您！"

"哦，那好那好！那，我就先回去？"老孙的笑容又多了些，转过身却并不往外走，犹豫片刻又转回来，"这么晚了，总要把你送上车的！"老孙说罢，不由分说，一步挤进屋里。思梅只好后退一步，却仍站在老孙和大床之间。老孙伸头看看思梅身后，突然叫道："哎！得帮黄总把衣服脱了！不然容易着凉啊！我来我来！这种事情，怎能让年轻姑娘做呢？"

老孙正要绕过思梅，思梅索性微笑着让开路。她别无选择："好的好的！那我去卫生间，把衣服吹吹干！"

思梅从床头拎起皮包，走进卫生间。两只N97都在她的皮包里，不知复制是否完成了。老孙仍站在床边，并不动手给黄金龙脱衣服，只笑嘻嘻目送思梅走进卫生间。思梅更加确定：老孙的突然出现，绝不是为了做个称职的司机。莫非，他是常芳派来监视思梅的？看上去却又不太像。思梅搞不清楚，老孙更感兴趣的到底是自己，还是床上的黄金龙。

叮咚——门铃突然又响了，这次却在思梅意料之内。正是时候。

"谁啊？"老孙叫了一声，眼睛却仍盯着思梅，好像是在问她。思梅假装没看见，虚掩上卫生间的门。有人在门外回答："对不起！门口停的S500是哪位的？"

老孙快步打开房门。酒店服务员正站在门外，满怀歉意道："您下楼看看吧！有个二百五，把您的S500给剐了！"

卫生间里，吹风机轰轰地响起来。

*

十分钟之后，思梅走出香格里拉的正门，看见老孙正和一个年轻女孩站在停车场里。思梅走上前去，低声问老孙："怎么了？"

老孙气急败坏："这女的，开车二百五！那么大的地方足够给她停车的，却偏偏要剐到我！"

思梅瞥了那女人一眼。她正举着手机用上海话抱怨，一脸的官司，没工夫也没心情看上思梅一眼。正如思梅所料，她是GRE上海办公室的同事，演技高超，尽管还不是高级调查师。

思梅故意大惊小怪地说："啊呀，那怎么办？"

"还好了。不严重！等交警来处理呢。"

思梅把门卡递给老孙，一脸歉意地说："不严重就好！那我就不陪您啦？这是黄总房间的门卡。我朋友快到了。"

思梅走过两个街口，拐了个弯，穿过一条地下通道，又回到刚才经过的第二个街口，黑色旧款的奥迪正悄然停在路边。思梅知道，这意味着没人跟踪她。否则车就不会等在这里了。思梅拉门坐进车里，长出了一口气，心中隐隐兴奋着。她把 N97 递给 Jack："那个 APP 只能拷短信和通话记录。不过姓黄的电话里也没装别的，电邮什么的都没有。我大概看了看，短信好像没几条。可惜不能复制硬盘，不然的话，手机里删除的短信也有可能抓出来。"

Jack 接过手机，缓缓开动汽车："楼上都收拾好了？"

"收拾好了！多亏你来得快！"

"那司机来干什么？"

"他说他开车去送领导了，回到餐厅黄金龙已经走了。他打电话给姓黄的，没人接，放心不下，才回酒店来看看。黄的电话上，的确有他的未接来电。看他那意思，是打算让我先走，他留在那儿。不知道是对我不放心，还是有别的目的。"

"司机叫什么？"

"都叫他老孙，应该是本地人。四十多岁，也是最近新雇的。"

"打听一下他的全名和大概的出生日期。"

"嗯。"思梅点点头。沉默了片刻，忍不住问，"那是 Judy 自己的车？"

Jack 点点头："公司会赔付的，还有额外补偿。"

"她怎么这么快就到了？"

"我今晚让她一直待在附近，不会让你单独行动的。"

思梅一时不知如何作答，侧目去看车窗外夜色笼罩的街道。Jack 清了清喉咙，问道："姓黄的没做什么吧？"

思梅没立刻吱声，也没把视线转回来。她突然想起佟远临别时充满疑惑的眼神，心中没来由的一阵纠结。过了片刻，她小声说："没有，都醉得不能动了。"

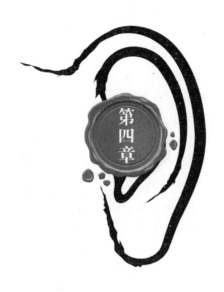

第四章

暗度陈仓

一夜没有黄金龙的电话或短信。

　　思梅估计，以他的醉态，恐怕得一觉睡到第二天中午。即便如此，思梅还是一早赶到香格里拉的大堂坐等。就算黄金龙起不来，常芳或司机老孙随时都有可能出现。她得做出尽职而坦然的样子。她知道这些人都在盯着她，她得格外小心。

　　思梅等到九点，试着给黄金龙打了个电话，手机关机了。思梅心中一紧：昨晚离开时，黄金龙的手机是开着的，而且电量很充足。莫非是他半夜醒过来关了机？很难想象，烂醉如泥的黄金龙醒过来特意关掉手机。以他昨晚的睡态，就算救火车也吵不醒他。又或者，有别人动过他的手机？是谁呢？司机老孙？和她昨夜的行动有没有关联？

　　思梅越想越疑，乘电梯来到黄金龙居住的楼层，那房间却大门敞开，清洁工正在里面打扫。思梅忙到前台一问，方知黄金龙竟然六点不到就退房走了。思梅心中更加忐忑，不知出了什么问题：莫非昨晚黄金龙并没有真睡？又或者被司机老孙发现了什么蛛丝马迹？思梅犹豫着要不要去金合上班，也犹豫要不要立刻通知 Jack。如果黄金龙对自己已经起了疑，回金合也许会有危险。但如果不回，他恐怕就不只是怀疑了。自己已经在香格里拉坐了一早上，也没发现危险的迹象。金合的办公室毕竟在繁忙的写字楼里，员工又多为新招聘的年轻人，黄金龙也已离开上海，常芳未必做得出什么过火的事，尽量小心就是。还是不要立刻通知 Jack，省得他小题大做。

　　思梅回到公司，果然一切如常。常芳反倒比平时更热情亲密，把思梅拉进自己的办公室，满脸堆笑，谢字没离嘴，还要请思梅吃饭。按她所说，思梅帮了她大忙：原本该她送黄金龙回香格里拉，却硬让思梅代劳。思梅回忆昨夜，常芳走得的确有些匆忙。而且黄金龙醉得厉害，不该在意谁送他回酒店。打电话叫思梅来送，也许真是常芳的主意。但因此就要请客吃饭，未免有些夸张，莫非是想借机亲近和拉拢自己？常芳虽然表面热情爽直，快人快语，骨子里却世故老练。思梅有可能成为黄金龙的"新宠"，这是明眼人都看得出的。为此来拉拢思梅，恐怕就把常芳想得太简单了。至于她的真实用意，未必是一时半会儿能摸清的。无论如何，自己得做出很买账的样子，不能流露半点戒备和怀疑。思梅主动向常芳提起黄总从酒店退房之事。毕竟她是助理，不该对黄总的下落不管不问。常芳立刻告诉思梅，黄金龙一大早就搭头班飞机去了北京，走得急，直接在机场买的票。

思梅关切地问："是不是出什么事了？"常芳哈哈一笑："没事儿！老黄猴急的脾气！想起个事儿就放不下！"

常芳正说着，自己的苹果手机叮咚叮咚地响，接连来了几封短信。思梅等她看短信，可没立刻退出办公室去，那样不够自然。她还想再和常芳聊点儿什么，恐怕不能再继续追问黄金龙去北京的缘由。常芳虽然热情得像亲姐姐，不可能对思梅不加防备。但金沙项目时间紧迫，也不知昨晚从黄金龙的手机里有没有获得有价值的线索。如今黄金龙又急着去了北京，在上海除了常芳再无人了解长山的内幕。常芳既然热情相待，这或许正是思梅的机会。

思梅沉默了片刻，待常芳看完短信，没话找话道："您可真忙！"

常芳笑答："什么呀，都是垃圾短信！什么卖房子的，保险公司，银行啥的！"

"听说苹果出 4 了，您干吗不换一个？"

"嘿！我不懂那玩意儿，也不稀罕追。可我儿子稀罕，给他买了个新的，这旧的给我用！老贵了这个，去年才买的，6000 多呢！你说苹果公司坑人吧？这么快又出新的？"

思梅故作惊讶："那么贵？您不是从专卖店里买的？"

"不是！我托人从长春买的水货！那前儿专卖店排队都买不上，唉！"常芳叹着气，表情却很欣慰，"我那败家儿子……"

常芳正说着，苹果手机又响。这回是来电。常芳似乎有些犹豫，不知该不该立刻接听。思梅连忙退出办公室，轻轻关上门。常芳在渐渐变窄的门缝里，努力伸长脖子，向思梅咧嘴一笑。

思梅回到自己座位，打电话把黄金龙周五回长山的机票退了，心里暗暗琢磨：看来果真出了令黄金龙意想不到的事，此事多半跟自己没关系。不知跟昨天来此造访的那位赵总有没有关系？黄金龙去了北京，常芳又格外谨慎，下一步，自己又该能做些什么？

思梅心中茫然，随手把玩鼠标，无意间却把QQ点开了。那片"蓝天"是灰白色的。佟远昨晚熬夜做计划书，这会儿大概在补觉。公关公司真的是份辛苦活儿，工资不高，却要经常在那古董般阴暗的老楼里加班。公关这行业，似乎是许多年轻人的事业起点——大学毕业却又缺乏一技之长。难道报社比公关公司更没有前途？思梅有些同情佟远，仿佛他是个因能力不足而需要被关爱的孩子。奇怪的是，这种缺陷并未削弱他的魅力。

思梅摇摇头，关掉了QQ，心却没能关死，总有什么地方好像留着一条缝，透着一线光。

*

佟远却并没睡觉。他正走出那古董般的老楼，双肩背反背在胸前。

从昨晚九点到今天上午九点，整整12小时，佟远完成了一份95页的计划书，里面全是套话空话。华夏赵总的指示原本模糊不清，没有具体的目标和步骤，却用了一堆"精准""到位"之类的辞藻。他原本痛恨虚情假意，对报社那些空洞的命题作文嗤之以鼻，甚至因此影响了自己的升职。可为了华夏房地产的项目，他还是熬了整整一夜。他并不清楚这份计划书到底会被多少人仔细阅读，但他必须把它做到最好。这是难得的机会。没人懂得这机会有多重要，就连经理小蔡和小蔡的老板高总都不明白。

只要努力，就会有收获；尽管这收获未必直接源自努力。半小时前，佟远把连夜赶好的报告发给赵总，随即又给她发了封短信告知。不到十分钟，赵总的电话竟然就来了：快速浏览了一遍计划，有明显进步！但还有些小问题，比如不够彰显华夏的自身特点，因此需要和佟远进一步沟通。但她很忙，这会儿在首都机场，过几个小时到杭州，之后几天会在浙江走几个地方，见一些领导和客户，不过，这倒是佟远熟悉华夏业务的好机会……

五分钟之后，佟远已经提着包，走在去往陆家嘴地铁站的路上。他得搭乘下一趟开往杭州的高铁。机会离他越来越近，眼看就能抓在手心里。

十点不到，太阳还不高，清晨的气息依然浓重。他左手边出现一个公园，不大，却有个湖。湖边有张牙舞爪的雕塑和低头散步的老人，都沉浸在灿烂的朝霞里。这个社会即便千疮百孔，阳光还是温暖美妙的。佟远深深吸了口气，顿觉神清气爽，困意也淡了。他抬头向远处瞭望，那金色的大厦，正在朝阳下闪闪发光。

*

　　金色的大厦里，思梅正面对电脑，耳朵里塞着耳机，貌似悠闲地边听音乐边浏览网页。其实她正在接听 Jack 的电话，努力把每个字都牢记在心。

　　神秘的赵总光顾金合，黄金龙醉酒后突然赴京。在这多少有些敏感的时刻，长时间离开座位接听电话，难免会引起怀疑。常芳办公室的大门正虚掩着，思梅的办公桌正好在她监视范围之内。门本是闭紧的，常芳接完电话，自己打开一条缝，还笑嘻嘻地说："屋子里真闷！"其实打不打开都一样，常芳未必是唯一的监视者。在这金色的大厦中，本无彻底安全之地。正如 Jack 说过的：最安全的地方，或许正是众目睽睽之下。思梅尽量让自己放松，手里摆弄着鼠标，暗暗集中注意力，听 Jack 叙述 N97 的初步分析结果：

　　只找到几条垃圾短信，没有有价值的信息。来电记录的搜索结果：晚上 10 点 15 分的未接来电，来电者的名字只有一个字"孙"，该是司机老孙。之前是两通拨出电话：8 点 50 分打给思梅，7 点 22 分打给一位"老冯"。再早还有十几通来电记录，除了与常芳、思梅和老孙的通话，其他号码都不在电话簿里，通话时间大多极短，或许是垃圾电话。Jack 尽量使用温和的语气，但思梅还是听得出：N97 中获取的信息价值不大，在 Steve 那里是交不了差的。

　　Jack 轻轻叹了口气，轻描淡写地说："没关系，我找人查查那几个号码，那个姓孙的，和姓冯的，还有那几个不在电话簿里的。"Jack 稍事停顿，又补充道，"反正手机也复制了……"

　　思梅明白 Jack 的意思：复制别人手机已经违规了，也不怕再多违规一些。Jack 不仅是在安慰自己，他的确也会这样去做的。

　　盗取他人手机通话记录并反查与其通话之人的身份，绝非合法行为。GRE 是大型跨国公司，又在纽约证交所挂牌上市，受到各方严格监管，按理说绝不可违法操作，否则不仅会给自己带来风险，也会给客户带来麻烦。按照很多国家的法律，当服务提供者采取非法手段为客户服务时，客户也难辞其咎。而且，非法的调查手段一旦被发现，也会在未来的诉讼中对客户极其不利。但 2011 年的中国并非美国，既缺少严谨细致的法律约束，也缺乏全面有效的法律监督。在这里，"资源"就等于一切。而"资源"又是什么？

关系，钱。

GRE 在中国经营近 20 年，"资源"绝对不少，却绝不能随意使用。对于大多数项目而言，GRE 守法合规。踩入灰色地带固然难免，但即便踩，也要留不下把柄。非法越线是绝对不能做的。"金沙"这项目却与众不同。似乎从上至下都不言而喻："金沙"可以"越界"。这是自思梅接到卧底指令时就感觉到的。尽管卧底任务在 GRE 并不罕见，但那往往是去卧客户自己的"底"，好比一家大型跨国公司为了调查其在中国的分公司，而任命 GRE 派出调查师卧底。自己调查自己，这合理合法。但像思梅这般被秘密派入客户对手的公司中卧底，那就另当别论——对方公司的办公室可不是公共场所。

所以，既然开端就已经越线，后面当然也可以继续越。只要能获取有价值的线索，盗取手机通话记录又有何妨？或许这正是 Jack 的担心之处——越线如同玩火，玩不好不但帮不了客户，还会烧到自己。而这"自己"不仅仅是 GRE，还有参与项目的调查师。为了一个之前从无合作的俄罗斯客户，凭着一封毫无价值的检举信，Steve 为何就如此大胆地接了这项目，而且势在必得？

但老板就是老板。老板要星星，就不能给月亮。而且这对于思梅，是个千载难逢的机会。Jack 沉默了片刻，又开口时，声音严肃了一些："时间不多了，我们得再想想别的办法。"

思梅顿感压力倍增。是的，时间更紧迫了。昨晚费尽心机拷贝的手机信息用处不大，黄金龙又离开上海了。下面还能做什么？思梅轻轻敲击键盘，发出极其微细的声音。那键盘早被她悄悄与电脑分离。键盘的另一端，则接入一台火柴盒大小的设备上。那设备正将思梅用五笔字型盲打的句子送向几公里外 Jack 的电脑：

我该怎么做呢？我手里并没有别的线索。

Jack 沉默了片刻，沉沉地说："Steve 刚刚透露了一条新的线索。米莎集团派驻长山公司的副总，一个俄罗斯人，和长山公司的一个会计关系暧昧，但恋情很隐蔽，平时在公司都假装不认识。但大约三周之前，那个会计突然不来上班了，米莎的副总也联系不上她，不知能不能算失踪。那副总也无法找公司的中方员工打听，因为两人完全没有工作交集。"

思梅心中一动：让一个热恋中的女人突然从她的男人身边消失，恐怕绝非易事。也就是说，那会计的确有可能是失踪了，而且失踪得迫不得已。那又意味着什么？莫非，是她得知了不该知道的事情？思梅悄然轻敲键盘。几公里外，Jack 的电脑上，思梅的对话框里冒出四个字：

财务欺诈？

"有可能。但还有许多种其他可能。"耳机中传来 Jack 的声音。

Jack 说得没错。会计的失踪可以有多种解释。但既然暂时没有其他线索，就只能按照这条假设挖下去——如果真是财务欺诈，具体又是哪一种？关联交易？做假合同买空卖空？还是直接做假账，挪用或贪污公司现金？不论哪种行为，最终的目的都是把合资公司的钱转移到别处。如果那会计果真是因为得知了内情而"被失踪"的，那么这件事必定万分机密，即便是长山公司内部的员工也难以得知，更不用说远在千里之外的思梅——一连串问题飞速划过思梅脑海，可她并没把这些问题都打出来。毕竟她是在"闲暇地浏览电脑"，不该过于频繁地敲击键盘。耳机里的 Jack 也沉默了。

"叮咚"一声。思梅的手机收到了短信。应该不是 Jack，他正在电话上。是谁发来的短信呢？会不会是……

思梅一阵莫名的兴奋，连忙抓起手机，打开一看，却只是个银行的提示短信：金合的工资到账了，四千元整。思梅一阵失落。并非因为工资太低。她有另一只手机，正锁在自家公寓的抽屉里。那上面几天前就已收到另一份工资到账提示，数额是这一份的五倍。思梅脑子里却突然跳出常芳刚刚说过的话：

"……都是垃圾短信！什么卖房子的，保险公司，银行啥的！"

银行！思梅心中一亮。如今人人都使用手机银行。不论进账还是出账，都会收到银行的提示短信。长山合资公司的账户有没有手机银行？自动通知是发到谁手机上的？会不会是常芳的？她用的什么手机？苹果 3GS！ 6000 元买的水货！那就意味着，那苹果手机多半是——越狱版！

思梅竭力掩饰内心的兴奋，不慌不忙在键盘上敲下一串字：

需要一部苹果手机。能对付破解版的。

思梅的手刚刚离开键盘，眼睛的余光却突然扫到了什么。她连忙抬头，见常芳从办公室里走出来，手里捏着钱包，笑盈盈地对思梅说："真是，一大早就不让人闲着！饿了！吃饭去！你去不？"

思梅看看表，其实时间尚早，才11点。可那又有何妨？常芳正把她的3GS握在手里。一起吃午饭，思梅巴不得。最好还能一起干更多的事情。多相处一分钟，就多一分希望。思梅连忙摘掉耳机，起身跟常芳走出公司："我也饿了！一直想着楼下面馆的葱油拌面呢！"

"葱油拌面！我太爱吃了！可太容易发胖！你看我，腰都成水桶了！"

"哪儿有！年轻着呢！等我到了您的年纪，要是能有您一半年轻，我就满足啦！"

"啧啧，就你会说话！不过以前我还真跟你一样瘦呢！现在一吃就胖！不成啦！"

"所以要坚持运动。对了常姐，咱公司不是租了羽毛球场吗？您不去玩玩？"

"我倒是听说了，可我打得不好，又这么大年纪了，哪好意思跟你们年轻人瞎掺和？"

"看您说的！谁又打得好了？我也很差的！下回咱俩一起去……"

电梯门开了，两人手挽着手走出去，亲姐俩似的。

1月的西湖，因为寒冷而游人稀少，难得一片清静。

佟远和赵安妮坐在湖边一座老字号餐厅的包厢里，桌边是巨大的古式木窗，窗外的湖面正在被夜色一点儿一点儿吞没。断桥在朦胧中渐渐回复古老气息，远处渐密的高楼灯火却显得愈发格格不入。

赵安妮斜倚在窗边，侧目看向幽暗的湖面，目光似有些忧郁，朦朦胧胧的看不清。餐厅的灯光并不明亮，空气中有一股暧昧的香味，虽不如上次宝马车中那般浓烈，却仍使佟远的胃微感不适。不知是不是已经建立了条件反射。

佟远和赵安妮已经相处了快8个小时，还没听她提起那份计划书。佟远马不停蹄，从上海乘动车到杭州，再从杭州站打车赶到灵隐寺，等在寺门外，直到赵安妮的宝马车到来。车上只有两个人，赵安妮和司机。不知是其他同行人没来，还是根本没有别人同行。这和佟远预想的有些差异。赵安妮在电话里的口吻，仿佛这是一次多么正规的商务寻访。不过既然是到庙里烧香，想必和商务也没太大关系。

佟远迎上前去，叫了一声"赵总"。赵安妮只点了点头，脸上并无任何特殊表情，好像他一直都在身边，只是去附近上了个洗手间。

佟远陪着赵安妮进寺，司机则留在车里。赵安妮买了许多香，都由佟远抱着，满满一怀。赵安妮在烧香的时候很专注，没有与人交流的意思。佟远只默默跟着，仿佛一个会活动的香架。赵安妮口中念念有词，毕恭毕敬，佟远却听不清她都念了些什么。

赵安妮穿修身的黑色大衣，围一条宽大鲜艳的红围巾，身材显得格外修长婀娜，穿梭于烟雾缭绕的庙堂，吸引了不少目光。赵安妮游遍所有房间，拜遍了每一尊佛像，长出一口气道："今年的任务完成了。"

赵安妮并未立刻返回停车场，而是在后山选了一处茶社小歇。坐在竹椅之上，她似乎放松了很多，浑身懒散起来，愈发显得妩媚。尽管佟远已经陪了她两个小时，她却仿佛这才注意到佟远似的，问了些无关紧要的问题，比如家乡在哪儿，在哪儿上的学，学的什么专业，平时下班都做些什么。并未提及这次浙江寻访的目的，也没提及华夏的业务。佟远试着提起那份计划书，也被她转移了话题。看来，计划书丝毫不重要，佟远的角色只是陪游。其实这正是佟远所期望的，内心却又隐隐忐忑。赵安妮有一搭没一搭地闲扯，佟远则正襟危坐，认认真真作答，尽管他已36小时没睡，脑子里好像一锅因缺水而煮成半生的粥。其间赵安妮接了几通电话，每次都起身走开足够远的距离。看她接听时表情各异，时而冷傲，时而热情，时而严肃，时而甜蜜，猜得出电话来自不同之人。

赵安妮接电话时，佟远的困意就更浓，几乎眨个眼便能立刻睡去。他拼命喝茶，好让自己打起精神。今天必须坚持到底，夜深后还不知会发生些什么。这想法让佟远感到些许为难。工作这些年，经历过许多更危险的场合，甚至危及生命，却都没让他有过这种为难感受。其实赵安妮虽然徐娘半老，却依然性感十足。佟远暗暗安慰自己：逢场作戏罢了。自己本来就是单身，这始终是他工作的最大便利。只要赵安妮乐意，他就不会对不起谁。邢珊这个名字却如不速之客，突然闯入脑海。佟远在心中自嘲道：其实连朋友都还算不上。昨晚仓促一别，她连短信都没回一个。

天色终于变暗。赵安妮挑了一家西湖边的老字号餐厅，点了招牌菜——西湖醋鱼、叫花鸡和冬笋汤，外加凉菜、啤酒和一屉小笼包。这次带着司机，谈话就变作围绕着司机，对佟远再次视而不见。

司机姓李，是在上海落户的杭州人，看样子也像是新近雇用的，话题多是围绕他的家庭和经历。普通小市民，没什么特别之处。赵安妮对司机格外亲热，司机有些得意忘形，反问赵安妮的家世。她并不直接回答，轻声道："这次时间太紧，不然就回去看看。"司机愈发兴奋："赵总也是浙江人？浙江哪里呢？"赵安妮不答，只轻叹一声："唉，好多年没回去了。"

赵安妮轻倚窗垣，腰身愈发妩媚，颇有些江南女子的气质。佟远不禁纳闷：赵安妮不是青岛人吗？怎么又跟浙江扯上关系了？再一想，她并没回答司机的问题。说不定她所说的"回家"就是回青岛。这女人本来就喜欢故弄玄虚。佟远正盼着司机就此问题继续深问，赵安妮却开口道："吃好了吗？吃好了就去酒店吧！我累死了！"

司机老李连忙点头，佟远则不置可否。毕竟赵安妮只说邀他同行，没说要请他住酒店。而且，果真住酒店的话，不知又是怎样住法。赵安妮和司机都起了身，佟远终于张口："赵总，那我？"

赵安妮挑起眉梢，好像这才又注意到佟远的存在："怎么？你还有别的安排？还是需要赶回上海？"

"那倒没有，只是不想给您添太多麻烦。要不，我在附近找个地方住。"

"大老远把你叫来，又让你自己去找旅馆，那多不好意思。"赵安妮含着笑，有点儿为难地说，"要不，你跟老李挤一挤？"

老李忙接话："就住我房间！我正想跟赵总请示呢，这两晚想住我父母家，酒店的房间空着就浪费了！"

佟远心想：老李既是杭州人，必定是要回家住的。却又在酒店订了房间，这是不是赵安妮特意的安排？佟远不禁欣喜，却又暗暗紧张：果真要和赵安妮同处一室了。而且，听老李的意思，得在杭州住两夜，周五才能返回上海，不知球馆还去不去得成。

"这不正合适！老李也不早说！"赵安妮顽皮地挤挤眼，把一颗小笼包放到嘴边，轻轻咬了一个口，慢慢吸掉汁液。佟远在报社做过美食版块，所以他看得出，赵安妮虽是青岛人，却是个吃小笼汤包的行家。

3

常芳的羽毛球水平何止是不佳，简直就是没水平。可她毕竟还是跟着思梅到球馆来了。不知是真对打球感兴趣，还是想找机会接近思梅。周五晚上，打球的人比周二晚上更多。思梅带着常芳打双打，输得更快些，也就更有时间坐在椅子上，看别人走马灯似的上场。大部分都不是金合的，思梅不认识，常芳倒是认识几个，却似乎并不熟，打声招呼，或只点点头。有一个凑过来多说了两句，热情地叫她常姐，问她是不是调到上海来了。同样的问题又回到思梅脑子里：租用场地的到底是哪家公司？好像果然和金合有些关系。

常芳在场上虽然几乎碰不到球，可下了场还是气喘吁吁，要歇半天才能开始聊天。话匣子打开了就再也关不住，而且都是私人问题，有关家世和历史。这是思梅到金合以来，还从未被问及的问题。思梅从容应对：来自嘉兴的普通家庭，父母健在，没有兄弟姐妹。这是事先编好的故事，早在到金合上班之前就已练熟的。聊聊家常其实最好不过，不论常芳是想套近乎还是摸底，其实都是给思梅制造机会。思梅故意把话题引回常芳身上，说起她在东北的老公和孩子，常芳不禁抱怨道："我儿子让我老不放心了！就喜欢玩电子游戏，他爸管不住！"

常芳有个上初中的儿子，整天沉迷电子游戏。这些思梅以前就听常芳说过。除此之外，常芳还说过，自己的儿子爱吃零食，体重超重，数学还成，英语很差。说者无心，听者有意。常芳说过的每个字都被思梅暗暗记牢了。思梅答："玩电子游戏也能锻炼脑子的。"

常芳半信半疑："真能吗？我看没用，瞎浪费工夫，还毁眼睛！"

"当然是真的！我表姐的孩子也喜欢玩电子游戏，整天抱着 iPad 不撒手！我表姐就给装了一个能学习数学的游戏让她玩，没过两个月，数学成绩从全班倒数十名蹿进前十名了呢！"

常芳眼睛一亮："真有这样的游戏？我儿子数学还行，就是英语太差！"

"学英语的游戏也有的！不信，我给你找？"思梅从包里掏出一只 iPhone 4。

常芳不禁问道："换新手机了？跟我儿子的一样！"

"是啊！刚托朋友买的！这个上网快！"思梅点头道。常芳并不知道，思梅口中的"朋友"其实就是 Jack。iPhone 4 是 Jack 昨天刚买的，使用联通的网络。费用当然是记在金沙项目里。

3G 网速果然快，思梅没用几分钟，就在自己手机上下载了一个学习英语的游戏教常芳玩。常芳大概是因为眼花，把手机拿开一段距离，皱着眉眯着眼，玩得很费劲，不明不白，可还是兴趣盎然，舍不得放弃，边玩边说："嘿！还真有这样的游戏啊！你手机上能玩，我儿子手机上指定也能玩呗？"

"当然。你自己的手机上就能玩的！"

"真的？能帮我也下一个吗？"常芳连忙把自己的 3GS 拿出来。可常芳的手机用的是中国移动的网络，联网速度太慢，下不了几十兆的游戏。尽管如此，思梅还是装模作样地摆弄了一会儿，皱眉道："您这手机上网太慢了！下不下来啊！"

常芳不解道："不也是苹果吗？怎么就太慢了？"

"因为我用的是联通的 3G 网。您用的是移动的，上不了 3G。"

"什么 3G？我可真不懂！那咋办？"常芳满脸失望，思梅心中暗喜，假装沉思了几秒，突然眼睛一亮：

"呃，有了！我的手机能设热点！我打开热点，您就可以通过我的手机上网下载游戏了！"思梅边说边打开自己手机的热点，"您的 Wi-Fi 开了吗？搜搜我的热点！"

"我哪儿懂啊！你帮我看看？"

常芳的苹果手机又回到思梅手上。没过两分钟，游戏下载完毕。常芳喜出望外，拿着自己的手机又玩起来，边玩边说："我得先学会了，以后教我儿子玩！"

"给你儿子买个 iPad 吧！那东西不费眼睛！"思梅笑嘻嘻地回答。

常芳睁圆了眼睛："这游戏 iPad 上也能装？我儿子正吵着要买那玩意儿！我明儿就给他买！然后你帮我把这个游戏装上！小邢你可帮了我大忙了！"

常芳眉飞色舞，喜出望外。思梅也嘻嘻笑着，暗中捏着一把汗。机会难得，希望能有收获。常芳不是傻瓜，绝不会真心把思梅当朋友。但她毕竟不是 IT 高手，不知手机绝非她想象的那么安全，而智能手机就更不安全，电磁波的传播原本不需任何介质。苹果手机的确拥有严密的防护系统，但破解版的苹果手机就另当别论。能够深入破解版苹果手机窃取短信和电话记录的 APP 算不上什么高水平软件。思梅的新 iPhone4 里就有这样一个 APP，正源源不断地把常芳手机中的短信和通话记录窃取出来，再通过云端服务把这些信息复制到几公里外 GRE 上海办公室的服务器里。

晚上九点，球场散场，常芳的手机也复制完毕。思梅暗暗松了一口气，兴奋的神经却一时难以放松，心中似乎还有些隐隐的不妥。

其实自从和常芳约定了一起来球馆，思梅的心就一直悬着，绝不仅仅是为了找机会窃取常芳的手机信息：她担心见到佟远之后，干扰了今晚的行动。佟远和金沙项目无关，却屡屡干扰她的注意力，以至于让她严阵以待。其实人家已经两天没有消息，真是荒唐至极。思梅暗下决心：完成任务第一，别的都在其次。所以，她必须时刻陪伴常芳，只当佟远不存在。

然而思梅的担心竟然是多余的。眼看九点了，佟远仍没出现。

旁边场地上始终只有两个人：一男一女。这两位思梅上次都见过，该是佟远的同事。佟远为何没来？又在加班？思梅知道他不来其实更好，自己也无需为了一个并不了解的成年人担心。但思想忍不住还是开了些小差：最后一次联系还是前天晚上。佟远发了一条短信给她，她却没回。她有充足的理由不及时回复：烂醉如泥的黄金龙正抓着她的手腕。有些短信，过了最佳的回复时间，再回就显得有些尴尬了。

可她不回，佟远就真的再没消息了。

众人都在收拾穿衣。佟远那两个同事也不例外，没任何异常，不像在等待任何人的样子。思梅又往门口瞥了一眼，稀稀拉拉的人流，都是往外走的。这最后一眼实属多余——来的都已经要走了，没来的更不会来了。

常芳着急回家，衣服比思梅穿得更快，可真的往外走了，又说要去卫生间。思梅站定等她，悄悄取出手机，查看新收的短信。的确有一封，来自陌生号码，内容只有一句"OK"。她知道那是 Jack 发来的，确认手机信息复制完毕。顺利完成任务，思梅松了一口气。

常芳回到思梅身边，搀住她的胳膊。思梅回头往球场里看，佟远的两位同事也已不见踪影。

"怎么了？落东西了？"常芳问。

思梅连忙摇头，跟着常芳往外走。大门就在四五步开外，大家都在夺门而出，有个低沉的声音，却突然从门外闯了进来："小蔡姐！这是华夏下个季度的计划书，赵总修改过的！她让我今晚一定要交给你！"

思梅心中一震，猛抬头。脚步却停不住，因为被常芳拖着。一两步之后，佟远已在视野中，站在几米开外，把一沓文件交给那位刚打完球的女同事。

黑皮衣，破牛仔裤。双肩背提在手里。还是那么短的发，发尖上仿佛浮着一层土。没生大病，也没有事故，虽然满脸倦意，但仍然充满活力。一切都好，但两天没有联系。还是那双炯炯的眼睛，碰上思梅的目光，立刻闪开了。

思梅也把目光移开，心中暗暗庆幸，却又空落落的。

"这么快就放你回来了？"该是"小蔡姐"的声音。

"谁知道，可能嫌我烦了。呵呵。"佟远嘿嘿一笑，傻里傻气。

"常姐，我陪你搭地铁！"思梅加快步伐，改她拖着常芳，径直从那两人身边快步走过，穿越那一股熟悉的年轻男性的气息，其间混杂着一些淡淡的女士香水的气息，似曾相识。上海大街上不知每天会有多少女人使用同一款香水。大家气息相似，却又毫无关联。就像此刻，她和佟远，不打招呼，互相避开彼此目光。合情合理却又不近情理。他们原本就是陌生人，虽交换过姓名和电话，她的名字却是假的，电话也是临时买的充值卡。她又有资格指望什么？

"小蔡姐"的声音在思梅身后响起："怎么样？赵总够有女人味吧？"

大门已在思梅身后关闭，她没听见他的下文。屋外细雨纷飞，冰冷的空气让她打了个寒颤。

## 4

思梅在地铁站台上和常芳分手。两人方向不同，常芳的车先到了。

思梅的车也来了，可她没上，临时改了主意，想到街上走一走。今晚的行动让她紧张而兴奋，直到现在还是不能完全放松下来。有一股莫名的失落，正在暗暗膨胀。

她确认常芳乘坐的列车已在隧道里消失，自己慢慢走出站，从包里掏出 iPhone 4。手机上多了一个文件夹，里面是常芳的短信和通话记录。短信不多，都是一两天内收发的。没什么有价值的信息。常芳看来很谨慎，短信和通话记录都删除得很勤快。思梅一阵沮丧，任务尚未完成。黄金龙不在上海，机会越来越少，希望越来越渺茫。

雨倒是停了，街上依然湿答答的，四周都很空旷，没有行人。其实时间尚早，才过九点。在上海这拥挤的都市，也只有落雨的冬夜，才会突然安静下来。灯火依然璀璨。因璀璨而愈发寂寞。思梅穿过马路，走进一条窄巷。这是到达下一站地铁的捷径。巷内很黑，深不见底，大概没有路灯，两侧楼房又没有灯光。其实巷子并不长，不到两百米的样子。只不过巷口有个转弯，所以见不到光。上次和佟远并肩走过的。

一束光，从思梅眼前划过。

思梅下意识地抬头。那该是一辆从巷外经过的汽车，灯光一闪而过。但就在明亮的瞬间，思梅却看到一个高高的身影，远远站在巷口，双手插在裤兜里，正向着她看。但车灯消失得太快，他们的距离又太远。她没看清他的脸。灯光消失之后，巷口重新落入漆黑之中。思梅莫名地紧张起来。站在巷口看着她的，莫非是佟远？思梅站定了，默然立在黑暗里，浑身说不出的不自在，像是在跟自己较劲。完全没道理生气，因为他们并无任何特殊关系。她任务在身，本来就没打算搭理他。

又有车灯扫过巷口，那里却已空无一人。

前方的窄巷再度变成漆黑一团，深不可测。也许只是个毫不相干的路人。思梅松了口气，正要迈步继续前行，可突然间，前方黑暗的窄巷中，却似乎有个黑影正在快速移动！

　　思梅心中一惊，再次驻足，抬头凝神注视窄巷。莫非那人钻进巷子里来了？车灯每次经过巷口，能扫亮巷口以内大约七八米的部分，除非走得极快，不然不会这么快就钻进巷子深处。那人为何如此鬼鬼祟祟？到底是不是佟远？

　　思梅心中诧异，后背阵阵发凉。这么漆黑僻静的巷子里，遇上一个鬼鬼祟祟的陌生男人，想必不会是件幸运的事。按理说，她该掉头跑掉。可万一那人是佟远，她仓皇而逃，恐怕又要被他笑话。思梅努力睁大眼睛，窄巷中依然漆黑一团，寂静无声。是不是看错了？那么高大的一个人，怎能不发出任何脚步声？莫非，是自己胡思乱想看错了？思梅这样安慰着自己，后背却还是发凉。她不再耽搁，转身往回走。脚步声却突然杂乱起来。这绝不仅仅是她自己的脚步！

　　思梅又是一惊，再回身看，隐约间，似乎果然有个高高的身影，正快速向她靠近，距离已不过十几米！思梅只觉心惊肉跳，正要开口大声问是谁，头顶却有白光突然一闪。原来这窄巷中竟是有路灯的，只是电路接触不良。就在这几分之一秒的明亮瞬间，思梅看见半张男人的脸，是苍白的下半部，上半部则套着一个奇怪的盒子，好像诡异的外星来客。

　　绝对不是佟远！

　　思梅大惊失色，转身拔腿就跑，满耳都是密集的脚步之声，也搞不清是自己的，还是那个陌生男人的。只觉身后似有一阵阴风，离自己越来越近。巷口并不遥远，外面就是宽敞明亮的街道。可街上并无行人或车辆。

　　终于，思梅和巷口只一步之遥。突然间，巷口却又冒出一个人影，挡住思梅去路。思梅失声尖叫，心中一阵绝望，那人却张开双臂，用浑厚的声音说："是我！佟远！"

　　思梅双腿一软，几乎跌倒在地。佟远一把扶住思梅，急迫地问："怎么了？有人在追你？"

　　"是！有人在追我！"

　　思梅狠狠抓住佟远的胳膊。佟远往前一步，把思梅挡在身后，横眉立目看着黑巷。思梅顿觉安全踏实了不少，也顺着佟远的目光看过去，窄巷中却安静之极，漆黑之中，看不见半点儿人影。

　　窄巷里的路灯又是一闪。两人在瞬间都看清了，那巷子里并没有人。

思梅诧异道："奇怪，到哪儿去了？刚才还在追我！"

佟远警觉地向四处仔细看了看，提步要往窄巷里走，思梅拉住他的胳膊："别去！"

佟远犹豫片刻，随思梅退出巷子来，转身问道："刚才是谁在追你？"

"是个男的，和你差不多高，头上戴着奇怪的东西，只有半张脸！"思梅心有余悸，声音微微发颤。那瞬间显现的怪异面孔还历历在目。佟远紧握思梅的手，拉着她远离那巷口："别怕！有我！"

思梅的心却微微一抽，无端的一阵委屈。

佟远四处看看，路上车辆稀少，没有计程车的影子。"还是赶快离开这里！"佟远的口气很坚决，牵着思梅快步走向地铁站。

思梅心情渐渐平复，只觉右手滚烫，这才意识到手仍被佟远紧握着。他的手竟比想象中硬朗有力得多。他怎会突然出现？是不是离开球馆后恰巧经过？应该不是，球馆在地铁站的另一侧，他是不该经过这里的。莫非，他也在偷偷跟着自己？思梅悄然侧目，看到佟远结实的脖颈和极短的发，莫名的委屈再度滚滚而来。真是莫名其妙。他又是她什么人？但缘分就是如此，把无关的人硬拉到一起。这是她第二次被人跟踪，也是佟远第二次临危出现。他正拉着她的手，走在她的斜前方，个子大约高出她大半头，令她倍感安全。一阵夜风袭来，空气中有极淡的香味，不明来历，却似曾相识，不久前才闻到过的。原来那体育馆门口的暗香，是佟远身上的？

四周豁然明亮。他们已经走进地铁站了。

思梅抽回手。车站里灯火通明，有穿行的乘客和工作人员。两人走过检票口，走下站台。思梅轻声致谢，佟远却并没告别，坚定地说："我送你到家门口！"

"不用，剩下的路很安全！"

"不！我送你到家！"佟远固执起来，双手插兜，伸长脖子向隧道里眺望，表情格外严肃专注。思梅突然又想起他在必胜客门口吵架的事，竟忍不住想笑，随即又觉自己荒唐。隧道里终于出现灯光，随即是列车隆隆的声音，整个站台都在颤动。佟远微微侧身，像是要把思梅护牢，防止她掉下站台。这下意识的动作，让思梅心中一暖，内心憧憬着能被他一路送回家，理智上却又明白，这是违规的。她不能暴露自己的住处。但希望却像任性的孩子，偏要自行其道，违规似乎也是值得的。

列车停稳了，振动却没有彻底消失。不是因为列车，是思梅裤兜里的手机。思梅猜到是谁打来的，心里一沉，转身对佟远说："真的不用你送了！"

佟远并不理会，大步走进车厢。的确是个顽固而坚定的人。

思梅没动，依然留在站台上。裤兜里的振动让她彻底冷静下来。金沙项目尚未结束，这项目对她如此重要。再说，谁知 Jack 的黑色奥迪会不会又等在地铁站外的路边？可她不想再对佟远多撒一个谎，所以她什么都不说。佟远发现思梅并未上车，但为时已晚，车门徐徐关闭，硬生生把两人隔开。佟远双手按在车门上，焦急地看着思梅。思梅冲他做了一个大大的鬼脸，鼻子却一酸。列车隆隆地驶入隧道，裤兜里的手机又开始振动。思梅掏出手机，突然有种想要把它扔下站台的冲动。

思梅把手机凑到耳边，果然是 Jack："May，方便说话吗？"

"嗯。"

思梅轻咬嘴唇，暗暗告诫自己要冷静。距离打球结束还不到半个小时，这电话显得有些草率——万一，常芳还在她身边呢？莫非 Jack 发现了什么？

Jack 的语气突然兴奋起来："May，找到证据了！他们私挪了巨款！"

思梅精神一振，心中却有几分不解："常芳手机里找到的？"

"是的！你猜对了！常芳的手机会接收银行的自动提示！而且，是两家银行的！大约三周之前，她先后收到了两条来自不同银行的提示短信。一条提示转出了三千万美金；另一条则提示转入了三千万美金！"

思梅越发疑惑："可我刚刚看过她的短信记录，没有这几条啊？"

"你看到的，是她手机里保存的短信；可我们找到的，是她已经删除的短信，只不过，还留在手机硬盘里。苹果手机的硬盘足够大，她又没下载音乐和视频，因此留有大量空间。以前删除的短信大部分都还在硬盘里，并没有被新的内容覆盖。你手机上安装的间谍软件是升级版的，常的手机又越过狱，门户大开，所以，我们把那些残留在硬盘里看不见的信息也都复制出来了。"

"原来如此！"思梅恍然大悟，心中一阵狂喜，转而又有几分不踏实，追问道，"即便证实了有巨款转移，就一定是从合资公司挪用的吗？”

“两个账户都已经查过了。转出的账户就是合资公司的账户，转入的账户是另一家叫龙翔贸易的公司，一个月前刚在香港成立的，股东是离岸公司，有两名董事，一个是常芳，另一个是个女的，用大陆身份证注册，身份证前六位和黄金龙老婆的身份证前六位相同！”

“那没错了！不是亲戚也是老乡！”思梅脱口而出。让自己的亲信在香港成立公司，再使用假合同，把公司账户里的美金转进那家香港公司的账户，黄金龙果然是在偷偷盗取合资企业的巨款！思梅万分激动，几乎跳起来欢呼，突然意识到自己正站在地铁站台上，连忙克制住兴奋，四下看了看，好在站台上乘客稀少，似乎并没人注意到她。她压低声音说：“这么说，任务完成了？”

“是的！完成得非常出色！我这就打电话给Steve。今晚还要加班把书面报告写出来！你简直太棒了！”Jack越说越兴奋，似乎要从手机里钻出来拥抱思梅。

思梅心中却突然一空：原来Jack没在地铁站等她。她的顾虑是多余的。

Jack听不到思梅的回应，警觉道：“怎么了？有什么问题？”

“不。没有！我……”思梅慌忙解释，“我是在想，这样盗取的信息，恐怕也不能拿到法庭上做证据吧？”

“当然不能！客户也没准备在法庭上使用这些信息。其实客户根本不会向任何人提及此事。既然已经知道事情是这样的，就无需使用我们的证据了。米莎自然会强行进驻长山合资，不怕和金合撕破脸了。只要进去做个内部审计，拿着公章去银行打份对账单，一切就一目了然了！”

“那我是不是也该离开金合了？”

“再过一天，最多两天。只要米莎一行动，你就立刻从金合消失！不能消失得太早，以免打草惊蛇。明天你按时去金合上班，随时等我消息。记住，装作一切如常，务必把电脑弄干净！”Jack顿了顿，又说，“May，这一次，你真的很让我骄傲！”

思梅如释重负。几周以来压在心头的重担终于卸下了。可刚才的狂喜又好像已经淡了，再也高兴不起来。列车进站了，站台再次微微震动。这一次她没再耽搁，快步走进车厢，随便找个座位坐下来。车厢里没几个乘客，显得格外空旷，列车行驶得不够平稳，一排空空的吊环，漫无目的地悠悠晃动。

邢珊就要消失了，就像她从没出现过。以后，她将远离陆家嘴。按照惯例，还会被调离上海一段时间。刚才的一幕又在她脑海中浮现：佟远用双手抵住车门，目光中充满焦虑和不解。

他们本来就生活在两个不同的世界。

思梅突然意识到，也许她再也没有机会解释了。

午夜过后，国贸 C 座 80 层的酒吧越来越热闹了。

夜色渐深，这酒吧的顾客群也悄然发生变化：早先是西服革履的精英居多，渐渐被衣着入时的青年占领。爵士乐队的洋人主唱也越来越 high，扯开嗓子尽情高歌。有三四对高大的洋人，在极小的舞池里扭动腰身，尽情挥洒富含酒精的汗水。空气已经相当污浊，这里大概没人在意窗外夜空中正在积累的雾霾。

Steve 习惯在深夜工作，却并不喜欢在凌晨出入声色场所。其实，他的年龄尚不足四十，面容看上去不过三十，身材更是和二十多岁的小伙子无异，从头到脚精致得一尘不染，绝不输给酒吧里那些满身名牌的时髦小伙子。只不过他的着装过于严谨，气质过于干练，显得与声色场所格格不入。当然，如果项目需要，他也可以换换衣服和发型，立刻变成这酒吧里最常见的样子，让谁都觉得合情合理。但那只是演技，他的内心和这酒吧没半点儿共鸣。

然而为了工作，Steve 从不挑剔地点。米莎公司副总伊万连夜召见，他不会回绝。商业调查公司亦属于咨询公司的范畴；而咨询公司，就是向客户提供服务的。对于 GRE 公司的高管来说，这服务包括在任何时间任何地点随时出现在客户面前，只要对方需要。反正 Steve 的价码是每小时 650 美金。只要他出现，服务就开始了。他的手表是不会停的。更何况，今晚会面的主题，是展示 GRE 的战绩。

其实"战绩"早在一小时前就通过电话报告给伊万了。伊万惊愕之余，片刻不敢耽搁，立刻汇报远在莫斯科的 CEO。北京的凌晨，正是莫斯科的傍晚。米莎的 CEO 立刻召开董事扩大会议，讨论 GRE 的重大发现：三千万美金的巨款已从长山的账户转入另一家香港公司的账户，那公司的两名董事都是黄金龙的亲信。

米莎公司方面从没听说过那家叫作龙翔贸易的公司，更没授权过这笔转账。法人盖章和签名必定是伪造的。这就是金合捣的鬼。那封匿名信绝非空穴来风。三千万美金！长山合资的账户里哪有那么多现金？米莎的确在几个月前注入了三千万美金，可之后不是修建了厂房，购买了设备和原材料？账户里不是只剩几十万美金了？怎么还有这么多可转？看来，长山合资每月发给米莎的财务报表都是假的，米莎每月接到的有银行盖章的对账单也是假的！难道一切都是假的？难道那些新建的厂房、新购的设备和原材料根本就不存在？三千万美金，就这样一下子打了水漂？半小时不到，董事会一致决定：再不必顾忌和金合的脸面问题。必须立刻派人控制合资公司，开始全面的内部审计，以便尽早弄清实际的财务状况，向当地公安机关报案，并在中国大陆和香港开始诉讼程序。或许还能赶在那笔钱被挥霍殆尽之前，得到法庭的冻结令。即便那笔款子追不回多少，但金合公司和黄金龙的财产也许尚未被转移，或许还能为米莎赢回一些补偿。一切都必须快！不能再多耽搁一秒。当然，在行动之前，有一件事必须和GRE确认——这个调查结果绝对可靠。如果脸皮撕破了，长山合资也强行控制了，却并没有找到转移巨款的证据，米莎就要陷入真正的危机了。

所以伊万连夜约见 Steve，一刻不敢怠慢。他这回没点雪茄，顾不上抽；屁股没沾沙发就满脸堆笑道："我亲爱的 Steve！你真是救了我了！我该怎么感谢你呢？"

"这是我应该做的。"Steve 依然保持着坐姿，好像一尊完美的雕塑。脸上表情不多，不卑不亢，只微微一点笑意。他面前有一杯加冰的威士忌，大概还没碰过。每次和客户的约见，他都提前到达，今晚这么急的约见也不例外。

"我就知道你会这么说！亲爱的 Steve，我太佩服你了！"这倒是伊万的真心话。他已对 Steve 心服口服。难怪两周不报告任何进展，一样可以稳如泰山，看来 Steve 心中早就有数了。GRE 果然水平非凡，窥探长山合资的内部秘密竟如探囊取物。但这取出来的"秘密"到底可不可靠？如果可靠，伊万自可回莫斯科完美交差；如果不可靠，米莎的 CEO 也许会生吃了他。

"可是好心的 Steve，你能不能再帮我一个小忙呢？"伊万双手交又摆在胸前，身体微微前倾，好像欧洲贵族虔诚的管家。

"请讲。"

"能不能告诉我一些细节？比如，你们到底是怎么获得这个消息的？"

"对不起。"Steve并没摇头，只把下巴稍稍偏了偏，"请您理解，一个大厨，是不能把配方告诉别人的。"

"可是Steve，这对我们非常重要，你也知道，我们的CEO……"伊万面露难色。

"请转告尊敬的CEO先生，我向他保证，这个发现无需质疑。"Steve的语气依然温和，脸上的一丝笑容却终于消失了，表情因此愈发严肃。

"我非常尊重您的保证。而且，我们的合约……"

"是的！我们的合约不容许我向您提供虚假信息。"Steve的口气很坚决，"一般来说，当客户提起合约，我会请他们留意，那其中的各种免责条款。但现在，我想我无需跟您重复这些了。因为这一次，我非常相信我的团队所带来的消息。"

伊万犹豫了片刻，用力点头道："好！既然您对您的团队这么有信心，那我也就无需多虑了！"

伊万起身，打算赶回酒店去向CEO通报。走出两步，又急匆匆回身，向着Steve张开双臂。Steve从容起身，和伊万短暂拥抱。这是俄罗斯人的礼节。伊万放开Steve，低声说："我们也许还会需要你的帮助。"

Steve明白，伊万说的帮助，是协助米莎前往长山收回公司。每小时650美金。此行来回至少三天，每天按12—16小时计算，仅Steve一人，就能为GRE多赚几万美金。金沙这项目一共为GRE赚来十几万美金，其中有10%是他个人的提成。

但这并非他的目的所在。

尽管凌晨已过，Steve还是像以往一样独自走回公司。自多年以前，他就常常在深夜工作。一个习惯独处的人，会对深夜情有独钟。

公司里除了他再无他人。

Steve走进自己的办公室，关了门，打开电脑。Jack的报告已经送到。篇幅不长，但内容远比Steve告诉伊万的要多。报告里详细叙述了思梅盗取黄金龙和常芳手机信息的过程，以供Steve判断调查结果是否准确。当然,这些细节仅供 Steve 使用。这份报告永不会落到米莎手上。Steve 早在金沙项目的建议书里就写明:此项目只需提供口头报告。

但 Steve 并没认真阅读 Jack 的报告。尽管他向来认真严谨,从不忽略下属提供的只言片语。可这次不同。不读他也知道,这个调查结果不会有误。

Steve 关闭电脑,从笔筒中抽出一只荧光笔放进西服口袋,起身走出办公室,穿过狭长的走廊,在苍白的节能灯下,留下忽长忽短的影子。他停在走廊最底端的一扇门前,在密码机上输入一串密码,再把食指放在指纹识别器上。随着一声细微的金属磨划之声,门开了一条细缝。Steve 侧身进屋,反手把门关牢。

那屋子里的日光灯自动打开,照亮另一条狭长通道。这通道的两侧并排立着许多巨大的金属柜子,仿佛图书馆一般。每个柜子上贴着时间跨度,柜子里则整齐插满黑色文件夹,文件夹腰背上则贴着统一规格的标签,标签上印着客户名称、项目名称、项目负责人、简介和项目完成时间。这里以时间为序,陈列着 20 年来 GRE 中国办公室参与过的一切项目,金沙项目的文档也在其中。

Steve 却并未在存放金沙项目的柜子前驻足,而是一直走到走廊的最深处。最后的两排柜子上没贴年代,柜子里插的文件夹亦没贴任何标签。看那些文件夹上厚厚的浮尘,似乎已经很久没人碰过了。其中大部分文件夹是空的,也有一小部分,其中夹着一些陈旧的市场宣传材料和公司章程。

Steve 蹲下身,从角落里取出一本文件夹,翻到空白一页,取出夹子里别的圆珠笔,用英语写道:

> 12/23/2010,长山账户→龙翔贸易,US\$30M
> 1/14/2011,米莎得到确认
> 龙翔贸易——黄,已确认。但黄——?

Steve 把夹子放回原处。站直身子,从西服口袋中掏出那根粗的"荧光笔",用特定的组合旋转笔帽,然后轻轻一拉。笔帽滑开,露出一条微型显示屏和三个按键。这恐怕是全世界最简易的手机键盘,功能却毫不逊色。两个按钮便能组合出所需的数字,第三个按钮负责

功能切换。超级语音识别系统则执行其他按钮不便完成的功能。Steve
把荧光笔凑到耳边。几秒钟之后，荧光笔里传出细嫩柔婉的声音：

"喂？"

Steve 用极轻的声音说："俄罗斯人得到消息了，应该会马上行动，
比预期的早了些。不过，你就省事了。"

"是吗？我没觉出什么不同啊？"

电话里传出赵安妮慵懒的声音。即便隔着一千多公里，冯军似乎
也能看见她的样子，好像一只趴在床上半睡的猫。

冯军却是睡意全无。几分钟之前，他突然从梦中惊醒，心中有股
子莫名的不安。他下床，点燃一根烟，回想傍晚黄金龙的造访。这家
伙这几天本应待在上海，却突然在冯军眼前冒出来，事先没有电话或
短信。难道，这都只是因为冯军给金合安排了一个小会计？

冯军心里清楚，黄金龙是个粗人，火爆脾气，但他并不是傻子，
更不会把冯军当傻子。认识了三十多年，熟知对方的脾气，黄金龙绝
不会在冯军面前任性胡来。像今晚这样的从天而降，冲破公司前台和
秘书的防线，倒实属少见。

当然今天黄金龙也算不上胡来。虽然不请自到，却并没说出什么
要紧事来，只胡乱抱怨了些算不上事的事。冯军在他右肩上轻轻拍了
拍，他就立刻顺从地住口，表情也跟着变柔和。他毕竟了解冯军的脾
气：用不着点到为止，撕破了窗户纸没一点儿好处。所以今天下午没
人提到新会计的事，原本不用提的。黄金龙的突然出现，就已经表明
了态度。

黄砣子为何如此敏感？

这样明目张胆的反抗已经不是第一次。上次坚持要让自己的员工
使用华夏租用的羽毛球场，这次又因为冯军要在金合安排个会计而愤
怒。自从钱进了金合的账户，黄金龙就变得越发放肆。到底是因为看
不惯赵安妮，还是他心里真的有鬼？冯军真的有点含糊。也许正是这
件事让他半夜醒来，心里好像揣着只兔子。黄砣子会背叛他吗？若在
以前，绝不会的。那是曾经为了他出生入死的兄弟。但现在不同了。

几千万美金到手，黄金龙到底还能不能听他冯军的话？

冯军心中一凛：那笔钱会不会真的要出问题？他的直觉，往往是准确的。正如这半夜的突然惊醒。他迫不及待地打电话叫醒赵安妮，问她是否察觉到些异样。赵安妮并没彻底醒来，对冯军的问题更是不屑一顾。

冯军使用更加坚决的口吻，不留余地："我不喜欢我的预感。明天，你得再去一趟金合探探口风！看看黄砣子有啥动向，还有长山那边，是不是一切顺利！"

"干什么啊，今天下午刚从杭州回来，累死了呢！再说，我去金合能有什么用？人家又不会跟我说什么。"

冯军沉思了片刻，狠狠吸几口烟。客厅里漆黑一团，窗外的树影因而愈发嚣张，在呼啸的北风里肆意晃动，让他更加不安："无论如何，必须再核实一下！你在长山不是有人吗？"

"好好，那我明天打电话到长山问问，行了吧？"

"你最好亲自去一趟！"

"真是的，那么远呢！冰天雪地的！你别老瞎担心了。那不是你出生入死的兄弟吗？既然当初那么信任他，把钱都放他手里，现在又担什么心！"赵安妮像是彻底清醒了，声音清冽了不少。

"我倒不觉得黄砣子会私吞。"即便他觉得，也不会在赵安妮面前说。这两个人，谁也不比谁更值得他信任。"我只是担心他办事不牢，有勇无谋，回头再让俄罗斯人发现了！"

"那么一大笔钱呢，发现也是迟早的事。"赵安妮不屑道。

"那未必。我看香港林氏也快憋不住了。短则一两周，多则一个月，他们把股份卖给咱们，地皮就可以出手了。林氏的股票翻个几倍，长山的亏空还不是好补的？最多半年而已，俄罗斯人发现不了。黄砣子必须给我挺住了！"

"那你直接跟他说不就好了，让我跑来跑去问来问去做什么？他又不会让我插手他的事的！"赵安妮越说越气。

"看看你！小孩子脾气！我知道你不开心让黄砣子暂时拿着钱，可你想想，当初你从华夏弄出来的就只有几千万人民币，给了金合，套出俄罗斯人几千万美元，有了这几千万，咱们才能当上香港林氏的大股东。这叫放长线，钓大鱼！"

"钓！钓！钓！你自己就是条大鱼！小心让人家把你给钓了！"

赵安妮佯怒。

"哈哈!"冯军哈哈一笑,心里却莫名的别扭,微微有些不祥预感。今夜到底是怎么了?他得给她一点儿警告:"我这条大鱼要是被'钓'了,你这条美人鱼也跑不了!"

"喊!我才不要和你有瓜葛!我要去英国,去陪我女儿去!"赵安妮嘴还硬着,音调却有细微变化。她是个聪明女人,知道进退,更知道以退为进:女儿是他俩的,他们本来就是拴在一条绳上的蚂蚱。

"看看,又来了!等林氏这一笔赚到了,咱们真的就赚够了!到时候,我跟你一起去英国!好不好?"

"谁跟你一起去,躲还来不及呢!"赵安妮故意捏紧了嗓子,声音嗲得像个七八岁的小女孩。

"哈哈,乖!明天去趟长山!"

"讨厌。不跟你瞎聊了,人家困死了!"


赵安妮咯咯一笑,挂断手机,起身走向窗边。窗玻璃上立刻反射出那婀娜的身影——贴身的睡袍,细长的脖颈,绾成髻的黑发。玻璃窗还反射着床头的电子钟:1点20分。今晚事情可真多,其实她根本还没沾过枕头。而且,她并不觉得困。相反的,内心隐隐地有些兴奋。

一切都在按计划进行。

长山的钱已经进入龙翔贸易的账户。下一步,必须得让钱从龙翔贸易的账户里转出来。按照冯军的计划,那些钱最终将进入林氏集团的户头。当然前提是林氏家族愿意把20%的股份卖给某家"神通广大"的英属维京群岛公司,自己退居第二大股东。其实,那家公司并不神秘,她赵安妮正是那家公司幕后的实际控制人。她已在香港开好了公司账户,就等三千万美金入账。只要钱离了长山,就再和黄金龙没关系,全在她赵安妮手上。冯军的心,也就再也离不开她。其实这原本也是冯军的计划,但赵安妮不能像冯军那样相信黄金龙。只要钱在他手上多留一天,赵安妮就多担心一天。夜长梦多,她不能再等了。不管香港林氏答不答应售股,她必须尽快把钱从黄金龙手里弄出来。她的机会来了。

赵安妮忍不住微微一笑。看来,长山是必须去一趟了。只不过,这一趟并不轻松,需见机行事。她得带着得心应手的工具。用着方便，扔了也不可惜的。

赵安妮再次举起手机，找出那个不久前才刚刚添加的号码。

"小佟，休息了吗？不好意思，这么晚了打扰你！想问问你，明天能不能再跟赵姐出去一趟？"

一连串突兀的喷嚏声，好像一双伸进耳朵眼里的细手，硬生生把佟远从死一般深沉的睡眠里拉出来。他闭着眼抓起手机，大部分大脑依然停滞。连续几日的奔波和缺觉，轻松把他推入睡眠的深渊。这一觉，已与心情无关。

佟远好歹把赵安妮的话听明白了，而且做了理智的回答：当然。我去。

明天又要上路，这些日子天天都在奔波。可这正是他想要的。吉林长山，距离长春两百多公里。赵安妮为什么要去那里？他全然没有线索。但他有种预感，自己正走向谜团的中央。此行对他万分关键。

挂断电话，佟远的大脑反而彻底醒过来。项目又有了进展，他本该感到兴奋的，不知为何，此刻心情却有些低落。他索性坐起身，打开窗。夜风扑面而来，心境一下子又回到几个小时前，独自一人坐在地铁上的时候。

今晚的十站地铁，显得格外漫长。尤其是那往回的第一站，更是遥无尽头。空荡的列车，刻意缓慢地前行，像是在故意刁难。他的大背包努力散发着一股子霉味儿。他身上也有霉味儿，或者还有其他什么味道，可他自己闻不到。列车终于到达车站。他犹豫再三，还是下车寻找。他心存一线希望，她也许还在站台上。他想问问她，那个大大的鬼脸到底是什么意思。

站台上比刚才更加空旷，有三两个候车的男女，但并无邢珊的身影。

其实他只是好奇。佟远这样告诫自己。就像无聊的肥皂剧，绝非生活中的必需，但看到了关键之处，还是忍不住要看下一集。他知道她不愿被他送回家。他绞尽脑汁，只想出三种解释：她不希望和他在一起；她不希望泄露自己的住处；或者，她不希望让别人看见他们在一起。那个人会是谁？她的男友，情人，还是老公？佟远心中一酸。这让他感到不安，随即万分恼火。他有什么资格吃醋？她又不是他什么人！他们彼此一无所知。她也并不知道他刚刚陪着一个贵妇游览了西湖，深夜同住一间酒店。刚刚在球馆里，他不是也曾对她置之不理，故意当作陌生人？

他有充分的理由：他不能当着蔡经理和她打招呼。他必须把她和工作分隔开来。就像以前做过的所有项目一样，总有一天，他得把和这个项目相关的一切彻底删除。但隐约间，她却似乎不在删除之列。他为何不想删除她？莫非还是好奇心作祟？

包装袋里的鲜花若隐若现，多剥开一层，里面却还有一层，依旧看不清内里，却有小刺刺出来。那神秘而诱人的香气，越来越浓。

*

就在那列车刚刚驶离的站台上，有个头戴棒球帽的年轻女人正从容地登上扶梯。她可不是从刚刚经过的列车上下来的。其实，她今晚什么车都没搭乘过。她买了票走下站台，只是为了尾随一对年轻男女。两人之间不知发生了些什么，小伙子上了车，姑娘却没上，留在站台上等下一列。其间接了个不短的电话。只言片语传进戴棒球帽的女人耳朵里。尽管她一直背对着那姑娘，仿佛在等待反向的列车，她却始终站在姑娘身后三四米的地方。背对背站着，总给人与己无关的错觉，其实距离可以很近，关系亦可很大。

年轻女人走出车站，在街角拨通手机。电话里传出地道的美国英语："亲爱的 Yan，你又有什么消息要告诉我？"

"Jason，难道不是你有消息要告诉我吗？"年轻女人反问。

"哈哈！好吧！你让我查的手机号码，机主信息已经发到你邮箱了。那位年轻人曾经在报社工作过很久，但最近好像换了工作。似乎看不出他和我们的调查有什么关系。"

"这个结论恐怕为时过早。"

"Yan，我相信你的直觉。不过，请不要忽视了我们的女主角。有关她，你又发现了什么？"

"我猜，Steve 交给她的任务完成了。不过，我想她没那么早谢幕。"

"为什么？"

"除了我们，还有人在暗中注意她，可我不知道那是谁，也许很快就知道了。"

"Woooooo！"手机里发出悠长婉转的声音，好像饱含莫大的兴趣，"你看看，这件事越来越有意思了！不是吗？我相信你会给我更多有用的消息！"

一辆黑色丰田普锐斯，悄然停在女人身边。女人收起手机，无声地上车。车很快就消失在上海深沉的夜幕里。

第二天一早，思梅来到金合。

公司里空无一人。这里没人需要在周六加班。思梅却不得不来。她的任务完成了。不久之后，也许就是下周一，她就会从这里消失。这里的任何人都再也看不见她。她得趁着周末，来检查一下她是否留下任何不该留下的，包括那台公司的电脑。

电脑打开了，她却并没立刻就格式化硬盘。鬼使神差般地，她把QQ打开。那片天空竟然是蓝色的。

"早"

思梅在QQ里打下的第一个字，没有标点，没有新意，而且略显虚伪。可她实在想不出还能如何开始对话。她不能直截了当地道歉，因为道歉就需要解释。这件事无可解释，除非撒谎。她撒的谎已经够多了。

"早。"

对方终于回复了。其实只过了两分钟而已，感觉却似很久。这会不会是他们最后的交流？其实这问题已经毫无意义。任务胜利完成，她此刻应该一身轻松，心情舒畅，按照规定抹去在金合的一切痕迹，调离上海，调入北京或香港办公室，在向往已久的精英云集的摩天大厦里上班，接受下一个更艰巨的案子，向着她的目标迈进。

可昨夜，她却始终辗转难眠。

思梅踌躇多时，终于打下一句："对不起！"

这就够了，这就是她想说的。包含诸多意义，只有她自己心里清楚。不需要解释更多，反正也没办法解释。GRE的规定不容许，眼前的情况更是不容许：她正在使用金合为她配置的办公电脑。恐怕过不了多久，黄金龙就会意识到，他的公司里出了内奸，立刻联想到她——一个在金合只工作了两周，却在出事后立刻从金合消失的雇员。然后就会发现，邢珊这个名字是假的，她的身份证也是假的。她留在公司的电脑会立刻被关注。尽管她马上要格式化这台电脑，但也许黄金龙也会找人来恢复这台电脑的硬盘，就像她手机上的间谍软件恢复常芳的苹果手机一样。她此时通过键盘敲击的任何一个字，都有可能被发现。

QQ始终很安静。他也许根本就不在乎，本来就没打算追问什么。

思梅松了口气。心中有些失落，也许过几天就能康复。是时候了，关闭QQ，删除电脑硬盘里的一切。

思梅正要动手，手机突然叫起来，吓了她一跳。

来电显示的是黄金龙。

黄金龙在电话里闷声闷气道："我在飞机上，马上起飞了！12点到虹桥！国航的！来接我！"

看来，"北京的急事"办完了，黄金龙正要回上海来。他可能忘了今天是周六，或者他根本不觉得周六让私人助理接机有什么不对。他应该还不知道，挪用巨款的事情已经泄露了。否则恐怕顾不上回上海，就要急着去长山了。但不论他去哪里，都将与思梅无关。今天中午就是最后一次去机场接他。

思梅再去看电脑屏幕，对话框里不知何时多了一句："又要出差！我得马上走！下午的飞机！回头聊！"

对方已经下线，"天空"又变成灰白色的。

等它再变成彩色之时，思梅早已不在金合，恐怕已经离开上海了。

思梅给司机老孙打电话，通知黄金龙抵达的时间，然后关了电脑。这才想起自己忘记了格式化硬盘，丢三落四的，再打开电脑，找到格式化的选项，点击"Yes"键，一下子，什么都没了。

思梅走出"金蛋"，走向陆家嘴地铁车站。时间尚早，黄金龙的航班还需一个小时才降落，早去一些无妨。机场，似乎突然成为一个具有吸引力的地方。

周六的中午，二号线地铁莫名的拥挤。满满的人，都是陌生人，陌生的面孔，背着自己的行囊，怀着自己的心事。上海住着两千多万人口，两个陌生人，相遇的概率能有多少？思梅努力让自己忽视心中淡淡的失落，刻意去想未来：新的工作环境，新的项目。她却兴奋不起来。心中仿佛有根无形的细线，正拉着她在迷宫中寻找出路，磕磕碰碰，却突然柳暗花明：佟远并非金合的员工，只是隔壁球场的使用者。为何不能继续保持联系？在球场上他们一直保持距离，只偶尔交谈过几句，昨晚甚至连招呼都没打。他是安全的，和金合没有交集。等上一阵子，事态平息了，也许可以给他打个电话，向他赔礼道歉，告诉他自己的真实姓名和身份，当然是轻描淡写的。虽然有点违规的嫌疑，但应该没什么大碍。

思梅的心情愉悦起来，步伐变得格外轻松，在上行的扶梯上，她也不让自己闲着，快步向上攀登。终于钻出地面，来到明亮的接机大厅。黄金龙的航班尚未到达。大厅外阳光灿烂，又是一个难得干爽的冬日！

可突然间，玻璃门外出现一对男女，正并肩走进机场。男人身材瘦高，女人丰满妖娆。男人推着行李车，侧目向女人微笑。

短暂的瞬间，思梅和那男人四目相对。

思梅只觉心脏猛地一缩。

从佟远吃惊的眼神中，思梅分明看到些什么。她分辨不清，脑子里一团糊涂。他身边那丰满美丽的女人也正向她看。这不是几天前曾经光顾过金合办公室的不速之客——赵总？

思梅忙低头，加快脚步，走过二人身边。一阵浓郁的香气袭面而来。思梅瞬间醒悟：昨晚佟远身上的淡香，原来是这位赵总的！几天前她带进金合办公室来的香气也是同一种。昨晚在球场门口，佟远的同事不是跟他说："赵总够有女人味吧？"

思梅憋住气，目视前方，快步往前走，走出自动门，丝毫没有减速的意思。原来佟远一直在陪这位"赵总"。既然同事都知道，那就是与工作有关？看刚才两人的亲密程度，早已超出工作关系。他喜欢这样的女人？成熟老练，丰满妖娆，有权有势，与思梅天壤之别……

汽车喇叭声惊醒了思梅，一辆轿车正贴着她的身子驶过。思梅猛地停住脚步，发现自己正站在马路中间。她突然感到窒息，这才想起大口呼吸。冰冷的空气，瞬间充满心肺。

\*

十分钟之后，在某个商务舱值机柜台前，佟远把箱子依次放上托运台。航空公司的小姐正在办票，赵安妮攥着手机，像是要给谁打电话，没心思搭理佟远。佟远同样没心思搭理她。他又分心了。尽管他一直在警告自己：工作的时候决不能分心，否则不仅会失败，而且会有巨大危险！

可他的大脑却被一幅画面占据——邢珊那双惊愕的眼睛。

佟远被地勤小姐唤醒。小姐正举着证件和登机牌，瞪眼看着他。赵安妮已缓步离开柜台，一手拎着包，另一只手举着电话，慢条斯理地讲着什么。佟远赶忙接过登机牌和证件，快跑几步追上赵安妮。只听赵安妮不耐烦道：

"什么我怎么知道的？不是你让我打听长山的消息？您的命令我哪儿敢耽搁？反正我已经通知你了，俄罗斯人大概已经发现了。具体怎么回事我现在也不清楚。你最好赶快让姓黄的回长山。我马上上飞机了，等到了长山我再打给你！"

电话里的男声嘹亮而急迫，即便隔着两三米，佟远也还是能隐约听到。赵安妮愈发不耐烦道："你让姓黄的干什么，我都管不着，反正俄罗斯人不是傻瓜，不会坐等血本无归的。当务之急无非是那笔钱，得赶快从姓黄的手里转出来。长山当地那些人再听黄砣子的，香港的银行未必也能听他的……"

*

思梅站在闸口接机的人群中，看着黄金龙从机场深处走出来，身上还是前天穿的外套，两手空空，脖子上的金链子遥遥地发着光。他走得很慢，一边接着电话，被许多人超越，好像一只夹杂在人群中超载的行李车，被谁缓缓往前推着。遥遥地看着，显得有些滑稽：黄金龙的脸太胖，因此给人错觉，好像 N97 的一部分已经被插进脑袋里。

思梅在脸上强堆出笑意——助理见到老板时该有的笑。好歹就这一次了。黄金龙离她还有不到二三十米的距离。思梅轻轻抬手，正要挥动，突然间，"行李车"停止了前进，仿佛推车的人突然力竭。黄金龙猛然仰起头，眼睛瞪圆了，满眼都是惊愕。

他向着思梅高声叫道："小邢！快去买机票！两张到长春的！越快越好！买完立刻通知长山的司机！让他去龙嘉机场接咱们！妈的赶快去啊！还愣着干啥？不用担心没收拾行李！你需要什么老子现给你买！"

整整一上午，Jack 一直坐在办公室里，面对电脑沉思。即便是周末，他也常常坐在这里。这间不到八平方米的小房间，似乎比虹口那套两室一厅的公寓更亲近些。公寓是离婚后购置的，入住后只做了简单的装修，家具也只有必需的。反正只是个睡觉的地方。他常在凌晨才进家门，天没亮就又离开。在他的印象里，公寓窗外的天空始终是被灯火沁润的殷红色。

小公司生意繁杂，前股东年事已高，退休前又是公务员，不便亲自参与太多项目，只是偶尔维系一下关系。一切运营琐事就都落在 Jack 身上。事事操心，没白没黑，如此坚持了几年，收益尚可，但公司毕竟规模有限，拉不到长期的大客户，雇不起高薪员工，很难在商业调查领域扎下深根。公司渐渐变成万金油，接百家活儿，做百种事。Jack 也就越忙，早晚不能着家。好在家里本来也没人等他。

公司被 GRE 收购，业务一下子单纯了，压力却并没减小。如果说收购前 Jack 心中还有所疑惑——一家超级跨国公司，为何要收购一家根本算不上专业的小咨询公司？莫非真的就是为了他 Jack？即便他在这一行曾有些名气，但只要肯出价，有名的调查师也不止 Jack 一个。等到公司正式进入 GRE 编制，Jack 正式变成 Steve 的手下，小项目骤然间如冰雹似的倾泻而至，完全超出他的负荷。Jack 大概明白了：Steve 要的不仅仅是一个他，而是两个他，三个他。如果只雇用一个调查专家，就只能交给他一个人的任务。雇用了一个团队，就可以名正言顺地委派团队才能完成的任务量，即便这团队里只有一个调查专家，其余都是乌合之众。Steve 不是傻子，钱绝不会白花。花 100 万收购，就要期待 200 万的回报。这回报，都是 Jack 一个顶仨，超负荷干出来的。那虹口的公寓，还不如半旧的奥迪车更亲近。

自金沙项目开始，来自 Steve 的压力倍增，此项目势在必得，绝无回旋余地。但其他项目也同时在继续。Jack 心里很清楚，Steve 虽然貌似只关心金沙项目的进度，等别的项目到期了，他照样会来要报告，绝不容半点耽搁。

所以尽管 Jack 昨夜加班到深夜，今早还是天不亮就来到公司。本打算赶一些被"金沙"挤得来不及完成的工作，真的打开电脑，却又始终无法集中精力。心中有些忧虑正渐渐扩大，把金沙顺利完成的轻松喜悦挤散了：Steve 还会让思梅在金合待几天？有必要一直等到俄罗斯人采取行动后才离开吗？这样会不会给思梅带来危险？

但是，Steve 下了死命令：米莎采取行动之前，思梅必须坚持在金合上班。Steve 还补充了一句："你是有经验的调查师，该明白这个道理。"

Jack 虽从未直接参与和米莎公司的沟通，但按照以往同类项目的经验，米莎公司应该会在一两天内采取行动——突袭长山公司。为了避免打草惊蛇，一切必须维持原样。总经理私助自然不能在此时消失。这道理 Jack 的确明白。

米莎是长山合资的大股东，在董事会拥有大多数席位，米莎的CEO 也亲自担任合资企业的法人代表和董事长。但即便如此，对公司的实际运作却并无实际控制。毕竟，CEO 不能也不愿常年住在吉林的乡野里。六名委派的董事也只有最年轻的一位长期住在长山。一个三十多岁的俄罗斯人，不会中文也不了解中国文化，顶多只能是个摆设。就算和小会计搞了些暧昧，也未必能得到多少有价值的消息。所以，米莎被坑是迟早的事。

突袭长山公司收回控制权，只不过是死马当作活马医。米莎对长山公司的控制权，恐怕出不了工商局的大门。在长山这种偏远小镇，上至各级政府和公安局，下至普通工人保安甚至周边的老百姓，都只能把黄金龙看成真正的老板。就算有人了解合资企业的真实背景，但平日里请客送礼的毕竟是黄金龙，谁都得给黄金龙多留一些面子。黄金龙赔着笑脸，俄罗斯人就是客；黄金龙翻了脸，俄罗斯人就是贼。俄罗斯人总有走的一天，黄金龙得永远留在地头上。

所以谈何容易？让一群俄罗斯人突然闯进公司，命令停工停产，所有人员离开公司，以便立刻开始审计，收集对付黄金龙的证据？长山的人怎会那么听话？主管们怎会乖乖交出钥匙和公章？工人们怎会乖乖回家？保安们怎会束手旁观？只要有人喊一嗓子：老子要砸咱们的饭碗！恐怕米莎的人才是"被突袭"的。尽管"老毛子"一定会带上一群中外律师，律师也会事先查清当地政府和公安局的应急联系方式，但那又如何？招呼肯定不能事先打的，那样就等于给黄金龙通风报信。不事先打招呼，当地执法人员多半会装傻充愣。如此拖上三五日，让中方从容地"关门打狗"。然后地方政府姗姗来迟，美其名曰是"斡旋"，实际上只是给鼻青脸肿的老外们一个台阶：吃点儿亏没什么，保命回家才是真。中方不疼不痒地赔点儿小钱，收购所有股份，彻底把老外踢出去。

当然也有老外的突袭让中方措手不及，大老板不在，小主管们被洋人的架势吓蒙，糊里糊涂交出钥匙和公章，等明白过味来，公司已经被外方占领；中方的关系不够强大，而外方的背景又真的不容忽视，能从更高一层弄来尚方宝剑，再借用一点本地政商之间的斗争，那样方能胜券在握。但这样的气势和谋略，绝非一个初到中国的外企能有的。比如米莎，也只有出奇制胜这一点小赌注。因此Steve的命令确有道理：思梅必须要坚持到米莎突袭金合，之前决不可走漏半点风声，更不能让黄金龙起疑。

但坚持得越久，思梅就势必越危险，说不定脱身都会变得困难。而且脱身之后，恐怕必须离开上海一段时间，甚至离开中国。当然这要看事态的发展。以前有调查师因为出色完成任务而得到借调国外办公室的机会。若是那样，思梅也就更远了。

Jack正在琢磨思梅未来的去向，思梅的电话却突然来了。中午时分，窗外阳光灿烂，Jack却有一种不祥预感。

预感是对的。黄金龙要带思梅回长山。

思梅试图解释黄金龙的动机："也许他并没有怀疑我。不然，他为什么让我自己到售票处来买票，他坐在咖啡厅里等？他不怕我跑了？"

"绝不能去！"Jack几乎是在吼。话一出口，自己都一愣。实在是太危险了！难道黄金龙已经得知了米莎的行动计划？思梅是不是已经暴露了？

思梅却为难道："我要拒绝，他肯定更要起疑。要不要问问Steve？"

Steve其实是Jack最不想问的人。自从金沙项目开始，Steve的态度变得格外生硬，铁面无私，毫无回旋余地。也许Steve是对的，在他的重压之下，项目才得以顺利完成。他是个成功的顶头上司，该懂得关心员工的生死。虽然是半路并购进来的员工，却也算得到了Steve欣赏。之前虽然Steve的要求激进而苛刻，但思梅也确实从没遇到过如此切实的危险。也许这一次，Steve的决定会和Jack相同，甚至更加周全。而且此事事关重大，也必须通知Steve。

Jack拨通Steve的手机："Steve，黄金龙要带May去长山……"

但不待 Jack 说完，Steve 已断然回答："让 May 去长山，见机行事。"

Jack 后背一凛。Steve 怎能回答得如此干脆，并不追问任何细节，没有任何假设和推断？莫非……

"你已经猜到了？是不是……俄罗斯人已经行动了？"

"那是俄罗斯人的事。"

"回答我，是不是俄罗斯人已经行动了？！" Jack 急迫地追问，不再顾忌老板的威严。

"这件事用不着你操心。"

"如果俄罗斯人已经行动了，就该立刻让思梅离开金合！该对她加以保护！怎能让她跟着黄金龙去长山？"

"Jack，我说过了，这件事用不着你操心了。"

"这不可以！她不能去！你不能让她去……"

Jack 话没说完，电话已经挂断了。Jack 赶忙再给思梅拨过去，他要告诉思梅，立刻从机场跑掉。他会帮她安排一个安全的地方。让金沙项目见鬼去！

可思梅的手机正占线。她在和谁通话？ Steve ？ Jack 后背一凉，几乎是与此同时，Jack 的黑莓手机上收到 Steve 发来的邮件：

"从现在开始，我直接领导 May。她现已返回黄的身边，此时最需要沉着冷静。为了她的安全，我已让她关机。也请你不要再联络她。"

Jack 心中一沉。他已经出局。连忙再按下重拨，对方果然已关机。他突然间怒火中烧，恨不得把手机摔个粉碎。可他努力忍住了。他从椅子上一跃而起。他的员工正处于危险之中，他不能就此甩手不管！他必须马上出发。这一次无需 Steve 批复，甚至不必让 Steve 知道。思梅是被他带进 GRE 的，也是他亲手送进金沙项目里的。思梅的安危，全部由他负责。

第五章

夺命之旅

1

飞机抵达长春机场。黄金龙丢给思梅一万块钱，让她在机场的商店里买些内外衣。毕竟她身上穿的只能抵御江南的冬天。思梅没客气，买了到脚的长羽绒服，穿起来像只熊。保暖第一，轻便第二，外观毫不重要。还买了棉帽、棉靴和皮手套，外加一个小拉杆箱。随时做好逃离准备，方式尚不确定，不排除长时间在室外的可能。钱剩了一半，思梅要还，黄金龙让她自己留着，说算是出差补助。思梅也就不推辞。应对如此紧迫的局面，身上的现金实在太少了。

到机场迎接黄金龙的，是另一辆奔驰 S500，比上海那一辆款式略旧。司机是个年轻小伙子，大概工作时间不久。这让黄金龙多了几分恼火，问老刘怎么没来。小伙子说老刘临时请假，回南方老家喝喜酒去了。黄金龙又骂了一顿，好像离了老刘，车就没法安全开回长山。思梅想起黄金龙在上海的司机老孙，不禁心有余悸。老司机临时请假，新司机看上去并非黄金龙心腹，思梅心中反倒略感踏实。小伙子技术其实不错，路况也很好，车里暖气很足，让人热得冒汗。车窗外却白雪皑皑，估测不出到底有多冷，反正准备是做足了。

长山距离长春大约两个半小时车程。长山公司位置确实偏僻，距离长山县城还有大约 40 分钟车程。一路都是白雪覆盖的原野，辽阔无际，猜不出田野里曾种植何种作物。远处有些极低的丘陵，互不相连，像是被随便扣在地上的白瓷碗。与南方不同，这里村庄零落，房屋更是稀疏。偶有一些枯树，远远连成线。或许是一条路，却早被白雪覆盖，没有脚印或车辙。

最后的 20 分钟路程彻底不见了房屋，连成排的树都不见了。大片的雪野，没有任何人兽的踪迹。公路上亦没有其他车辆。思梅心中越来越忐忑：车的时速大约有 80 公里，20 分钟的路程也有近 30 公里。这么长的路都没有人烟，外加天寒地冻，恐怕很难徒步跑出来。

　　长山公司像是雪地里凭空冒出来的一座城池，由三米多高的石墙围绕，墙顶还有半米高的铁丝网。思梅突然想到了监狱，心又是一沉：这地方一旦进去，真的吉凶未卜。

　　车子来到大门口，正面大门是一座五层高楼，采用罗马风格的立柱，立柱顶端雕有抱着水罐的半裸女人，但女人的脚尖却用来悬挂巨幅标语："安全搞生产，爱厂如爱家，和谐加勤奋，共创幸福路。"楼前还有极宽阔方正的广场，中央立着旗杆，旗杆上什么都没挂。远远望去，不像工厂，倒像是由地方政府改建的洗浴中心。

　　公司大门口有八名保安列队，都是身强体壮的小伙子，立正挺胸，姿态威严，只是制服并不合体，有些人还穿着运动鞋。思梅猜测这是为迎接黄金龙做的准备，平时当班的门卫或许没这么多。车子开进院子，却见广场里的保安更多，大约有二三十人，把两辆白色旅游巴士团团围住。车门里有洋人向外张望。思梅心中诧异：米莎的人已经到了？怎么没人通知她？

　　S500长驱直入，直接停在两辆旅游大巴附近。黄金龙摇下车窗，立刻有人趴上来跟黄金龙耳语。是个四十多岁的光头瘦子，声音小得连思梅都听不清楚，只见那人一脸惶恐，小心翼翼。可黄金龙还是破口大骂："妈的你们都是吃狗屎的？不是说了加强警戒吗？怎么能让他们进去？"

　　光头忙连声道歉，接着说："他们来得太突然！又是个礼拜六！我们没做好准备！您又在飞机上！而且……而且他们人多！"

　　"妈的再多能有你们多？"

　　黄金龙把小眼睛瞪圆了，竟然也能露出一圈眼白，死鱼似的往外凸着。光头不敢再辩解，黄金龙又说："现在呢？楼上啥情况？"

　　"他们……他们在五楼……"

　　"啥意思？五楼？五楼哪儿？"黄金龙把眼睛瞪得更圆。光头胆怯道："在西头……"

　　"总经理办公室？"黄金龙的肥头和胖身子竟然分开一段距离，硬生生抻出一段脖子来。金链子被撑紧了，微微打着颤。

　　"不……不光是总经理办公室。还有……还有财务科，都被他们占了！"

　　"废物！"黄金龙暴吼一声，思梅不禁浑身一激灵，耳朵嗡嗡作响。黄金龙一把推开车门，光头躲得够快，不然肯定要被撞翻在地。

黄金龙皮球似的一骨碌滚出车去，回头冲思梅喊了句："跟着我！"

思梅连忙下车，跟着黄金龙往楼里走，同时瞥了一眼那两辆白色面包车。车里大概还有五六个男人，都戴着墨镜，有洋人也有中国人。车子的牌照是吉A，是从长春开来的。看来的确是米莎的人到了，而且赶在了黄金龙前头。米莎的确神速。昨晚才得到报告，今天中午就已组队抵达长山。黄金龙的消息也很快，显然是中午在虹桥机场时接到的消息，所以才立刻决定回长山。但毕竟还是晚了一步。到底是谁给他的消息？难道米莎里有内奸？这倒不像。看现在的情形，黄金龙虽然中午就得到消息，但他并不知道米莎的人这么快就会到达长山，因此只顾着自己赶回来，却并没有通过电话在长山做好周密的布置。不然俄罗斯人也不可能一举占领了五楼。

又或者，是思梅昨晚露了破绽？

想到此处，思梅心中一抖：如果自己真的已经暴露，此行必定凶多吉少。但从上海到长山，一路上黄金龙并未严密监视自己，也没流露丝毫的愤怒或不信任。以他的粗暴脾气，这样的戏恐怕演不出。但他此行为何带上自己？

思梅跟随黄金龙，在众人簇拥下上了楼梯。光头瘦子也跟上来，另外还有一对中年男女也跟着，男的胖乎乎戴眼镜，女的烫着大波浪，肩挎豹纹包，看样子都是级别较高的经理。光头和眼镜男向大波浪使使眼色，大波浪勉为其难道："他们进门就说找您，我们以为约好了……"

"放屁！我不是中午还跟你们交代过，让你们提防着，谁也不许放进公司？"黄金龙边骂边走，头也不回。大波浪胆子果然大，辩解道："可咱们当班的人没他们多！而且都人高马大如狼似虎的，也不知道带没带家伙……"

"屁！那么快就到了，指定坐飞机来的，还能带家伙？"黄金龙向身后白了一眼，又说，"那就让人进了总经理办公室和财务科？"

"您放心，公章在我包里呢！平时我都不把它锁抽屉里！"大波浪拍拍豹纹包，"账本也只有给工商局的那套，别的不是让常姐……"黄金龙却突然停住脚步，粗声打断大波浪："蠢娘们儿！还有理了？都请贼上炕了！"

黄金龙吼过了，没人敢再吭声，楼道里虽然挤满了人，却竟然鸦雀无声。思梅暗想，所谓"别的"该是长山合资的私账，里面定有秘密转移资金的记录。那是白纸黑字的证据，大概已经跟着常芳去了上海。

黄金龙继续上楼，一群人则默然跟着，走了几步，光头又忍不住低声说："黄总，您打算直接去五楼？要不要多带几个人？"

黄金龙并不理会，转眼到了五楼楼梯口，正被一群保安堵着。光头命保安让出一条路，思梅这才发现，眼前横七竖八堆满了桌椅，把楼道切断。桌椅对面站着两个戴墨镜的蒙古壮汉，膀大腰圆，想必是米莎带来的保镖。

黄金龙指着桌椅怒道："这他妈是谁堆的？"

"他们……"光头怯怯地回答。

不等他说完，黄金龙又骂："你们就睁眼让别人在自己家里堆路障？"

众人都不敢吭声。黄金龙又问："电梯呢？他妈的也堵了？"

光头忙摇头："没没！我们把电源关了！把他们的后路断了！"

"妈的！蠢货！是断人家的后路，还是他妈的怕人家下来削你？去！仓库柜子里拿家伙！"黄金龙边说边从衣兜里掏出一串钥匙扔给光头，"妈的给我守住楼梯口！拿枪瞄着！谁他妈敢出来，就崩了他！外面车里那几个，你们也给我用家伙瞄准了！老子就不信了，有本事到老子家里来闹事，老子饿也把你们饿死！"

没过多久，果然有人拿着猎枪上楼，每个保安发一杆。保安齐刷刷对着楼道里举起枪。有人搬了个沙发上来让黄金龙坐。黄金龙故意把沙发拉到路障前，跷着二郎腿坐定了，眯眼看着那堆路障。对面的两个蒙古壮汉也不知听没听懂黄金龙的话，只是面无表情一动不动站着。两人身后的楼道深处，有些人从办公室进进出出，像是在忙些什么。那些人都西装革履，看得出是中国人，大概是米莎带来的律师或财务审计师。

黄金龙问："他们在里面干啥呢？"

眼镜男连忙凑上一步："这帮孙子进去就把摄像头都封了，不过财务室里漏了一个。他们在用相机翻拍咱们那些文件！"

"都有什么文件？"

眼镜男为难道："财务室里倒没什么，就是那几份当初买设备的合同……"黄金龙小声咒骂了一句。思梅心中立刻有数：金合购买的设备估计都是不值钱的旧货。

那眼镜男又胆怯道："可……"

黄金龙立刻警觉："可什么？"

"总经理办公室里……有那些房子过户的……"

黄金龙不等眼镜男说完，立刻一个巴掌掴在眼镜男脸上，眼镜飞出去老远："妈的！那些东西你放这儿干吗？"

眼镜男捂着脸委屈道："我……我想着总经理室里的保险箱最结实，公司又有那么多保安……"

眼镜男话音未落，楼道深处突然传出电钻的声音。黄金龙立刻脸色煞白，一跃而起："妈的给我拿汽油来！快！老子烧死你们！"

"就算他真要干离谱的事，我又能有什么办法？你知道他不会听我的！我都不知道你为什么非让我去！"

赵安妮斜倚在副驾驶座位上，手捂着嘴，像是在和椅背说悄悄话。但轿车行驶得很平稳，佟远完全可以听清，尽管这速腾的引擎比上海那辆宝马吵得多。这电话已经讲了快二十分钟，语气暧昧不清，像是跟老板对话，又像是跟男朋友：

"关键不是我让他冷静他就能冷静，你让他温和他就温和的。他的想法你也应该能猜得出来，不会跟你完全一样的。你当然想的只是借用，等那边搞定了就补回来，他可不一定这么想！就算你补回来了，他也不会让俄罗斯人拿回去一分钱！你倒是想息事宁人，可他说不定想拼命！反正我镇不住他的。我看那笔钱，得赶快转。"

正和赵安妮通话的应该是个中年男人。语速很快，嗡嗡的声音从赵安妮的指缝里钻出来。佟远听不到具体内容，但能听出对方似乎有些急躁。

赵安妮听了一阵儿，皱了皱眉，不耐烦道："可现在谁也不知道那里面什么状况，我又不知道他的那些东西都放哪儿……"

电话里的男人再次抢过话头，语速更快了些。赵安妮脸上的烦躁也更浓，把声音压得更低："哎呀，我尽力吧！不过事先说好了啊，如果情况不对，我可不上去，总不能让别人看见我吧。我凭什么在那里出现？长山的工厂和我有什么关系？是不是？好了好了快到了不说了，挂了！"

赵安妮挂断电话，眉间的烦躁随即消失了。她仰头靠在椅背上，闭上眼，有些许疲惫却又心满意足。电话是谁打的呢？佟远暗暗猜测：老板？情人？两者兼顾？

车拐下大路，沿一条小路直行了大约一两公里，停在一栋小屋前。赵安妮轻声问："就是这里？"

司机点头："嗯。就这里，有年头没来了。"

佟远望向车窗外，路边有几棵枯树，小屋的屋檐上悬挂着"商店"的招牌，屋门却上了锁，门把和窗棱上都浮着厚雪，好像有日子没开张了。房子旁边还有辆"倒骑驴"，三只车胎瘪了两只。向四周看，附近只有雪野，再无其他房屋，倒是远处隐隐的有一群楼，算不上很高，却有些突兀，在荒无人烟的雪野之中，仿佛从天而降的海市蜃楼。赵安妮原本说要去长山办事，可车子早已驶离长山镇很远，不知为何就停在这荒野小店门外。难道，她就是要到这里办事？

这趟旅行突如其来。赵安妮只轻描淡写地说：我要去长山办点事，带上你也许能帮点忙。能帮什么忙？佟远想问，却并没多少机会。赵安妮坐的头等舱，他坐的经济舱，像是她临时找来的帮工。但他有种预感，也许就是这一趟神秘的旅程，将给他带来巨大的收获。

司机下车走向小店。佟远一路坐在后座，此时才看清司机的模样，是个五十多岁的汉子，个头不高，却很敦实，虎背熊腰，披一件半新的军大衣，有淡淡的南方口音。从长春龙嘉机场到长山，他只专心开车，一路少言寡语，却看得出和赵安妮很熟。

赵安妮叫他"刘哥"，还坐到副驾驶的位置。在上海她只坐后排。车挂吉林当地牌照，大众速腾，在东北最普通的车型，车厢狭窄，座椅不够舒适，噪音也很大，按理不该是赵安妮愿意忍受的车子。

刘哥在小店门口摸索了一阵，吱嘎一声，门很不情愿地开了。他回身向车子招招手，自己先推门进屋。赵安妮随即下车进屋，佟远尾随。屋里漆黑一团，有股浓重的霉味儿，还有类似蛛网的东西粘到脸上。过了片刻，眼睛渐渐适应了黑暗。果然是个店铺，但应该久弃不用了。货架上只剩几只空瓶子，地上散落着空盒子和包装袋。店铺是个套间，刘哥已经进了里间，门半开着，里面看上去更黑，似乎并没多大面积。赵安妮没立刻跟进去，站在门口轻声问："哥，打得开吗？"

刘哥没立刻回答。屋里手电光一闪，立刻又被他壮硕的身体挡牢了，只在两脚之间留着一点儿亮光。佟远心中纳闷：难道这里间小屋里，还有一扇门？这房子看上去不大，门后能是啥？

刘哥憋住气，像是在使蛮力。随后是一阵重物被移动的声音。片刻之后，刘哥说："开了！"

刘哥侧身让开。他手上的手电光立刻沉入地板之下。佟远吃了一惊——原来门不在墙上，而是在地面。地上的窟窿又黑又深，隐隐露着几级台阶，好像儿时楼下防空洞的入口。一股更浓重的霉味儿涌上来。赵安妮凑过去探头向下看了看，用手捂住鼻子："这么黑，能走吗？"

"能走！没事儿！拿着手电！记住了，18个台阶，然后就是平路了。到头有扇门，通主楼地下室。这是钥匙。锁有日子没开了，多试试。出门左拐有个电梯，直通五楼总经理办公室。电梯门外有个假柜子，柜子里应该堵着书架子啥的。不过能推开。那电梯虽然旧，可我每个月都会试两次，前天刚试过，应该没问题。小心点。"

刘哥一口气说了很长一段，比一路上说的所有话都多。他掏出钥匙递给赵安妮："我就不跟你去了，不能让人看见我。"

佟远恍然大悟：这该是地道入口。东北的人防工事很发达，早年修建的工厂都有地道通向厂外。这条地道的另一端，大概连着某座办公楼。是不是远处那片建筑？目测的话，总有一公里远。但四周再看不见其他建筑了。联想刚才赵安妮在车上接的电话，佟远猜测那工厂大概出了什么纠纷，而且情形还很僵。赵安妮到底是去做眼线还是说客？看她接电话时的样子，这件事挺机密，她不想说得太明白。既是如此，为什么又要带上自己？一切都越来越令人迷惑，佟远却有种感觉，自己距离谜底越来越近了。

赵安妮却侧身让出地道口，把钥匙递给佟远："你先下吧！我跟着你！"

3

五个汽油桶一字排开，整齐摆在桌椅路障之前。楼道里顿时充满了浓重的汽油味。

黄金龙坐在汽油桶后面，跷着二郎腿，手指还夹着半根烟。腿太粗太短，肚子又太大，倒像是练瑜伽的相扑运动员。香烟和汽油组合成怪异的气味，令人格外不安，就连他身边荷枪实弹的保安们也都脸色发白。他倒是比刚才安然了不少，大口吐着烟圈儿，眯眼看着路障后的楼道。

思梅在黄金龙身边安静站着。汽油和香烟的混合气息让她恶心。她心里虽然紧张，却并不担心黄金龙会放火同归于尽。她了解黄金龙，粗中有细。这种人绝不会拿两样东西开玩笑：钱和命。更何况，他刚刚接的那通电话，就像一支镇静剂，给他那狂躁的神经上来了一针。

那电话来得正是时候。汽油桶刚搬上来，盖子也刚拧开。黄金龙掏手机的时候嘴里还在骂骂咧咧，小眼睛里也像在喷火，可没说上两句，脸上的横肉松弛了，眼神也灵活起来，嘴角虽然不屑地撇着，可毕竟没再骂出脏字来。电话是谁打的？该是个说话有分量的人物，不够让黄金龙彻底服气，但起码能让他基本服从。事态的确不宜闹大，这样对谁都没好处。但气势上是不能输的，反正汽油桶都抬上来了。

对面米莎的人似乎对汽油桶更加无动于衷。两个蒙古人依然面无表情，楼道深处的电钻声音也还断断续续。黄金龙突然开口，竟有一丝开玩笑的意思：

"保险柜真他妈结实！"

眼镜男连忙附和："那肯定的！那是最好的！想要钻开，估计还得俩钟头！"

黄金龙眉头一皱，好像突然想到了什么："你确定那些房产过户的文件都在保险柜里？"

"是……是的。"说到那些合同，眼镜男依然忐忑。

黄金龙一骨碌从沙发上站起来："老子进去跟他们谈判！给老子准备一瓶汽油，放饮料瓶子里！再多准备几个打火机！"

黄金龙话音未落，眼镜男立刻应声而去。思梅心中疑惑：莫非，黄金龙是想赶在米莎打开保险柜之前销毁那些合同？所谓的房产过户文件到底是些什么文件？为何黄金龙如此担心它们落入米莎之手？难道除了秘密转移资金，还有其他见不得人的事情？

没过多久，眼镜男回到五楼楼梯口，带着几个人，抬来一套音响设备。插上插头，对着麦克风吹了吹气，音箱里轰轰作响。黄金龙接过麦克风也吹了吹，说："再把声音开大点儿！"

眼镜男赶忙去拧功放的音量，扬声器尖声鸣叫。他还没来得及把声音调低，黄金龙已然对着麦克风高喊起来：

"对面的，有能听懂人话的吗？滚出来几个！老子要跟你们谈谈！"

扬声器里黄金龙声如洪钟，把整个楼道震得嗡嗡作响。黄金龙如此又喊了两三遍，走廊尽头的某间办公室里走出三个人，不紧不慢向路障这边走过来。

黄金龙停止了叫喊，楼道里立刻变得很安静，能清晰地听到三人的脚步声。思梅透过桌椅的缝隙看那三人，渐渐能分辨出相貌。前面两个都是身材高大的白种男人，左边一个年纪大些，四五十岁的样子，体态略显臃肿；右边一个则三十出头，体形匀称健美。两人穿着西服系着领带，该是米莎公司的经理。而第三个男人，走在两个俄罗斯人身后，拿着一个文件夹，看脸和头发都像东方人。他同样身着西服领带，只是衣裤格外贴身，身材虽比两个俄罗斯人瘦小，却显得特别挺拔精致。三人再走近些，那东方人的面孔更清晰。此人五官清秀，浓眉深目，颧骨略高，越看越面熟。思梅恍然大悟：那正是 Steve，GRE 大中华区的负责人。他居然亲自出马了！思梅立刻踏实了不少。

黄金龙看清了那两个俄罗斯人，立刻坐回沙发上，跷起二郎腿。眼镜男递上麦克风，黄金龙没接，扯开嗓门喊道：

"维克多，不够意思嘛！你老板来了，怎么也不打声招呼？"

思梅熟知金沙项目的背景，知道维克多是米莎集团派驻长山的经理，曾和中方的一个小会计秘密交往，而且小会计已在不久前失踪。那年轻一些的俄罗斯人想必就是维克多，而那年长一些的，该是米莎更高层的领导。两个俄罗斯人始终面色严峻，并不作答，也不知是否听懂了黄金龙的中文。

倒是 Steve 上前一步，用低沉却又极具穿透力的声音说道："黄先生，您好！"

黄金龙瞥了一眼 Steve，不屑道："你是哪儿来的？是老毛子请的律师还是翻译？"

"我代表米莎公司聘用的咨询公司，到这里协助米莎公司审核账务。"

"查账？你凭什么查我的账？干吗偷偷摸摸地来查？"黄金龙又

瞪起眼睛。

"黄总，米莎公司是这家合资企业 51% 的股东，在董事会有三分之二的席位，根据公司章程，有权在任何时间审查公司的账务。"

"放屁！"黄金龙破口骂道，"公司章程上没写，必须经总经理签字才能查账？"

Steve 不慌不忙从文件夹中取出一页 A4 纸："就在半小时前，长山公司在公司会议室里召开了临时董事会，九位董事中六人参加，三人缺席。这是决议。董事会六票通过撤销您长山公司总经理职务的决定，同时撤销了常芳女士财务总监的职务、撤销王凤田先生运营总监的职务以及撤销李连奎先生安保主任的职务。"

Steve 刚刚说罢，光头和眼镜男都张嘴瞪眼，要叫却被黄金龙抬手制止。思梅猜测，那眼镜男估计是运营总监，而光头就是安保主任了。黄金龙这次倒是没有立刻发作，只冷笑道：

"妈的你们倒是能自说自话！在公司会议室开会就管事？另外三名董事都没接到会议通知！决议上也没有盖公章，完全无效！"

Steve 从容应答："黄先生，长山公司的法人代表已经亲自到工商局做了公章挂失的登记，所以一切都符合法律程序。"

"符合个屁！"黄金龙终于从沙发上一跃而起，"偷偷摸摸溜进来，还整这些路障，做贼心虚啊？有本事咱们真刀真枪地来？"

Steve 依然保持冷静，表情和声音都毫无变化："黄先生，我们是来查账的，不是来打架的。我们所做的一切，目的是为我们的工作提供便捷。如果您不介意的话，我们现在就回去继续我们的工作了。"

Steve 说罢，楼道深处又传来一串电钻声。黄金龙急道："别他妈废话了！谈谈条件吧！各让一步！"

"我们并没打算跟您谈什么。"Steve 淡然道。

"少他妈废话！你算哪根葱？别跟汉奸似的狗仗人势！我要跟他们谈！他们说不谈了吗？"

Steve 不但不恼，反而微微一笑，扭头和两个俄罗斯人用英语低语，思梅隐约能听见一些内容，大概是商量要不要谈判。年长的俄罗斯人微微点头。Steve 对黄金龙说："就在这里谈？"

"妈的！当然不能是这里！去总经理办公室！"

Steve 微微皱眉，转身继续和俄罗斯人低语。这次用的时间更长，声音也更低，思梅完全听不清了。

黄金龙不耐烦道："妈的！利索点儿！别磨叽！不就为了那点儿钱吗？用得着这么兴师动众？老子有钱！可他妈的总得给老子点儿面子！"

Steve 并不理会黄金龙，继续和俄罗斯人嘀咕了几句，这才不慌不忙地转身，对黄金龙说："可以。不过，只能您自己来，搭电梯。还有，不能带手机。"

这回轮到黄金龙琢磨。他眉关紧锁，低声连着骂了一串娘。楼道深处电钻又响了两声。黄金龙一咬牙："妈的！可以！不过，"黄金龙抬手指指思梅，"我得带着我的助理！"

4

黄金龙的确没带手机，但并非两手空空。他拿了瓶康师傅绿茶，裤兜里还揣了一只打火机。思梅兜里也有一只，有备无患。思梅猜测，打火机和"康师傅"都是为了保险柜里的文件准备的。

五楼电梯口另有两名壮汉把守，膀大腰圆，穿黑西服打黑领带，光头，戴着墨镜，因此看不出血统，想必又是蒙古人。和他们相比，长山的小保安充其量是港产电影里的小马仔。Steve 和年轻俄罗斯经理也等在电梯门外，上年纪的俄罗斯人倒是不见了。两名壮汉要对黄金龙搜身，黄金龙不让，破口便骂。壮汉更是不服，伸手要揪黄金龙的胳膊。两方眼看就要动手，Steve 用英语喊了一声。壮汉们倒很听话，立刻住手，却并不让路。黄金龙骂骂咧咧道：

"妈的老子从来说话算话！没手机！连他妈手表都没戴！搜个屁！"

"黄先生，您办公室的冰箱里有不少饮料，怎么还自带？"Steve 瞄一眼黄金龙手中的绿茶，表情虽然柔和，却丝毫不让人觉得舒服。两个壮汉仿佛听懂了 Steve 的中文，抬手去抢康师傅。黄金龙倒是反应极快，后退一步，大声道："老子能喝你们碰过的东西吗？偏喝自己带的！你管得着吗？"

黄金龙说罢，拧开盖子仰头灌了一口，又吧唧吧唧嘴。

思梅暗暗吃惊：瓶子里哪是绿茶？那分明是汽油！只不过颜色和绿茶相仿，楼道里早已漫布着汽油味，因此一时间难以识别。黄金龙绝非常人，喝一口汽油也面不改色。Steve 倒不再深究，一挥手，两名壮汉让出一条路。黄金龙迈开大步，把地板震得咚咚响，那架势丝毫不输给蒙古壮汉。思梅快步跟上黄金龙，Steve 和俄罗斯人倒并不着急，从容地跟在二人身后。楼道里看上去并无异常，除了远处那一堆路障。楼道两侧的办公室都关着门，门里并无多少动静。偶尔有人开门走出来，都是西服笔挺的中国人，该是米莎公司带来的审计师或律师，所以并不跟黄金龙打招呼。

总经理办公室在走廊尽头，也就是距离路障最远的地方。门关着，里面同样没有动静。黄金龙猛推开门，一步跨进去。思梅也跟进去。屋子里倒是没人，一切井然有序，并不像被人搜查过，只是空气中还残留着一丝金属灼烧的气味。

思梅细看这间办公室，典型的"土豪"风范：好像 19 世纪某个贵族的家，分不清主人到底来自东方还是西方，房间起码一百来平方米，头顶是形状错综复杂的水晶吊灯，家具是巨型欧式复古的，墙上是色彩艳丽的土耳其挂毯，窗户上镶着彩色玻璃，好像教堂里才能见到的那种。

黄金龙加快脚步，一溜烟绕过巨大的写字台，难为他两三百斤的球状身体，竟然也能行动如此灵敏。

保险箱就在写字台下面，是个巨大的黑色铁柜，大约有单门冰箱大小，柜门紧闭，上面有几个铅笔粗的钻眼，闪着刺眼的银色光泽。黄金龙用力一拉，柜门开了，里面什么都没有了。

黄金龙转身向着屋门，肚子里仿佛突然充了气，一直充进脑袋里，两只眼球像是要从眼窝里爆出来。Steve 似笑非笑地站在办公室门口，手中变魔术般地多了一摞文件：

"黄先生，您是不是要找这个？看来，这附近几百公里，有不少人在长春买了新房。您还做房屋中介的生意？专门服务政府官员？"

"狗娘养的！"黄金龙猛地抓起桌子上的烟灰缸，向着 Steve 砸过去。Steve 不躲不闪，任那烟灰缸撞在身边的门框上，粉身碎骨。他的声音反倒更从容了："黄先生，这可不是谈判的态度。尽管好像真的也没什么需要谈的。"

黄金龙沉默了，一动不动，眼珠也不转了，仿佛被人施了定身术。不过一两秒的工夫，他突然一跃而起，瞬间已绕到思梅背后，一把揪住思梅的头发。思梅吃了一惊，正要反抗，只觉什么冰冷尖锐的东西顶在自己脖子上，隐隐的一阵刺痛。思梅不敢再挣扎，只能顺着黄金龙的手劲尽力仰头，心脏突突地狂跳起来。

黄金龙的胖手突然出现在思梅视野的最下方。胖手后面露出半截木把。一把匕首！是黄金龙随身携带的？刚才怎么没发现？思梅脑子里嗡的一声，仿佛一下子被抽空了，过了两三秒才缓过神来，只听黄金龙在她耳边说：

"妈的是没什么可谈的！想要让这婊子活命，就他妈把文件给我放桌上！"

黄金龙的声音震得思梅耳朵嗡嗡作响，唾沫星子飞到耳垂上。思梅彻底明白过来：自己已经暴露了。黄金龙带她来长山，就是打算把她当人质的！自金沙项目开始，她虽然一直紧张兴奋，却从没像此刻这般紧张和恐惧。原来 Jack 的话都是对的！思梅两腿发软，心脏眼看就要跳出嗓子眼了。

Steve 却面不改色，嘴角甚至浮现一丝不屑的笑意："黄先生，她可是您的助理。"

"放屁！当我白痴？在酒店房间里偷我电话，真以为我不知道？拿个假身份证来骗人，当我查不出来？这婊子到底是谁派来的，你心里肯定他妈的最清楚！"

思梅恍然大悟：原来那天晚上，在香格里拉，黄金龙根本就没有不省人事。她早就暴露了！怪不得常芳突然对她格外殷勤。看来那只是为了更密切地监视她！只不过常芳对高科技并不熟悉，反而让她钻了空子！该怎么办？会不会就这样死了？黄金龙可是什么都干得出来的。思梅早已被恐惧吞噬，浑身止不住地发抖，冷汗正汩汩地从后背冒出来。

"黄先生，我不认识这个女人。"Steve 冷冷地回答。思梅知道他为何这么说，可还是忍不住双腿发软。Steve 正直视她的双目，那目光比声音更冷，似乎从出生到现在，他从来没有过任何感情。

"是吗？哈哈！也就是说，老子宰了她，你也无动于衷？"黄金龙冷笑着。思梅只觉自己脖子上的刀尖突然一动，一阵钻心之痛，有一股液体，随即顺着脖颈往下流。思梅紧紧闭上眼，她不能再看Steve，急速的心跳就要令她窒息。

Steve 却耸耸肩，一脸与己无关的漠然表情。

黄金龙吼道："你他妈真的无动于衷？他妈老子真的宰了她！一点一点地拉，让她死得很过瘾！"

黄金龙话音未落，思梅脖子上的刀尖开始移动，这一次更疼，入骨钻心，而且更持久。思梅尖声惨叫，楼道里随即传来一阵骚动，远远传来一个男人的喊声："里面到底发生了什么？你们让我过去！"

思梅心中一震，是 Jack！

"里面到底怎么了？你们……你们让我过去！我……必须见到 Steve！" Jack 还在喊，声音却断断续续。他显然是遭到了阻拦。

Steve 依然无动于衷，就像楼道里什么都没发生。骚动很快变做扭打之声，之后是 Jack 迅速远去的呼喊："Steve！你要对你的员工负责……"

Steve 微微皱了皱眉。黄金龙眯起眼睛，得意道：

"还他妈嘴硬？照老子说的做！不然，就准备收尸吧！"

最后几个字是从黄金龙牙缝里挤出来的。刀刃又在脖子上划了几毫米，那股液体已顺着脖颈一直流到胸窝里。伤口正在渐渐麻木，思梅也已无力尖叫。她把眼闭得更紧，脑子却竟然水洗般地清醒起来：再深几毫米就到颈动脉了。难道，真的就这样结束了？

"黄先生，杀人是要偿命的。" Steve 依然平静对答，但气场毕竟是弱了。

黄金龙狂笑两声："哈哈！你也不问问，老子杀没杀过人！不看看你是在谁的地盘！老子顶多再进去待两年！照样他妈的大摇大摆走出来！到时候连你他妈的一块儿收拾！"

Steve 沉默了。

黄金龙吼道："他妈的快点！别逼老子！把文件放办公桌上！然后给我滚出去！别耍花样！不然我立刻宰了这婊子！"

黄金龙用力扯住思梅的头发，几乎就要把头皮剥开，思梅疼得两眼发黑，脖子被反折，呼吸越来越困难，眼看就要昏厥。

"好！"

Steve 终于妥协了。他小心翼翼走进办公室，把一摞文件放在办公桌上，随即退到门外。黄金龙又吼了一声："关上门！"

Steve 顺从地关门，把自己和米莎的人都关在门外。黄金龙拔腿冲向房门，左手依然揪着思梅的头发。思梅随即跌倒，脊背着地，被黄金龙在地板上拖行。刀尖暂时离开思梅的嗓子眼。也许这是她唯一的机会！思梅大叫一声，使出全力，反手去抓头顶的那只手。黄金龙的手腕却像铁打的一样，把思梅的头发抓得更紧，骂了句"贱货"，狠狠把她的头向桌子撞去。"咚"的一声巨响,思梅眼前一黑,失去了九成知觉,残留的一成意识中,感觉头顶那只钳子般的手,正把自己在地板上拖来拖去。

思梅却再也无力挣扎。

黄金龙虽然看上去肥胖臃肿,身手却很矫健,蛮力颇大,拖着思梅到了门前,快速反锁了办公室门,又拖着思梅回到办公桌边,松开手,任她跌落在地板上,又朝着她前胸狠踢了一脚。思梅顿觉胸口一阵剧痛,嗓子眼发甜,一时无法呼吸。脑子却被这一脚踢得清晰了些:不能失去知觉!不能!只要保持清醒,就还有一线生机!

思梅顽强地睁开眼,眼前却一片模糊,就连耳朵似乎也出了毛病,隐隐地听到自来水管道的怪异鸣叫,声音时远时近,时而又不见了。过了片刻,视线渐渐清晰:蒙眬间,黄金龙把一摞文件塞进自己的外套里,快步走向硕大的书柜,打开柜门,把柜子里陈列的各种物品都胡噜到地上,一边自言自语:"他妈的跟我斗!不看看自己几斤几两!这可是老子的地盘!能他妈的让你们给制住?"

黄金龙瞬间已把柜子里的东西都清干净,转身又向思梅走过来。思梅顿时惊异万分,浑身战栗,想要挣扎反抗,腿脚却全然不听使唤,只能任凭黄金龙再次揪住自己的头发,把自己拖向那清空的柜子。又是一阵剧痛,她已说不清具体来自身体的何处。她痛苦地惨叫一声,肉体和意识都已麻木,只觉皮肤都相互粘连,正被一点儿点儿撕裂。耳朵尚且管用,但黄金龙那粗暴的咒骂正越来越远:

"妈的小婊子别他妈装死!老子可不能把你丢在这儿!哪能轻饶了你?再说,你这么有用,老子哪他妈舍得?"

黄金龙说罢,又狠狠踢了思梅一脚。思梅又是一声惨叫,堵在胸口的甜热液体喷涌而出。黄金龙仰头大笑,好像玩得尽兴的孩子,继续把思梅拖向那柜子。

可突然间,那柜子猛地倒下来,柜子后冲出一个瘦高的身影,一语不发,一拳打向黄金龙面门。黄金龙向后倒下,发出一声沉重的闷响,抓着思梅头发的手也松开了。

思梅的身体好像被抽去了骨骼一般,瘫落在地上。她仍睁着眼,可视野只剩一条线,阴暗模糊,仿佛黑夜正在降临。在黑暗即将夺走一切之前,她似乎看见一张脸,在她眼前一晃而过。耳边突然响起遥远的呼喊声:

"邢珊。珊！珊……"

那是一个低沉浑厚的男声，似曾相识。她还来不及仔细回忆，那声音也消失了。

思梅跌入彻底的黑暗里。

*

佟远原本不该冲出柜子的。他的任务只是试乘那年久失修的电梯，上来探探路。按照赵安妮的吩咐，如果房间里有人，他就该一直躲在电梯里，等人都走了他再出去，悄悄反锁办公室的门，再给赵安妮发个短信。地下室里是有信号的，刚才已经确认过了。从刚才车上听到的对话判断，这房间里或许有些东西，是赵安妮想要找到并带走的。

当旧电梯启动的一刻，佟远几乎就能认定，电梯的噪音会引起全楼人的注意。因此电梯门打开之前，他已经做好被发现的准备，暗暗为自己编好了借口。多年调查记者的经验，让他学会沉着应变。

电梯门打开了，门外堵着一张木板。如果司机老刘说的是对的，这该是书柜的背面。他并没立刻推开柜子，而是屏息静听。屋里显然有人，动静实在不小，像是在翻箱倒柜。到底是该等在电梯里，还是立刻乘电梯下楼？佟远正在犹豫，书柜后突然传来男人的咒骂声，听得出正在狂怒着。看来，屋里的人并没注意电梯的声响。

又是一阵拖拉之声，然后是一声痛苦呻吟。

佟远大吃一惊。那声音实在太像邢珊的！尽管理智告诉他，她此时正在几千公里之外。几个小时之前，他还在虹桥机场见过她。她怎会突然出现在这里？佟远把耳朵用力贴紧那柜子。

又是男人污秽至极的咒骂，这次竟然有几分耳熟。佟远想努力思考，却又完全静不下心来，内心仿佛起了一把火：到底要不要出去？出去，就等于暴露自己。不但不能完成赵安妮布置的任务，也更无法实现自己的目标——几周来煞费心思地走到这一步，虽然眼前依然有层层谜团，但他的多年经验告诉他，谜底已经近了！

可现在冲出去，有可能前功尽弃！但那呻吟声实在太像邢珊了！到底怎么办？

突然间，又是一声惨叫，比刚才更清晰也更尖厉！佟远浑身猛地一激灵，似乎被高压电流击中。他霍然想起来，他听到过那男人的咒骂声——就是前几天，从邢珊的手机里传出来！

佟远再也顾不得别的，大脑瞬间一片空白。他不知从哪里来的蛮力，一脚踢翻了柜子。

冲出柜子的一刹那，他看见一个巨大的肉球，和一张得意扬扬的胖脸。那肉球身后，正拖着一个蜷缩着的弱小身体。

佟远像一只被激怒的野兽，完全失去了理智，一拳向那扭曲的肥脸打了上去。他只有一个念头，就是清除他和她之间的一切障碍。他扑向那浑身是血的姑娘，用尽全力呼喊她的名字。她还活着！尽管她的气息微弱，可她还活着！她正在他的怀抱里战栗。

突然间，佟远听到一声怒吼。地板上的大肉球猛地弹了起来。

他连忙推开怀里的女孩，自己却已来不及躲闪，那肉球山一样地压过来。佟远只觉小腹一寒，连忙用力躬身，某种利器贴着皮肤划过，腹部顿时一阵热辣。他狠命抓住对方的胖手腕，身子却被那硕大的黑影狠狠压在底下……

5

不知过了多久，思梅渐渐醒过来。浑身剧痛难忍，似乎比刚才更痛，简直就是疼醒的。恍惚间，她都弄不清楚自己到底是不是还活着。可这疼痛提醒了她，死人大概不会疼的。

门外有急促的脚步声。似乎有人在楼道里快步走动，却没有人敲门，更没人试图破门而入。

思梅强忍疼痛，尝试活动四肢，还好四肢健在，而且恢复了知觉。嗅觉也恢复了，空气里充满血腥味。视觉也恢复了，在她身边，有一团巨大的身体，正头朝下趴在地板上，一动不动。

是黄金龙。

思梅咬紧牙关，努力坐起身来，向那巨大的躯体看过去。

就在那只大肉球的另一侧，一个年轻男人正斜靠在办公桌腿上，双目紧闭，身上的皮衣敞开着，右侧下腹部的毛衣上有一大团干枯的血迹，身体下面则有一团更大的鲜血，正慢慢扩散。思梅的脑子嗡的一声，好像被谁狠狠打了一棍子。她顾不得浑身疼痛，奋力爬过黄金龙的身体，靠近那昏迷的年轻人，急切地呼唤：

"佟远！佟远！你怎么了？"

佟远呻吟着睁开眼睛，看见思梅，双眼立刻明亮起来："你醒了？你没事？太好了！可你头上的血……"

佟远急着往起坐，手上一道寒光。思梅吃了一惊，"当啷"一声，那东西掉在木地板上，竟是一把匕首，刀刃上血迹斑斑。思梅一眼认出那木质刀把——正是刚才黄金龙用来顶住自己喉咙的那把。

就在匕首落地的同时，佟远也"哎哟"一声，按住自己的肚子。思梅连忙扶住他，急道："别动！你受伤了！"

佟远虽然疼得龇牙咧嘴，却还是硬坐了起来，低头去看自己的腹部，血已经凝固了。他小心翼翼揭开殷红的衣服，那下面血肉模糊，好在没有鲜血流出来。佟远试探着活动身体，疼痛尚且能忍受，行动也还算自如：

"好像没事！只是伤了点儿皮！"

"可这是怎么回事？"思梅指着地板上那一大摊正在扩大的鲜血。

佟远也注意到了，一脸疑惑："那不是我的吧？"

思梅又仔细看了看："好像不是！难道是……"

两人不约而同，看向趴在地上的黄金龙。果然，那鲜血似乎是从他身子底下流出来的。思梅惊异地看着佟远。佟远更是一脸诧异。两人合力把那肥硕的躯体翻过来，顿时惊呆了。

黄金龙胸口有个黑窟窿，鲜血正汩汩地流出来。再看那张肥脸，双目圆睁，面目狰狞，肌肉早已僵硬。

佟远试探黄金龙的鼻息和动脉，惊道："死了！"

"你杀了他？"思梅脱口而出，心紧跟着收紧了。

"没有！我……"佟远反驳了一句，却又立刻闭紧嘴，低头沉思，脸上的表情格外凝重。思梅的心情也愈发沉重，却不敢再追问。

"我不记得了！"佟远终于抬起头，表情焦虑而惶恐，"我……我只记得，他扑到我身上，拼命掐住我的脖子，然后我狠命推开了他，我看见他翻倒在地板上，我自己也跌倒了，脑袋好像撞上了什么，然后，然后我就不记得了！可我真的不记得我拿过那把刀！"

"可刚才……"思梅把后半句话硬吞回肚子里。他们都看见了。刀刚才就在他手上。思梅改口道，"你怎么在这里？"

"我……"佟远抬眼看着思梅，一言难尽，却又心存疑惑。仿佛是在问：你怎么也在这里？

远处传来刺耳的警笛声。思梅急道："警察来了！"

"可我真的不记得！我……"佟远焦虑而惶恐。

"别急！是你受伤在先……"思梅试图安慰佟远，心中的疑问却挥之不去：佟远怎会突然在此出现？他为何而来？到底是何身份？黄金龙显然是他杀的，匕首就握在他手里。到底是误杀还是谋杀？但无论如何，是佟远救了她！为了救她，他杀了那个折磨虐待她并打算杀了她的魔头。黄金龙才是真正的凶手！既是如此，她该相信他，竭尽全力地帮助他！而这正是她内心最想做的！

然而，警察不会只听她的一面之词。毕竟这是在黄金龙的办公室里。思梅问道："你是从哪儿进来的？"

"从柜子后面。那里有一部电梯！我该怎么办？向警察自首？"

佟远面色苍白，额角渗出虚汗。看来的确是误杀，佟远没有说谎，否则不会如此慌张。但这是在黄金龙的办公室里，佟远才是不速之客，思梅是唯一的证人。当然 Steve 也可以证明黄金龙曾经威胁她的生命。但 Steve？思梅心中突然升起一种怪异的感觉。那个几乎没有任何情感的男人，能够信他几成？

真正富有感情的男人正蹲在思梅身边。他从不多言，不会使用华丽的辞藻，但他的感情如冬日的阳光般真真切切，能够一直照进她心里。

"快跑！"思梅一把从地上抓起匕首，她瞬间做了决定，"从你上来的路逃出去！这里的一切交给我！"

佟远大吃一惊，反而镇定了，伸手要抢匕首，梗直了脖子说："不！我不能让你替我顶这个罪名！"

思梅连忙躲闪，不顾浑身疼痛，佟远的动作更坚决，不依不饶。思梅干脆趴在地板上，把握着匕首的手压在身下，苦苦哀求："求你了！快走吧！他刚刚挟持了我，我才是正当防卫！没人看见过你！求你了！快走！"

"不！我不走！把刀给我！不然，就干脆等警察来了说清楚！"佟远知道思梅也有伤，不敢硬夺，索性往地上一坐，倔劲儿上来了。

警笛声越来越近。

"佟远！"思梅突然转过头来，狠狠盯住佟远的眼睛。

佟远被这突如其来的吼声惊呆了。

"我不想以后的那么多年，只能去监狱里看你！"

思梅说罢，泪水突然溢满眼眶。佟远一下子呆住了，过了几秒才突然醒悟，急迫地说："可我不能把你一个人丢在这儿！"

思梅再也控制不住，泪水已奔涌而出："笨蛋！傻瓜！我本来就是卧底！就是外面那些人派我来盯着黄金龙的！外面都是我的人！而且，所有人都看见黄金龙用刀劫持了我，看他用刀子割破我的脖子！我是不会坐牢的！你快走！快！"

思梅说罢，用力推开佟远。

佟远缓缓起身，一脸愕然地看着思梅。思梅高声骂道："笨蛋！你宁可去坐牢，也不愿意和我在一起吗？"

最后这一句终于起了作用。佟远猛转身，向那破碎不堪的柜子跨出两大步，又转回头来："邢姗！等着我！"

佟远正要回身离去，思梅却突然喊道："佟远！"

佟远连忙停步，转回头来看着她。

"思梅！刘思梅！"

思梅把手按在胸前，睁大眼睛看着佟远，视线却已格外模糊。夕阳的余晖，透射在彩色的窗玻璃上，带来教堂般的平静和神圣。

思梅眼前的一切，瞬间融作斑斓一片。

6

维克多·伊凡诺夫带着两名壮汉守在总经理室门外，凝神听着屋里的动静。

Steve 倒是没在走廊里多耽搁，从容地走回另一间办公室。那是米莎设立的"临时指挥部"。他不想在楼道里多作停留，却又不能走得太快，好像要逃跑似的。

刚才发生在总经理办公室的那场对峙，他并没有输，甚至算不上妥协。Steve 从不妥协，他只是见机行事。愚蠢的 Jack！不知为何突然就冒出来了。也算是个职场老手，却做出如此弱智的举动。感情用事的笨蛋，注定一辈子是个失败者。雇员永远只是工具。为了工具而动情就够愚蠢了，挑战老板的权威就更加愚蠢。

Steve 吩咐米莎的打手把 Jack 赶进电梯。自从黄金龙上来谈判，电梯倒是恢复了正常。至于 Jack 下楼后如何向长山的人解释，Steve 才不想操心。反正他有他的本事，不然刚才也上不来。再说就算被长山的人抓住也无所谓，纯属自找。反正以后也没什么价值了。

Steve 坐稳了，边喝咖啡边盯着手机，目光很专注，表情却并不非常在意，就像在机场候机，或在咖啡馆里等人。仿佛这楼里并无冲突，也没人拿刀架在谁脖子上。不动声色。这是他最常用的装饰。其实原本无需动什么声色。总经理办公室里到底在发生什么并不重要。那些房产过户文件早已被复印和拍照。再说，那只是黄金龙贿赂当地小官的证据，不疼不痒，不是他真正需要的。

米莎的副总伊万显然比 Steve 更急，像是被蜜蜂追赶的狗熊，一刻不宁地团团转。跑到楼道里向维克多打听，再回来向 Steve 通报，就好像 Steve 才是整个行动的总指挥："屋里好像有人在打斗！你的雇员会不会有危险？要不要冲进去？"

Steve 轻轻摆手，却并不吭声，继续盯着手机。这让伊万很恼火，却又不敢发作。

不知何处隐隐传来钢筋扭动的尖锐之声，好像年久失修的车床被启动，又像埋在墙壁中的水管在气压变化时发出的鸣叫。

"那是什么？"伊万警觉地问。

Steve 并不回答，只皱了皱眉，不知是因那声音感到奇怪，还是因为伊万的问题而感到厌恶。这让伊万怒发冲冠，恨不得立刻抢过 Steve 的手机摔到地上。可他毕竟还是忍住了。尽管他厌恶 Steve 那源自骨髓深处的傲慢，但他不得不佩服 Steve 高深莫测的本领。现在又被困在这偏僻的中国工厂里，光靠那几个哈萨克打手是完全不够用的。那几个打手以前都是摔跤运动员，的确力大无比，但毕竟人少力单，也没带武器，而且拿着旅游签证，只要真动手，不论进攻还是防卫，估计都会被驱逐出境。

又过了许久，伊万实在等不下去，再次走出"临时指挥部"。他身形魁梧，步子又急，震得整个楼道都在颤。就这样来回走了两趟，终于对 Steve 说：

"里面半天没动静了！是不是该进去了？"

Steve 仍不回答，继续摆弄手机。又是一阵怪异的金属扭动之声，断断续续响了几次，听上去虽遥远隐蔽，却令人心烦意乱。伊万越发烦躁，又高声重复了一遍："Steve！我们是不是该进去了？"

Steve 终于放下手机，不慌不忙地开口："可以报警了。"

伊万吃了一惊，有点不相信自己的耳朵："你说的，是报警吗？就是告诉警察？真的要惊动他们吗？他们会帮助我们吗？你要知道，我们的人，拿的都是旅游签证。"

Steve 耐心等伊万说完，不慌不忙道："办公室里有人被谋杀了，我们不能进去破坏现场，必须让警察来处理。"

Steve 波澜不惊，好像出人命的地方在千里之外。伊万却一下子从椅子上弹起来，瞪圆了眼睛："你说什么？死人了？你怎么知道的？"

Steve 淡然道："我是调查师。"

"你的员工死了，你还这么无所谓？"伊万不仅诧异，简直是怒火中烧。

"谁说我的员工死了？"Steve 轻挑眉梢，好像在玩一个巧妙的智力游戏。

"难道是黄？这怎么可能？是你的人杀了他？"伊万更加诧异了。

Steve 微微一笑，并未作答，只微微颔首："抱歉，我必须立刻打一个电话。请让您的手下马上报警。警察到了，交给我来应付。"

Steve 大步走出"临时指挥所"，留下伊万一人目瞪口呆。


Steve 沿楼道随便找了一间没人的房间，关上门，四处迅速看了一圈：房顶，墙角，门后。确认没有监听或监视设备，才从衣袋里掏出荧光笔。笔帽上有个小亮点，正在不停闪烁。

Steve 把荧光笔凑到耳畔："怎么想起找我了？"

荧光笔里传出细嫩妖媚的女声："没什么，就是想你了呗，不可以吗？"

"哈，好吧，亲爱的，你在哪儿想我呢？"

"当然是在我家了，今天不舒服，所以提前下班了。你也不关心关心人家。"女人越发娇嗲。

"哦？我怎么不知道，你把家搬到长山了？"Steve 似笑非笑地反问。

"讨厌！什么都逃不过你的眼睛！你还知道什么？"女人佯怒，声音里透着几分警觉。

"什么都不知道。害怕知道得太多，哪天你突然从我的书柜里钻出来……"Steve 故意顿住不再继续讲下去。女人依然半嗲半怒，怒意毕竟多了几分：“讨厌！你威胁我！”

Steve 依然似笑非笑，笑意却多了几分："怎么可能！我只会保护你。"

"你……你在那房间里装了摄像头！"女人恍然大悟，"你想怎样？"

"当然是交给警察。"Steve 又故意顿了顿。对方却并没作声，这让 Steve 有点儿意外，这女人比他以为的更沉着。Steve 静静地等了片刻，继续说，"不过，视频是可以剪辑的。有些部分剪掉了，警察就看不到了。"

荧光笔寂静无声，但线路并没有断，因为小绿点还亮着。Steve 又补充一句："在关键时刻，我总会帮你。"

女人终于又娇嗔地开口了："都帮了我什么？把报告藏起来不给我领导看？你给他看，他也得藏起来。还帮了我什么？就是出了个写匿名信的烂主意？你平时都是这样给自己拉生意的？"

"这还不够？"

女人哼了一声，不屑而冷淡，再开口却又更加甜蜜："够。当然够啦！亲爱的，我就知道你最体贴。以后还要继续体贴哦！千万不要反悔！你知道，你的话，我可不只是记在心里……"

Steve 淡然一笑。他知道她什么意思。这女人的确厉害，会正正经经地撒娇，更会用撒娇的口气威胁。她其实并不信任他，就像他也并不信任她。但他们彼此需要。这不是一般的合作。这其实是一种较量。

Steve 就喜欢较量。针锋相对。不入虎穴，焉得虎子？

*

大约 20 分钟后，总经理办公室的门终于开了。

Steve 正巧站在门外。他得确保警察到来之前没人闯进总经理办公室去。米莎的人正在清除桌椅组成的路障。警车才刚到楼下。

门却开了，从里面打开的。思梅手握匕首站在门内，头发蓬乱，脸色苍白，额头和脖子上有干枯的血迹，泪水正不断从双目涌落。

一股血腥的气味贸然而出。思梅身后的办公室正沉浸在暮色之中，几乎全部被灰暗的色调覆盖，唯有那被余晖照亮的彩色玻璃，显得格外绚丽。四壁上悬挂的巨大画框和屋顶的水晶吊灯，此时已彻底失去自身的色彩，留下隐约的突兀形状，仿佛飘浮在空中的怪兽。巨大的办公桌，则好像在海中央抛锚的孤舟，笨重的船体正渐渐下沉。办公桌旁阴暗的地板上，露出两段粗腿，僵硬而冰冷。

Steve 瞥了一眼墙边的书柜。已恢复原样，只是架子上的东西摆放得有些凌乱。

思梅沉默无语，仿佛仍沉浸在巨大的惊恐之中。她的身子晃了晃，Steve 上前一步扶住她，却并不去碰她手里的匕首。伊万探头向屋里张望。Steve 说："警察来之前，谁也不能进去。"

被 Steve 触及的瞬间，思梅不禁浑身一抖，胳膊微微颤动。Steve 并不吭声，只牢牢抓紧思梅的胳膊。倒是伊万说个不停："小姐，不要怕！你是正当防卫！我们都知道他挟持了你！"

"人不是她杀的。"Steve 淡然道，"那书柜后面还有一部电梯。凶手已经乘电梯逃走了。"

思梅一个趔趄，Steve 暗暗加力，扶稳思梅。当啷一声，匕首落在地上。

地道无尽的长，死一般的静，完全没有光，只能摸索着前进。

佟远没有手电。手电在赵安妮手里。她本应留在地下室里等待佟远的短信的，可佟远并没在地下室里看见她。大概地下室里也能听到警笛声。就像她说过的：总不能让别人看见她吧？和那工厂又没关系。

她和这家偏远的正在闹纠纷的合资工厂到底有什么关系？据佟远所知，她是华夏房地产的副总，最近遇到些麻烦——一个贪污了公司巨款的下属在三个月前跳楼自杀了，留下一个精神病老婆，天天去法院和报社闹事。她肯定不愿再给自己找更多的麻烦，这会儿说不定已经离开长山了。她才不在乎佟远发生了什么，更不会为了他冒险，这佟远心里很清楚。

所以，那地道尽头被荒废的小店里，应该也是人去楼空。

但佟远别无选择，只能继续在地道里向前摸索。腹部刀伤并不严重，但足以让他行动不便。每迈一步都钻心的痛。但他并不那么在乎。疼不代表致命。干了这么多年的调查记者，这点儿麻烦还算不了什么。真正的麻烦不是刀伤，而是他该如何离开这里。

他必须成功脱逃。为了完成他的报道，也为了不辜负邢珊的心意。不，应该是思梅。这就对了。这就是印象中的她，藏在白雪之下的暗香。她的声音还在他耳边盘旋，在这漆黑的地道里带来一线希望："笨蛋！你宁可去坐牢，也不愿意和我在一起吗？"

废弃的小店里空无一人，赵安妮和速腾轿车果然不在了。茫茫雪野正沉浸在漆黑的夜色里，没有灯光，没有一线生机，唯有北风在不懈地呼号。

借着星月的微光，佟远隐约能看到那条窄路，笔直深入黑暗之中。来时的路他还记得。他提起一口气，沿着路走下去。走了大概十几分钟，来到一个丁字路口。这正是通往长山镇的大路，路程遥远，起码二三十公里才有人烟。另一头大概和那所工厂相连，距离倒是不远，但工厂恐怕是绝不能回去的。

又是一阵狂风，寒意刺骨。刚刚步行了十几分钟，身体已像掉进冰窟窿里。佟远在东北长大，了解这种冬夜。过不了几分钟，寒气就会彻底穿透皮衣。这种衣服不是在东北室外御寒用的，更不用说在夜里。他本以为这只是另一次短暂的陪行，时间紧迫，而且赵安妮的出行一般都很舒适便利。

没承想这一次却变成野外求生。

零下几十度的冬夜，准备不足就意味着死亡。佟远意识到形势严峻，不禁倍感焦虑：这么远的夜路，走是走不出去的。回那废弃的小店，没任何取暖措施，大概也熬不过漫漫冬夜。如果钻进地道，或有一线生机，但明早必定冻得半死，精疲力竭，想走也走不动了。即便有人在地道或者小屋里发现了他，也只能是调查谋杀案的警察了。

佟远又想起思梅，心中不禁狠狠一痛。他让他心爱的女人替他顶了罪名！这怎么可以？他一阵冲动，想要掉头从地道里走回工厂去。可他又怕让思梅失望。他要是逃不掉，就更对不起她了。

只能打电话求救。打给谁呢？报警肯定行不通，自己身上还有刀伤。赵安妮呢？这可说不准。赵安妮不会轻易返回这里，那位司机刘哥也不会。不是都怕被人看到吗？打给同学或朋友呢？最近的也在几百公里之外。

佟远一时拿不定主意，可还是掏出手机，按亮了屏幕，居然没有信号。看来，除了步行去长山镇，没有其他选择。碰碰运气吧。也许能搭上车，或者找到手机信号。刚才在路上，赵安妮不是还一直在通电话？

佟远拿定主意，拔腿走向雪野。大团白气冒出鼻孔，在眼前迅速扩散。风越来越刺骨，寒气已然穿透衣服，逼入筋骨。佟远不顾腹部伤痛，奋力加大步伐，好让自己暖和起来。如此又快步走了十几分钟，上身虽然尚有一丝暖意，双脚却已失去知觉，就连腹部的伤口都麻木了。十几分钟而已，眼看快要冻僵了。步行去长山镇，比他想象的更加不可能。佟远再去掏手机，手指也已经不灵活了，费了不少气力才勉强拿出来。再想迈步，腿更不听使唤。他知道自己眼看就要冻僵了。也许再见到思梅，就是下辈子了。

佟远翻开手机，动作艰难而迟缓。他得为思梅留下些什么：比如一段文字说明——人是他杀的，一切和思梅无关。这样也许能替她省却一些麻烦。这辈子他也帮不了她别的了。他还要留给她一句话，尽管她也许明白，可他还从没亲口说过。这短信就算此刻发不出去，也会留在手机里，以后总归会被人发现的。

竟然有了信号，一个格而已。佟远一阵狂喜，信号却又没了，像是在故意跟他捉迷藏。而且电量只剩1%，他是真的绝望了。父亲，母亲，思梅，真的再也见不到了。

手机却突然响起来。佟远不敢再惘然欣喜，小心翼翼把手机凑到眼前：来电显示，居然是小蔡经理。她为何打电话来？这问题只一闪，就被佟远抛在脑后。管她有什么事！佟远根本就没给她先开口的机会。

"小蔡姐救救我！我快冻死了！我在野外，周围没有人烟！我在吉林长山，长山镇往东大概两百公里的公路边！这条路应该通往一个工厂！这里有个丁字路口！这里信号不好，我手机又快没电了！我快冻僵了！小蔡姐你听见了吗？"

佟远一口气说出许多，电话里却始终寂静无声。佟远的心又是一沉。是不是没接通就断了？他却突然听到蔡经理的声音："好的！我找人去接你！你就在路边等，坚持住了，也就20分钟！"

手机自动关机。感谢老天，最关键的信息已传达。

佟远立在原地。他尝试迈步，双腿却似乎已不复存在。脸也同样不存在，只有唇间还能隐约感到冰碴的粘连。迅速下降的温度和不断提速的风，早把他身上最后的暖意都去尽了。他不知自己还能坚持多久。也许，20分钟也太久了。

远处却隐隐出现亮光。莫非是幻觉？佟远眨眨眼，眼皮也几乎失去知觉。

那亮光却越来越大。果然是一对车灯，正在渐渐靠近！

佟远再次感到希望。几番希望和绝望，比严寒更加令人心力交瘁。可这并非幻觉。分明是一辆正在驶近的汽车！他都听见汽车马达的声音了！佟远鼓足最后一丝力气，强迫自己迈动双腿，缓缓移向马路中央。不管是不是蔡姐派的人，他必须拦住这辆车！

车灯继续靠近，马达声也越来越响。大概是辆小轿车，车速不慢，似乎并没有停下来的意思。可佟远并不打算让开，也没力气让开。他的四肢早已麻木，就连心肺也好像开始结冰，呼吸已变得很困难。他狠狠盯住那车灯，让光束直射双眼，那是生命的唯一标志。

伴随轮胎与地面摩擦的刺耳之声，车灯就停在他面前。有人走下车来，佟远看不清他的模样，也听不清他在说些什么。车子的马达声也越来越远。他的耳朵里似乎也结了冰。

佟远被人扶进车里，突如其来的暖意让他狠狠打了个寒战，这才稍稍清醒。坐在他身边的，正是刚才送他和赵安妮来长山的司机刘哥。

刘哥递过来满满一杯热茶："快喝了吧！暖暖身子！赵总在长山镇等你呢！"

连接长山镇和合资镍厂的公路建成快 30 年了。工厂从建设到投产，也曾欣欣向荣，这条路也跟着热闹过一阵。但好景不长，繁荣只是昙花一现。工厂一直赔钱，国家不愿再倒贴，只能由镇政府接手。生意日渐衰落，上班的工人越来越少，领导也不再来视察。生产虽然一直维持，产量却少得可怜。周边来不及成长出任何第三产业。这条公路随即冷清了很多年。

最近一年多，路上又热闹起来。先是俄罗斯人来谈合资，然后是民企并购改制，再往后又是俄罗斯人谈合资。本已斑驳的路面，被压出很多大坑。新老板花钱翻修了路面，跟工厂的大门和主楼一起焕然一新，运了几车不知新旧的设备，人事档案里添加了无数身份证号码，可真来上班的工人并没多几个，路上来来往往热闹了没两天，又渐渐冷清下来。冬天来临之前，这路上已难得有车在深夜经过，更不用说这寒风凛冽的周末的夜晚了。

今夜却有些反常。从天擦黑，这条路就意外地繁忙起来。先是一队呼啸的警车，向着镍厂"疾驰"。其实车速不算快，只是警灯很耀眼，警笛拉得又响，早早通知大家：警察来了。其实镇派出所的值班民警早就得到黄老板的通知：今天工厂也许会有小麻烦，我们自己能处理。

黄老板明摆着不想让警察插手。警察其实也不乐意插手，只盼着厂里的矛盾能自行解决。黄老板不好惹，外商也不好惹。可没承想，报警电话还是来了，而且是在下班前夕。这下子又要耽搁两三个钟头。电话来自俄方，这倒是事先料到的——黄老板的厉害远近闻名。电话里还说，可能有人受伤，这也不稀奇。老毛子人少力单，不吃亏才怪。值班民警却不知道，事态已经严重超出了他们的预期。黄老板正张着嘴躺在总经理办公室奢华的地毯上。今晚的加班，恐怕不是两三个小时就能结束的。

警察们对案子并不上心，因此在去往工厂的路上也并没留意路边。更何况天色已晚，荒芜的旷野已漆黑一片。警车里没人注意到，就在刚经过的某个不起眼的小岔路口，有辆大众速腾正悄然停在路边。警车驶远了，它才缓缓拐上大路，打亮了灯，向长山镇疾驰而去。

然而，一个半小时之后，这辆速腾又悄然开了回来。在漆黑的岔路口，接起一个将要冻僵的人。车子原地掉头，再次驶向长山镇。只不过，这一次车速不快，小心翼翼，仿佛车里坐着刚出生的婴儿，又像故意不想惊动谁。

走了不远，司机老刘突然减慢车速，灭了车灯，悄无声息地靠边熄火。他凝神盯着远处渐渐驶近的一对车灯，仿佛那是深夜觅食的狼，而他则是警惕的兔子。小地方熟人多，认识这速腾车的人也多。不能让别人发现，请假返乡的人竟在这多事之夜又出现在单位附近。更不能让人看见副驾座位上的小伙子，因为现在尚不能确定，这小伙子是否应该永远消失。

小伙子正熟睡着，对车子的动向毫无察觉，大半杯热茶还插在手边的杯托里。

对面的车子开了过去，速度均匀，没任何异样。是辆新款的黑色丰田花冠，吉A的牌照，该是注册在长春。车内只有司机一人，是个陌生的中年男人，一直目视前方，并没看到藏在路边的速腾。从长春来的陌生人深夜去合资工厂干啥？莫非又是俄罗斯人请来的救兵？管他来干啥，反正他并没发现速腾，更不会看见车里熟睡的年轻人。老刘悄然发动引擎，把车缓缓驶上大路。今晚，一切顺利。

老刘却并不知道，刚刚经过的丰田花冠在他背后大约半公里处熄了车灯，掉了个头，悄然跟了上来。黑车和黑夜混为一体，除非近在咫尺，否则绝难发现。那车的引擎也格外安静，完全被速腾自身的噪音所屏蔽。不仅如此，丰田花冠的司机还配备了更高级的工具——夜视仪。即便不打开车灯，也能对漆黑的公路一目了然。那司机微调夜视仪的旋钮，几十米开外的速腾车渐渐放大。他低声对着耳麦说：

"小蔡，佟远被另一辆车接走了。帮我查一个牌照……"

*

与此同时，在合资工厂的办公大楼里，思梅正呆坐在一间小会客室的沙发里，面色苍白，目光凝滞，好像神经尚未从刚才的刺激中恢复过来。

其实她的思路很清晰，情绪也算稳定，浑身上下都好，脖子上的浅伤也早不出血了。是 Steve 让她坐在这里，什么也别说，什么也别做，把应对警察的事情全都留给 Steve。Steve 离开前，曾在她耳畔轻声低语："有视频，你本来也代替不了他。聪明的话，就装哑巴。"

思梅的心脏一直在隐隐作痛，仿佛被一根钢丝缠绕悬起，那钢丝正越收越紧，眼看就要把心脏勒碎了。

错了。都是她的错。怎能如此粗心大意，竟然没想到办公室里会有摄像头？既是如此，就该让佟远投案自首的，逃跑只能罪加一等。等等！思梅猛然想到一件事，心脏狠狠一沉：刚才佟远到底是怎么进来的？他按原路到底能不能逃出去？这工厂地处荒郊野地，距离最近的村子起码几十公里！一个带伤的逃犯，衣衫单薄，在这冰天雪地之中，有多少逃脱的可能？有多少生存的可能！这都是拜她所赐！愚蠢的女人！

思梅起身走向会客室的大门，她要告诉警察，这一切都是她的主意。是她主动抢过匕首，是她鼓动他逃跑，这些视频中应该都是有的！她也要问问他们，到底有没有找到佟远？他身上有伤，独自在雪地里很危险！

会客室的门却打不开，已经被 Steve 反锁了。

思梅强迫自己平静下来，没有试图破门而出。一来身体确实虚弱，二来警察不会不来找她录口供。那该死的摄像头，是原本就在黄金龙的办公室里，还是后来由 Steve 安装的？思梅知道 Steve 并没有错。安装摄像头也没错，替自己的员工开脱更没错。但他刚才的表情和口气，让思梅没办法不迁怒于他。阴险冷漠的男人！他显然看过视频，显然明白思梅和佟远的关系。他却那么果断地揭穿了一切。他并非在保护思梅。他在有意戏弄她！

思梅胸中再次涌起一股怒气。沉着！这是 Jack 千叮咛万嘱咐过的。想起 Jack，思梅心中升起一丝暖意。这世界上，总还有人在真心地帮助她。思梅深吸一口气，坐回沙发里。刚才殊死的一幕又在脑海中回放：黄金龙虽拥有天时、地利、人和，却输在一个"莽"字之上。她也犯了类似的错误，把佟远置于危险境地。从现在起，她必须沉着。

Steve 深不可测。他心里打的什么主意？是他命令思梅陪同黄金龙到长山来，完全不顾思梅的安危。是他断然摧毁了她和佟远的希望！下一步，Steve 还会对她做些什么？ Steve 冰冷的面孔再度浮现，思梅顿时一阵恐惧。

GRE 那神秘的办公室里，再也没有她的未来。

就在这一瞬间，高级调查师，顶尖的跨国公司，所有这些都突然变得索然无味。思梅心中有种说不出的难过。仿佛万里长征跋山涉水的，却发现自己南辕北辙了。原来，GRE 只是个骗局，外企、精英、高薪，这些统统都是骗局！是人生中最大的骗局。因为它们根本不意味着幸福！思梅猛然警醒，突然产生一股冲动：离开 GRE！越远越好！她猛地从椅子上站起来，浑身到处都在剧痛。

然而，幸福又在哪里？楼外是广阔无垠的雪野。有个衣衫单薄的带伤的小伙子不知去向。

她的幸福不知去向。

思梅一阵茫然，瞬间感到了绝望。她再慢慢坐回椅子里，内心渐渐冷静。不，她不能立刻离开 GRE。因为佟远需要她的帮助！即便 Steve 真是她的敌人，GRE 却并不是。那只是个复杂的系统，可以被敌人利用，亦可被她利用。尽管她赤手空拳，人单力孤，但离开了GRE，她就更是赤手空拳。她得沉着。项目并未结束，她得继续扮演她的角色。思梅打起精神，逼迫自己在心中燃起一线希望，尽管它就像深夜旷野中落单的萤火，遥远而渺茫。

思梅安静地坐着，直到屋门打开。Steve 板着脸走进来，带进两名身着制服的警察。Steve 沉吟片刻，用试探的口气对思梅说："他们知道你受惊过度。不过还是需要问你几个问题。"

思梅抬起头，故意吸了吸鼻子，用尽量平静的语气："没关系，我想我可以回答。老板，您放心吧！"

Steve 点点头，是个聪明姑娘。看来，他的担心是多余的。原本打算用一晚的时间说服她全力配合，拖到明早再带她去公安局录口供。但不知是谁走漏了风声，工厂门外拥来一群记者，事态因此变得更加严重。案情本身或许并不重要，重要的是到底有多少人知道。警官因此不敢懈怠，一切还是得按规矩来。

Steve 退到两位警官身后，安静地看着思梅。

为首的警官先开口："刘小姐，谢谢您的配合。我们就是例行公事。第一个问题，您认识那个凶手吗？"

思梅正要回答，却突然看见 Steve 在向她微微摇头。思梅顿觉诧异：难道警察从视频中看不出来？可她并不打算在此刻违抗 Steve。

"不认识。"思梅坚定地摇头。

思梅并不知道，她抢过匕首的一段，警察并没看到。如同另外几段，都被雪花覆盖。那微型摄像头安放的位置很好，大半个办公室一览无余。但设备的信号似乎并不稳定——那么小的东西，又要拍摄，又要发射信号到 Steve 的手机，遇到些干扰也是难免的。手机记录下的视频，大部分时间都雪花密布，完全看不清到底发生了什么。唯有两段最为清晰：一段，是佟远从柜子里冲出来，扑向黄金龙。另一段是在 20 多分钟的雪花之后：黄金龙已躺倒在地。思梅和佟远蹲在一边，佟远瞪眼看着自己手里的匕首。再往后又是雪花。但这些已是恰到好处。

*

记者的确来得唐突，而且动作太快。这样的纠纷，双方当事人都不会想到联系媒体。米莎虽是受害一方，但家丑不可外扬，上市公司的公告里，未必想要写上这样一笔。当地警方就更不愿惊动媒体，最好连智能手机都别带进现场。如今一个带摄像头的手机就能比过一个检察院。稍不留神，再高的官也能给掀翻了。

可媒体就偏偏来了，带着各种长枪短炮。

几小时之前，当 Jack 以金合上海分公司供货商和黄总老朋友的名义混进公司时，在工厂大门口，有个年轻姑娘正对一个保安说："刚刚进去那个男的是我同事！知道吗？你们麻烦不小啊！"

保安吃了一惊，不禁仔细打量这姑娘：二十多岁，戴老气的黑框眼镜，穿半新不旧的羽绒服，头后随便扎了个马尾。虽是城里人打扮，但也就是公司办事员。保安半信半疑："你知道啥？"

姑娘说："我知道得不多，我同事知道得多！"

保安点点头，这还差不多，刚才那个男的看着更有来头。他声称有重要事情要当面告知黄总，而且和那群俄罗斯人有关，安保队长这才亲自下令让他进去。厂子里到底咋了突然来了这么多老毛子，这月工资还能按时发不？这姑娘看样子也知道一二。保安试探着问姑娘："不多也是知道。你倒是说说看，到底出啥事儿了？咋突然整这么多老毛子？"

"俄罗斯人？已经进去了？"姑娘面露惊色，抬手指着办公楼。

姑娘的表情让保安也紧张起来，刚才老毛子的两辆车就是在他眼皮底下闯进大门的。他没敢拦，还为此挨了队长一巴掌：

"是啊！进去了！要紧不？"

姑娘皱眉想了想，压低声音说："这帮人可不好惹！都是黑社会！在俄罗斯，啥事儿干不出来？"

保安又是一惊，暗自庆幸刚才没拦："娘的，你是说，他们有家伙？"

姑娘眨眨眼："没家伙，你们能让他们进去？"

保安忙不迭地辩解："他们来得突然，咱们没防备！周末本来就人少嘛！再说以前俄罗斯人也来，只不过没这回人多！而且有好几个大胖子，腰老粗了！老凶了都，兄弟们没敢拦！就让他们进去了！再说，里面的人也没拦住不是？都让人家上楼了！"

"唉！"姑娘叹气道，"这就麻烦了！怎么能让他们上楼呢？占了啥重要地方没？"

"嗯哪，顶楼一整层都占了！总经理办公室，财务科，都占了！他们到底想咋样？"

姑娘把声音压得更低："你们老板是不是骗人钱了？"

保安吓了一跳，瞪圆眼睛："老板的事，咱可不知道！"

姑娘嘻嘻一笑："我瞎猜的！这儿太冷！我回车里等了！"

姑娘说罢，走回停在百米开外的白色面包车。保安有点诧异，因为刚才并没发现那里有辆车。不过保安也并不太在意，因为车停得远，天色又暗，没看到也很正常。

之后的十分钟里，长春的好几家媒体都接到电话：长山的明星合资企业出了纠纷，俄方突袭了工厂，占领了总经理办公室和财务室。俄方和中方正剑拔弩张。

两三个小时的工夫，十几个记者和摄像师已经站在合资公司门外，等着进厂采访。有人扛着照明设备，把厂门口照得通明。有心急的记者，已经用长镜头对准停车场里的警车和保安。秃头队长正站在大门口骂脏话，越骂就越激发记者的兴趣。据说还有更多记者在路上，因为漏一条重大新闻就要罚款，至于采了以后能不能报那是另一回事。其实不能报更好，有人就要掏一笔不小的车马费了。

又过了半个小时，厂门口的记者越围越多。事件眼看越闹越大，省政府已经下了命令：保护公平合法的商业竞争，保护外商的合法权益。在不影响公安调查的前提下尽量透明！事件得到省政府的关注，警察也不便偏向任何一方，光头队长需要配合警方，不仅不能再和米莎的人对峙，还得让保安们列队，带着记者们进公司，找个大会议室给大家发盒饭。工厂的大师傅都被从宿舍里叫进食堂。这厂子彻夜都不得安宁了。

记者队伍里有个不起眼的女人，三十出头，戴金丝边眼镜，头发绾成髻，厚围巾遮住半张脸，身穿修身的呢子大衣，脚蹬及膝的高跟皮靴，手拎巨大的时装袋。守门的保安特意多看了她两眼，因为好看：此人衣着不凡，看着就知道是长春来的大记者，说不定还是电视台的，说不定还经常上电视呢。

保安却没认出来，几个小时前，她还是另一副打扮，在门口跟他闲扯。不久前，她在白色面包车里和纽约通了长途电话，汇报了很多细节，比如几小时内出入工厂车辆的牌照和乘客。之后她换了衣服，扮作记者，准备到工厂里探个虚实。不过她得格外小心，因为那办公楼里有她以前的老板——Steve可不比保安，不是换身衣服换个发型就能骗得过的。

不过Steve倒是刻意躲着记者。记者也没能上楼，都被保安阻挡在二楼之下，好吃好喝，耐心等着公司领导和警察来发布消息。

但 Steve 还真的远远看到一个背影，在五楼的走廊里一闪而过。那女生穿着职业套装，和这一层穿梭的律师会计们没有区别。虽然那背影转瞬即逝，而且距离又很远，还是让 Steve 感到莫名的不安。他本想跟过去仔细瞧瞧，但走廊里警察太多，而且警方对思梅的问话还在继续。虽然思梅的回答令他意外的满意，但问话时间太久，内容又过详细，这让 Steve 着实有点紧张。莫非"上头"有人关注？这"上头"到底有多"上"？是吉林省，还是北京？

Steve 后来终于找了个机会，到这一层的各个办公室里走了一圈。午夜已过，年轻的律师和会计们还在忙着整理文件，所有的文件都需交给警方，因此必须一一拍照留存。Steve 没找到任何可疑之处，突然想到了楼下的那群记者，心中愈发不踏实——到底是谁通知的记者？Steve 悄悄下楼，到记者休息室外转了一圈。休息室里的人已不多。实在太晚，初步案情也已通报过了，有些不太较真的记者，草草发了稿子，已经回长山镇找地方睡觉去了。

佟远醒过来，看见一条垂立的黄色细线，在无底的黑暗之中，模糊而缥缈。

正在恢复知觉的人，有时视觉会比思想提前一步。比如此刻的佟远。因此那条黄线对他并无多少意义，直到大脑渐渐复苏，他才感觉到奇怪：这是在哪儿？那条细线又是什么？四周充满潮湿酸腐的气息，似曾相识，一时却想不起来。

记忆如蜗牛般缓缓爬行。他想起那条冰冷漫长的地道，又冷又湿，伸手不见五指。这里也黑，所以让他想到地道，但地道里没有酸腐的气味。这里也冷，但不及那地道冷。难道是身体已经冻僵，因此不够敏感？

佟远尝试活动四肢，果然没有任何知觉。他心里一惊，立刻清醒了七八分：糟糕！难道真的冻僵了？他用力一挣，身体突然倾倒，这才意识到自己并无控制平衡的能力。头重重撞到墙上，四肢却突然有了知觉：一阵难以忍耐的酸麻过后，手腕和脚腕开始火辣辣的疼。再拼命挣扎一阵，腿脚也依然帮不上忙，终于坐起身子，双手却还在背后，仿佛被牢牢粘住，手腕磨得生疼。他终于明白过来，后背立刻冒出冷汗，心中却更加诧异：是谁把自己绑起来了？

佟远努力回忆，终于记起那辆速腾车。那时他眼看就要冻死了，自己都不记得怎样上车的，只记得冻僵的身体突然浸入温暖的空气，皮肤有一种难忍的灼烫感，简直比手中滚烫的热茶还烫。

手中的热茶！

佟远心中猛地一抖，大脑更加清晰：喝了没几口茶就不省人事了。难道是那司机——也就是赵安妮口中的"刘哥"——绑架了他？为何要绑架他？上车时，他好像跟自己说了一句什么。对了！他说：赵总在长山镇等你！这难道是赵安妮的命令？

可赵安妮为何要绑架他？

佟远更糊涂，心中却隐隐地感到莫大的危险。

难道因为他杀了那胖子，要把他交送警方？赵安妮又怎知他是凶手？她不是等在楼下？难道是警方在通缉他？可刀不是被思梅夺去了？对。思梅。她夺走了刀，打算为他承担一切。佟远深吸一口气，闭上眼，黄色细线随即消失。可见那细线并非幻觉。

眼睛虽然闭上了，大脑却愈发兴奋，内心感受纷乱纠结，分不清是喜是悲，是信是疑。她到底是谁？

佟远知道，她打球的场地，是华夏房地产上海公司租用的，可她并非华夏房地产的员工。他曾试着跟其他华夏员工打听过她，没人认识她。可她突然出现在长山，就说明她和华夏或许真的有关——赵安妮不是也到长山来了？赵安妮和长山的关系一定很隐蔽，不然也不需要偷偷摸摸地钻地道。赵安妮在路上接的电话，多少透露了一些线索：赵安妮在替一个男人办事，而那男人和长山工厂的老板似乎关系密切。那老板似乎和俄罗斯人产生了财务纠纷，打算要干啥"离谱"的事，所以赵安妮被派到长山来，悄悄观察事态发展，并且尝试取走什么秘密的东西。难道那个躺在地上的胖子就是长山工厂的老板？而刘思梅就是在他身边卧底，却被他发现了？

佟远的大脑飞速运转，有些谜底渐渐清晰，另一些谜团又冒出来：和赵安妮通话的男人又是谁？华夏房地产在东北并没有业务，但华夏房地产的母公司——中原集团——在东北的确经营过一些工厂，但前几年就私有化了。这些都是佟远调查过的。莫非那长山的工厂以前也曾属于中原集团？

佟远隐隐地有些开窍，又感觉自己只摸到冰山一角。这冰山本来就是他的目标，只不过，他以前没料到，思梅似乎正处于"冰山"的正中央。她是真的要为自己承担罪名，还是另有其因？

佟远睁开眼，又见那条黄色细线，这才又想起迫在眉睫的问题：这是在哪儿？能不能逃出去？

佟远的身体已完全复苏。他完全确认，自己的双手正被反绑在身后，双脚也被绑在一起。他试图活动手腕脚腕，捆得实在结实，挣扎似乎是徒劳。他试着缓缓扭动身体，腹部又是一阵撕裂之痛。不论绑他的人是何动机，留在这里就等于束手待毙。佟远再次尝试扭动身体，尽量将疼痛控制在可以忍受的范围，一寸一寸向前移动。黄线渐渐靠近，他看清了，那是墙角的一道微光，来自头顶的缝隙。借着这一线细光，他似乎隐约看出四周的轮廓：这大概是一口旱井或地窖，冬天用来储存酸菜的那种，在东北城镇和乡村都很常见。怪不得能闻到酸腐的气味，但气味又不浓，起码现在这里没有酸菜。

佟远抬头看那光源，遥遥在上，总有两三米的距离，该是从盖子的边缘渗透下来的。不知那盖子有没有上锁？他试着立起身子，与那井盖更近一些。然而手脚被束缚，腹部疼痛难忍，四周空间又小，站直身子绝非易事。他用肩头顶住墙壁，一点儿点儿向上挪动，耳郭也自然而然贴紧墙壁，那墙壁竟然微微移动，竟是块木板。

突然间，佟远听到一丝呻吟。隐隐约约，若有若无。

佟远连忙停止移动，屏息静听。过了许久，终于又是一声，像是女人的呻吟，来自木壁的另一侧。莫非这地窖被木板分成了两半，另一半里还有人？

佟远心里突然生出一线希望，开口要问，又忍住了。旁边若真有人，会不会和他们是一伙的？即便不是，他若问的声音太响，会不会反而惊动了别人？佟远又四处看了一遍。这地窖漆黑狭窄，头顶的盖子又离得不近。自己被五花大绑，根本也逃不出去。这隔壁的人声，恐怕是最后的希望——万一是不知情的邻居呢？

佟远把嘴贴近木板，小心翼翼地低声询问："有人吗？"

半天没有回音，连呻吟都消失了。四周安静得出奇，令人怀疑刚才的呻吟声是否真的存在过。佟远又问了一遍，微微提高音量。

还是没有回音。

他再问第三遍，声音又提高了些，却已心灰意冷。隔壁却果然又是一声，隐隐约约，气若游丝，不知是呻吟还是哭泣。佟远一阵兴奋，索性扯开嗓门：

"你是谁？谁在那儿？"

佟远头顶却突然一声巨响，震耳欲聋。灯光伴着灰尘顿时倾泻而下。

"小佟！是你吗？"

佟远头顶上有个中年男人在喊。那声音似曾相识，却又想不起是谁。刚才那一声巨响震得佟远有点儿发蒙，一时没醒过神来。他抬头往上看，却被灰尘迷了眼，刺痛难忍，泪水一个劲儿流，只觉一道白光照在脸上。头顶的男人兴奋道：

"哎呀，真的是你！我在这里找了大半天了！没想到盖子压在菜坛子底下！真鬼啊！你要不出声，还真找不到你！"

佟远终于想起这是谁的声音：高总！大湖公关的老板！高总平时难得在办公室，佟远入职两周多，也就只见过两三面，一时没识别出他的声音。更浓重的酸腐之气突然钻进佟远的鼻子。佟远试探着睁开眼睛。果然是高总正蹲在上面，用手电扫射佟远四周。原来，头顶才是真正的地窖，而佟远所处的，是地窖下挖的暗井。这也算藏得处心积虑了。可高总怎会突然出现？

"你刚才跟谁说话呢？"高总一边问，一边用手电光细细搜索暗井的四角。

佟远这才突然想起刚才听到的声音："隔壁，好像还有个女的！"

夜里 10 点 50 分，从长山通往长春的高速公路也变得格外冷清，偶尔有几辆超载的大货车，如蜗牛般缓缓爬行。

速腾车里，赵安妮依然坐在副驾驶，举着手机细语。司机刘哥也依然一言不发，面无表情地开车，两人仿如几个小时之前，只不过天色不同，方向不同，乘客也少了一位——来时后座上的小伙子，就要被永远留在长山。

速腾的车速也比来时快了许多，正如离弦之箭，时速 180 公里，为了赶上凌晨返京的航班。赵安妮一刻不愿多留，天亮前必须回到酒店，明早准时参加中原集团的特别会议。那是冯军临时安排的会议，找了些无关紧要的借口，为了让她有机会在众人面前表演一番，让每一位都相信，她前一天早早就到了北京，而且睡了一晚好觉。

时间本来很充裕，无需深夜在高速公路上狂赶。赵安妮离开长山工厂时，天才刚黑不久。可她总归不放心——那小伙子一旦真的被警察带走，就又多了不少隐患：警察一定会问：你为什么到长山来？仅此一问，就足够她麻烦。再说即便证据十足，他却说不清杀人的过程。这在司法上其实有些说不过去。当然，不要说一个偏远小镇，即便是省公安厅，也未必每个案子都执行得这么严谨。凭着她的能力，没哪个衙门是不能摆平的。但无论如何，漏洞还是留得越少越好。

所以车到长山镇，她又把刘哥派回去打探佟远的下落，如果没被警察带走，就要趁乱把他弄出来；如果已经被警察带走，就得立刻找人想办法了。赵安妮躲在镇上等着刘哥，没敢自己搭计程车去机场。不能让任何其他人看见她。没有不够充分的不在场证明，也好过有个充分的在场证明。

刘哥运气好，竟然在路上遇上佟远。精疲力竭，无力反抗。这就是天意。

一切安排妥当，赵安妮松了一口气。若能赶上今晚返京的航班，此行堪称完美。唯一的小缺憾：小伙子人还不错，可惜了。不过，既然带他来东北，就是为了能随手一用，只不过没想到成了一次性的，不过好刀也算用在了刀刃上。男人本来就该是工具，各有各的用处，他的用处就这么多，已经大大超出预期。

赵安妮心中那一丁点儿遗憾，继而转化成洋洋自得。

老冯在电话里追问事态。他还不知道黄金龙的下场。其实知道了也无妨。姓黄的一贯骄横鲁莽，危害早已超过贡献。上次让长山的小会计发现了转款的秘密，就已经非常说明问题——黄金龙和他的亲信都是白痴！成事不足，败事有余！她赵安妮铤而走险弄来的钱，决不能让这只蠢猪糟蹋。说到底风险最大的是她。玩命的是她，钱可不由她控制。老冯一句话，钱就进了长山。那是他"兄弟"，他倒是信得过。可她赵安妮不信。姓黄的不除，钱就回不到她手里。她可不能白白给别人当卒子。

反正事已至此，老冯也只能保护她。他们本来就是一条绳上的蚂蚱。

"怎么办？地窖里的？"刘哥看赵安妮收了手机，悠悠地问了一句。

赵安妮沉思了片刻，咬了咬手指尖："不留了！"

三个字一出口，赵安妮心里突然有点空。弯腰站在虹桥机场路边吐的瘦高个子，眼看就要从这个世界消失了。她突然想起另一个男人，不算帅，却是她的男人里最老实的一个。几个月前，他趴在公司楼前的一摊血里，掉了一只皮鞋。畏罪自杀。她曾经对他说过很多甜言蜜语。她说钱是他俩的；她心里只有他，要和他远走高飞。其实那钱根本不是他的，就连她都控制不了。

不过那是以前。以后，也许就不同了。以后，她会为他多烧些香，送他女儿去国外上大学。被刘哥绑在地下室里的小伙子没儿没女，那就再多烧一些香。

"那个会计呢？"刘哥又问。

"她？更不用留了！"赵安妮长吐一口气，"姓黄的都完蛋了，谁还稀罕留他的把柄？"

"可常芳还在呢，也是她的把柄。本来就是她让埋的。"刘哥补充一句。

赵安妮眉头微微一皱，这倒是提醒了她。她眼珠一转，掏出手机，时间虽然已经很晚，但这一夜，睡不着的人绝对不止一个。


2800公里以南。

常芳换了睡衣，却并无睡意。上海的冬夜太冷。空调嗡嗡作响，作用却不大。不过今夜的难眠不只因为天气。长山突然出了事，难免让她提心挂肚。中午黄金龙急急火火一个电话："妈的老毛子发现了！估计就是那小妖精！我现在去长山。你嘴把住了！你啥也别干。钱也先别汇！知道不？"然后就再无消息。

她就只能等着，电话也不敢打一个。她只是个小卒子，可钱是她转的，手续都是她办的，弄不好就成了替罪羊。可那些都是黄金龙让她干的，现在也只能听黄金龙的。啥也别干。一直等到夜里11点。黄金龙的电话没等来，赵安妮的电话倒是来了。看见手机上的来电显示，常芳心里又一激灵。这女人神通广大，好像开了天眼。前两天大摇大摆走进常芳办公室，开口就问：听说有个小女孩失踪了？就这一句话，让常芳心里一哆嗦。一个礼拜没上班而已，工厂缺勤的又不止她一个，咋就让她注意上了？话里有话，而且还笑着。笑里藏刀，让常芳从骨头里发寒。这大半夜的，她又要说些什么？想想就让人心惊胆战，可又不能不接。

三两句寒暄，赵安妮果然扯上正题："那笔款打了没？冯总着急呢！"

常芳心里稍稍踏实，还是为了那笔款子。也不知是冯总急，还是她赵安妮急："打啊，这不得等天亮嘛。"其实天亮了也未必打。黄金龙还没开口呢。为了这笔钱，人命都出了，哪能说转就转？

"辛苦你啦！妹妹，上次那个小会计，回来上班了吗？"

常芳心里又是一哆嗦。怎么又提那会计？"不知道啊！我又不在长山！哪知道一个小会计上没上班，是吧姐？"

"是啊是啊，我知道你忙！要不，我替你找找？说不定，我能帮你把她……找出来？"

这最后三个字别有用意，傻子都能听得出来。常芳的心怦怦直跳：难道赵安妮真的知道些什么？黄金龙是个恶棍，她常芳可是老实人。一辈子只干过这么一件害人的事，那也是黄金龙让干的！不！别慌！黄金龙说了，啥都别干，把嘴管严了！也许这女人只是来诈她。

"姐！这种小事儿，哪能麻烦你！再说了，我忙个啥？不忙！不忙！"

"不忙？事不是挺多？天一亮，不是还要去银行！"

还是为了钱。这才是赵安妮的真正目的。可这件事真的由不得常芳："哈哈！姐，你性子比我还急啊！怎么也得等银行开了门，黄总睡醒了吧？再说周日银行也未必能办这个。"常芳平时都说"老黄"，现在故意用"黄总"。那是她领导，总得领导同意吧？

"哎呀，说得是啊！妹妹，要不，你给老黄——哦不，黄总——打个电话问问？哦，不成！太晚了！他也许睡了！要不，你给长山的别人打个电话？随便谁，问问老黄睡没睡，明天啥时候能起？就算小会计找不到了，总有别人能找到吧？赶快问问！要真没人问，我帮你问！姐本事大着呢！要不，姐帮你把那个小会计找出来问问？哈哈！不聊了！姐睡觉了！"

赵安妮挂断了电话，常芳也松了一口气。不聊最好，再聊，常芳就要犯心脏病。

会计的事，赵安妮到底知道多少？到底怎么知道的？明天到底要不要汇款？她知道冯总让汇款，可黄金龙不让汇。这可咋办？

常芳心里乱成一团，赶紧给黄金龙打电话。关机。再忙着给黄金龙的老婆打。就算睡了，也得把他叫起来。是黄金龙拉她下水的，黄金龙是她唯一的靠山。

"看来受刺激不小！"高总仔细看了看昏睡的年轻女人，皱了皱眉，小心翼翼把她抱进丰田花冠的后座。

确实如高总所说。那女人简直不像个人，像鬼，濒死的吸血鬼。脸上全无血色，眼圈黑得像涂了炭，杂草般的头发上有真的草屑，指甲又黑又长，最瘆人的是眼睛，空得像两个黑洞，洞底好像闪烁着来自地狱的光。她死死抓住高总的衣服，长指甲深深陷入卡其布料。她说不出一个完整的词，只呜呜地叫。吃了高总硬喂的药片，才渐渐安静下来。

高总坐回驾驶座，发动了汽车："你怎么样？"

"我还好。"佟远点点头，向高总笑笑。高总平时少言寡语，又难得来公司，佟远对他印象并不深，似乎直到此刻才有机会仔细观察。高总其实还很年轻，也就三十出头，比佟远印象中年轻许多。眉骨高挑，两腮凹陷，眉间有几条深深的竖纹，好像满腹的心事。高总似乎发现了佟远的偷视，突然瞥来一眼。佟远赶忙把目光移开。前方是两道孤独的车灯光柱，后视镜里是一片毫无生机的漆黑。今晚多亏小蔡姐和高总，不然还不知自己是死是活。

高总话不多，简单解释了几句：他正巧到长春附近出差，接到小蔡的电话就赶过来，却意外见到佟远坐在对面驶过的车里昏睡。所以掉头悄悄跟着。高总不再言语，似乎后面就不再需要解释。佟远想起那地窖下的暗井，后背不禁阵阵发凉。

"小佟，"高总冷不丁开口，声音压低了些，"你猜我为什么不报警？"

佟远心中一颤，片刻之后才意识到，高总指的，也许并非长山厂里的谋杀案。

高总果然低声解释道："我看见那人把你从车里拖出来，绑上手脚。我当时就想报警。可你知道，我为什么没有？"

"为什么？"佟远问道。

"因为我正要报警，却突然接到一个电话。"

高总把声音压得更低，还故意顿了顿。尽管车里只有三个人，后座的女人还睡着，佟远的心也一下子收紧了。他有一种预感，高总要说出一些与他密切相关的话。

果然，高总继续说："那电话是警察打来的。他们在找你。你到底干了什么？"

"我……"佟远的心狠狠一沉：难道思梅向警察坦白了？再一转念：是男人就该敢做敢当，本来也不该让一个女人为自己承担。

"小佟，"高总没再追问，只继续说，"你也是为了工作才到长山来的。你出了事，我不会不管。"

佟远侧目看看高总。他正目视前方，认认真真开车，表情认真而坚定。

"我可能杀了人！"佟远直截了当地坦白。没什么好隐瞒的。他不能瞒着高总，否则反而会牵连他和大湖公关。是否把他交给警察都无所谓。反正凭他自己，根本也跑不了。再说，连思梅都坦白了。

高总却似乎并不吃惊，爽声道："好小子！没骗我！其实警察已经告诉我了。那办公室里，有摄像头。"

高总面色凝重，佟远心中却豁然开朗：不是思梅！是摄像头！他仿佛突然又有了希望。

高总叹气道："你们年轻人，怎么这么冲动！不知道杀人是犯法的吗？"

"我不是故意的。那胖子，他在虐待……"佟远险些说出思梅的名字，硬是改了口，"一个女孩！我和他滚在一起，我的头碰到什么，就晕过去了！我真不记得碰过那把刀！这些摄像头都拍到了吗？"

高总缓缓摇头："警察没说，我不知道摄像头都拍到了什么。他们只说你是犯罪嫌疑人。不过，"高总仿佛突然想起了什么，"华夏的赵总呢？你不是陪她来的吗？"

佟远点点头："是啊，可把我绑在地窖里的，就是她的司机。"

佟远大概说了说来龙去脉。高总越听越严肃，眉头紧锁，双目紧盯着前方路面，过了半天才又开口："你说是她让你先乘电梯上楼去的？"

"是！"

"她丢下你先跑了？"

"是！"

"她的司机后来又把你抓起来？"

"是！"

"她知道你杀了人？"

佟远摇摇头："我不知道。"

"她认识那个被杀的胖子？"

佟远点点头："好像认识。"

"她和那胖子关系好吗？"

佟远又摇摇头："这我不知道。不过，听她和别人打电话时那意思，应该是不太好。"

"所以，她也想要除掉那胖子？"

佟远再次摇头："这我倒没听出来。"

高总沉默片刻，自言自语道："可她为什么要让司机把你关起来？如果要对你不利，把你丢给警察不就完了？"

佟远沉默不语。他其实也一直在思考这个问题。

"她是怕你告诉警察，是她带你来的！"高总仿佛恍然大悟。

佟远暗暗点头。赵安妮的确重复过多次，她不能让别人知道自己在长山。

高总又说："也许还不仅如此！也许，她还怕警察问你别的。"

"问我别的？问什么？"佟远反问。

高总却摇摇头："不知道。我说不清。不过，我觉得这事有点蹊跷。你想，她让你先上楼，然后给她发短信。可你没发，她却偷偷跑了。这似乎有些说不过去！你确定她没上去过吗？"

佟远摇头道："不知道。应该没有吧？我的确晕过去了，但应该不是很久，她要是真上来过，不是就都录在视频里了？"

高总皱眉沉思了片刻，摇头道："这也不好说，摄像头未必就能录到一切。反正我觉得这个女人一定有问题！"

"那我该怎么办？去自首吗？"

高总又沉默了。这次沉默了很长时间。他始终凝视着前方的路面，尽管路是笔直的，路上除了两道灯光什么也没有。其实佟远心里明白，高总只是一家小公司的小老板。他能为了一个新入职的小员工担当多少风险？

"不！"高总开口了，语气异常坚定，"你不能自首！这个案子其实很模糊，证据并不充足，但在长山这种地方，证据未必很值钱。认定你正当防卫，或者多少有些防卫过度，只能是很轻的判决；如果认定你故意杀人，那连死刑都有可能。我有种感觉，那个女人不会让结果对你有利。"

"您是说，赵安妮有能力左右判决，而且，会判得很重？"

高总点点头："她应该有这个能力。或者，根本到不了判决那一步！"

佟远并不清楚高总具体什么意思，可还是不禁打了个寒颤："可我又能往哪儿藏？迟早会被警察抓到的。"

"那未必！"高总这次回答得很果断，"可以先搞定这个女人，然后再去自首。或者，如果搞定了她，也许就不用自首了！"

"搞定赵安妮？"

"这种女人不可能没有把柄。她不是不想让人知道她到长山了？"高总幽幽地说，"说不定还有什么别的事，她也不想让人知道。"

佟远不禁点头。高总说得很有道理：赵安妮确有不可告人的秘密，找到这些秘密，其实正是他本来的目标，只不过现在他自身难保了。谁又能相信一个杀人犯的话呢？

高总转过头来，直视佟远的双目："别担心，有我呢！你是为了大湖公关才陪她到长山来的！我虽然只是个做小生意的，可我也讲义气！你的手机是不是没电了？那样正好。把 SIM 卡拿出来，扔到车窗外面去！"

第六章

危机四伏

1

依照 GRE 公司的惯例，卧底调查结束之后，思梅被立刻调离上海，迅速至极。事实上，她是从长山直接去的北京，根本就没回上海。

按照 Steve 所写的公司备忘录，这是出于安全考虑：黄金龙虽然不在了，他还有众多的利益关联人，其间恩怨关系复杂，对 May 的人身安全构成威胁。

思梅对此倒是不太在意。既然是黄金龙的伙伴或亲信，自然明白一个道理：犯不着为了死人冒险。那些人说到底都是生意人，对他们而言，思梅并没有价值，她只是一个无名小卒，任务已完成，她获取的信息昭然于世，她手里并无其他有价值的东西。而且即便真有人想找她报复，就算换个办公室，她也未必就能太平。她只是离开上海，又没离开 GRE，更没离开中国，想找到她轻而易举。Steve 把她放在自己眼皮底下，未必是因为关心她的死活，这一点，她在长山就知道了。

尽管如此，思梅还是欣然接受了调令，直接跟 Steve 从吉林回到北京。第二天是周一，正好开始在北京办公室正式上班。公司帮思梅安排好生活必备的一切：三个月酒店公寓，外加一万元安家费，上海暂时就不必回了。思梅遗留在上海办公室的一切物件都打包封存，也没有谁特别需要告别。受到领导特别关照的女职员，一般都不会和其他同事太近。而曾经关照她的领导 Jack，已经离职了。

有关 Jack 的离职，公司有各种传闻。大多和思梅有点关系。既是传闻，必定与事实有出入，而且向着更不堪的方向偏离。思梅听不到细节，也并不关心。她已不在意任何 GRE 里发生的事情。但她并不想立刻辞职。正如在长山所决定的，她得设法留在 GRE，秘密发掘"资源"。这公司不是就靠着所谓"资源"，才成长壮大到今天？这也是此刻她最需要的。

佟远依然下落不明，起码警察还没找到他——昨天离开长山时，她偷听到米莎的人这样说。

自长山的离别，只要闭上眼，思梅就会看见佟远流血的伤口。是她害他误杀了黄金龙，是她害他亡命天涯。可她却坐在这温室般的办公室里，束手无策。她恨不得立刻回到长山，亲自去寻找他。

可她必须冷静，必须坚持住，不能再次乱了方寸。正是因为她的鲁莽和草率，才使佟远置身于被动危险的境地。她需要思考，需要时间，需要资源。她需要耐心。

思梅一切服从公司安排，始终保持平静柔和的面部表情。Steve 亲自把她一一介绍给北京办公室的同事们。有些她见过，大部分很陌生，还有一位四五十岁的中年人，简直就像赖在国家机关里磨了多年洋工的公务员，根本不像是该在这家公司上班的。北京办公室果然神奇，并不统统按照常理出牌。无所谓，她和他们终将脱离一切关系，但现在，每张脸都有可能意味着资源。只要她能见到的，不论对方表情如何，她都努力使用最真诚善意的微笑——在金合已经练习过了。

之后，Steve 把思梅带回自己的办公室，表情格外严肃，仿佛要交代什么重大的事情。关了门，在办公桌后坐定了，却又只有简单几句：米莎集团为金沙项目补充了经费。龙翔贸易账户里的资金随时可被转走，追款的希望渺茫，长山工厂里又只有一堆废铜烂铁。金合虽然表面排场，净资产未必能有多少。黄金龙本人名下的资产就更是问号，如今又牵扯刑侦调查和遗产归属问题，米莎唯一的希望，只能寄托在黄金龙背后另有其人。

"既然你已经熟悉这个项目，就继续查吧。"Steve 轻描淡写地结束谈话，似乎还剩下一些话没说，突然没了说下去的情趣似的。

思梅点点头，退出办公室，心中却不禁疑惑：之前黄金龙的确貌似身不由己，背后另有其人。但即便找出暗中操控黄金龙的人，对米莎公司又能有何帮助？金合公司注册的股东就只有黄金龙夫妇二人。即便幕后真有别人，也多半不会留下真凭实据，只要不在工商局登记在册，在法庭上未必需要承担连带责任。米莎的补充调查缺乏实际意义。这额外的花费有些得不偿失。难道 Steve 是想从客户手中多榨取一些项目款？这并不符合 Steve 口中一贯宣扬的服务精神。思梅并不多问，因为答案与她无关。继续这个项目挺好，反正她也没心思去做别的工作。

北京办公室比上海办公室的面积大很多，结构也更特别：大门处低调而隐蔽，好像三五人的微型公司。进门之后，是一条狭长阴森的走廊，走廊两侧有许多紧闭的房门，有些门没有标识，房间的具体功能不详。走出走廊，豁然开朗，办公大厅异常宽阔明亮，人来人往，很有些世外桃源的意思，只是人们脸上并无安居乐业的表情，大家紧张繁忙，似乎都被巨大压力笼罩。

Steve 的办公室在办公大厅的后方，与走廊里那些办公室隔着一段距离。思梅的座位就在 Steve 办公室门外，看来有些日子无人光顾，桌面蒙着一层浮土。桌角有一盒名片：

谢燕，初级调查师

满满一盒，似乎从未派上用场。公司里并无此人，至少思梅从没见过。这公司年轻员工流动很快，进进出出的每年不止三五个。有的坚持不下来，有的另谋高就，也有被老板炒掉的。不知这位谢燕是属于哪一类。

Steve 门外的位置，似乎被大家刻意避开，因此格外僻静。思梅专心工作，无人打扰，仿佛置身于压力场之外。Steve 并没限定任何 deadline，这也反常，但她并不在乎。从容着手做自己的事情——深入研究金合和黄金龙。其实这些都是卧底的基本功课，该做的早都做了。唯一可以补充的，只有公司和高管的历史。历史是个无底洞，不论做多少调查，总有你不知道的。

思梅找"渠道"订购了金合的财务信息。"渠道"，学名"服务提供商"，是 GRE 公司在全球的秘密武器。GRE 是光彩照人的外企咨询公司，在各国政府和媒体面前，塑造光明正大的反欺诈形象，脚却始终还得站在地上。服务提供商就是 GRE 脚下的土壤，潮湿肥沃，连接另一个地下世界。敢开价的虽多，真能办事的却少，看似神通广大，其实远非无所不能。GRE 公司正是通过多年摸索，在全球建立了安全可靠的服务商网络。

GRE 的服务商里，有没有能找人的？寻找一个受伤的年轻人，两天之前，消失在吉林农村的荒野里。

思梅一直在思考这个问题。只不过，GRE 的"渠道"名单并不公开提供给普通员工，有些甚至只和高层单线联系。GRE 对服务商的使用也有严格规定，以避免员工滥用服务商引发风险，或营私舞弊。小孩子是不能随便玩火的。思梅只是 GRE 的普通员工，有权使用的服务商就仅限于最基础最合法的几个。其他的，是连名字都看不到的。

北方的冬天原本黑得早，再加上沙尘暴的来袭，五点刚过，窗外已是灯光点点。一天就这样过了，没有佟远的消息，也没有下一步的计划。他到底在哪儿？窗外尘霭弥漫，带来窒息之感。思梅越感焦虑和沮丧，不想在公司多留，六点一过就立刻离开公司，大厅里正忙得如火如荼。

从公司到酒店公寓，只有三个街口。但北京的街道冗长，街边缺乏店铺，街上行人匆匆，用围巾和口罩把口鼻遮拦，路途就显得更加艰难。思梅没搭地铁，因为那里更加艰难。路面的冰冷空气，倒是更适合思考，尽管空气中有焦煳的味道。她边走边想：怎样才能找到他，又不被人发现？工商，税务，媒体，一切能由她操作的方法都帮不上忙。此刻她能想到的，只有电话。她有他的手机号码。她知道有的服务商能通过号码调取通话记录，但那属于非法地带，这种敏感服务，想必必须得到 Steve 特批。即便得到特批，也未必能查出结果。再说，如果通过这种方法就能找到佟远，恐怕警方早就找到佟远了。警方是不是已经找到他了？

思梅用力摇头，却摇不走忐忑的心情。林立的白色楼群已出现在眼前，酒店公寓就快到了。

思梅随便走进一家快餐店，随便点了些吃的，挑了墙角的位置坐下。她看了看周围，这是在金合卧底培养出的习惯。店里有几个放学的孩子，还有两对情侣。这是北京，卧底结束了，她无需过于关注周围环境。思梅有一搭没一搭地吃东西，不知是北方的食品不合口味，还是味觉已然丧失了。反正只是找个地方坐坐，歇个脚，讨个清静。

有个中年男人却紧挨着她坐下来，手里拿着半杯饮料。这让思梅略感不适。餐厅里毕竟还有许多空座位。她偷看了那人一眼，大约四十上下，穿脏兮兮的羽绒服和运动鞋，满脸的络腮胡子。不像蓄意留的，只是疏于打理，脸色因此显得格外苍白疲惫。为何似有几分面熟？思梅努力思索，却无论如何想不起在哪儿见过。这个感觉非常不好，令她感到不安全。

陌生男人把手机丢在桌上，大口喝饮料，发出刺耳的声音。那手机非常简陋，城里难得还有人用。这样的底层打工者，每个城市都成千上万。也许只是不久前在街头见过类似的？思梅的记忆里一片空白，直觉却很顽固。如果真的见过他，那应该是在上海，不是北京。到底是哪儿呢？实在想不出。她原本不是个称职的高级调查师。

思梅放弃了思索，侧目去浏览窗外。夜幕和沙尘彻底吞没了这座城市，街上人多了许多，都是仓皇逃离公司的人。

突然，一阵电话铃声传进思梅耳朵。她转回头，身边的椅子空了，那打工的男人已不知踪影，简陋的手机却留在桌上，兀自叫着。思梅起身四处寻找，找不到那人踪影。手机依然叫个不停。思梅不知该不该接，侧目看时，却愕然发现，来电显示上竟然闪烁着两个字：

佟远！

思梅一把抓起手机，心脏剧烈地跳动。

"刘思梅！"果然是佟远的声音，微微颤抖着从手机里传出来。她还是第一次听他叫她的名字。

思梅一时激动得发不出声音，半天才说出一个"佟"字，连忙用手捂住嘴，四下看一看，这才万分小心地说下去："你在哪儿？"

"我在……"

"不！别说！就告诉我，你……还好吗？"思梅突然警觉。一男一女正走进快餐店。孩子们在大声喧哗。不知道他们的真实身份是什么。

"还好，嗯，挺好！"佟远有些语无伦次。

"你的伤呢？"

"没事！就伤了点皮！"

思梅的鼻子却突然一酸："都是我不好！不该让你逃的！他们……他们在房间里装了摄像头……"

"不！多亏了你！也许有人成心想陷害我！如果真的被抓住了，就更没机会了！"

思梅吃了一惊："你是说，有人……"

思梅硬生生把后半句话咽回肚子里，又四处仔细看了一圈，刚才那对男女正拿着东西走出餐厅，两人甜言蜜语，似乎根本不会注意到别人。墙角有咳嗽声，是个正在读报的女人，脸被报纸遮住大半，只露出一卷乱发。桌子上有凌乱的餐盘。她穿蓝色大衣，该是公交公司的制服。刚才思梅不曾注意到她。

佟远加快语速，压低声音："那天，你把我叫醒之前，有没有看见什么？或者听见什么奇怪的动静？"

"没有啊，我……我记不清了！我醒过来看见你躺在地上，立刻就去叫你！"思梅努力压低声音。又有两个年轻人走进来，经过思梅身边。孩子们还在，读报的女人也还在，时不时咳嗽一两声。并没有形迹可疑的人。

"你再想想，真的没什么？"

"我真的不记得！是谁在陷害你？"

"不知道！可我总觉得这里面有点儿怪！我就是想不起我拿过那把刀！"佟远瓮声瓮气，思梅似乎看见他挺直脖子的样子，心中又怜又疼：

"那怎么办？我该怎么帮你？"

"不用！照顾好你自己！你好吗？"

"很好！好着呢！"思梅用力点头，仿佛佟远就在面前。

电话里沉默了片刻。佟远说："你多加小心！"

思梅心里一紧。她知道时间差不多了，可她还有一肚子的话堵在胸口，好不容易才憋出一句："需要什么就告诉我！我会尽力……"

"我知道！我会的！手机你留着！不要联系我，这个号码不会再用了！等我联系你！我得走了……"

手机里突然安静了，只有细微的喘息声。思梅的心脏似乎也跟着停止跳动，悬在半空中。终于，她听见那三个字：

"等着我。"

"我等着！"思梅用力点头，轻轻合上双眼。再睁眼时，世界变得五彩斑斓。


*


快餐店里，穿公交制服的女人依然坐在餐厅角落，报纸许久没翻一页。电话在她衣兜里悄然振动，已经有一阵子了。

她终于放下报纸，露出戴着口罩的脸。在这沙尘弥漫的日子，满街都是试图用口罩挽救自己的人，更何况她，有着白皙精美的皮肤，有点过于白皙了，和她的打扮有些不太般配。

她把手机缓缓凑到嘴边，使用英语，声音格外清冷："她遇到一个男人……不，不是那个年轻人。是个 33 岁的男人……我的意思是，大概三十三四岁。他留给她一只手机。她拿手机接了一个电话。Jason，她已经离开了，我也得赶快走了，等会儿再通电话好吗？"

女人收起手机，却并没起身。她呆呆看着思梅曾坐过的位置。那位置已经空了，前后左右也都空着。可她的目光倒仿佛那里仍坐着人，那个邋遢的丢下手机的底层打工者。他只在这快餐店里出现了不足一分钟，在她心里，却似乎停留了一个世纪。

他苍老了许多，也憔悴了许多，说他40岁也并不夸张。两个月前，他看上去还只是三十出头。从没见过他留胡子的模样。他不该是这副样子，从来都不曾是。她见过他当穷学生时的样子。那是九年前，在冰天雪地的芝加哥。难道是她认错人了？

不。不会的！哪怕相隔更远，时间更短，光线更差。她绝不会认错他。他又在演戏！演一个落魄的穷人。他并没有死！他又骗了她。他骗了她多少次了？

女人把眼睛睁得很大，像是成心要和口罩抢夺地盘。那是一双非常美丽的眼睛，美丽而忧伤，蒙着一层水雾。

雾凝成一滴水珠儿，在眼角轻巧地画了一个弧，消失在口罩的边缘。

2

快餐店对面的一栋酒店，第十层冲着马路的套间客厅里，佟远正站在落地窗前，看着窗外繁忙的马路发呆。窗外雾霭弥漫，楼下的马路上，繁密的车灯正在雾霭中穿行。马路对面的人行道上，密布着赶路的人，他原本看得不是很清楚，这会儿就更模糊，因为他眼前也正浮着一层雾。

房门开了，有人走进套间。佟远听见高总在他背后说："打完了？把 SIM 卡取出来扔了。"

佟远没有回答，也没有动作。双手自然下垂，手机被他用力攥紧了。

"咱们得走了。现在开出去，也要明天中午才能到。"高总又说。

佟远抹了一把脸，果断地转身，套房里光线很暗。始终没有开灯，以确保从马路上看不见屋里的人。佟远突然感到浓重的倦意。连夜从长山开到北京，他只在这套间客厅的沙发上补了三个小时的觉。

"问出什么了？"高总走进客厅中央，撕掉腮上的胡子。

佟远摇摇头："没有。"

"这样很冒险。以后还是别联系了。"

"她不会出卖我的。"佟远的语气很坚定。

"可要是有人盯着她，我是说万一。"

佟远不再吱声，高总说得没错，他从手机里拆出 SIM 卡递给高总，高总回身走进厕所，紧跟着是马桶冲水的声音。

"她怎么样了？"高总走出厕所，指指卧室紧闭的门。

"刚才出来喝了口水。好像平静多了。"

高总在卧室的门上轻敲了三下，静等了片刻，推门走了进去，卧室里的橘色灯光，瞬间流出门来。高总没把卧室门关紧，佟远站立的角度，恰能看见大床的一角。被子堆成一团，女孩和衣躺在被子的阴影里，看见门开了，迅速从床上坐起来，惊弓之鸟似的。和两天前相比，她从鬼变成了人，脸上有了血色，长发也梳洗干净了，在柔和的台灯光下，竟有几分妩媚。身上的衣裤也都是新的。在地窖里沤了好几个星期的脏衣服早就换下了，却并没丢掉。高总把它们小心翼翼地包在大塑料袋里。

高总微笑着对女孩说："醒了？睡得好吗？"

女孩点点头，怯生生的，眼睛里充满警觉的光。

高总在床边坐下来，胳膊肘撑住膝盖，双手交叉，用温柔的语气说："小娟，别怕，真的没事了，我保证。"

"哥，我想回家！"女孩儿低头哽咽。

"小娟，你听我说。"高总试探着把手轻轻放在女孩肩头。女孩浑身一抖，却并未躲闪。高总用温柔的语气说，"要是现在就把你送回家，他们再来找你怎么办？他们发现你被救走了，一定在四处找你！"

女孩立刻停止了哽咽，惊悚地瞪大了眼睛："哥！你救救我！别把我交给他们！不要把我交给他们！"

"怎么会！放心！我当然不会把你交给坏人的！小娟妹妹，咱们得跟坏人做斗争！要把他们都打败了，你才能安心回家，对不对？"

佟远默默看着高总和女孩的对话，心中暗暗好奇：高总果真是个普通的生意人？

女孩半信半疑，小心翼翼地问："那你要带我去哪儿？"

"跟哥去上海，好不好？"

女孩猛然挣脱了高总的手，挺直了身体，紧紧靠住床背，目光中流露出巨大的恐怖："不！我不要去上海！我不要见那个女人！我怕！我不要去！啊！我不要去啊！"

女孩几乎是在歇斯底里地尖叫。

高总一把抓住女孩的胳膊，瞬间收起笑脸，厉声道："小娟！"

女孩不再吭声，愕然看着高总。高总的声音又立刻缓和下来："有哥在呢！哥向你保证，她再也不会伤害到你了！"

女孩依然惊恐万分，双眼充满泪水，浑身不住地战栗。高总用更柔和的声音，低声在女孩耳边轻语："你得帮哥打败她！你忘了她是怎么对待你的？你要让她也尝尝生不如死的滋味！"

佟远后背不禁一冷。高总似乎后脑勺生了眼睛，竟突然转回头来。佟远连忙转身，茫然地迈了几步，又回到落地窗前。窗外还是那条繁华拥挤的街道。

佟远眼前一暗。落地窗的倒影中，卧室的门无声地关紧，橘黄色的灯光随即消失了。佟远猜想，高总又要和那女孩谈上很久。未必是故意回避佟远，只不过是为了让女孩觉得更安全。过去的两天，高总除了在开车，几乎所有时间都用来安慰那女孩，诱导她讲清楚自己的经历。

这个叫作"小娟"的姑娘是长山工厂的会计，大概是因为无意中发现了领导的秘密，被领导骗去洗温泉，吃饭时被人下了药。醒过来的时候，发现自己被人活埋，眼看快憋死了，却又被领导的司机挖出来，五花大绑地关进地窖里。

具体什么秘密佟远并不清楚，那部分不知何时错过了。女孩受了此等惊吓，难怪时而歇斯底里，时而魂不守舍。高总拥有过人的心理辅导技巧，几乎算得上是半个心理学专家，女孩的情绪很快稳定下来，思维也基本恢复正常。对于一家公关公司的小老板而言，似乎有些大材小用。这样一个高深莫测的人，为何主动钻进佟远的麻烦里？

高总绝不会是单纯为了帮助自己。高总说过，只要能搞定赵安妮，一切就都好办："这种女人，不可能没有把柄。"赵安妮的把柄，这才是高总的关键词。

莫非高总是想从华夏得到更多的生意？对于一家小公关公司而言，这恐怕有些兴师动众了。还有什么其他目的？佟远一时说不清。

这让他有些不放心，却又别无他法。他是在逃的杀人嫌疑犯。正如高总所说，赵安妮是有背景的，而且派人绑架了他。她的动机对他绝对没有好处。高总的动机未必有多好，但眼下他们殊途同归——"赵安妮的把柄"，这原本也是佟远的关键词。只是突然间，他已不知这关键词将为他带来什么。

卧室的门终于开了。女孩已经穿好大衣，乖乖站在高总身后。

第二天，思梅醒得很早。说不上是失眠。身体似乎是睡了，但心睡不着。整夜悬着，隐隐的酸痛，如久伤不愈的脚踝。

思梅六点起床，拖到八点才到公司，因为担心公司里没人。她只有门卡，并无大门钥匙。她的担心纯属多余。虽然距离法定上班时间还有一个小时，办公大厅里已坐满一半。GRE北京办公室就像无声的战场。没有硝烟，却人人自危；除了冲锋陷阵，还要提防背后的冷枪。这她早有耳闻。

思梅穿过办公大厅，走向自己的位置，隐约感到异样的目光。一个突然从上海空降的高级调查师，使这里的名额又少了一个。每个高级调查师的头衔都来之不易。未必这办公室里每个人都在乎，但在乎的却绝对不止一个。这是写在眼神里的。昨天和众人一一握手时，思梅就已经看到了。在这高耸入云的办公大厦里，到处都是西服革履的精英。思梅曾经梦想这样的生活，如今真的坐进这明亮的高层办公厅里，却已完全不在乎了。

令她彻夜难眠的，是另外的一些问题。

她本以为自己隐藏着许多秘密，现在才发现，原来佟远才是一个谜。昨天傍晚的一通电话，让她对佟远的安危一时放了心，其他的问题却变得不容忽视：佟远为何会突然到长山，在黄金龙的办公室里冒出来？几个小时之前，他不是还陪在那位风韵犹存的"赵总"身边？难道他和"赵总"在机场出现，正是打算一起去长山？这倒也有可能——那赵总不是到金合上海的办公室找过黄金龙，还让常芳小小的失态？

思梅感到莫名的紧张。此事非常深奥，自己又过于懵懂，眼前迷雾团团，完全看不出庐山真相。背后仿佛有一双隐形的巨手，在操控着自己，既看不见，也没法反抗。正如这次在金合的卧底，本以为天衣无缝，其实早已被黄金龙识破了。黄金龙已经死了，可这双巨手却似乎还在背后。还有谁早就知道她的来历？佟远知道吗？他们为何会在同一个球馆里邂逅？他和那赵总又是什么关系？

思梅心中一阵难过，转而又备感羞愧：是他救了自己，为此挨了一刀，还成了逃犯。不论他背景如何，目的如何，他已经彻底地暴露自己。

佟远不是一个好演员，这思梅看得出来。他腼腆耿直，还有些笨嘴拙舌，脾气也不太好，会和餐厅服务员吵架，但他心地善良。思梅又想起必胜客，还有羽毛球馆。她下定决心：是他救了她，不论他有何秘密，她帮定他了。这也是她留在 GRE 的唯一目的。

"May？对吧？我没记错吧？"思梅耳边突然响起一个中年男人的声音。

思梅吃了一惊，如梦初醒。一张中年男人的圆脸正挡在面前，两眼眯成细缝，额头和两腮都泛着油光。思梅记得这张脸。昨天 Steve 介绍同事时见到过。当时思梅心中还有些诧异：这人竟是 GRE 的高级调查师？怎么看着像常年混饭吃的国企老员工？

"对对！刘思梅！"思梅忙微笑作答。

"记得我吗？我姓方！"对方嘻嘻笑着。那张胖脸仿佛生来就是为了笑，根本做不出严肃的表情。

"记得记得！方老师早！"

"哎哟，您可别这么叫。担当不起！叫我老方！呵呵，我就是打声招呼，咱们是邻居！"

老方指指自己的办公桌，果然距离思梅不远。这大概是整个办公大厅最干净的两张桌子。没有堆积如山的纸张文件，笔都插在笔筒里，计算器规规矩矩摆在桌角。老方桌上比思梅多了一份报纸，还有满满一杯热茶。思梅只上了一天班，手头只有一个并无截止日期的项目，桌面自然没多少文件。但这位高级调查师的桌面竟然也毫无工作痕迹，难道他不需要做项目？

"以后有什么需要帮忙的，随时说！嘿嘿！"老方更夸张地笑了笑，眼角皱褶里仿佛要挤出油来。思梅连连点头，老方又低声补充了一句："坐在你这个位置的人，都会得到老板的特殊关照啊！"

老方向思梅挤挤眼，转身坐回自己的座位。思梅心中倍感诧异，却又来不及再多问。坐在这个位子的人，都会得到老板的特殊关照？思梅仔细看了看自己面前的桌子，又看到桌角的名片盒。拿出一张仔细观察，却也没什么不同。

这个谢燕莫非也得到过老板的特殊关照？后来呢？她去哪儿了？

思梅再看一眼老方，他正拿着报纸，跷着二郎腿。着装和表情仍像个"吃公粮的"，又不像大领导，像个工作多年的办事员、老油条，或者领导的司机。居然有这样一位别致的"邻居"，她却未曾留意，大概是心事太重了。

佟远。这核心问题再度回到思梅脑子里。她该做些什么？她能做些什么？思梅把手伸进衣兜，摸到那块方方正正的硬东西。是手机，那陌生男人留在快餐店里的。昨晚已研究了一夜。没有短信记录，只有一个通话记录，就是佟远打来的那一通。电话簿里也只有"佟远"一个名字。本机号码和"佟远"的号码都是储值卡，查不到机主信息。她也试着给"佟远"的号码拨回去。果然已关机。大概不会再开机了。

线索断了。除非排查通话记录——查查这两个号码最近是否还拨打或接听过其他电话。又是一件必须通过服务商完成的工作，不在思梅权力范围之内。通话记录调查并不合法，GRE 的一般项目都不会采用。个别项目或有例外，但必须经过 Steve 特批。

总之又是一条死胡同。

佟远到底在哪里？他在干什么？和谁在一起？

满脑子问号，满肚子牵挂。这两件事既有关联，又互相矛盾，这让思梅不知如何是好。其实这世界原本充满矛盾，感情中的男女，牵挂得越深，疑问就越多，这倒是自然不过的事。

\*

中午，前台秘书琳达带领几名年轻的初级调查师，邀思梅一起出去吃午餐。

琳达喜欢和一切在 GRE 有前途的人交往，只要对方不拒绝。思梅空降北京，由大老板 Steve 亲自引见，自然属于琳达的交往范围。其他几个小调查师和高级调查师相距甚远，因此少一些芥蒂，多了一些仰慕和好奇。琳达新年时曾帮亚洲区的几位美女调查师订过来京的机票和酒店，思梅也在其中。琳达虽不知内情，却也猜到这是有特殊任务，因此难免在小调查师耳边添油加醋。

思梅知道琳达事先做了渲染，而且多半言过其实。可她犯不上让谁扫兴，随口讲了些卧底的事，把公司和人名都略去。即便如此，小调查师们还是听得兴致勃勃，纷纷提问。思梅并不深入作答，欲盖弥彰，反让听众们兴致更高。她见时机成熟，伺机转移话题，大家果然开始讨论北京办公室的同事，这才是思梅需要的。

有关 Steve 的新闻倒是并不多。Steve 神秘莫测，严肃苛刻，这些思梅早都知道。年轻调查师们虽每天和 Steve 一起工作，却难得有说话的机会，跟他的实际接触恐怕比思梅还少得多。倒是听说了一些传闻，比如 Steve 也曾在国外留学，或者有神秘的外国女友，又或者女友虽在国外，却并非外国人，而且背景深厚，非富即贵。也有人听说，Steve 在 GRE 一路顺风顺水，全靠美国总公司里的靠山。传闻毕竟是传闻，并不十分可信。

倒是有关老方的消息更有意义：来自公安系统，大概因为什么不良表现被开除，之后加入 GRE 中国，是本地最早的元老之一。老方神通广大，曾在 90 年代为 GRE 立下汗马功劳——那时法律不如现在健全，灰色地带非常宽广，不论中国政府还是美国政府，对做生意都没有今天这么多约束。言外之意，老方的"神通"不够光明正大。最近十年，中国政府加强控制，美国政府更是"狗抓老鼠"——对本国公司在其他国家的腐败行为也横加制裁。GRE 不得不对其全球机构加强管理。老方的调查作用受到约束，时髦的新功能又不具备：不精通电脑，完全不会英语，不能写报告，逐渐被 GRE 的工作模式抛弃。难得有项目用得上他，工资倒是不少拿。这样的员工能留到今天已算奇迹。

有人悄悄地补充，其实去年老方曾被 Steve 秘密开除，不知为何，没过几天又重新回来上班。而且索性什么都不干，每天公然看报喝茶。"还把脚放在椅子上！就在老板门外！"说到老方，琳达最为不满，鼻子和眼睛都挪了位："还打算在 GRE 养老啊！我就不信，Steve 能忍得了他！你们注意没？ Steve 现在都不正眼看他！招呼也不打！"

"Steve 也不和我们打招呼。"有小分析师怯怯地回答。琳达把眼一翻："他当然不会跟你们这些小孩打招呼。可姓方的是老员工，在 GRE 的时间比 Steve 还长呢！"

"那 Steve 为什么还留着他？"又有人发问。

"也许是他本事大，所以留着以后有用？"有人试着作答，"听说什么电话记录啦，户籍信息啦，银行账号啦，只要需要的，他都能弄到？"

琳达用鼻子哼了一声，一脸不屑道："那些都是违法的！根本就不能拿！GRE 也从来不用！"

思梅心中倒是微微一动：他能查通话记录？

大伙吃完午饭，回到公司，各自分头工作。

到了下午，办公大厅似乎变得更忙，众人走路都变成小跑。大概是发现一天的工作计划难以按时完成，心里起急。唯独思梅和老方的角落比较安静，没人跑来跑去。Steve 的办公室一天没开门，不知他在不在里面。老方仍是喝茶看报，自在清闲。

思梅闷头在网上搜了半天，有关那两个手机号码还是一无所获。她抬头看看老方，心想也许他有办法，只是不知如何开口。正巧老方也在看她，这让思梅有些难堪，连忙低头假装认真工作。老方反倒丢下报纸，起身走过来，嘻嘻笑着问："需要帮忙吗？反正闲着也是闲着。"

一个小时之后，老方交给思梅一张便笺，上面只有一个号码——一个长春的座机号，是三天前从那署名"佟远"的号码拨出的。

思梅在网上稍加搜索，结果就出来了：长春的一家租车公司。老方指指办公大厅边缘一排小房间："需要打匿名电话吗？"

原来这一排房间是 GRE 的"匿名电话间"。调查师们需要拨打调查电话，又不便让对方知悉自己的真实身份时，就躲进这些房间，使用里面特殊配置的 IP 电话——这些电话通过网络播出，能在对方电话上显示一个虚假的来电号码，看上去是可靠的座机号，打回来却永远接不通。

思梅随便挑了一间。对于 GRE 的调查师而言，匿名电话只是小事一桩。

"您好！是不是××租车公司？"

……

"是这样的，公司这两天搞活动，车子不够用，所以前两天，我同事从您那里租了一辆车。他肯定是一时粗心，只留下车钥匙，没记下车牌号。今天我们要用这辆车，可停车场里那么多车，我们不知道是哪辆！所以，不好意思，我想问问看您能不能告诉我车牌号？"

……

"租车人的姓名？您看问题就在这里，我们部门有很多人，具体谁去租的我一时弄不清。但是，我让他们租车时留了我的手机！要不，我给您手机号码，您帮我查一查？"

……

"对对！就是他！姓孙的！孙连贵？等我记一下，好！您讲！车牌号是吉……"


*

思梅走出电话间，仔细琢磨手里的便笺：租车人叫孙连贵。丰田花冠，车牌照是吉××××。佟远是不是还在这辆车上？孙连贵又是谁？是不是那个留下手机的陌生男人？

思梅走向老方的桌子。他正笑眯眯抬头看她。既然他能查出通话记录，是不是还能查到别的？

"吉林的车牌照，能查出现在车在哪儿吗？"思梅把便笺递给老方，试探着问。这问题的确大胆，大概已在所有商业调查的能力范围之外。

"能啊！"老方的回答令人意外，"只不过，这可不是 GRE 能做的。"

老方的回答貌似自相矛盾，但思梅明白他的意思。这件事虽然能做，但非法。她现在一点都不关心 GRE 的合规风险；更不关心自己在这公司的职业前途："GRE 能不能无所谓。你能不能做？"

"能啊，不是说了能么。只不过，"老方故意顿了顿，"很贵很贵！"

思梅喜出望外："有多贵？我马上去取！"

老方眨了眨眼："没关系，先欠着吧！"


*

老方只离开了不到 40 分钟，就把结果带了回来："车子昨天晚上九点多离开北京城区，今天上午 11 点左右进入上海外环。"

"北京？"思梅吃了一惊。难道昨晚他们在通话时，佟远正在北京？

思梅半信半疑。老方却似猜出她的心思，补充说："车是上周六在长春租的！当天下午去了长山，周日凌晨返回长春，周日晚上出发，昨天中午到的北京。"

老方说罢，扬扬得意地看着思梅。思梅再无半点儿怀疑——时间地点完全吻合！昨晚佟远果真在北京！他们竟然那么近？思梅心中一阵激动，随即又是一阵失落：可他已经走了。

思梅努力平复自己的心情，这才意识到：老方果然神通广大！莫非，他能从公安局的公路监控系统获得信息？这种信息不但绝非公共信息，通过排查全国公路的摄像头视频来寻找一辆只知道牌照号的普通轿车，简直堪比大海捞针。思梅不禁暗暗脸红——自己也是高级调查师，和老方相比却简直还没入门。当初 Jack 到底为自己用了多大的力气？

Jack 终究还是因为思梅丢了工作。

"你认识租车的人？孙连贵？"老方正饶有兴趣地看着思梅。

思梅摇摇头。

"那你查它在哪儿干吗？"

老方说着，手里却变戏法般地多出一张纸，他把纸交给思梅，竟然是一份驾照复印件。驾照的主人正是孙连贵，照片复印得并不清晰，但足以让思梅一眼就认出来：那不正是黄金龙在上海的司机，老孙？

思梅大惊失色：佟远在老孙租的车里！难道，他被黄金龙的司机捉住了？但从昨晚的电话来判断，佟远并不像正被人胁迫绑架，也不像危险迫在眉睫。难道，是他自己还没意识到危险？思梅一把抓住老方的胳膊："老方，求你，能不能再帮我查查，那辆车现在在上海的什么地方？"

"咦？"老方不解地看看思梅。思梅这才意识到自己的失态，忙松开手："对不起，我太急了！但这件事的确事关重大！你这么有本事，能不能，再帮帮我？"

"嘿！小丫头还挺会得寸进尺！"老方摇晃了一下胖脑袋，眯起眼，神秘兮兮地问，"你想到上海去找那辆车？"

思梅使劲点点头。

"上海那么大，我可找不到。不过也许有个人能帮你找到。"

"谁？"

"你们上海办公室，是不是有个总监，叫 Jack？"老方满脸笑意，思梅却迷糊了。他为何突然提起 Jack？

"可他已经离职了！"

"这和离不离职有什么关系？难道，他还能不愿意帮你？"老方挑了挑眉毛，眼睛里都是故事。思梅的脸一下子红了。

常芳一整天都没上班，躲在家里吹热风空调，吹来吹去还是冷，越吹越冷。把空调调至最大也不成，裹上被子也不成，瑟瑟发抖。逼人的寒气好像是从心里发出来的。

黄金龙死了。那么厉害的人，说死就死，没一点儿征兆。尽管他仇人多，还是让常芳出乎意料，不仅出乎意料，而且心惊胆战。这么多年，黄金龙算是她的靠山，并非她甘心情愿找这种靠山。如果由她选，宁可找个口碑好点儿的，但有些事情由不得她，跟着黄金龙，起码不至于下岗。虽然黄金龙心狠手辣，可全国那么多企业私有化，菩萨心肠的老板又有几个？

可那么多老板都还好好的，偏偏黄金龙完了。

黄金龙的麻烦却没完。那些强行买断的工龄，强拆的民房，给领导们送的礼，都没完。那些倒是没经常芳的手，可俄罗斯人的三千万美金，还有小会计那条人命……不敢想。想起来就心惊肉跳，浑身发寒，裹再多被子也没用。

三千万美金已按赵安妮的要求乖乖转走，反正钱没进过她的私人账户。她保留了一切凭证，包括银行转款单，对方收款公司的信息，还有去年黄金龙收购长山镍业时用的那几百万美金的单据——款子来自某海外账户，一家在海外注册的公司。据说华夏的那个跳楼的财务处长就是把钱转移到海外某账户去了。谁是主谋一清二楚，所以别把她常芳逼急了，她知道得不少，手里的证据也不少。赵安妮和姓冯的不能不管她，更甭想用她做替罪羊。

常芳好歹说服了自己，稍稍安心了些，这才觉出饿来。一整天没吃东西了。她从被子里爬出来，打算给自己下面条。可面没了。家里啥都没有。超市其实不远，可这几天不是没工夫就是没心情。

下楼吃点儿也成，两天没出门了。常芳穿好衣服，把自己捂得严严实实，最好把脸也捂上，让谁也看不见。还是打包回来吃比较好，她不想在餐馆里坐着，那里生人多，谁知都是干什么的？就像那个邢珊，看着挺老实的姑娘，谁知是个奸细？话说回来，能让黄金龙入眼的，也老实不到哪儿去。黄金龙让自己盯住她。盯没盯住不知道，反正俄罗斯人还是行动了。到底是不是因为邢珊弄到了什么？她到底弄到了什么？常芳心里觉得不应该，可又真说不准，因此感到更不安全，好像街上到处是"邢珊"，都在偷偷盯着她。

楼道里没人，电梯里也没人，没多大地方，也根本藏不了人。电梯门关严了，常芳感觉安全些。电梯开始下降，不大稳，摇摇晃晃，发出怪异的声音。中介不是说，这楼是两年前刚盖的？不论是中介还是开发商，总有一个在骗人。现如今到处都是骗人的事儿！这电梯会不会出问题？方方正正，密不透风，摇摇晃晃往底下沉，活像个棺材。棺材！常芳冷不丁地打了个寒战。黄金龙让随便埋了，司机老刘说还是弄个棺材。她觉得也有道理，让老刘买了个贵的。她是逼不得已，命令不是她下的，人也不是她动手杀的。她只是把人带到温泉酒店。黄金龙让她亲眼看着入殓，看着棺材入土。她虽站在那儿，可两腿止不住地打颤，眼睛根本不敢看那棺材！娟儿要是上天有灵，一定能知道，她常芳绝不是能干那种事的人！

这电梯怎么还在晃悠？晃得她简直要发疯。

电梯门终于开了。平安无事，谢天谢地。楼道里灯光昏暗，楼门外就更黑，小区里看不见个人影。才九点多而已。难以置信，这是繁华的上海。浦东这鬼地方，常芳一点儿也不喜欢，不知儿子晚上吃的啥。她不在家，老公和儿子就都瞎凑合。常芳突然很想家，想老公和儿子。可她现在不能回去，最好电话都别多打。她本是老实人，没什么野心，更没有坏心，可没想到竟然弄到这种地步——有家不能回。

黄金龙曾说过：到上海待个一年半载，没事儿了！是她轻信了黄金龙。自从赵安妮突然出现在办公室，她的心就悬起来了；后来黄金龙告诉她邢珊有来路，她的心就更放不下。没人会平心静气看着几千万美金无影无踪，更别说一个年轻轻的大活人了。这件事一年半载躲不过去！

还好面馆没打烊，而且没有客人。打包一碗面，常芳等了几分钟。其实也就几分钟，感觉却很久。怎么需要那么久时间？服务员是新来的？以前见过吗？干吗一直偷偷看她？

常芳差点儿掉头逃跑，面终于好了。塑料袋提在手里，能感觉到热气，心里多少踏实了一点儿。常芳快步走回公寓楼，还是一个人都没碰上，这样最好。电梯还停在一楼，可她不打算再搭，那闷盒子总是让她想到棺材。反正只有五层，爬上去也不难。

楼道里很黑，声控灯似乎根本没打算要亮。常芳摸索着上楼，心中默数着楼梯。突然一阵脆响，惊得她脚下一个趔趄，重重踩到地板上，灯倒是亮了，把楼道里照得通明。

其实那只是她的手机来电，来自长山的号码，常芳连忙接听，手指头都发颤。电话里劈头盖脸就是一句：

"是常芳女士吗？我是长山市公安局……"

常芳险些跌下楼梯去，腿软得站不住，只能用手狠命抓住楼梯扶手，过了老半天才喘过一口气，这才听明白对方的意思。原来只是想问几个有关黄金龙的问题：最近和别人有没有纠纷，平时有没有仇人之类。常芳镇定了一些，心里拼命对自己说：这只是例行公事，有关黄金龙的谋杀案。她远在千里之外，跟她没什么关系！可对方还是提到了米莎公司，不过没提那三千万。常芳再次心跳过速：不知道！米莎的事都是黄金龙亲自谈的，自己一无所知！她听人说过，警察的审问有一大半是唬人的！心理战术！对方没再继续问，电话挂断了。

俄罗斯人都和警方说了什么？为什么提及米莎，却没问那三千万美金？是故意不提，还是以后再提？如果警察再打电话来，她该怎么办？钱是黄金龙让转的，现在进了赵安妮香港公司的户头，本来与她也无关。可警察要是问起失踪的会计，怎么办？

灯突然灭了，楼道里顿时漆黑一片。常芳又是一惊，一动不动站在黑暗之中。又是半天才醒过神来：声控灯自己灭了而已。她深吸一口气，迈步往上走。手里的塑料袋沙沙作响。几层了？总该到了？常芳推开门，果然是五层。楼道里有透进来的路灯光，可并不充足。她又不敢跺脚，怕惊动了邻居。她简直就像一个贼，偷偷摸摸地找钥匙。黑暗既让她害怕，又让她放心。

常芳把钥匙插进锁眼。门居然没锁。常芳的心又是一抖——刚才下楼时没锁？实在记不得。平时她都小心翼翼，遇到危机了反倒大意了。自己实在太魂不守舍。趁着她下楼买外卖，会不会有人溜进家了？常芳的心脏又到了嗓子眼，喘气都有点困难。她小心翼翼地开门，尽量不发出任何声音。房间里一片漆黑，完全没有灯光。她下楼前把灯都关了？还是不记得。她低头定睛看看地面，还好，拖鞋规规矩矩摆着，是她习惯的位置和方向。

她没着急开灯，屏住呼吸仔细听，屋里没任何动静，只听见自己的心在扑腾。她摸索着往客厅里走，那里面有些光，是从窗外透进来的。沙发上影影绰绰，应该是枕头，没什么好怕的！不要自己吓唬自己！常芳暗暗安慰自己，越安慰却越是不踏实，后脖颈子一阵一阵发凉。黑咕隆咚的，啥也看不清！常芳奔到墙边，按下电灯开关，居然没有反应！来回摁了好几下，屋里还是一片漆黑！怎么回事？灯为什么不亮了？常芳全身的寒毛一下子都立了起来！

突然间，常芳听到吱扭一声，从卧室的方向传来。她赶忙抬头看，卧室门仿佛正在缓缓打开。门缝中隐约有个白衣人影，露出半条腿，却没接着地！门又开大了些，露出一整条腿，的确是悬在半空里的！

是人？还是鬼？

常芳叫了声妈，转身拔腿就跑，三两步来到公寓大门前。门却关了！这次她记得！大门本该是开着的！刚才是她故意没关！此刻却关严实了！而且死活拉不开！刚才不是没锁？常芳从衣兜里摸出钥匙，手已经抖得不成样子，无论如何对不准锁孔，却听背后突然有人说话：

"常姐！你为什么要害我？"声音低沉而幽怨，仿佛来自另一个世界。

常芳浑身剧烈一震，猛然回身，就在她背后不远处，有个穿白袍的女人，披头散发，悬在半空中。

常芳"扑通"一声跪倒在地，双手捂住脸，歇斯底里地哭喊："娟儿！妹子啊！不是姐害的你啊！是黄金龙下的命令，老刘害的你！是他埋的你！和我没关系啊！妹子啊……"

6

20分钟之后。

在常芳居住的小区后门外，两个男人架着一个昏睡的女人，悄然走向一辆黑色的丰田花冠。车已在路边停了多时。两个男人都黑衣黑裤，扮相好像夜行侠一般。女人却白衣白裤，在夜幕中格外显眼，唯独小腿少了一截，远远看着，仿佛双腿离开地面。经过路灯明亮之处才能看清，是裤子很怪异，上白下黑，脚上的鞋子也是全黑的。

两人正是高总和佟远。昏睡的女人则是长山工厂失踪多日的女会计李娟，与常芳的短暂会面让她过于惊恐，高总只好又给她打了一针。好在常芳比她更惊恐，已经完全丧失了观察和思考能力。面对找她讨命的幽灵，她什么都愿意说。高总躲在小会计身后，用假嗓子问问题，声音多少有些怪异，常芳却完全无力辨别，问一答十，想起什么说什么。不仅如此，她还主动交出一本账本，以证明钱只是过手，她一毛钱好处都没有。账本是她从长山随身带到上海的。高总的尺度把握得很绝，常芳的精神已溃然如泥，却又尚未发疯或者晕过去。此种状态一直持续到问话结束。几人已离开公寓多时，丰田花冠都已经悄然驶离小区，常芳恐怕还趴在地板上喋喋不休，浑身发抖。

常芳虽然语无伦次，故事的大概倒是能听明白——她只是黄金龙的小卒子，黄金龙背后也另有其人——中原集团的老总，也是黄金龙的老上级，冯军。黄金龙本是中原集团下属的一家镍厂厂长，在冯军的一手策划下，黄金龙把镍厂私有化组建了金合。表面上从中原独立出来，实则变成冯军的摇钱树。

除了黄金龙这只"左膀"，冯军还有只"右臂"——赵安妮。赵安妮名义上是中原集团子公司华夏房地产公司的副总经理，其实是冯军的情人，这是集团高层公开的秘密。

去年秋天，冯军授意黄金龙从中原集团收购了长山的国营镍厂，500万美金的收购款，是从一家境外公司打进金合账户的。黄金龙用这笔钱从当地政府买了些地皮，又买了些不值钱的旧机器旧设备，金合随即和俄罗斯米莎集团签署了合资协议，从俄罗斯人手里拿到三千万美金的投资款，之后秘密转出合资公司的账户，等候冯军处置。本来是说借用一段时间，过几个月就补上。可转账凭证无意间被小会计发现了。小会计正在偷偷跟俄罗斯经理谈恋爱，这也差不多是公开的秘密——在偏僻而封闭的工厂里，这种事是最难隐瞒的。黄金龙一贯心狠手辣，命令常芳设法除掉小会计。常芳趁着带小会计去泡温泉的机会，下药迷昏了小会计，让司机老刘杀人后偷偷掩埋。说到这里，常芳再次陷入死循环，一遍一遍重复着：害你的是黄金龙！还有老刘！不是我！我是没办法的！

这部分和小会计说过的基本吻合。只不过老刘显然并未真的杀死小会计，而是背着常芳又把她挖出来，关进了地窖。佟远心中渐渐明了：看来老刘在明处是黄金龙的司机，暗地里却是赵安妮的人。他囚禁了小会计，应该是以此作为筹码，在关键时刻胁迫黄金龙，毕竟巨款是在黄金龙手里。之前金合投入的那几百万美元，佟远基本也能猜出来路——就在三个月前，华夏房地产不是有个畏罪跳楼的财务处长，贪污了几千万人民币？据常芳说老刘也是黄金龙的心腹，自金合没私有化的时候就给他开车，也跟了十几年了。赵安妮果然厉害，竟能在黄金龙身边把人安插得这么深。看来，赵安妮和黄金龙早就在明争暗斗。黄金龙巨款在手，赵安妮想要除掉黄金龙，动机似乎的确也是有的。

高总又追问那笔钱，这话假借小会计的口说出来，似乎有些不合情理，但常芳被吓昏了头，想不起别的，一心只顾着回答：赵安妮逼得紧，钱已经转进另一家香港公司的账户。公司叫致胜投资，不知到底是谁的，估计应该是赵安妮弄的。反正冯军很小心，绝不会让自己的名字落在实处——这也是高总追问出来的。相比"赵安妮的把柄"，他似乎对冯军的把柄更感兴趣。其实这样正好。佟远对这个话题也越来越关心了。

"咱们现在去哪儿？"佟远低声问正在开车的高总。高总单手扶着方向盘，另一只手指指后座上昏睡的李娟："得给她找个地方。"

佟远点点头。李娟的作用已经完成，现在需要设法安顿。这对高总大概也是小事一桩：高总神通广大，各种奇怪的道具都随手拈来，比如腿上黑白分明的裤子。车子驶入一处更僻静的小区，小会计也悠悠醒转，表情木讷呆滞，大概意识尚未完全恢复。高总扶着她走进小区，把佟远留在车里，临走指指后备厢，嘱咐了一句："小心点儿，我很快就回来。"

佟远不清楚高总是让他小心自己，还是小心后备厢里的账本。从长山到北京，再从北京到上海，一路上高总比他更小心，倒好像高总才是被通缉的逃犯。佟远知道自己是工具，正在被人利用，可他别无选择，命运充满黑色幽默。螳螂捕蝉，黄雀在后。他本以为自己是个"密探"，却并不知道，还有多少双眼睛在暗中盯着自己。其实自己并不专业，以前单枪匹马完成的项目皆属运气。这一次任务倒是完成了，自己也成了逃犯。通缉犯不会拥有新闻自由和言论自由，更不会拥有追求幸福的权利。佟远举目去看车窗外沉寂的城市，不禁一阵伤感。他俩首次相遇的地方，其实就在不远处。不论她有何目的，他将怀念她的一切。不知此生还有没有机会再重逢。

刺眼的白光，却突然在身边亮起来。

佟远心中一惊，连忙扭头查看，是一对突然亮起的车灯。那车不知何时来到丰田花冠旁边，无声无息，竟然完全没有引起佟远的注意。那车灯随即关闭了。刚才那一亮，仿佛只是为了引起佟远的注意。

那车停在丰田花冠略前的位置，后座的车窗正对着佟远，是一辆旧款的黑色奥迪。黑暗中，墨色的车窗缓缓而下，佟远顿时紧张起来：谁会对停在路边的丰田花冠感兴趣？引擎和车灯都关着，从外面几乎看不见他坐在车里！会不会是警察？

墨色的车窗摇下了大半，露出一张美丽白皙的面孔。佟远连忙摇下车窗，仔细再看那张脸，心里暗暗惊呼：难道自己在做梦？

刘思梅正在凝视着他，一双明眸在黑暗中闪闪发亮。她低声说："上我的车！"

奥迪车静静前行，拐过一个街角，悄然停在许多安静停放的车辆之间，仿佛无声无息地隐了形。司机熄了火，悄然下车去了。司机是个中年男人，没什么表情，也没吭一声。佟远就记得这么多。光线太暗，他又有些激动。自从思梅摇下车窗的一刻，他仿佛就在做梦，不能相信这是真的。

"你的伤口……"思梅先开口。

"完全没事了！都好了！"佟远边说边扭动身体，动作夸张而滑稽。思梅不但没笑，表情却格外严肃："告诉我，你是怎么来的上海？"

佟远一愣，心里有些糊涂，弄不清思梅的目光到底是关心还是怀疑。他答："坐车来的。"

"谁的车？"思梅问得更加急迫。佟远彻底冷静下来，感觉到一丝被审讯的意味，心中隐隐不快："一个朋友的车。"

"真的？"

"你的意思是，我在骗你？"

思梅连连摇头："不！你误会了！我跑这么远来找你，就是为了告诉你，带你到上海来的，也许是黄金龙的人！就是……躺在地上的那个胖子！"

"不会吧！你是不是搞错了？"佟远皱眉看着思梅。怎么可能？高总是黄金龙的人？大湖公关的老板，是黄金龙的人？

"我真的没骗你！你坐的那辆丰田车，是黄金龙的司机租来的！"思梅万分焦急，百口莫辩。

"这怎么可能？带我来上海的人，是我公司的老板！我在长山被人绑架，差点就没命了！是我老板救了我，他怎么可能是黄金龙的人？"佟远也起了急，梗直了脖子。尽管他不知高总的背景到底如何，可高总不可能是黄金龙的人。她的这些无稽之谈到底是从哪儿来的？

"相信我！我说的都是真的！你必须赶快离开这里！"思梅不觉提高了音量，睁大眼睛，目光和口气都不容置疑。

"你让我去哪儿？去找警察？你凭什么要来告诉我该怎么做？我都不知道你到底是谁！"佟远也瞪大眼睛，话一出口，心里却突然后悔起来。

思梅一愣，目光黯淡下来，缓缓低下头。佟远心中一紧，很想说句什么缓和气氛，一时却又词穷。倒是思梅悠悠地开口：

"对不起。我知道，你不相信我。"思梅稍作停顿，深吸了一口气，"你我都知道，我们都有秘密，也都想知道对方的秘密。所以为了让你相信我，我先坦白。"

"不！"

佟远也不知道自己为何要反驳。他感到莫名的紧张，全身肌肉绷紧了。思梅并不理会，低垂着目光，自顾自地说下去："我叫刘思梅，是 GRE 公司的高级调查师。我猜你应该已经知道了，不然昨天也找不到我。"

佟远暗暗吃惊：高总的确说过，思梅是调查公司的，在国贸附近上班。可高总并没说是哪家公司，佟远也没追问。他知道高总只会说他想说的。没想到，眼前这柔弱的年轻女子，竟是全球顶尖商业调查公司的高级调查师。GRE 公司虽然一贯低调，对佟远来说却毫不陌生。

他原本以为，若想成为 GRE 的高级调查师，起码要比思梅再老上十岁。

思梅继续说着："一个多月前，俄罗斯米莎集团聘用了我们，米莎集团和吉林金合公司在长山有一家合资工厂。米莎接到匿名举报，说金合公司在合资工厂里做了坏事，举报信里又没说清到底是什么坏事，所以公司派我去金合卧底。我使用邢珊这名字，应聘成为金合总经理黄金龙的私人助理。那天……"思梅稍稍停顿，声音更低，"那天你在陆家嘴大街上看到我，我是刚刚从金合面试出来，就在那座金色的大厦里。我发现有人跟踪我，所以……才找你帮了个忙，你是个老实人，居然一点儿都没怀疑我。对不起，是我耍了你。"

思梅用力抿了抿嘴。佟远一阵愧疚，正要开口解释，思梅抢先道："先让我把话说完。后来我拿到了证据，证明金合把米莎投资的几千万美金私自转移了。米莎决定派人占领长山工厂，查账取证。黄金龙知道消息后带我返回长山。他原来早就看出我是卧底，所以在长山劫持我来要挟米莎公司和我的老板。然后，你就出现了。"思梅再次停顿，鼓足勇气说，"对不起，我一直向你隐瞒真实身份，但那是因为工作，所以……"

"不不！"佟远连忙接过话茬，心中一阵激动。揭开层层包装，鲜花露出真颜，脱去神秘之后，是亲切和温暖，令人更加难以割舍。他迫不及待地说，"该我谢谢你！谢谢你告诉我这些！更要谢谢你现在还愿意来见我！我知道你们的规矩。你的任务完成了，应该跟我彻底断绝来往的！可现在，你违规了，都是为了我！"佟远深深吸了口气，坚定地说，"现在，该轮到我把我的秘密全都告诉你了！"

思梅默默地点点头，一双眼睛在黑暗中闪闪发光。

"我叫佟远，这是真名！我是东部财经的记者，这也是真的！只不过，不是曾经。"佟远摸摸头，傻傻一笑，一脸歉意，和他在球馆里的笑容一样。思梅眼中闪过一丝惊异，佟远却并未察觉，自顾自地说下去。他得集中精神，理清思路，把一切都说明白，毫无保留。

"我从来都没离开过东部财经。去年秋天，北京的一家房地产公司——华夏房地产——的财务处长贪污了三千万人民币，设法汇到境外，被发现后跳楼自杀，本来已经结案了：畏罪自杀，并无同伙，赃款流出国境难以追回。可大约一个多月前，那财务处长的老婆却突然找到我们杂志社，说她丈夫的贪污案另有内情，说她丈夫生前有情人，那笔贪污的钱又下落不明，这里面一定有文章。那女的看上去受了不少刺激，被弄进安定医院，我们总编却觉得这里面有点儿意思，就派我跟进。我查了查媒体报道，发现就在那人跳楼后不久，华夏房地产的一位女副总从北京调到上海，到华夏房地产上海分公司任总经理。华夏房地产是中原集团的子公司，主要资源都在北方，以北京、山东和东北为主，在这些地区能搞到地皮。在上海却没什么实际业务，那分公司顶多算个办事处。就在北京公司的财务处长畏罪自杀，巨款下落不明之际，突然把这位女副总调离北京，放到一个根本不需要她的地方，实在是有些可疑。我就设法打听了一下这位女副总。姓赵，叫赵安妮。据说很有来头，舅舅是离休高干，在胶东地区很有影响力，赵安妮年纪轻轻就在华夏青岛分公司任高职，后来调到北京，更是顺风顺水。我和总编都觉得这女人身上有文章。第一次在陆家嘴遇见你那天，我正打算去华夏房地产公司附近转悠转悠，那家公司也在陆家嘴，就在那座金色大厦的旁边。”

　　佟远一口气说了很多，条理清晰，逻辑严谨，表情认真而从容，不再是思梅印象中那笨嘴拙舌的傻小子。思梅安静地听着，内心却愈发激动：原来如此！他们的邂逅既是天意，又并非偶然！他居然是个调查记者。看来，之前是她小看了他！

　　佟远继续说：“大湖公关公司为华夏房地产提供服务的时间其实并不长，不久前才刚刚接触的华夏。大概是赵安妮调到了上海，总要有些业绩，大湖又送上了门，她就让大湖先做个计划书，应该还没真正付过款。正巧大湖当时在招聘，有猎头给我打电话。我当时正在琢磨怎么接近赵安妮，所以立刻就去面试，结果真的就被录用了，而且被指定负责华夏房地产的项目。所以我有机会和赵安妮接触。她的确就像传言所说，很……”佟远稍稍迟疑，窘意顿生，“很风流。”

　　思梅想起虹桥机场一幕，立刻明白了大半，心里隐隐酸楚，对佟远有几分埋怨，却又想到他为了工作身不由己，不禁感同身受。思梅尽量克制自己的心情，冷静地思索佟远的描述，隐隐地仿佛摸到些线索。佟远见思梅并没什么反应，也稍稍坦然，继续说下去：

　　“她突然说要带我去东北。我并不知道到底去哪儿，但有种预感，也许我会发现些什么。到了长山那家工厂，我们从外面顺着地道摸进地下室，有个很旧的电梯，她让我先搭电梯上楼，如果屋里没人，就发短信告诉她，她再上来。然后……就是你也知道的。”

　　思梅沉默不语，大脑飞速转动，试图捕捉那若隐若现的线索。

佟远继续说："后来，我又顺着地道跑出去，没看见赵安妮，倒是碰上赵安妮的司机。没想到那司机却给我下了药，然后绑架了我，把我关在一个偏僻的地窖里。多亏大湖公关的老板高总——就是昨天把手机留给你的人——救了我。更巧的是，我们发现那地窖里还关着一个女孩，应该是被关了很久了，人不人鬼不鬼的，受了不小的刺激。后来高总好不容易问清楚，原来她是长山公司的会计，大概是发现了老会计偷偷转移合资公司的巨款，所以差点被老会计派人杀了。那老会计姓常，你该认识。最后一次在球馆碰见你，你和她在一起的。她派黄金龙的司机去杀人，可那司机并没杀那女孩，而是把她关进地窖。司机应该是赵安妮安插在黄金龙身边的，偷偷留下那小会计，大概是为了牵制黄金龙和姓常的。我们刚才就是带着那小会计去姓常的家里，唬她把黄金龙的底细都说出来。如果高总是黄金龙的人，为什么要费劲做这些？"

思梅不禁点头，其实心中早已怀疑早先的判断。按照佟远所说，这位高总不该是黄金龙的人。可高总使用的汽车，为何又是司机老孙租的？莫非，老孙也是别人安插在黄金龙身边的？思梅又想起那一晚，老孙突然出现在香格里拉，那股认真劲儿早已超出一个新司机应有的责任心；难道他一心想支走思梅，是为了调查黄金龙？这样说来，老孙和高总该是一伙的。他们又代表着谁？既不是黄金龙，会不会和赵安妮有关？思梅回忆起前几日赵安妮曾突然在金合出现：赵安妮和黄金龙虽然表面很熟，心里却像敌人似的互相防备。思梅不禁问道："赵安妮为什么要牵制黄金龙？"

"她担心黄金龙把那三千万美金独吞了！按照姓常的所说，赵安妮和黄金龙其实是中原集团老总冯军的左膀右臂。黄金龙是冯军以前在吉林的手下，赵安妮是冯军的情人。金合和长山工厂的私有化，其实都是冯军一手操控的，黄金龙只是幕前的傀儡。俄罗斯人在长山工厂投了三千万美金，黄金龙借口放在合资公司名下不保险，把钱转到自己控制的香港公司，不但引起俄罗斯人怀疑，大概也让冯军和赵安妮不踏实了，尤其是赵安妮。"

思梅原本模糊的思路渐渐明朗：赵安妮和黄金龙互相争宠，自然要看对方不顺眼。如今黄金龙死了，赵安妮应该满意了。思梅突然又想起佟远刚刚提到的那个跳楼的财务处长。他的死是不是也和赵安妮有关？

"长山的这个案子，和你刚才说的那起贪污自杀案，是不是也有关系？记得你刚才是说，原本是想要调查那个案子的。"

佟远点头道："应该是有关系。我猜，黄金龙就是用那笔钱购买的长山工厂，又买了些地皮和旧设备，这才圈到了俄罗斯人更多的钱。"

"所以，是赵安妮勾引财务处长贪污的钱，被黄金龙拿来投入长山公司，又钓来了俄罗斯人更多的钱。黄金龙却把钱转移到了自己在香港的公司？"思梅彻底明白过来，"怪不得呢，所以赵安妮想除掉黄金龙，再拿回对那笔钱的控制！所以她是借刀杀人？也就是说，人根本不是你杀的？"

"高总也这么怀疑！而且我的确不记得自己拿过那把刀！只是……"佟远踌躇片刻，"那房间里不是有摄像头？"

"这……"思梅也不知如何作答，内心跟着一阵失望。

"高总说，我是为了公司才被搅到这件事里的，所以他要帮我解决这些麻烦。"

"他打算帮你？"

"他是这个意思。"

"他打算怎么帮你？"

"嗯，他说，要找到赵安妮的把柄。"

"然后呢？以此威胁赵安妮放过你？她放过你，警察就也能放过你？"

佟远耸耸肩，不置可否。见思梅一脸的急迫，勉为其难地补充："高总的意思是，赵安妮很有影响力。按照刚才那姓常的所说，长山那笔款子显然到了她手里，我想这就算是把柄。如果我们找到证据，就能胁迫她放我，说不定，她都有能力左右当地警方。在这片神奇的土地上！哈。"

佟远调侃似的一笑。思梅却丝毫不觉得可笑。此事有关佟远一辈子的前途，事关重大！思梅继续追问："那高总打算找什么样的把柄？"

"大概就是确定那钱进了她手里吧。刚才那姓常的交出一个账本，高总还没来得及细看，放车里了。要不然就直接去弄银行的信息，如果本事够大的话。"

佟远又在调侃，思梅并不在意，她的心思都在高总的主意上，的确有道理。赵安妮身为国企领导，伙同财务处长贪污，用贪污款套取俄罗斯人更多的巨款，然后据为己有，这已经够判死刑的了。不光是她，就连她的老板冯军也一样难逃法网。以这些人的手腕，让当地警方放佟远一马，按照正当防卫处理，也不是完全没可能的。但关键在于证据。仅凭常芳的疯言疯语，绝对威胁不到赵安妮。经济犯罪的取证，寻找钱的走向最为有效，当然也最不容易。没有哪个高明的贪污犯会把赃款放在自己名下。而且不论内地还是香港，银行账户信息都是绝对的私人信息，即便是 GRE 最高明的"渠道"也未必能搞到手。唯一途径是警方立案调查，但没有证据又如何立案？这是一个死循环。

"常芳说钱现在在哪儿了吗？还在黄金龙的私人公司账户里？"

"不在了。"佟远摇摇头，"钱已经汇进另一家香港公司的账户。黄金龙死了，姓常的没了靠山，不敢不听赵安妮的。"

"香港公司是赵安妮开的？"

"不知道。差不多吧。"佟远耸耸肩，轻描淡写地回答。

思梅点点头，心中升起一线希望：香港公司的信息她就能查。如果赵安妮果然是那家公司的股东或董事，或曾经当过股东或董事，甚至那公司的董事或股东是赵安妮的亲戚或老乡，也算往前迈进了一步。

佟远却又突然认真起来，一字一句地说："思梅，我的秘密，差不多就是这些了，没人规定我必须保守这些秘密，可我还是瞒了你……"

"我全都明白！"思梅开口打断佟远，却又不知接下来该说些什么。她细细打量佟远，黑暗之中，他正目光低垂，面带愧意，再次变回傻乎乎的大男孩。他从来都不傻，憨厚爽直是他的本性。其实他远比她以为的聪明和优秀！能够被主编委以重任，深入大型企业高层，调查重大经济犯罪的内幕，他绝不是一般的小调查记者。这不仅需要勇气和胆识，更需要经验和智慧。调查记者的收入远低于商业调查师，工作却艰苦危险得多。商业调查师往往需要依赖团队，比如思梅在金合卧底，Jack 的团队时刻待命，不仅辅助调查，在关键时刻还能帮她化险为夷。而调查记者却需孤军奋战，深入敌后，并无多少后援。他们冒着巨大危险，为的不是客户的佣金和让人羡慕的薪水，而是把见不得人的秘密公之于众，挖出社会的毒瘤！一时间，思梅豁然开朗：正是那深藏于心的智慧和正义，才使这看似普通的"石头"射出诱人的魅力。

想到此处，思梅心中充满了敬仰，随即又化作巨大的幸福：就是这块坚硬的"石头"，为了保护思梅，不惜暴露了自己，使自己的心血功亏一篑，甚至亡命天涯！一时间，思梅心潮澎湃，热血沸腾：她必须帮助佟远摆脱困境，就算再艰难再危险也在所不辞！

"别担心！一定会找出赵安妮的把柄的！你一定会没事的！"思梅注视着佟远，认真说出这句话。她希望用它安慰佟远，也希望能鼓舞自己。佟远却躲开思梅的目光，侧目看向车窗外。思梅心中一沉："你的报道，还打算要完成吗？"

佟远并没立刻回答。他搓了一把脸，悠悠地说："那天，在杂志社门口，医院的人把那个女人按在地上给她打针，她拼命挣扎，指甲抠掉了一个，血淋淋的……"佟远顿了顿，"那还不是最惨的。最惨的是她女儿，坐在路边哭着，也就四五岁吧……其实，她丈夫也是受害者，家破人亡。像这种事，微博上也能看到不少。但是如果你真在现场……"佟远又停顿了片刻，仰头使劲吸了口气，继续说道，"千万别让我查出个所以然来！"

"可……"思梅实在说不出什么，心早已揪成一团。

佟远努力仰起头，高高的喉结上下游走。他轻轻握住思梅的双手，滚烫的温度从指尖传入心扉，她的心脏在温暖中疼痛着。佟远沉吟片刻，轻声对思梅说：

"我记得，你说过，不想只能到监狱去看我。这些日子，我也想了很多，我甚至后悔过，为什么要接这个选题，为什么要想尽办法接近赵安妮，不然也不至于落到今天的地步，生活里还有那么多美好的事情。可后来，我想通了，这就是我选择的道路。既然选好了，就要按照事先说好的走下去，哪怕坐牢也没所谓，这才对得起自己。"

思梅用力点点头，泪水却滚滚而落。

车门突然被拉开了，那中年司机瞥一眼佟远，急切地对思梅说："如果他还想回去的话，现在必须马上走了。"

思梅立刻会意：高总正走回丰田车。她早知这一刻迟早要来临。佟远放开思梅的双手，一把拉开车门，扭头看着思梅。他似乎早已做了决定。他得回去，跟着高总，找到最后的证据。

思梅点点头，声音已经沙哑："把赵安妮的背景发给我吧！还有那家香港公司的名字。如果……如果你信得过我的话。"

"致胜投资！其他的，等我邮件！"佟远果断地回答。

"他真的必须走了！不然就来不及了！"司机又在低声催促。

"保重！"佟远猛转身，一步跨出门外。

"佟远！"思梅再次轻轻呼唤，"我在羽毛球场遇到你，那是不是巧合？"

佟远手扶车门，在黑暗中沉默了一秒，摇摇头："不过，至少最后两次，不是为了这调查！"

思梅眼前瞬间模糊一片："我等着，和你一起去打球！"

Jack 在车外等了许久，方才关上后车门。思梅这才意识到，自己一直对着车外发呆，而佟远的背影已经消失很久了。

Jack 坐进驾驶室，发动了引擎。思梅自知该说些感谢的话，可什么也说不出，心中翻江倒海，脑子里却空空一片，实在难以组织语言，生怕乱中出错，显得口是心非。她就像个任性的孩子，自以为是，一意孤行，不顾 Jack 的劝阻，使 Jack 因此丢了工作。

Jack 却在这一切发生之后，还愿意帮她。而且，是帮她和另一个男人秘密的见面。凭着 Jack 的本事，即便躲在车外，也早该对两人的关系心知肚明。所以一两句客气话，只能让她欠 Jack 更多。

倒是 Jack 首先打破窘境，声音低沉而平静："走吧！送你去机场。"

*

佟远疾步往回走，努力压抑激动的心情，让自己尽快恢复平静，总不能让高总察觉出异常。但他实在没有把握，自己能否做到完全地不露痕迹。在不久之前，他还坚信自己是一名合格的调查记者。但自从遇到思梅，他已对自己的职业能力心生怀疑。待到冲出柜子的一刻，他彻底明白，自己只是个普通人。有血有肉的粗人，年轻气盛，感情用事。可他并不后悔。这种冲动让他感受到青春的力量。他和她都还活着，呼吸着同样的空气。上天刚刚赋予他再见到她的机会，让他亲耳听她说出自己的秘密，也给他机会亲口把秘密告诉她。这就足以让他满足了。

佟远心情格外轻松，脚步也轻快起来。丰田花冠已出现在视野里，可高总又在哪儿？刚才那奥迪车的司机一定是看到高总走出小区，这才跑回来报信的。那么高总有没有发现那司机？高总不像是黄金龙的人，但他的目的绝不像他说的那么简单。

但起码有一点能肯定：高总现在还用得上他，他也还用得上高总。

佟远快步走近丰田花冠，却始终看不见高总的影子。这样也好，

他可以先坐进车里，这样就更不会让高总起疑。佟远正想着，却突然
听到背后有人叫：

"小佟！"

佟远心里一惊，驻足回望，高总竟在身后不足三米之处。此人果
真神出鬼没，不知跟了自己多久了。

"去哪儿了？"高总紧走几步，来到佟远身边，把手放在佟远肩
头，好像街头偶遇的老朋友。佟远却顿时感到紧张，他尽量装作若无
其事：

"去解手了。"

"哈！"高总仰头一笑，"奥迪车里？够奢侈啊！"

佟远心中暗暗吃惊：果然什么也瞒不住他！看来，高总早发现了
奥迪车的司机，而且来了一次成功的"反跟踪"。佟远耸了耸肩，没
做任何解释，没有必要。高总若有问题，一定会问出口。他若不问，
自己也不必多言，反正自己和思梅的关系，高总早就清楚。

高总却突然警觉，快步走向丰田花冠。那车正安静地停在原地，
黑暗中，看不出任何异常。

高总却低声骂了一句，把手伸向后备厢。佟远这才发现，那后备
厢正虚掩着。高总一把掀开后备厢，眼睛立刻瞪圆了，好像要咬人：
"账本，没了！"

午夜即将来临。高楼边缘点缀的灯火大都已经熄灭。有些不能熄
的，仿佛是落在黑色台布上的银屑，抖一抖就会落，正如街上那些偶
尔闪过的车灯。

毕竟还有没睡的人，快乐或焦虑着。

在城市的上空，有一张无形的网，依然繁忙着。这张网在无形
中蔓延，穿越城市的边界，穿越田野和村庄，穿过曲折的海岸线，
越过广阔无垠的海面，到达阳光普照的另一片大陆，与另一张网紧密
相连。

这张网由无数细线编织而成。其中有这样一根，正把午夜沉睡的
上海城和阳光灿烂的纽约长岛连在一起。

男人纯正地道的美式英语，正以光速穿越黑暗笼罩的太平洋："亲爱的 Yan，你今天给我带来好消息了吗？"

清冷的女声，从相反方向飘然而至："当然。我拿到了一个本子，里面记录了一些见不得人的交易。"

"哦，很棒嘛！不过，我猜，那些记录和 Steve 或者 GRE，没什么直接关系吧？"

"没有。不过 Jason，你不是说过，有些事情不能操之过急？而且，你不是也说过，有些秘密，是需要绕点儿弯才能得到的，特别是那些值钱的秘密。"

那个被称为"Yan"的女人，正站在浦东一家五星级酒店 38 层的落地窗前，凝视着浦西那些凝滞的灯火。房间里只有一盏台灯亮着，在偏僻角落里投下一扇柔光。她则远远站在光线之外。

自己刚刚出口的话，让她不由得想起三个多月前，发生在北京国贸星巴克的一场面试。那个精致而神秘的男人，曾用低沉却又不容忽视的声音，对她说出这五个字：值钱的秘密。那场面试曾让她倍感耻辱，可她却意外地被录用了。不仅如此，她还迅速得到了赏识和重用，独自去海外执行调查任务，独自管理重要的项目，全 GRE 都把她当成一个奇迹。但直到不久之前，她才发现：奇迹并不存在，她只不过是个诱饵。而现在，她又被套在另一只鱼钩上，但这一次，她已经学聪明了，诱饵有时候也能改变鱼钩的重心。

"那么，是谁帮你弄到这个本子的呢？"电话里的男人不紧不慢地问。这位 GRE 创始人，几乎从来不会着急生气。他的语调永远都和蔼而平静。可 Yan 心里明白，他心里并不平静。他势在必得，因此急迫地想要了解一切细节。

Yan 平静地回答："Jack 帮了点儿小忙。"

"就是那位 GRE 上海办公室的前总监？你最终还是决定找他帮忙了？"

"他是被 Steve 解雇的，很安全。"

"听上去，好像你很了解他和 Steve 之间的事情？"

"难道你就很了解 Steve 和方之间的事情？"

"哈！Yan，不必像只刺猬似的，我没质疑你的判断。只不过，咱们不是说好了吗，一切细节都得让我知道，这样才能真的帮到你，对吗？"

"当然，Jason，所以我把每个细节都告诉了你，也一直在认真执行你的命令，要不是你帮我，我也拿不到这个本子。当然，方和 Jack 也都帮了大忙。"

"那就好！尽管我并不是很清楚你为什么必须得到这本账本，但我希望它能加速完成你的任务，而不是相反。"

"Jason，请放心。"

Yan 挂断电话，却依然凝视窗外，一动不动，保持同样的姿势，只有下垂的右手正在握紧。是的，她必须得到这本账本。或者说，她必须劫下这本账本。也许对 Jason 没什么价值，但它显然对有的人很有价值。比如，某个小公关公司的老板，他才不是公关公司的老板！

两个小时之前，当她通过黑色奥迪车里安装的监听装置听到"大湖公关的老板高总"这句话时，几乎冷笑出声来——竟然还在虚伪地纪念着那个大湖——密歇根湖，她再不愿想起的地方。这个骗子！又改做公关公司了！几个月前，他也曾冒充过会计公司的雇员。他向她展示的一切皆为谎言，甚至不惜制造一场生离死别的骗局！她昨夜彻夜未眠，天不亮就赶到那座公墓。正如她所料，他的墓前杂草丛生，似乎从未被人祭奠过。他根本就不在那里！他正在扮演一个新的角色——大湖公关的老板。

这一切其实本无可厚非，他的工作需要。可他真的就那么狠心把她蒙在鼓里，让她伤心欲绝？她明白了：他从没在乎过她的感受，从来没有。就像三个月前的北京，他突然出现在她面前，打破她平静的生活，就像八年前的芝加哥，他突然出现在她的生活里，让她一生再也找不到幸福。

所以当她从监听器里听到那账本时，一秒钟都没耽搁，立刻打电话给正守候在小区门外的 Jack，她说："他们车里有一个账本。请你务必立刻找到它，交给我。"

\*

"你让我怎么冷静？长山的会计让人救走了！刚才还去跟常芳装神弄鬼，骗走了长山工厂的账本！这到底是谁干的？你真的不知道吗？"

赵安妮一反平日的娇嗲，尖锐刺耳的声音，化作电磁波，从平谷半山一处隐蔽的大院子里升起，划破北京雾霭笼罩的夜空，落进 CBD 那些高耸的大厦里。

今晚她是真的起急了。就在半个小时之前，她接到常芳的电话，那个蠢女人，声音还在打颤，周身大概都因为恐惧而发抖，可她毕竟还是恢复了理智：鬼是不会有兴趣拿走她的账本的。

"废话！"赵安妮不等对方说完，立刻尖声反驳，"当然跟税务局看到的账本不一样了！不然黄金龙也不能让常芳随身带到上海！"

手机里一阵持久而低沉的男声，平静而委婉。这让赵安妮多少也平静了些，略微降低了音量："真不是你的人？你可别骗我！跟你没关系那就更糟糕！"

手机里又是一阵低语。赵安妮摇头道："当然没有！我哪敢告诉姓冯的？他还不得吃了我？他那么小心翼翼的，任何地方都不用自己的名字，就是为了不留证据。可黄金龙的私账上恐怕就不一样了！再说就算没有姓冯的名字，什么长山啊，金合啊，华夏啊，中原啊，估计都有！那种东西，谁看了都一目了然！这你还不懂？留什么也别留白纸黑字！"

对方又是一阵低语，这次反倒让赵安妮更气："放屁！什么我舅舅！真要出了事，谁也没用！姓冯的更没用！他自身都难保，肯定第一个拿我当替罪羊！你别光看热闹，一定帮我查清楚，到底是谁在跟我作对！要是上面的，那我得赶快带着钱消失！本来就是我的钱，是我冒险弄来的！"

手机里几声笑，紧跟着一阵轻声细语。赵安妮的脸仿佛迎上一阵春风，眉头舒展开来，声音也柔软了："喊，那要看你表现了！带你走有什么好？你们男人都坏！最坏了！一点儿不可信！"

对方又在说些什么，赵安妮耐着性子听了几秒，嘴角带着浅笑。"喊！那就证明给我看吧！我现在很脆弱，很需要你。所以呢，你得随身带着你那杆破荧光笔，别让我只能在你在办公室的时候才能联系到你。听见没？不然的话，我就直接打你座机！不！打你公司前台，让她们转！嘻嘻！"

一阵轻笑，划过夜空，落在 Steve 耳畔。

"别闹，乖！"

Steve 的声音很温柔，面色却很严峻，毫无笑意。

他把黄色的荧光笔扔在桌子上，起身走出办公室，穿过狭长的走廊，打开档案室的门。按照他早已习惯的步伐，走过一排排档案柜，停留在最后两排没有标记的柜子前。

他取出一个没贴标签的文件夹，打开来。掏出随身携带的笔，在新的一页写下：

2011.1.19. 长山公司的第二本账。被谁拿走了？

Steve画了个大大的问号，又在"第二本账"四个字上画了一个圈。他盯着这行字看了许久，才合上文件夹，小心翼翼插回架子里，转身走出档案室，返回自己的办公室。

在办公室门外，他驻足片刻，转身看了看正对着办公室的那张桌子，桌面多了一只杯子和一台手提电脑，但仍比办公大厅里大部分桌面干净很多。May去哪儿了？似乎一下午都没有见到她。她是个聪明女孩，聪明女孩往往想法比较多，坐过这张桌子的女孩都很聪明，想法也都很多，但都不是他的对手。

桌角的一盒名片吸引了Steve的注意。他走过去，轻轻拿起盒子，一张一张翻看名片，尽管上面都印着同样的名字：

　　谢燕

Steve眉头微微一皱，心里隐隐生出一丝不安：这只燕子，她到底飞到哪里去了？

六个小时之后，思梅来到GRE北京办公室大门外。衣着整齐，神清气爽，没人看得出她午夜才回到北京，几乎彻夜未眠。

早晨六点，公司的大门还锁着，警报器尚未解除。思梅没有大门钥匙，也不知警报器的密码，只有在门外安静等着。好在下一个员工六点半就到了，和老方预估的差不多。

老方还告诉思梅，门口的指纹识别器会如实记录她昨天下午的缺勤，但Steve不会立刻看到记录。只要她在本周补足50小时工作时间，半天缺勤的记录就会被自动抹去。GRE的员工人人严重超时工作，公司却不会按超时补发工资，自然也就不能对迟到早退要求过于苛刻。

只要全周工作时间超过 50 小时，迟到或早退一共不超过三次，是没人会追究的。只不过，这些没写进员工手册里，年轻的新员工也不知道。

其实思梅本来也想早点开始工作。趁着公司里没几个人，她要使用几个香港数据库。这可不是 Steve 交给她的工作。Steve 经常很晚下班，却难得早到。这也是老方告诉思梅的。尽管 Steve 从来没走到她身边，看她的电脑屏幕，但她还是要加倍小心。和佟远的联络更需小心，电话只能等佟远打来，其他则通过邮件——她私人手机里的QQ 邮箱。她在拂晓时收到一封邮件，来自一个新注册的公共邮箱：Mayyuan2011@xxx.com。邮件没有标题，正文包含很多不完整的句子：

> 祖籍山东，1968 年 6 月生于青岛，未婚无子女，户籍无其他家人信息。山东大学经济学硕士，曾在中原集团青岛公司工作，2000 年调到中原集团北京总公司任总经理助理，2005 年任华夏房地产公司副总经理，2010 年底调任上海分公司总经理。背景只有这些。有发现，用邮件。保重！别担心我！

全文没有主语。但思梅心里清楚，主语是"赵安妮"。调查香港致胜投资和赵安妮是否有所关联，必须先了解赵安妮的背景。赵安妮未必直接在公司里持股或任职。她的背景了解得越多，找到关联的可能性就越大。

然而，佟远发来的这些信息，和思梅的香港公司调查结果没任何联系。

致胜投资只有一个股东，永富有限公司，在英属维京群岛注册。又是英属维京群岛——隐藏真实股东的最佳地点，商业背景调查的死胡同。致胜投资也只有一名董事。此人并非赵安妮，更不是冯军，而是"梁秀敏"。按照香港公司登记文件上记录的地址和身份证号码，梁秀敏出生于 1945 年，住址在浙江省云台县葛家镇。思梅对梁秀敏又做了个董事反查，发现她曾经担任过另外一家香港公司的董事。那公司叫作永富 HK 有限公司，只成立了一个月就注销了，注销时间就在致胜投资成立之前一周。

思梅又用"致胜投资""永富"和"梁秀敏"这些关键词做了媒

体搜索，并没有任何其他发现。

思梅把这些发现逐字打进手机邮件，点了发送键。背后突然一声笑，把思梅吓了一跳，连忙回头，看见老方笑呵呵的圆脸。他胳膊夹着皮夹，手捧大茶杯，看样子是刚来上班。这老方果然神出鬼没，走路比猫都轻。

"有点儿憔悴啊！昨儿顺利吗？"老方冲思梅挤挤眼。思梅淡然一笑，点点头，没吭声。老方却叹了口气，"唉！你们这些年轻姑娘啊！"

老方说罢，摇头晃脑走向自己的办公桌，就像他能轻松看穿思梅的心事。思梅暗暗纳闷：这么其貌不扬的一个人，怎能如此神通广大？仅用一个手机号码，不但搞到租车人的驾照复印件，居然还对车的行踪了如指掌，不知动用了多少"体制内"的手段。这早已跨越商业调查公司的能力范围。GRE这样的大公司，连灰色地带都要尽量避免，更不要说完全违法的操作。风险又高，价格更是昂贵。老方为何心甘情愿地帮她这么大的忙？

思梅心中微微一阵紧张，昨天只顾着找佟远，倒是把老方的动机忽略了。

思梅的大腿突然一阵发麻，是手机正在牛仔裤口袋里无声振动。正是"高总"在快餐店里留给她的那部。思梅连忙掏出手机。对方号码不显示。环顾四周，九点已过，办公大厅已坐满了人。Steve的办公室关着门，不记得见他走进去。思梅本想到公司外面去接，但进进出出目标更大。她索性就坐在原位，尽量压低声音。

果然是佟远打来的。他收到了思梅的邮件。

"没找到联系，对吧？"佟远问道。致胜投资的资料显然让他有些失望。

"嗯。没找到。股东是离岸公司，董事只有一个，就我发给你的那个。倒是内地人，住址在浙江，看身份证前六位也是浙江，公司是一个月前刚成立的，没更换过董事或股东。"

佟远沉默了片刻，突然调转话题："想问你一件事。昨晚，你是怎么找到我的？"

思梅早料到佟远迟早会问，所以回答得坦率而流畅："我找人查了你前天打给我的那个号码，那号码曾经给长春的一家租车行打过电话。所以我就得到了车牌照，也拿到了租车人的信息。然后，请朋友帮忙，查到你在上海的位置。"

"哪个朋友？是不是昨晚给你开车的？"佟远的语气有些急躁。这问题让思梅有些意外，可她不想再向佟远隐瞒什么："嗯。也不是朋友，是我上海的前同事。"

佟远大概也意识到自己的唐突，缓和了语气，解释道："昨晚，我不是告诉你，那个姓常的老会计交给我们一本账本？高总把账本放在汽车后备厢里了。我跟你见面，离开了一会儿，有人趁机撬开后备厢，把账本偷走了。"

"有人把账本偷走了？"思梅吃了一惊，突然意识到自己的声音有点高，连忙用手遮住嘴，四处看看。大家都在忙碌，貌似没人注意她。难道佟远怀疑是Jack偷走了账本？Jack一直守在车外，的确有机会去做这件事情。但他为什么要这么做？佟远并不了解Jack，自然不知他有没有动机。思梅把事情经过和盘托出：

"车子的位置，一开始是北京的一位同事帮我查的，但他并不知道你。他查出车到了上海，却说上海的具体位置查不出，让我去找我以前上海的领导Jack帮忙，也就是GRE上海办公室的前总监。他一直对我很关照，以前出于对我安全的考虑，反对我参与金沙这个项目。他不放心我跟黄金龙去长山，所以违反中国区大老板的命令，私自去长山试图保护我，和中国区大老板发生了争执，所以被迫离了职。他人很好，我一直很信任他，所以昨天找他帮忙，他很爽快地答应了。他查出车的具体位置，还开车带着我一起去找你，我相信那账本不是他拿的，因为他和这个案子已经没有关系了。而我，就更不会去拿那本账本的。你知道我留在GRE，就只有一个目的。"

"明白。"佟远的回答短暂而干脆。

"是高总让你给我打电话的对吧？他是不是很生气？"思梅担心道。长山的账本被盗，致胜投资又没查出任何东西。如果高总真的一心想要抓到赵安妮的证据，那昨夜佟远的"开小差"可算损失不小。

佟远却断然道："无所谓。反正我相信你。"

*

佟远果断地挂断电话。他正站在房间中央，看着高总，好像等待领导责问的员工。

这是一间简陋的小旅馆，每晚不足百元的那种。距离虹桥机场不远，头顶是连续不断的飞机轰鸣。佟远知道高总在上海有长久住处，但他显然没打算把佟远带去那里。佟远并不知道高总有没有家室。按他的年龄不该没有，只不过从没听任何人提起过。

"她怎么说？"高总眉间锁着浓重的结，自昨晚还没打开过。

"她不知道账本的事。"佟远回答得很干脆。高总的背景还是个谜。不管这件事到底和思梅是否真的有关，他不想把思梅真的扯进这潭浑水里。

"致胜投资呢？"高总的声音更加沉闷。思梅的邮件已让高总过目，反正也没什么能瞒得住他。再说没有高总相助，根本没办法和思梅继续联络。

"没查出任何关联。她知道的都写在邮件里了。她尽力了。"佟远如实回答。他并没撒谎，但立场很鲜明。他一向如此，只要不是在做秘密调查，他从不担心表明真实立场。他不怕惹高总生气，也不怕高总把他交给警察。如果他还有用，高总再生气也会留着他；如果他已经没用，高总再开心也会丢掉他。

高总的声音果然缓和，峰回路转："没事儿！老会计不敢在厉鬼面前撒谎！关系一定有，就看咱们能不能查出来！总不能把几千万美金随随便便放在不熟的人名下。你说对不对？"

高总注视着佟远，好像耐心的老师在等待学生说出答案。佟远也凝神静思，隐隐觉得有些线索，努力回忆了一会儿，豁然开朗道："对了！赵安妮带我去过一趟杭州，在灵隐寺烧香的时候，她说时间太紧，不然可以回家看看！我当时还觉得奇怪，青岛离杭州那么远。说不定，她真的和浙江有关系？"

高总兴奋道："线索就在这儿！"

佟远早已迫不及待："咱们去浙江走一趟？"

"这主意不错！不过，这次我去不了。我让小蔡陪你，再找个可靠的司机！"高总拍拍佟远的肩膀，满意道，"好小子！还真是干这一行的料！"

才到晌午，楼下就热闹非凡，搅黄了梁老师的回笼觉。

梁老师今天起得太早。天没亮鸡就叫，狗也跟着叫。扒着窗户往外看看，院子里黑乎乎的，里外都没个人影。鸡和狗倒是消停了，不知刚才发的什么神经。整个镇子都黑乎乎的。再往远处是一大片田野，地平线上有一颗星星。五层楼的窗户，看得就是远。别人都说气派，梁老师自己倒没觉得。旁边的屋子都是两三层的，唯独她家是五层，像个炮楼。她就好像是给全镇站岗放哨的。

　　镇上还有两栋五层楼。一座是镇政府，另一座是葛玉桂家盖的。人家儿子在省城开工厂，管着好几百号工人。家里平时车进车出，人来人往，那才是真气派。

　　梁老师家就不同。男人没了，女儿在外。家里一年到头就她一个。有个五层楼有什么用，每天还得爬上爬下，也七十多的人了。女儿要给找个保姆，梁老师不同意。外人来伺候，都是为了钱，哪有自己女儿尽心？可女儿太忙，一年到头不回家。春节都不回，更别说平时。梁老师心里清楚，忙只是个借口。女儿不乐意回，是怕听邻居议论。其实梁老师也怕。风言风语谁不怕？可她不想离开葛家镇。

　　梁老师本是宁波人，1955年葛家镇建了个大电厂，梁老师跟着男人搬到葛家镇。男人在电厂当工人，她在镇小学教书。一住就是五十多年，早就习惯了。大城市反而住不惯。女儿接她去青岛住过，北京也住过。最多两个月，必定得回葛家镇。女儿在北京住的还是山里的院子，其实出了门就是农村，还不如葛家镇。女儿常常不回家，把她自己跟保姆留在大院子里。附近没公交，计程车都找不到，简直好像在坐牢，实在不如待在葛家镇，起码还有人聊天。

　　上年纪的人，只能常住熟悉的地方。偶尔出去旅旅游，见见新鲜，也就够了。旅游其实也没啥意思。前些日子刚去了香港。一个月内，去了两回，都觉着烦了。女儿非让去，说是要办什么手续。凑合待几天还可以。洋气，热闹，可还是没自己家好。语言不通，啥都不懂，只能跟着女儿，让干啥就干啥。女儿还说让她去英国看外孙女。算了。到了英国她更不自由，还得坐十个小时飞机。再说那孩子啥也不缺，还整天管家保姆围着，也不能稀罕她这个外婆。倒是另一个外孙女，多少年没见了，一直孤身在外，那才真是可怜。她倒真想出去找找，可女儿不让。不让就不让，老实在家待着，在家多自在，想吃就吃，想睡就睡。早晨醒得早，吃了早饭再补一觉，睡精神了，下午好和左邻右舍打打麻将。十块八块也是钱，虽说一点儿不缺钱，可赢了钱心里还是痛快。

梁老师躺下补觉，刚合眼没多久，又让楼下的喧闹给吵醒了。这小镇一共没几户人家，平时冷清得很，今天这是怎么回事？梁老师又扒着窗户往下看。隔壁杂货店门外，密密麻麻围了一群人，人群头顶挂着条横幅：

保险公司有奖调查，幸运大奖等你来拿！

幸亏她的窗户高，才能勉强看进人群里面。摆着一张长条桌子，桌子后坐着一男一女两个年轻人。不知又是啥骗人玩意儿。

梁老师关上窗户想继续睡。可再也睡不着，索性下楼买瓶酱油。桌子前围的人居然比刚才还多。梁老师偏偏绕着走。小镇人就是没见识！梁老师虽然也在小镇住了50年，可常旅游，见识宽。保险公司的把戏可骗不了她。

梁老师刚刚走进隔壁杂货店，身后就有人欢呼。她想回头看一看，可又不想显得太感兴趣——杂货店老板娘正站在柜台后面。老板娘是梁老师的牌友，明里是老姐妹，暗地里摽着劲儿。梁老师最看不上她，年纪跟梁老师不相上下，每天却打扮得花枝招展，越是当着梁老师，就越要往年轻里装扮，打个麻将还把头发染得乌黑。梁老师拿个啥牌子的包，过两天她也得弄一个。真的假的谁知道？她还总爱背着梁老师嚼舌根子，有的没的瞎造。不管她怎样造，全镇人也还是得管梁老师叫老师。老师肯定比小卖部老板娘有见识。

所以后边人群再嚷嚷，梁老师也绝不能回头看。

老板娘就是没文化，还踮着脚往外看，脖子伸得像只鸭，眼睛亮得好像电灯泡。梁老师故意放慢脚步，要让自己显得更从容些。几个小伙子簇拥着一个小老头突然冲进小卖部，抢在梁老师前头到了柜台。梁老师心里不痛快，可来不及开口就听男人们喊："张老头中了100块！张老头买烟请大家抽！"

梁老师简直嗤之以鼻。张老头是镇上有名的老光棍，家里穷得揭不开锅，中了100块还要请别人抽烟，穷人就是有穷的理由。老板娘可是兴奋得不得了，高声叫着好像在唱戏："哎呀呀呀怎么就我的运气糟？一上午中了十几个了，每个都是拿着钞票走的，偏偏就是我没中！"

梁老师心里暗暗窃喜：看来还是老天有眼，活该让她中不上。梁老师又默默站了一会儿，大概听明白点儿意思：保险公司摆摊让大家填问卷，填的人都有机会抽奖，抽中了按家里人头给钱。少则一人100，最多一人500！只不过目前为止中的都是100的。500的还没人抽中。

梁老师也不禁觉得有点新鲜，这样的市场调查还是头一次听说。不知里面有什么蹊跷。要个电话或身份证号码，莫非打算拿出去卖钱？梁老师就是有见识，不像老板娘和老光棍，傻乎乎的让人骗。一群男人还在柜台前挤着，梁老师索性转身走出店，反正家里酱油也还有。梁老师往人群边上凑了凑，想研究研究里面有什么骗人把戏。不一会儿工夫又有两个人抽中，每人各领了300块。就只是拿出户口本和照片给对方看一眼，对方根本就没用笔记什么。

梁老师更加好奇，隔着人缝研究桌子上的调查表，内容其实很简单，就问家里几口人大概做什么工作，平时坐不坐飞机火车，表格上连名字都没让填，更没有地址电话身份证号码。梁老师真的动了心：这要是能抽中一百两百的，还不就是天上掉馅饼？

梁老师回家取了户口本可没拿相片，反正户口本上就她一个，大活人就在眼前还看什么相片？梁老师排队填了表，抽了张奖券递给年轻姑娘。姑娘打开纸条，嘴张得好像囫囵吞了个鸭蛋："大妈您抽中了！一个人500！"

人群立刻沸腾。梁老师起初有些发蒙，姑娘又说了一遍您中了，她这才回过神来。旁边的小伙子忙凑过来看看："真的！哎大妈您太棒了！今天您还是第一个！家里几口人我看看？"小伙子边说边拿起梁老师的调查表，"哎，您家就一个人？"

小伙子表面是遗憾，可看得出来心里很释怀。梁老师递上户口本，心里上上下下翻腾：一个人500块呢！

"小伙子你等等！我户口本里还有几页呢！等我回家取！"

梁老师说完小跑着回家，多少年没跑这么快。女儿说过家里几口人要保密，可保险公司的人就只是看看，又不用笔记什么！转眼间梁老太太回到桌子前，递上三页户籍卡，手里还捧着一本相册。姑娘接过户籍卡看看，皱眉说可您调查表上填的只有一个人。还是小伙子好说话，笑着说你让大妈重新填一张不就完了？

姑娘好像还是不情愿："这都是您家人吗？"

梁老师忙不迭地回答："当然是当然是！赵爱菊是我女儿！李晓丽和冯诗雯是我外孙女儿！"

"怎么姓都不一样？"姑娘皱眉问。突然一声冷笑，杂货店老板娘不知何时挤进人群，眼角藏的都是闲话。梁老师瞪了她一眼，心里一股气，连忙给那姑娘翻相册："户口里不是写着和户主的关系吗？这里还有照片！都是大活人，我闺女长得多像我！外孙女儿也像我！你仔细看看！"

小伙子和姑娘对看了一眼，姑娘不吭声了。还是小伙子人好，让梁老师赶快再填表。梁老师忙不迭地填，又听小伙子跟姑娘说："既然都在同一个户籍里，当然是一家人了。其实只要是直系亲属，没有户口本，有别的能证明也成！"

梁老师听到小伙子的话，笔头又慢下来。小伙子好像看出她的心事，主动问："大妈您有什么问题吗？"

"哪些算直系亲属？"

"父母，配偶，子女，也就这些吧。不过，"小伙子扭头去问姑娘，"咱们是不是对抽中五百的有个特殊优待，兄弟姐妹家的也算？"

梁老师心中又一阵狂喜，抢在姑娘前面说："有有有！那我还真有！我姐的儿子，本来在杭州的，十几年前全家搬到东北去了，我没他的户口本，不过，这相册里有照片！"

"哪儿呢我看看？"小伙子就是好说话！人也长得精神，从里往外透着忠厚！梁老师赶快把外甥一家的合照拿出来："我外甥，刘建国！一家三口！"

"算也只能算您外甥一个，他的老婆孩子就不能算了。"姑娘又横出一句，让梁老师添堵。梁老师满怀希望地去看小伙子。这回他也没办法。看来规定就是如此："您，您女儿，两个外孙女，还有您外甥，一共五口人！2500元！"

人群又一阵哗然。梁老师却好像还有话没说完。

"大妈您家还有别人？"小伙子就是比姑娘心眼好！

梁老师又斜了一眼杂货店老板娘，她正跟旁边几个女人交头接耳。其实她家户口本上原本还有一页，只不过后来转到外甥家去了。而且相册里也没有照片，没凭没据的。算了！已经2500块了！连100块都抽不到的人该有多嫉妒？梁老师又琢磨了琢磨，狠了狠心："就这些吧！"

　　梁老师赚了 2500 块的消息，瞬间传遍了整个镇子，又引来了两三百号人。不过显然大伙儿的运气都不好，整个镇子的运气似乎都被梁老师用光了。后来再没人抽中 500 块的，连抽中 100 块的都没了。

　　尽管几乎镇上家家都参加了抽奖，可抽奖结束后，还是剩下很多没打开的小纸片。杂货店老板娘热情好客，请保险公司的青年男女到店里喝饮料，心里想着也许能再抽一次。保险公司的小伙子善解人意，索性又让她抽了五回，终于抽上一张 100 的。老板娘的户口本上只有她一个，可她拿出好几本相册来。年轻姑娘依旧铁面无私，小伙子也还是好说话些，好歹算了四个，一共 500 块。老板娘已经喜笑颜开，兴致高昂，用不着小伙子如何诱导，梁老师的八卦就破堤而出：

　　"就她那个小女儿！那是几十里有名的小妖精！中专没毕业，就跟了个军官，去了山东了！没去几个月，啧啧啧！偷偷跑回来生孩子！破坏军婚是要坐牢的呢！那女孩胆子真大！后来，据说又攀上大领导了……"

　　佟远、蔡经理和同行的司机孙师傅没在云台县耽搁，连夜开车返回杭州，在郊区找了家宾馆开了两个房间。蔡经理住一间，佟远和孙师傅住一间。浙江之行，虽然高总并未同行，蔡经理和孙师傅却比高总盯得还紧，基本不给佟远单独行动的机会。佟远倒是并不在乎，赵安妮的秘密一清二楚，污点已成事实。高总咬紧赵安妮，显然还有更深的目的，绝不可能仅仅是为了帮佟远。但佟远有种预感，这"更深的目的"或许也能帮到佟远，他那报道的主角，恐怕还不止赵安妮。

　　佟远等孙师傅睡着了，偷偷溜出宾馆，在附近找了个网吧给思梅发邮件，抄送自己一封，也算做个笔录。这不是件会让高总开心的事，但佟远还是要做，既能安慰思梅，也能安慰他自己。

　　浙江之行，确有收获，证明了赵安妮的母亲就是梁秀敏，是香港致胜投资的董事。但仅凭这一条，还算不得是过硬的"把柄"。因为账本不知去向，有关三千万美金打入致胜投资账户之事，只是常芳受惊吓后的口述。对着鬼魂能说的话，未必对着法官也愿意说。尽管高总录了音，她还是能找出一万种理由翻供。

　　而且赵安妮的身世还是有些疑问：生长于浙江小镇的普通家庭，何来所谓的"高干背景"？就连喜欢无中生有的杂货店老板娘，都称从没听说过赵家有任何当干部的亲戚，更不用说省级领导。如果真能证明赵安妮的背景有假，说不定对她也是威胁；还有伦敦那个叫冯诗雯的女儿，是不是冯军的私生女？既是如此，那这"把柄"的分量就更足了。

　　佟远一边写一边琢磨，很快过了午夜，进出网吧的人已很少。有个人影突然钻进网吧，佟远不禁警觉，一抬头，果然是孙师傅。早有预感他会出现，虽然他刚才还躺在旅馆打呼噜。佟远匆匆发走写了一半的邮件，有一件事还没来得及写：梁秀敏提到的那位远在东北的外甥，正是赵安妮安插在黄金龙身边的嫡系——司机刘哥。怪不得赵安妮叫他哥。照片上的男人虽然年轻不少，可看得出那是一个人。

　　孙师傅夸张地和佟远打招呼，满脸意外的表情。其实大家心里都清楚，他是专为佟远来的。

*

　　收到佟远的邮件，思梅如释重负。手机一直不离手，已查过很多遍，虽是自己的手机，却要偷偷摸摸地查，怕引起别人的注意，尤其是 Steve。谁知他会不会心血来潮，把思梅的私人手机也秘密地查一查？思梅在 GRE 北京上了三天班，仅老方就已让她大开了眼界：GRE 的调查师们居然如此神通广大。这是她之前没有料到的。和北京的团队相比，Jack 的团队简直就是小儿科，怪不得 Steve 舍得赶走 Jack。当初 Steve 花了上百万收购，现在会不会觉得有点儿亏？

　　佟远的邮件把赵安妮的家底说得一清二楚：赵安妮正是梁秀梅的女儿。她还有一个名字叫赵爱菊，大概是她的本名。她有两个户籍，一个在浙江省云台县，另一个在山东青岛市。她还有两个女儿：一个叫李晓丽，18 岁，据说是和一个山东军人所生，本来和外祖母在葛家镇生活，大概四五年前出国念书去了；另一个叫冯诗雯，三岁。这个女儿杂货店老板娘没听说过，应该不是在葛家镇所生，不过户口也落在葛家镇。从姓氏判断，也许是中原集团总经理冯军的私生女。

　　邮件草草结束，仿佛并未写完。思梅猜测佟远发邮件时并不方便。有音讯就好，哪怕只有只言片语。既然有了更多线索，不妨顺藤摸瓜，查查这几个名字在网上是否留有蛛丝马迹。尽管佟远并未在邮件里请她帮忙，但多查出一些，说不定也能派上用场。佟远打定主意要把赵安妮的丑行公之于众，这是一场残酷之战，查出真相只是序曲，公之于众才是硬仗。佟远准备豁上自己，却怕牵连到思梅。这她心里明白，却并不担心。她已暗暗打定主意，要坚决支持佟远到底，哪怕陪他一起坐牢也在所不辞。

第二天，思梅早早来到公司。空降的高级调查师起早贪黑，自然又引来一些多虑的目光，她视而不见。这高级调查师的名额，她根本没打算占多久，所以也算不上他们的敌人。

思梅埋头忙了一天，动用她所能使用的一切方式，把赵爱菊、李晓丽、冯诗雯这几个名字都查了个遍，毫无收获。冯诗雯只有三岁，又不在国内，本来也不该有多少信息；"李晓丽"是超级常用名，几十万条信息，加上别的条件词筛选，也还是找不到有价值的线索；"赵爱菊"的搜索结果也不少，不论百度还是工商、法务的数据库，翻上几十页都没有看上去相关的。

时间的速度和精力集中的程度绝对成正比。也就是一眨眼的工夫，天就黑了。

思梅觉出饿来，抬头环顾四周，办公大厅已经空了大半。看看表，居然已经快九点了。午餐还没吃，竟然连晚餐的时间都过了。前天和同事午餐之后，没人再叫过思梅。前台琳达或许有这个意思，但思梅寡言少语满腹心事，想必看上去不太容易亲近。

饥饿这种事，不觉便罢，一旦发觉，立刻难以忍耐。就此下班，思梅又有些不甘。想给佟远发封邮件，却又没的可写。她正盯着屏幕发呆，突然听见背后有人说话：

"这么晚还加班，有很多项目？"

思梅一回头，一下子闻到一股大蒜味儿。又是老方，笑眯眯站在身后。看来晚饭吃的饺子。他平日无所事事，迟到早退，此时怎么还在公司？

老方不待思梅发问，自己解释道："我是回来取东西的！"说罢挥一挥手里的雨伞。上海的冬天雨伞必备，但北京的冬天又干又冷，怎会有人随身带伞？老方的确行为古怪，出人意料，难怪手腕也很不一般。

老方嘴里蒜味冲天，思梅想捂鼻子，努力忍住了，心里倒是突然有了主意：既然老方出现了，能不能再让他帮帮忙？虽不知老方底细，可又实在别无他法。既然佟远豁出去了，自己又有啥可保留的？

思梅环视四周，办公大厅里再没他人。

老方却似乎看出她的心思，抢先开口："嘿嘿，看来，我来得正是时候？"

思梅把"赵爱菊""李晓丽"和"冯诗雯"三个名字和年龄交给老方，没提其他的信息。倒不是她刻意隐瞒，只是老方根本也没打听。老方一如既往的热情，拿到三个名字，立刻打电话找人帮忙。半小时不到，信息居然就到手了，而且又是免费的——朋友看在老方的面子上帮了个小忙。老方的"朋友"果然厉害，不仅神通广大，而且随时待命。

老方拿回来的，是排查出的户籍信息。检索户籍信息，也基本属于违法范畴，就连 GRE 的项目经理们都办不到，老方却信手拈来。这个"忙"已不算"小"了。

赵爱菊果然是李晓丽和冯诗雯的母亲，三人户籍都在浙江省云台县。思梅心里清楚，这三个名字都不算太罕见，仅凭名字和年龄，其实难以锁定目标。即便三人户籍同在一处，排查起来也总有些麻烦。看来老方的"朋友"还很尽职。

赵爱菊户籍上登记的学历是初中，职业是待业。两个孩子的父亲一栏都空着。赵爱菊的年龄早过四十，户籍上的照片还是十几岁的女孩子。虽然青涩稚嫩，土里土气，眼神中却已有几分妩媚，能辨认出这确是年轻时的赵安妮。

老方不但找到了户籍，还查阅了海关进出境记录：李晓丽在最近五年有五次出境，四次入境，目的地都是新加坡；冯诗雯在一年前有一次出境记录，目的地是英国伦敦。她们的母亲赵爱菊却并无任何出境记录。

"还真有意思，这么土的老妈，养了两个洋气女儿？"老方眨眨眼，脸上充满好奇。

思梅只笑了笑，并未作答。老方却显然并不想就此放过这个话题："俩女儿都常出国，老妈哪儿都没去过？"

"老妈也许还有一本护照。"

既然老方感兴趣，思梅就多说一点儿。其实也没必要瞒着老方，说不定迟早还得找他帮更多的忙。思梅又补充了一句：

"早把名字改了。现在叫赵安妮。"

"赵安妮？"老方的笑意却突然变成了疑惑，"这名字怎么有点儿耳熟？那什么房地产公司的赵安妮？"

"华夏房地产！"思梅心中一喜。看来老方果然知道更多，"你听说过这家公司？"

"没有！我可没听说！啥都不知道！那种事，我哪儿能知道？"老方忙着摆手，却一脸的诡笑。思梅知道老方话里有话，故意起身到大厅里转了一圈，又到走廊里看了看，这才回到老方身边，眨了眨眼，低声道："除了前台，都走了。"

老方嘻嘻一笑，贴近思梅耳畔，声音轻得好像蚊子叫，即便是思梅也只能勉强听见："大概几个月前，有个案子，是华夏房地产的母公司派给 GRE 的，调查华夏公司的财务处长。据说贪污了三千万人民币！"

老方嘴里蒜味太大，思梅想捂鼻子可没好意思，只能暗暗憋住气，也用极小的声音问："后来呢？"

"那个财务处长跳楼了！"

思梅暗暗点头：和佟远说的一样！没想到，GRE 以前调查过这案子？既是如此，Steve 知道不知道，被财务处长贪污的那三千万人民币，很有可能就是后来金合投入长山合资的钱？他知不知道赵安妮？知不知她和黄金龙是有关系的？思梅追问道："那个案子你参加了？后来怎么样？"

老方却耸耸肩，一脸的无奈："哪有我的份儿啊。那是 Steve 的案子。谁知道结果如何？他的报告又不会给我看。"老方的声音依然压得很低，即便琳达就在办公大厅里，也不会听到。

思梅暗暗吃了一惊：果然是 Steve 的项目！以他的能力，当初不该漏掉赵安妮这只幕后黑手的，更不会不知道华夏、中原和金合这些公司的关联。怎么在完成金沙项目的过程中，从没听他透露过一丝一毫的相关信息？难道是佟远猜错了，常芳对着"鬼魂"说的话有假？思梅不甘心地问："真的没办法看到那个报告？所有的项目报告不是都要打印留存吗？"

老方再次耸耸肩，抬手指指走廊深处："档案室就在那一头，所有完结项目的报告都在里面。不过我可进不去。"

有关档案室的使用规定，思梅心里其实也清楚。GRE上海办公室也新装了一个，只不过里面存留的报告还不多。档案室必定是只有该办公室职务最高的人才有权进入，在北京，想必就是Steve。档案室是全公司最机密的地方，大门安装密码锁、读卡机和指纹识别器，三者满足其二才能入内。想要进去不仅需要Steve的授权，最好还得由他亲自陪同。否则完全不必考虑。

思梅沮丧地点点头，尝试变换思路："好吧！那么当初，都有哪些调查师参与过那个项目？"

"两个女孩儿，都离开GRE了。"

思梅又是一阵沮丧，老方却嘿嘿一笑，声音终于放开了些："嘿嘿！巧了啊！用过这张桌子的人，居然都对那家什么来着……华夏房地产公司感兴趣！"

"用过这张桌子的？还有谁？"

"一个倒霉姑娘……"老方眼珠一转，转了话锋，声音再次压低了，神秘兮兮地轻声耳语，"其实，按照公司规定，除了Steve，还有一个人能在紧急情况下进入档案室。当然，必须是紧急情况。"

"谁？"

"琳达。她应该也有一张档案室的门卡，不过没录过指纹，也没有密码，所以平时也进不了档案室。不过，如果Steve自己不在公司，又必须派人进入档案室的情况下，Steve可以告诉琳达临时密码，她就可以使用卡和密码进入档案室。Steve可以随时通过手机或电脑远程修改密码。"老方眨眨眼睛，又补充一句，"这只是公司规定的应急措施，Steve应该还从没让琳达进过档案室。"

思梅越发沮丧，而且有点儿生气。难道老方就爱耍弄人不成？

老方却并不在意思梅的脸色，越说越来劲，声音却依旧压得极低，好像琳达就在他身边似的："而且，琳达那种人，啧啧，给根鸡毛就当令箭！一张永远都用不上的破门卡，跟宝贝儿似的不离身！上厕所都带着！你懂吧？就那种人，跟老板的密探似的！"

琳达的确是思梅见过的最一本正经的行政，对公司的规定一丝不苟。但她到底是不是老板的密探，思梅就不清楚，也没兴趣清楚。她完全不想掺和到这办公室的政治斗争里："琳达只不过是……"

"May？你还在呢？这么忙？"

思梅想说"琳达只不过是工作认真而已"，但话没说完，竟被远处突如其来的女声截断了。思梅吃了一惊，扭头往走廊口看，说话的人正是行政主管琳达，笑盈盈地走过来。

老方的反应倒是快，凑上前道："你可也够忙的！这点儿都不下班？"

琳达显然闻到了蒜味，皱眉捂鼻，全然漠视老方，径直走向思梅。她已经穿好外套，另一只手里握着满满一把钥匙和门卡，有大有小，形状各异。老方偷偷向思梅使了个眼色，仿佛在说：看见没？那张卡就在那里面。

"你没大门钥匙，又不知道怎么设定公司的警报系统，不能留到最后走呢。"琳达对思梅说。她满脸笑意，口气却直截了当，仿佛手中握着尚方宝剑，不管对方是哪级调查师，全都得听她安排。

老方插话："我这不是还在呢？"

琳达继续当老方是透明的，双眼盯住思梅，绝不往旁边看："Steve 特别交代过，让我确保你不是最后一个走呢！别多心，只要有别处的同事来出差，他都会这样交代的！所以啊……"琳达故意顿了顿，脸上的笑容又多了些，"只要出差的人喜欢加班，我呀，就倒霉了。嘻嘻！不过我可不是抱怨你！你一直下班挺早！今晚虽然晚了些，不过正好今晚我也有事！Steve 这两天在外面开会，让我临时准备一些资料。最怕他开这种会了！老是让人措手不及，把本来的计划都打乱了！唉！看，这么晚了，好不容易弄得差不多了！正打算要走呢，突然发现还有人，而且，原来是你！"

"我这就……"思梅刚开口，就被老方抢着打断："她忙！活儿还没干完呢！今晚弄不好得通宵！"

"她有多少活儿，你很清楚？"琳达终于忍无可忍，白了老方一眼，转而对思梅说，"真的还需要很久？那我得给 Steve 打个电话。"

"不用！我马上走！"思梅边说边起身收拾。她根本就没什么急活儿要完成，这 Steve 比谁都清楚。其实她并非短期出差，不过 Steve 显然没打算把她当常客。像"应不应该给 May 钥匙"这种问题，琳达恐怕早就问过 Steve。Steve 对她加倍提防，她就要让他万分放心。Steve 看得再紧些，她就更束手无策了。

"好啊！你慢慢收拾！我去趟洗手间！"

琳达又白了一眼老方，把钥匙和门卡塞进外衣口袋，心满意足地走了。

思梅穿戴完毕，提着包要走，老方却突然转到她眼前，手里多出一把钥匙："想不想进那里面看看？"

思梅不解地看着老方手里的钥匙：这可不像琳达手里的那些，而且档案室的大门也没有钥匙孔。那门得用门卡和密码，或者 Steve 的手指头。

老方把钥匙在思梅眼前晃了晃，低声对着思梅耳语："咱们这一层的消防通道里，就在货梯门旁边儿，有个红色的消防柜。这把钥匙可以打开那个柜子。你躲在走廊里，看琳达走进公司大门，数到 20，去打开那个消防柜，柜子正中间有个红色按钮，特显眼特好找。你就按那个按钮。"

"然后呢？会发生什么？"

"那你就别管了！你不是想进档案室吗？想进，就听我的。你最好快点儿，因为琳达不会一直待在厕所里等你的。"

思梅没再犹豫，转身就走。老方在背后低声叫："拿上你的包！别扔这儿！回头再让她看见！"

*

两分钟之后，琳达从洗手间回到公司里，又逛到思梅的座位附近，四处看了看，手捂着鼻子，没搭理老方。

老方再次主动开口："已经走啦！回家啦！"

琳达懒得搭理老方，转身往公司外走，心想 May 是个懂事的人，虽然表面看着沉默寡言，并不随和，起码比姓方的强多了！整个故意找麻烦！还什么要通宵加班！难道要逼她讲出来，Steve 早留了话，要时刻留意 May，不能让她自己深夜留在公司。姓方的就爱成心捣乱。不知道 Steve 怕他什么，干吗还让他回来上班？看他那双贼溜溜的眼睛，心里就没想好事！

琳达下意识地捏捏大衣兜里的门卡和钥匙，心里提防着老方。她推开公司的玻璃大门，耳边突然响起刺耳的警报声，一阵雨雾从天而降。

琳达吓了一跳，连忙后退一步。抬头一看，不禁吃了一惊：走廊顶端的一串消防喷头，正不断地喷出水雾，把整条楼道变成了雨巷。

"哪儿着火了？"琳达惊呼了一声，却听老方在背后接话："没事儿！消防测试！物业贴过通知！你没看见？"

　　琳达半信半疑。几天前似乎见过类似通知，但未曾留意具体测试的日期。不过以往这种测试只警报，从不喷水。今晚的测试还真新鲜，地毯都要湿透了。

　　警报声音很快就停止了，楼道里的"雨"却没停。淅淅沥沥，算不上是大雨，但从公司大门到电梯门有几十米的距离，淋湿是肯定的。此刻楼外的气温在零下，北风嗷嗷叫着。如果身上淋湿了，出门就能立刻冻成冰棍。这"雨"要下到什么时候？

　　琳达心里着急，正想回公司给物业打个电话，耳边却"砰"的一声。琳达回头一看，老方正举着把小伞，一张肥腻的笑脸近在咫尺："送您到电梯？"

　　浓烈的蒜臭袭面而来。琳达一阵恶心，差点儿吐在老方脸上，她恨不得立刻把老方推开，还从来没离他这么近过，这人还能再恶心点儿吗？

　　不过看在伞的份上，琳达还是忍了。她把双手都从兜里掏出来，使劲儿掩住鼻子，努力憋住气，勉强挨着老方往前走。"雨"还真不算小，伞又不够大，老方那热乎乎黏腻腻的身子一直贴着她。琳达终于一步跨进电梯，再不到她就昏过去了。

　　电梯门关闭了，琳达长出了一口气，可老方的气息似乎还在身边，恶心劲儿又上来了。走出大厦的大门，冷风扑到脸上，琳达这才彻底缓过一口气，心中却隐隐地有些不安，忙把手再伸进大衣口袋里。还好，钥匙和卡还在，满满的一大把。

*

　　五分钟之后，在档案室门外，老方的眉眼弯成了细线，快乐得好像要跳舞："配合得很默契啊！"

　　思梅却有点担心："随便按火警按钮，物业不会来找麻烦？"

　　"不会！"老方挤挤眼，"今晚是我哥们儿值班。不然的话，也不会喷水。"

　　思梅不禁暗暗佩服：怪不得老方神通广大，连大厦的物业公司里也有"朋友"。思梅问："门卡偷到了？"

　　"啧啧，谁偷了！只是借用一下！"老方举起手晃了晃，指尖果然夹着一张卡片。思梅吃了一惊：琳达口袋里本来有一大串钥匙和卡，仅仅几秒钟的时间，老方就能把这张卡偷出来，手上功夫也不一般。

可是，只有卡就能进档案室？

"你不是说还需要密码？"老方总不至于有 Steve 的手指头。

"我可没密码，我上哪儿知道去啊！不过，我有这个。"老方说罢，从口袋里掏出一样小东西，放在指纹识别器上。"啪"的一声轻响，老方一把拧开档案室的门，一股陈腐的纸张气息扑面而来。老方得意地挥挥手里的小东西："DIY 指纹套！"

"可 Steve 的指纹呢？"

"从指纹器上采指纹，警校的新生都会！"

思梅恍然大悟。原来老方早就找机会从这指纹识别器上采集了 Steve 指纹，又以此做了指纹套！思梅忍不住又问了一句："这指纹套，是从公安局弄来的？"

老方却哈哈一笑："哪用那么费事？淘宝就有人卖！"

"又着急要走啊？外套都不脱？坐了那么久的车呢！"赵安妮的声音宛如一根原始森林里的藤蔓，千回百转，扭捏得能拧出水来。

冯军索性脱掉外衣。反正这藏在平谷半山的下沉式大宅里，暖气非常充足。他看得出来，面前这女人，表面虽然冷静如常，内心却有些浮躁，看她不停抠弄小指的动作就知道。她到底为什么烦躁？问是问不出的，得先稳住她。这女人要是真急了，没什么事是做不出来的。

"今晚不走，赖上你了！"冯军微微一笑，用他常用的笑容。虽然没照镜子，可他相信这个笑容有魅力，尤其对于女人。不过冯军心里也清楚：面前这位并非普通女人，再有魅力的笑容也无济于事。她要得更多，多到这世界上无人能给。只不过，她自己还没有认清这一点。冯军相信，在短时间内，他尚能满足她的需要。也正因如此，她对他也还有用。她能量巨大，也异常危险，像配备了电脑控制系统的核弹头。电脑不是任何时候都可靠的。

赵安妮抬着眉毛问："明天不是还要和林氏的人开会？"

"不去了！"

赵安妮撇一撇嘴："千万别让我打乱了您的计划。"

"我有什么计划？我的计划，还不是都攥在你手里？"冯军凑近赵安妮，抬手轻点她的鼻尖。赵安妮乖乖让他点了，嘴里却并不示弱：

"我？是我在你的手里，好不好？在您的手心儿里呢，我的冯总！"赵安妮捉住冯军的手，把食指塞进他掌心。

这话倒是没错，算她还识相。

再聪明的电脑，程序也是人编的。冯军就是编程师，至少目前还是。只不过程序出了 bug，结果意想不到：黄金龙死了。那是另一颗炸弹，程序比较低级，因此更容易操控。但防爆系统也低级，稍不小心就有爆炸的危险。过时的武器迟早得淘汰，淘汰并非坏事，反正功能已经用尽。但这淘汰的缘由却令人担忧：俄罗斯人是怎么发现巨款被转移的？黄金龙又到底是怎么死的？冯军不得而知。情况不明，就等于失控。这才是让他最难受的。但他有种预感，这两件事都与眼前这女人有关。起码，这结果是她想要的。难道是她一手制造？冯军又有些拿不准。仅凭这个女人，似乎又没这么大的本事。莫非幕后还有他人？

冯军攥住赵安妮的手指，把它凑到嘴边，触碰自己的嘴唇："公司是你的，钱是公司的，我什么都没有，用什么来控制你？"

"香港银行给的 UKey 不是在你手里？我的护照和港澳通行证不是也在你手里？至于那家公司，你只是用用我亲戚的名字罢了。"赵安妮轻轻抽回手指，"万一出了事，好让我当替罪羊。"

冯军笑着拍拍裤兜："Ukey 我随身带着，你需要随时管我要！护照也一样！再说，就算我真不给你，你去挂失了补办一个不就完了？"

赵安妮用手指轻划冯军的下巴尖："你是我领导，你难道不清楚，大型国企中层以上办护照都是要领导批准的？"

"你办护照需要我批，你那个远房亲戚——叫啥来着，梁秀敏？她又不需要。反正香港公司的董事是她，只要她到了香港，可以直接去银行把钱转走，哪还用 UKey？"

冯军随口说着，好像确有其事，又像在开个玩笑。香港的公司，的确是借赵安妮的远房亲戚的名义开办的，银行账户也是借她的名字。总不能用自己的，也不能用赵安妮的，毕竟两人关系太近。反正现在是 21 世纪，银行转账的办法多的是。

"喊！"赵安妮白了冯军一眼，"她就是一个乡下老太太，自己能去香港弄这些？她就是去了香港，你也没告诉她新的密码呀。密码让你改了，谁能取得成？放心，现在你万无一失了，谁也拿不走你的钱！"

冯军听得出赵安妮的画外音：以前在黄金龙手里，还真该不放心！其实他现在也不放心。什么"远房亲戚"，谁知到底是赵安妮的什么人？冯军也懒得去查。不管是不是农村老太太，不能让她有实权。原本把永富公司注册在香港的，可香港公司的股权结构是透明的，因此就得让这位"远房亲戚"做股东，总归不保险。所以公司成立好了又注销掉，重新在英属维京群岛再注册一家永富公司——"永富"二字是大师算好的，灵隐寺也求出了上上签，总归是必须用的。好在英属维京群岛的公司股东保密，冯军可以自己独当。之后再在香港注册一家永富的全资子公司，起了个新名字叫致胜投资。香港公司冯军可不能出现，仍由那位远房亲戚担任致胜投资的董事，由她出面在香港开个公司户头，以此多增加一道掩护。反正 UKey 和密码都在冯军自己手里，那远房亲戚压根也不知道致胜投资账户里有几千万美元。

冯军轻捏赵安妮的鼻尖："所以啊，多亏了你，及时把钱弄回来了！这钱本来就都是咱俩的，谁也独吞不了。话说回来了，如果出了事，也一样谁也跑不了！"

冯军笑眯眯看着赵安妮，暗暗注视她的表情。这女人心里并不傻，这种威胁她绝对听得懂。的确，出了事谁也跑不掉，只不过，跑不掉的结果却未必相同。只要没有白纸黑字的证据，冯军总有办法把对自己的危害降到最低，无非就是花钱罢了。不论工商登记还是银行存款，哪里都没有他冯军的名字，除了注册在英属维京群岛的永富。没人会知道那公司的股东是谁。至于赵安妮，结果就未必还这么优雅。这女人如果不傻，就该懂得，她唯一的出路，就是全力配合他的计划，向他多摇几下尾巴，也许还能分到几口汤喝。

用不了多久，永富将通过香港子公司致胜投资成为香港林氏集团最大的股东，掌握林氏 20% 的股份。然后林氏在青岛的地皮就会失而复得，林氏的股票也会大涨特涨。再然后，他冯军就会变成超级亿万富翁。

当然，这一切都是秘密进行的。还算顺利，除了几次小插曲：比如跳楼的财务处长，被活埋的小会计，还有被杀的黄金龙。绝不能再出别的问题！他不能容许任何人从中作梗，面前这个自作聪明的女人也一样！她就是觉得自己太聪明：三年前要了个小手腕，生下他的孩子，以为这就用绳子拴住了他。她显然还是不够了解他。一个没名没分的孩子又能算什么？

冯军把赵安妮牵到沙发边，自己先坐，再让赵安妮坐在自己腿上，在她耳边小声问："老黄的后事，办了吗？"

"不太清楚。我总不能出现在他的追悼会上吧？"

赵安妮又在抠手指，她的确有点儿紧张，提到黄金龙，她就紧张。可她是聪明女人，不会给自己背上杀人犯的包袱。尽管这女人足够狠，没什么事干不出来。冯军偷看一眼赵安妮，她脸上的表情单纯而平静。她的表情是最会骗人的，正如三年多前，她脸上的表情曾表示不想要孩子，似乎比他还坚决一百倍。一个爱美又有野心的女人，这样的决心是会令人上当的。在所谓的"人流"之后，她求他送她去国外"进修"几个月调整心情，回国时却顶着待产的肚子。她故意不把孩子生在国外，为了给他更大的压力。这一切都是事先预谋，所谓的"人流失败，到国外才发现"都是鬼话，他又不是白痴。她在灵隐寺里打电话给他：她拜佛求了签，说这孩子是他命中必需的"保护神"。她以为他信佛，因为知道他常在灵隐寺烧香，其实他不信佛，他只是恭维佛，就像他恭维他的领导，但他并没揭穿她。因为他知道，她早就下定决心要这个孩子。

"常芳呢？她这次倒是很听你的，麻利地把钱转香港了？"冯军明知故问。两个小时前，他刚通过网络银行检查过那香港公司的账户。钱已到账。

"那哪是听我的？明明是听你的！只不过，由我转达而已。"

赵安妮一脸轻描淡写，这件事未必有她说的那么简单。追问肯定没什么意义，她的回答总是如此，一条死胡同。她更加放松了表情，却又在抠手指头。去年那财务处长跳楼之后，她也是这样。是该对她加强提防了。冯军笑了笑：

"好好，随你怎么说。让她在上海藏好了，最近别回东北。还有，"冯军顿了顿，他不知这句话有用没用，可总归还是说了，"长山的事，你说俄罗斯人是怎么知道的？"

"我怎么知道？长山那么多人呢，区区一个小会计都能知道。要不，我再找人问问？"

赵安妮翻了翻眼皮，继续抠她的手指。这让冯军更加不踏实。这个女人到底隐瞒了些什么？也许他该绕过她，找别人了解一下情况，比如常芳。她可是黄金龙的心腹，视赵安妮为死敌。为何这么容易就把钱打给赵安妮了？

冯军这样想着，话锋倒是转了："别问了，长山的事你别管了。不能让别人把你跟长山联系起来，再节外生枝！明天就要和林氏谈判了。"冯军抬手看看表，"林家少东家这会儿应该已经在北京了，咱们眼看就要大功告成了！"

"哪有那么容易？"

"有什么难的？现成的股权购置协议，就差他一个签字！签了，林氏的股份就必须卖。那可是香港律师准备的协议，受香港法律保护的！"

"你怎么知道明天人家会签呢？不是都僵持好几个月了？人家哪能那么容易就让别人把自己的产业拿走？再说，你不是明天根本没打算留在城里见林氏的人？"

"既然他到北京来了，就说明林氏已经松动了。我不去城里见他，可以请他到这里来见我啊！"冯军眯起眼睛，眼中一道寒光，"到了这里，可就由不得他了。"

"鸿门宴？"赵安妮饶有兴趣地问。冯军点点头："软硬兼施呗！有你这个好参谋呢！快帮我参谋参谋！"

冯军双手揽住赵安妮的腰。赵安妮咯咯笑着扭开身子："我可没那个闲工夫！"

"你忙不忙我还不知道？别忘了，我可是你领导！"冯军抓住赵安妮的手腕，把她轻轻拉回怀里。

赵安妮不情愿地扭了扭肩，噘起小嘴撒娇道："说没工夫呢！把护照还给人家，要去英国陪我闺女！"

冯军用下巴凑近赵安妮的耳垂儿，"乖！等林氏的股份到手了，我陪你去英国！你想住多久就多久！"

赵安妮嘻嘻一笑，偎进冯军怀里，心中却莫名的忐忑。冯军果然胆大心狠，连香港富贾也打算拘禁胁迫，更何况她赵安妮。

这被唤作"村里"的院子，本是赵安妮出面，在京郊农村向村委会租地盖建的一座小别墅，以供她和冯军厮混用的。这里偏远闭塞，交通不便，院子里还装有屏蔽手机信号的设备。客人到了这里，就只能"客随主便"。如果"客人"偏又不够听话，主人只需多加些人手，或者耍些花样。关门打狗，本来就是这"主人"最擅长的。

其实"村里"的一切手续都是赵安妮以华夏房地产的名义办的，房子也是她找人盖的，在这里她却并非真正的"主人"，这一点她早就清楚。只不过长山事件之后，她的"非主人"感觉越发明显。这么多年，直觉一向是准确的。

别看赵安妮一副事不关己的样子，其实长山的事，她比冯军还上心。警方对外的说法：杀人犯在逃，身份不明。厂子还封着，案子已经上交省公安厅——本地最大的合资企业出现纠纷，著名企业家遇害，这不是长山本地警察能处理的。

然后却突然安静了，打听不出事态的进展，仿佛一切程序都暂停了似的。

这安静反而令赵安妮不安。佟远和小会计都被人救走了，这件事背后，会不会另有文章？经过两天的冥思苦想，赵安妮终于打定两条主意：一、还是自己趁早拿钱走人；二、在此之前，绝不能让冯军知道自己都做了些什么。

赵安妮和冯军腻味了一会儿，越亲热却越觉得别扭。两颗心好像隔着衣服肚皮在互相偷窥侦查，全然没有肌肤之亲的快意。赵安妮起身说要上厕所，就像赛场上叫了个暂停。她却没在浴室里停留，就只是穿堂而过。她悄悄钻进狭长的更衣室，躲在里面查了查短信，居然还没收到回复。她心中一阵怨气，索性拨通一个号码。

铃声响了多次才有人接。但毕竟还是接了。

"干吗不回短信？"赵安妮怒道。

"去机场接人了，来不及回。"低沉的男中音之中，夹杂着一两声汽车喇叭声。赵安妮有些意外：他开车去机场接人？可他不是说过，从不让别人搭车，因为对他而言，车比卧室更加隐秘？这曾是他不能去机场接送她的理由。

"你说过你从不接人。"

"这次是例外。"

赵安妮想发作，心知这不是时候。她正躲在更衣室里，与冯军只隔着一个卫生间。而且电话里的男声也异常严肃，完全没有平时的调侃语气。赵安妮收敛了脾气，用出三分的娇媚："就知道你以前在骗人。"

赵安妮等了片刻，电话里没有应答。赵安妮又说："我发的短信，看了？"

"朋友在车上。"

赵安妮又是一阵意外：当着朋友用他的荧光笔接电话？这是什么样的朋友？赵安妮竟感到微微的醋意。这也是她意料之外的。男人都是工具，绝不能假戏真做。区区一家调查公司的执行董事，才三十多岁，这么嫩的男人，不该是她的对手。

突然间，赵安妮隐约听见开门的声音。浴室和卧室之间的门被打开了。

赵安妮赶紧挂断电话。只听冯军在门那边问："你不在浴室里？在换衣服吗？"

"怎么没有你说的项目？"

20排柜子，思梅来回走了两遍，仔细看过每个文件夹后贴的标签，大字小字都没落下：项目名称、客户名称、项目经理、完成时间……放置最近一年项目的几个柜子她查得更仔细，只要项目经理是Steve本人的，她都抽出来，快速浏览了报告。转眼三个小时过去了，她早已腰酸背痛，却就是找不到老方提起的那个项目。

"你肯定都仔细找了？"老方应付了一句，心不在焉，继续低头摆弄手机。自踏进档案室之后，他还没正眼看过那些柜子，更别提里面那些夹子了。这让思梅有些不解：煞费苦心弄到了卡和密码，进来了却怎么又没了兴趣？

思梅故意大声说："都仔细找了！"

老方又应付了一句："没看见和华夏房地产有关的？"

"没有！"

"也没有和中原集团有关的？"

"真的没有！到底是怎么回事？"

思梅再度加重语气。老方终于抬起头来看着思梅，脸上立刻满是笑意，却丝毫没有意外："没有就对了！要有才怪呢！"

思梅被老方的话弄糊涂了："什么意思？你不是说有这个项目吗？"

"项目是有，可记录未必有啊。"

"怎么可能没有？公司不是规定……"

"嗨！上有政策，下有对策嘛！这办公室谁是老大？老大想要让一两个 Case 的记录消失，能有多困难？"

"你是说，Steve 让那项目的记录消失了？可他为什么要那么做？"

"嘿嘿，说来话长呢！"老方抱起双臂慢慢踱步，抬头看看房顶，像在努力思考，时不时却偷偷看一眼思梅。思梅知道他又在卖关子，故意不催，由着他在狭长的档案室里溜达。老方来回走了一趟，见思梅并不吭声，终于慢条斯理地开口：

"我刚才不是说过，去年华夏房地产有个财务处长，贪污了三千万，后来跳楼自杀了？"

思梅点点头。老方继续说下去：

"华夏房地产的母公司中原集团接到匿名举报，说华夏房地产的财务处长制造假项目贪污。一般说来，中原这种国企是不会雇用像 GRE 这样的外企调查公司来做内部调查的，不知 Steve 用了什么手段，反正中原集团聘用了 GRE 调查这位处长。正巧这位处长去斐济休假，GRE 就派人跟踪去了斐济，成功复制了这位处长的电脑硬盘，取得了他贪污的证据。那处长回到北京，发现自己被调查，知道事情要败露，跳楼自杀了。按照 GRE 交给中原集团的官方报告所说，就是这处长贪污了三千万人民币，所以畏罪自杀，并没发现其他同伙，但那笔钱已经打到海外，不知去向。"

思梅微微点头，心想这些都和佟远说过的一样。三千万人民币，这数字真是太凑巧了。金合用来重组长山的资金正是三千万。佟远的猜测的确有道理。看来，老方对那个案子很了解。思梅欲擒故纵道：

"听上去就是个普通的内部调查案子嘛。有什么稀奇？"

"唉！年轻人，还是缺乏经验嘛！"老方晃了晃脑袋，神秘兮兮地说，"稀奇的就是，这位财务处长在斐济见了一个人，一个女人。不但见了，而且住在一起。"

思梅其实并非第一次听到这件事，却还是故作惊异："真的？见的谁？"

"你猜猜？"

"我哪猜得到，快说嘛！"

"就是你刚才让我查的那位，"老方凑近思梅，降低音量，"赵安妮！"

果不其然！正如思梅所料。思梅故意加重惊讶的表情："你是说，赵安妮和财务处长在斐济幽会？也就是说，赵安妮是处长的同谋？！"

老方点头道："也只有这样才合理吧，副总和财务处长相勾结。不然，仅凭那个财务处长，哪有那么大本事？国企是多官僚的地方呀。"

"是怎么发现的？赵安妮和处长在斐济幽会？"思梅追问。她需要证据。赵安妮伙同处长贪污三千万人民币，这正是佟远需要的证据。

"是那位跟踪处长去斐济的调查师发现的。后来又调取了海关记录，确认了赵的身份。"

"也就是说，赵安妮和那个处长同时在斐济，是有据可查的？"思梅一阵暗喜。

"当然。"

"既然有据可查，GRE 的报告为什么又说，没发现那位处长有其他同伙？"

"Steve 不想往报告里写呗！"老方的表情愈发神秘，仿佛正道出巨大的秘密。

"你是说，Steve 故意隐瞒了赵安妮的事？"思梅这次是真的有点意外。

老方没点头也没摇头，就只是耸耸肩，一脸怪异表情。思梅心中不禁疑惑：老方的话到底可信不可信？思梅又问："可你不是说，你没参与过这项目吗？怎么知道报告里写了什么？你看过报告了？"。

"嘿！你记性还挺好哈！去年秋天，有个调查师被 Steve 解雇了，她对 Steve 不满意，所以偷偷复制了 Steve 的电脑硬盘，找我破解的。所以，我的确看过那份报告，有关那位女副总，半个字儿也没提！"

"可 Steve 为什么要包庇赵安妮？"

"哈哈，那就不好说喽！说多了就成八卦了！"老方眨眨眼，一脸的神秘。思梅笑道："我就爱听八卦故事。"

"哈哈！那好，咱就当八卦讲哈，谁也别认真！那个被解雇的调查师，还在 Steve 办公室里找到了一个手机，也偷偷让我查了手机里的通话记录……"

老方再次故意停顿。思梅饶有兴致地问："查到了什么？"

"就在财务处长跳楼之前的几天里，Steve 用这部手机和赵安妮通过几次电话。"

"你是说，Steve 认识赵安妮？"

"嗯。而且，第一次通话，是 Steve 打给赵的，就在赵安妮刚从斐济回国后不久。"

思梅渐渐理出了头绪："也就是说，Steve 发现了赵安妮和处长的秘密，得知这两人有可能在合谋贪污，然后主动打电话给赵安妮？"

"不仅仅是有可能，而是证据确凿！那时 Steve 已经拿到了处长的电脑硬盘。"

"所以，他打电话给赵安妮通风报信？或者，是想要威胁她？"

"都有可能！"老方点头。

思梅心中豁然开朗：Steve 和赵安妮在暗中勾结！她猛然又想起长山公司总经理办公室门外那一幕：Steve 面无表情地宣布，人不是思梅杀的，佟远才是凶手！微型摄像机一定是他安装的！视频也一定是他先看到的！既然他和赵安妮暗中勾结，自然会包庇赵安妮的！那段视频也许被他处理过！思梅迫不及待地追问老方："有办法查查吗？S……"

思梅话说了一半，突然意识到自己太冒失，忙把剩下的话咽回肚子里。一个刚刚调到北京的调查师，为何对大老板的隐情如此热衷？

老方却不以为怪，得意扬扬地接茬："你想查查 Steve 和那位赵总是不是真有奸情？"

看来老方还真的有些把握。思梅却有些犹豫：老方到底是敌是友？凭什么冒险帮助她？帮她查询手机记录，查询高总租的车，又帮忙把她带进这档案室里，如今还要帮她私查老板的隐私？他的目的绝不单纯。但除了老方，她又没有别的办法。这线索实在重大，事关佟远的命运。思梅点点头。

老方却突然后退半步，连连摆手，一脸惊愕表情："老天，你当我谁呢？这也能查出来？我可没办法，没办法。"

思梅有些恼火。老方摆明了在耍她。一会儿吊她胃口，一会儿又泼凉水。思梅眼珠一转，故意叹了口气："唉，那就算了呗。谁要知道他的八卦。"

老方果然又凑上来，低声说："不是我不想帮你。这件事真的不好办呢。他每天开车在外面乱转，谁知道他都去了哪儿？"

"Steve 的车牌照你总知道吧？你不是有了车牌照，就能知道车子在哪儿吗？"

"你说上次那辆长春牌照的车？"老方摊开双手，一脸哭笑不得的样子，"嗨！那不是租的车吗？租的车都有 GPS，租车公司可以随时定位嘛！我只不过给了那家租车公司的值班经理一点儿好处而已，Steve 的车，让我上哪儿查去？你真当我能买通警察呢？"

思梅这才恍然大悟："所以，Jack 知道那车在上海的具体位置，也是问的租车公司？"

老方却摇头："哪儿啊，那是我告诉他的！嗨，你这小丫头，还真好糊弄。"

思梅顿时心里凉了半截。老方就会故弄玄虚。不过他的确也颇有些办法，起码手机通话记录、户籍记录和海关记录是真的查到了。她已慢慢摸出和老方的游戏规则：重在参与，别太聪明。

思梅佯装生气，噘起嘴不说话。老方果然又凑过来，嘿嘿笑着说："嘿嘿，这些架子，你肯定都找过了？真的没有华夏那个项目的档案？要能找到那个，估计比跟踪 Steve 有用！"

思梅皱眉道："仔细找了好几遍了！这几个柜子里放的是最近一年的项目，我都仔细查了，印着 Steve 名字也都打开看过报告。"

思梅边说边指着两排柜子。老方按照思梅手指的方向走过去，却并没停脚，继续向档案室深处走，边走边说："真的？不会放在别的地方？"

"不会吧？我都看过一遍的，夹子都按时间放得很整齐的。"

"除非……"老方停在最后两排柜子前，浏览柜子里那些夹子，"这些夹子上怎么没贴标签？"

思梅跟过去说："柜子上也没标注时间。我打开看了几个，都是很久以前的一些宣传材料，好像没有和项目有关的。"

老方却似突然来了兴趣，蹲下身自己看了看那些夹子："你动过哪几个？"

"就上面这几个。"思梅指指最后一排最上面的几个夹子。老方的目光却向架子下方移去，表情愈发疑惑："这下面的夹子，怎么也有手印？你动过？"

思梅摇摇头，顺着老方的目光看过去。果不其然，在柜子最下面一排的角落里，有个黑夹子的灰尘上隐约有几条痕。思梅心中不禁佩服老方，比自己细致几百倍。老方像个考古工作者似的，轻轻把夹子从柜子里取出翻开。

赫然一张照片，正是年轻时的赵安妮！

思梅仔细一看，那夹子里的第一页，正是赵安妮在浙江的户籍记录复印件，与老方帮她搞到的一模一样，只是看上去更陈旧些。"赵爱菊"的"菊"字之上用红圆珠笔画了个大圈。

再翻下一页，是赵安妮在青岛的户籍，这次是在"妮"字之上画了个圈。

"看看！有人早就对赵安妮感兴趣呢！"老方若有所悟。

"Steve？"

老方点点头，得意道："这鬼东西！知道放在档案室里，比放在他自己办公室里安全！"

老方继续往后翻，又是一张户籍。戴眼镜的中年男人，文质彬彬，嘴角似笑非笑，眼神让人琢磨不透。

"冯军？中原集团的老总？"思梅低声惊呼。老方却似乎早有预料："嘿！让我猜着了！"

老方再翻一页，是一张旧报纸的复印件，密密麻麻的小字，就连标题也需费些力气才能看清：

"山沟里飞出的雄鹰——记中原集团吉林分公司总经理冯军"

……和众多同时代的年轻人一样，年少的冯军也在高中毕业那年加入了上山下乡的队伍，来到吉林的穷山沟平头山……

冯军把返乡的名额留给别人，自己安心留在平头山，带领村民勤劳致富，承包当地连年亏损的镍厂……

冯军不但有魄力，还慧眼识英才：黄金龙是平头山出了名的猛张飞，爆脾气，却讲义气，好打抱不平。平头山曾经有个女知青被流氓欺负，黄金龙为女知青打抱不平，失手打死了流氓，自己坐了八年牢。黄金龙出狱时，冯军亲自去接他，握着他的手说："兄弟，你是个好人！以后，把你的猛劲儿，用在正道上！"黄金龙从此一心扑在工作上，吃睡都在镍厂……

冯军走马上任中原集团吉林分公司总经理，平头山全村的男女老少都踏着晨曦出来给他送行，镍厂的新厂长黄金龙更是一路把冯军送到县城，依依惜别，黄金龙拉起冯军的手："哥！你放心吧！平头山镍厂交给我，我要不让全村人吃香的喝辣的，我就自己把脑袋切下来给你送去！"

老方凑近那张报纸复印件，仔细看了看，叹道："快 20 年前的报纸啊！还是长春的地方报，肯定不是从网上搜到的！估计是专门去当地报社或图书馆里印回来的！看来 Steve 够卖力的。这姓冯的跟赵安妮啥关系？"

思梅答："她的领导。据说也是情人。"

老方一声诡笑："嘿嘿！ Steve 陷得够深啊！怎么说来着？恋爱中的人，都适合当侦探？哦对了，他本来就是侦探。呵呵！"

思梅心中却无端地微微有些感伤。Steve 既已得知赵安妮另有私情，却还是一心帮她掩盖证据，莫非是对她动了真情？赵安妮这女人本事倒是真大。多少男人都被她玩弄于股掌之间。虹桥机场门口的一幕突然又在思梅脑海闪现。尽管佟远说过是为了调查才接近赵安妮，思梅心里还是别扭。

"怎么样，满意了？"老方问。

思梅不知如何作答。这能算证据吗？这只能证明 Steve 早就在暗中调查过赵安妮，但不能证明他的确在一直包庇她。除非能找到老方说的那个项目的报告。

老方不等思梅回答，自己也摇摇头说："也是。这也说明不了什么。这样吧！你先回家休息！我再仔细找找！"

"我陪你找！"

"不用！万一有人来呢？琳达要是发现门卡丢了跑回来呢？只有我在就还好，你要也在，就麻烦了！"

老方的话在理，她原本就是 Steve 的重点监控对象。可她舍不得立刻就走，继续看老方往后翻那夹子。厚厚一摞剪报，都是与华夏房地产或中原集团有关的新闻报道。老方又说：

"这么厚一本，我慢慢看！快回去吧！太晚了！如果发现什么新鲜的，我保证告诉你！"

半小时后，1500 公里以南。

一辆旧款的黑色奥迪，正穿越夜幕笼罩的南浦大桥，风驰电掣赶往虹桥机场。车里一共两个人。开车的正是 Jack，GRE 上海办公室的前总监。坐在他身边的，是几天前突然出现在他门外的年轻而神秘的女子。

她开门见山，告诉 Jack 她是 GRE 纽约总部派来的人，正在秘密调查 GRE 中国区高管 Steve 的职业操守问题。Jack 并不怀疑她和 GRE 有关，毕竟她不仅轻易找到他的居所，也知道他刚刚在 Steve 的压力下被迫辞职。只不过，她显然过于年轻和羸弱，不像能胜任调查 Steve 这种难度系数的工作。

但她开出了优厚条件：任务完成后，Jack 将被 GRE 回聘，并提升至副执行董事。

她空口无凭，拿不出任何公司文件。但她拿出一万美金的现金，任务完成后再付一万。任务有两个。第一，秘密接触米莎公司的高管，了解当初 Steve 是如何拿到金沙这个项目的。这对 Jack 并非难事，因为他原本就是该项目的核心成员，曾多次出现在电子邮件的名录里，因此有不少借口去接触米莎。第二个任务略难。并非技术上难，而是感觉很别扭：陪同思梅去密会一位小伙子，协助 Yan 监听他们的谈话。Jack 有种隐隐的预感，这项任务会让他难受几天。可现在完成了，心里倒是很释怀：思梅早该拥有爱情，如今她终于找到了。尽管他们前路险阻，但有多少爱情不会经历风雨呢？找到就已经很幸运了。

那女子目视前方，淡淡道："谢谢你的帮助。"

Jack 接过她手里那厚厚的信封，从怀里取出本子递回去。那是长山公司的账本。若是在几天以前，他一定会把它视若至宝。可现在不同了。这本子跟他没一点关系，就像他马上要说出的那些从米莎打听来的消息，与他无关。至于那重返 GRE 的承诺，他完全没放在心上。还有所谓"GRE 高层的内部调查"，谁都知道那是骗人的。Jack 查过她留的手机号码。自然是个充值电话卡，没有机主信息。通话记录却是有的。的确有不少拨往纽约的长途，但没有一个是拨到 GRE 总部的。也拨打过国内号码，最近的几个是打给老方的。Jack 虽然在 GRE 也不过几个月，却足以认识老方——GRE 中国公认的"奇葩"。老方和他还通过几次话，告诉他那辆丰田车的具体位置。他转弯抹角地加以试探，老方则轻描淡写，点到为止："知道吗？May 现在坐的位置，以前是另一位员工坐的，谢燕，我们都叫她 Yan。你说巧不巧？"

Jack 心中有数。听说过这个名字，GRE 北京办公室的神话：全无调查经验的美女新人，入职几周就被派往海外单独执行任务，回京后全权负责一起反欺诈大案，不仅帮助客户找出证据，还协助内地和香港警方一举破获重大的经济犯罪团伙。此等天赋，在 GRE 前途无量，却在案子结束时突然辞职，从此销声匿迹。昙花一现，反而加重了神话色彩。只要听说过她的人，无不为她感到惋惜。

她比 Jack 想象中漂亮。

Jack 缓缓开口："我设法联系了米莎公司的总经理助理。我相信她说的基本属实。她说 CEO 收到了一封匿名信，就在中俄经济高峰论坛会议的前两天。接到匿名信时，她正在为 CEO 准备会议上用的 PPT，所以她记得很清楚。在高峰论坛会议上，CEO 遇到 GRE 中国区的负责人，也就是 Steve。Steve 向 CEO 介绍了 GRE 的业务范围，CEO 正在为匿名信的事情发愁，而且对 GRE 公司本来也早有耳闻。所以自然就把这个项目给了 Steve。"

"中俄经济高峰论坛？在哪儿开的？"

"莫斯科。"

"果不其然。"那女人说，"如果，我猜那匿名信和 Steve 有关，你会不会觉得是我太多心？"

"不，很合理。"Jack 低声应答。轻踩刹车，把车稳稳停在机场大厅门外。

Yan 再次感谢 Jack，轻盈地下车，转眼融入人流。她没回头，但她知道，Jack 一直目送她。

Jack 经验丰富，沉稳可靠，的确是 GRE 上海负责人的最佳人选。如果有缘，将来必有交集。但现在，合作告一段落。

Yan 拿出手机，找略微僻静之处，按下快捷键。电话里传出慵懒的美式英语："我亲爱的，都中午了，你的电话才来。"

"你知道，我没有一分钟在闲着。"

"哈哈，当然！我早知你很勤奋。现在，告诉我你的发现吧！"

"米莎公司的 CEO，在接到匿名检举信的第二天，参加了中俄经济高峰论坛，在会议上见到 Steve。会是在莫斯科开的。"

"啊哈！"男人兴奋道，"中俄经济高峰论坛？ GRE 中国分公司有很多俄罗斯客户吗？"

"几乎没有。"

"所以 Steve 是别有用心？这种会议，总要提前报名的吧？"

"我们是不是可以怀疑，匿名信就是他指使赵安妮发的？整个项目也是他自己一手制造的？"

男人沉默了片刻，声音冷静下来："Yan，我知道你在想什么。的确，这对内是欺诈，对外是丑闻。但我没看见真凭实据——那只冒黑烟的枪口。你明白我的意思吗？"

"他和赵安妮的相互勾结就是证据。"

"真的吗？你有证据证明他们在勾结？有他们俩在一起的照片吗？有他们调情的录音吗？能证明他们拥有共同财产吗？"男人稍事停顿，又说，"我不能把另一对情人在车里的窃窃私语拿到董事会去当证据。那两个人和 Steve 或赵安妮都没有直接关系。"

Yan 沉默了。Jason 所言确有道理。尽管在她脑子里，这件事已经板上钉钉：几个月前，当她刚刚加入 GRE 不久，Steve 就曾派她前往斐济，假装邂逅华夏房地产的财务处长徐涛。她晚上陪他在海边喝酒，使他放松了警惕，请她帮忙照顾女儿。在第二天早晨，当他去和情人约会时，她把他手提电脑的硬盘调了包，拿回北京做电脑法证。离岸公司的成立文件和开户证明都在他电脑里，有他的亲笔签名。那账户和银行提供的三千万元汇款记录完全吻合。Steve 命人排查了前一天从北京前往斐济的所有出港乘客记录，华夏房地产的副总赵安妮就在其中。但后来，徐涛跳楼自杀了，赵安妮却安然无恙。Steve 却在暗中偷偷和她联络。如此明显的联系，不可能再有其他答案。但问题在于，少了最关键的一笔：捉贼要捉赃，捉奸要捉双。仅凭几个人的证词，是不可能说服原本就打算偏向 Steve 的 GRE 董事会的，现任董事长本来就是篡权的敌人。Jason 想要复辟，仅凭现在这些证据，还远远威胁不到谁。

"Yan，尽管我一直催促你加速，其实我知道，你比我更想教训Steve。所以现在我要劝你耐心些。你和我都知道，他不好对付，所以既然出击，就要一招制敌。你说呢？"

Yan点点头，轻声道："我在机场。去北京。"

"哦！方！"男人再度兴奋，"他给你消息了？希望他比那位Jack，性价比更高些。"

"Jack给了我迄今为止最重要的证据。"

"Yan，你我都清楚，那本账目只是那位赵女士的罪证，或者她老板的罪证，但我绝不相信，Steve会打那些钱的主意。所以，它不会是Steve的罪证。对不对？"

"但我有一种预感，Steve也很想得到这个本子。"Yan轻声作答。

"为什么会有这种预感？你不是告诉我，Steve和那位赵女士是好朋友吗？"

"不知道。不过，朋友关系也可以变得很复杂很微妙。尤其在我们东方。Jason，我得走了。要登机了。"

Yan挂断电话。她没告诉Jason，老方正在偷偷留意Steve的行踪，而且今晚颇有些收获。她并不急于向老板汇报结果。吃一堑长一智。这样的错误，犯过一次已足够。

*

最后一次登机广播。Yan快步走向登机口，混在一群赶最后一趟班机回京的乘客里。

人群在登机口消失。候机大厅变得空空荡荡。寥寥几个身影，散落在座位上，大概都是准备在机场过夜的乘客，半醒半寐。只有一个身材魁梧的胖子，虽然也远远缩在角落的座位里，却比其他人精神：

"老高，真的是她！"胖子用手挡住手机。他虽然尽力压低声音，兴奋却是压抑不住的，"我按你说的，一直跟着GRE的那个前总监。今晚，有个女的在陆家嘴上了他的车，在虹桥机场下的车。我看她背影很眼熟，就跟进机场来，真的是她！从美国回来了！我不会认错的！去年，我跟了她那么久，还带她去过公墓……"

胖子被对方打断，安静地听了一会儿，眉头随即拧紧了："嗯。我猜她知道你还活着。而且，如果东西真是那前总监从你车里偷的，现在估计已经在她手里了！要不要通知首都机场，把她扣下来？随便找个什么借口。我查过航空公司的记录，她用的护照肯定是假……"

　　胖子越说越兴奋，话却再次被对方截断，表情也变得沮丧："好好好，我明白明白！唉！你心里还是过不了感情这一关呗，就跟上回一样，害得你还轻……好好不说了不说了，我就当什么也不知道……好，我也马上登机……放心！我跟不丢，我有那么笨吗？……我不会告诉别人的！放心吧！我你还信不过吗……"

　　胖子边说边跑向就要关闭的登机口，一手拿着手机，另一只手挥舞着头等舱的机票。他早知她的座位在普通舱，他是不会让她看见自己的。

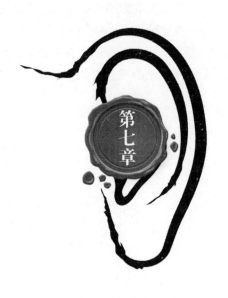

第七章

决战村垣

1

　　"村里"虽然距离真正的村子不足百米，村民们却从没见过院子里的样子，只知道里面有一群狗，有事没事就要拼命吠叫，像是时刻准备着把入侵者撕碎。因此好奇心重的村民也不敢靠得太近。

　　当年盖房的，也是外来的包工队，隔着几十米远就拦住了路，不让村民靠近。有人声称见过工地里打的地基，足有二十米深，没想到房子盖起来并没多高。不知挖那么深的坑做什么用？当地窖能藏不少东西？也有老人说，可以做地牢。年轻人当然不信，毕竟这些都是谣传。

　　房子里该是常年有人，有个婆娘和老人偶尔出入。老人像是园丁，婆娘像是保姆，都并非院主。据说院主是个漂亮女人，可村里没人见过。前些年常有车来，小轿车，车玻璃都涂得黢黑。最近几年车来得少了，院子里的狗叫声也少了。

　　可昨天下午又来车了，还是玻璃涂得黢黑的小轿车。今天下午狗也叫起来，而且叫个没完。又来了两辆面包车，车里都是小伙子。村民们不禁要纳闷儿：突然来了这么多人，这是要干啥？

*

　　冯军披着大衣，坐在下沉式花园里抽烟。

　　这花园四周被房子包围，像个巨大的天井，井外是绵延的山岭，山坡上光秃秃的，有斑驳的积雪，更显冬日的萧瑟。

　　院子里却春意盎然。今天新拉来的花木，摆满整整一院。即便过不了几天就会冻死，但气派是不能少的。既是他冯军请客，总要有宴会的样子，鸿门宴就更是如此。在中国，饭桌远比会桌更像战场。所以他上午并不参加城里的谈判，专心计划今晚的"村里"之宴。

　　在城里的谈判桌上，本来也谈不出啥。林氏的少东家来京好几趟了，带着他那份只差中原公司董事长签字盖章的地皮转让合同。谈过几回了，他要说的话，冯军都能替他背出来。所以谈判桌上有没有冯军都没所谓，反正结果早被他安排好了：没人会在地皮转让合同上签字，中原和林氏的合作必须终止。

还真不是冯军故意刁难林氏。林公子怎么也不想想，那份开发合同，难道是从天上掉下来的？青岛郊区的两百亩地，依山傍水，多少开发商为之垂涎？其中可不乏比林氏更有实力的。若不是中原集团的内部斗争，那地皮怎么也轮不到林氏。中原有个副总，比冯军进门晚官职低，但后台更硬，天天和冯军作对，一心想坐冯军的座位。冯军借着林氏的老东家扳掉了副总，青岛的地皮，算是回报。

可林氏少东家突然发动了"宫廷政变"，篡权夺了老爸的位置。冯军怎能顺顺当当地就和少东家继续合作？那也对不起老东家。再说刚刚经过"政变"的公司根基稳不稳？会不会出别的问题？合作风险都需重新评估，这么重要的合作，金额如此巨大，当然不能继续履行。

中原当初给林氏开的价的确不低。林氏几乎压上全部家底，才从银行贷到款，预付了合同款的一半作为定金。后来中原集团拒绝签署转地协议，林氏股票大跌，银行追账，的确面临全面崩溃的危险。但这更说明林氏底子不牢，资金不够雄厚，青岛的项目就更不该拿给他们，除非他们吸纳新股东，加强自己的力量。

可少东家偏偏不识相。现成的新股东——英属维京群岛注册的永富——拿着现金等着收购林氏两成的股票，少东家偏偏就是不同意，还煽动董事会一起反对，说什么现在林氏的股票跌得太厉害，增发两成的股票也只能进账两三千万美金，杯水车薪，解决不了实质问题。难道永富的能力，就只有两三千万美金？只要林氏的董事会答应增股，中原集团就会以"林氏实力增加"为由立刻恢复那份开发合同。林氏的股票一夜之间就能翻几倍，银行不但不会继续追债，说不定还能主动再多贷。林氏不但起死回生，而且还能大赚一笔。这些道理少东家心里不会不明白。说到底，他是不想丢掉第一大股东的席位和董事长的头衔。当然，少东家处心积虑地夺权，肯定不希望刚得手公司就改姓。可林氏如果破产了，董事长姓不姓林，又有什么区别？

所以冯军的计划万无一失，林氏少东家已经没别的退路。投降，虽然意味着丢失林氏的控制权，但股价一涨，起码也能跟着捞上一笔。不投降，就只能等着林氏翻船淹死自己。反正三千万美金就在永富的香港子公司致胜投资的账户里，用不到林氏身上，以后总有能用到的地方。只不过，那个账户暂时还挂在赵安妮亲戚的名下。虽说UKey和密码都在冯军手里，可挂失再补办也并非不可能，只是需要些时间罢了。

绝不能给那女人太多时间！冯军狠狠吸了一口烟，心里却更加不踏实：黄金龙和金合偏偏在这个节骨眼上出了事。和她有没有关系？眼看大功就要告成，他绝不容许再出差错！年轻时吃过多少苦？上山下乡，一苦就是二十年，从村支书到县长秘书；从镍厂厂长到集团公司总经理，硬生生给自己杀出一条路来。本是一颗城里娇贵的种子，偏偏扔到农村的泥土里发芽，他逼着自己破土而出，和黄金龙那样的屎壳郎摸爬滚打，浑身沾满黄土和牛粪。黄金龙的确仗义，但冯军也没对不起他，让他当上农民企业家，坐奔驰，玩小姐，戴大金链子，反正那就是他的追求。冯军的追求可不止这些。

冯军掐灭了烟，走向主卧室。今晚的"宴会"需软硬兼施。硬的容易；软的，要靠赵安妮。那女人睡了一整天，难道现在还没起？不知她想了啥办法对付林公子。不过这方面她是天才，还从没让冯军失望过。

卧室的门还紧闭着。冯军打开一条缝，看见大床上那一堆隆起的被子——赵安妮果然还睡着。两人腻味了一晚，天快亮了才睡。这女人在床上格外卖力，正说明她心里有问题。今晚先把姓林的搞定，之后再来对付她。

冯军悄悄关闭卧室的门，手机突然响了。他快步穿过走廊，走进狭长的更衣室。这更衣室两头有两个门，一头通走廊，一头通主卧里的卫生间。两头都不直接和主卧连接，所以算是比较隐秘的地方。

更衣室里原本漆黑一团。冯军开门的一瞬间，光照在一排高高的衣柜之上，暗红色的柜门，反射着幽暗的光，反而使这更衣室越发幽暗隐秘。冯军反身关紧大门，切断了光源，这才拿出手机：

"见着常芳了？"冯军把手机贴紧脸，这样便可把嗓音降到最低。但听过对方一阵讲述之后，冯军却突然怒目圆睁，声音因激动而难以控制，"什么？她把账本交给鬼了？放屁！这世界上根本没有鬼！那个会计肯定没死！妈的！那婊子敢在我背后做手脚！"

冯军挂断电话，脸色早已铁青，呼吸异常急促粗重。长山的小会计没死，谁在捣鬼显而易见！十几年前，是赵安妮求他把自己的表哥秘密安排到黄金龙身边当司机，说是为了监督黄金龙的，看来真正应该被监督的人是她！这个婊子，麻烦都是她惹出来的！现在黄金龙的私账也丢了！黄金龙这头蠢猪，不知会不会把每年给冯军和其他领导的供奉都写在账本里。就算没他冯军的名字，那几笔巨额转账记录是绝少不了的。那几家海外公司都跟赵安妮有联系，真的要查，总归能查到冯军头上。今晚这场鸿门宴势在必得！冯军暗暗咬紧牙关：林氏的股票一到手就立刻走人！反正中原和林氏复约的新闻一发，股票肯定要涨。他在国外，永富在国外，林氏也是在香港上市的公司，股票涨了他就脱手，从此隐姓埋名。就算到那时有人把黄金龙的账本交给纪检单位，恐怕也没人能拿他怎样。

只是那个婊子得赶紧想办法除掉！剩下她那个农村亲戚好对付，骗到国外还不只能唯命是从！只不过今晚还不能动手。毕竟她还有用。这女人，母猪似的！怎么还不起？今晚到底怎么对付姓林的？

冯军踮着脚尖，快步走出更衣室。他其实很想直接冲进卧室里，掀了赵安妮的被子。可他努力控制住自己。他知道自己正怒气冲冲，现在让赵安妮见到他，一定会起疑。激动的时候不能采取任何行动，不论喜怒。这点儿道理他太懂了。

狗又在院子里吠，今天陌生人太多。今晚要办大事，不能让这几只畜生搅了局。冯军拔腿往外走，得先让人把它们弄走。

*

其实赵安妮根本就不在那堆被子里。

冯军的脚步声在走廊尽头消失。幽暗的更衣室里，那一排靠墙的柜子突然开了一扇门。赵安妮从里面钻出来，身上的睡衣横七扭八，头发更是张牙舞爪，一双大眼睛，在黑暗中闪着惊恐的光。

几分钟前，她正躲在更衣室里打电话。因为担心冯军随时有可能来卧室，所以才躲进更衣室里，没想到冯军的电话响了，脚步声又越来越近。她知道冯军要干什么，这才急忙躲进柜子里。

"喂，你还在吗？"赵安妮拿起电话，手在微微地发抖，"有人带着那小会计去找了常芳，常芳以为看见鬼了，就把黄金龙的账本给出去了！"

电话里的男人问了些什么，赵安妮更加激动，胸脯上下起伏："那上面有什么？那上面什么都有！有华夏房地产，海外的公司，我的名字！"赵安妮深吸一口气，让自己稍稍冷静，继续说，"钱在香港公司账户里，那账户是我设置的！只要逼姓冯的说出密码交出 UKey，钱就是我的！"赵安妮顿了顿，声音突然变得温柔，"是我们的！亲爱的，我不会亏待你的。"

赵安妮沉默了片刻，电话里并无反应。她索性继续讲下去："今晚，冯军请林氏的少东家到'村里'来吃晚饭，他是想逼人家签那个入股林氏的合同。他的注意力都在那件事上，这正是我们下手的好机会！你先买好机票，最好是今晚的！斐济、马尔代夫，或者随便哪个不需要签证的地方！记住到香港转机！你买好机票就立刻来这里找我！想办法混进来！我们里应外合！"

赵安妮兴致高昂。对方说了不到两句，她却再度急躁起来："我真的不能再等了！一分钟也不能！三千万美金足够了！我彻底想明白了！等他真靠林氏的股票发了财，一分钱也到不了我手里！他已经背着我派人找了常芳！他一定能猜出我做了手脚！说不定收拾完姓林的就要收拾我了！我太了解他了！什么事都做得出来！你不是调查师吗？混进这破院子有什么难的？我的确还没想出具体计划，可你就不能帮我想想？"

几分钟后。赵安妮终于平静下来，声音再度变得妩媚："就说你聪明嘛！这个主意不错！是不是你们这些调查师都是天生的骗子？嘻嘻！不过，你可别耍我。不然……嗯，我可舍不得看着你这个天才身败名裂。"

Steve 丢下荧光笔，掏出手机，一刻都没耽搁。只不过，他拨打的并非旅行社或航空公司的号码。

他又看了一眼办公室的门，的确紧紧关着。这才把手机放在耳畔，和赵安妮通话都从没如此谨慎。他不使用荧光笔，因为那荧光笔里的 SIM 卡号码，绝不能和此刻正要拨打的号码有任何关联。通话记录这种东西，从来算不上是秘密。

再说荧光笔这种东西，本来就该待在笔筒里。即便带在身上，想丢也就丢了。

铃声响了很多遍，却没人接。Steve其实已经料到了。对方不会接，因为在开会。剑拔弩张的谈判，未必顾得上接听手机。而且是在对方的会议室里，接了也不方便说些什么。

但他必须立刻行动，时间已经不多了。Steve拨通了另一个号码："我马上需要一套。带假发的。一次性的就可以。不需要非常精致……夜晚、室内照明、五米之外、几秒钟而已……我明白。你的东西，也糊弄不了太熟悉的人……价格不是问题。但必须三小时内做成！"

Steve的口气刻不容缓。他的服务商都明白，只要是他亲自打电话来，要求绝不会简单，但价格不会是问题。Steve满意地点头：

"我立刻把照片发给你。三小时后去取。"

Steve开门走出办公室。下午三点半，办公大厅里满满的人，大家都在低头默默工作。只有零星几个座位空着，是谁缺勤他都知道，哪怕实习生请半天假也需通过他。也有从不请假的，比如老方。他的座位也空着。Steve对他不管不问，但从未视而不见。老方原本就是敌人，如今开始大胆勾结异党。Steve又多看了一眼，May还在，安静地坐在桌边。那桌子远离大部队，仿佛一座孤立的小岛。可她看上去并不寂寞，双目闪亮着，全神贯注盯着电脑。是什么让她如此感兴趣？其实Steve心中也能猜穿一二。坐过那个位置的，都是冰雪聪明的女子。因此都能成为他的杀手锏，无需自愿。只不过这一次，他尚不知答案。有一个谜，正在等待他来解开，May就处在谜团中央。这个赌注，不知是不是下对了？

Steve穿过走廊，走向档案室。他必须在行动前重新回顾所有细节。即便是再精密的大脑，也难免有所遗漏。档案室的门正躲在楼道的阴影里，安静等待Steve的光临。他用食指轻触读卡器，再敲入密码。门开了。他走进去，反身关好门，直奔最里面的柜子。正要去抽那没贴标签的文件夹，手却停在半空。

他愕然了。

北京的灰尘所留下的证据，是绝难消除的。有人动过这只夹子！Steve直奔钉在门边墙壁上的一个长方形的铁盒子，打开盒盖，键入一串密码。名片般大小的液晶屏上，翻滚显示着最近一周室门开启的记录。

Steve 的目光更加凝重。昨晚进入档案室的，竟然是他自己的 ID！

Steve 猛然醒悟：一定是老方！他抬手看表，心中默算：昨夜九点半到现在，已有 18 个小时。老方的背后到底是谁？ Steve 头顶似乎正有一张无形之网，在渐渐收紧。

必须立刻行动！

Steve 再次看表，林氏和中原的谈判很快就要结束了。林氏的新总裁，马上就要乘车前往"村里"赴宴。今晚的计划必须继续，只不过结局会稍有变化。Steve 快步走出档案室，去办公室取电脑和荧光笔。别的，也没什么必须带走的了。

Steve 走出办公室，最后在公司巡视了一周。十几年的刻苦努力，就此付之一炬。

但一切都是值得的。

*

思梅正注视着电脑，全神贯注，目不转睛。

电脑屏幕上是一篇又一篇的新闻报道。从清晨到现在，她一直在搜索有关冯军和中原集团的新闻。冯军是个过于常见的名字，搜起来好像大海捞针，需加上各种其他关联词排除。连续几小时搜下来，真正能确定是他的消息非常少，都是有关中原集团领导出席活动的报道，并无其他有价值的背景秘闻。大概是时间久远，又或许是最近几年冯军故意避而不谈，有关他早年上山下乡的经历，在网上并无痕迹；他和黄金龙、赵安妮之间的关系就更是毫无提及。

有关中原集团的报道倒是非常多。不仅百度的结果多，就连像 Fectiva 这样的香港媒体数据库，也能搜出几十条——最近因为和一家香港上市公司闹纠纷，频繁登上香港报纸：香港林氏集团，来自台湾的林氏家族所控制的房地产公司。大约一年半之前，林氏集团和中原集团签订协议，共同投资开发位于青岛郊区的几百亩地皮，并交付了一半的投资款作为定金。该项目不仅将为林氏赚入巨额利润，也将助其在大陆的生意更上一层楼。林氏的股票连夜猛涨，项目也进展顺利，经过层层审批，地皮开发权眼看就到林氏手中，只差中原集团董事长一个签名。林氏集团却突发高层变故，老董事长提前退休，儿子林俊文当选董事长。有小道消息称，林家发生了"宫廷政变"，是儿子夺了老子的权。虽然这只是传闻，却令中原集团格外紧张，发表声明要中断和林氏集团在青岛的合作，理由是林氏集团股权不清，内政不稳，合作风险过高。林氏集团不但损失了巨额预付款，还丢掉了最大的项目，同时又欠下为青岛项目向银行借贷的巨额债务，眼看山穷水尽，股票跌到先前的十分之一。林俊文多次赴京和中原集团谈判，却始终未能有所进展。然而就在几周之前，有一家神秘的永富公司突然接洽林氏集团，希望投资入股，成为林氏集团20%的股东。永富公司是一家离岸公司，股东身份秘密，只知其财力和人脉都很深厚。但林氏不想在股价这么低的时候让别人增资入股，抢走公司主动权，所以一直没接受永富的提议。

永富？怎么感觉这么眼熟？

思梅的目光停留在"永富"二字之上，心中隐隐有些异样，总觉得和赵安妮似乎有些关系，忙把之前的笔记拿出来翻看，不禁脱口而出："就是她！"

身后却突然有人问："是谁？"

思梅吓了一跳，忙转身，原来又是老方，笑嘻嘻站在身后。自从思梅昨晚离开公司，这还是第一次见到他，太阳都微微偏西了。思梅问："上午没来上班？"

"嘘！"老方用食指顶住嘴唇，向Steve的办公室使了个眼色。

思梅低声安慰老方："走了！刚走！穿了大衣还拿着电脑包！"

老方放松了全身肌肉，眼神却愈发兴奋，极力压低声音，对思梅耳语道："我去调查他了！看看他最近都去了哪儿，有没有跟那个姓赵的约会！"

"噢？"思梅暗暗吃惊：老方本说不能查的，怎会突然又如此积极？思梅半信半疑地问："查到什么了？"

老方摇摇头："不知道。还没有结果。唉！我朋友这次有点儿掉链子！再等等吧！"

果不其然。老方就喜欢吊人胃口，再让人扫兴。至今为止，他的能力仅限于普通"渠道"的能力范围。上次一路跟踪佟远乘坐的汽车，只不过是从租车公司得到的卫星定位信息，技术含量其实有限。Steve的车又不是租来的，想要查他都去了哪儿见了谁，谈何容易？

老方反问思梅："你刚才说谁呢？"

思梅把有关中原和林氏的新闻告诉老方，随后说："我总觉得'永富'这个词有点儿熟，想了半天，终于想起来了！记得那个梁秀敏吗？赵安妮的妈。她是香港致胜投资的董事，而致胜投资的股东就是永富公司！而且，她曾经担任过一家叫永富 HK 有限公司的董事，但那家公司只成立了一个月就注销了！"

老方若有所悟，频频点头："那肯定是觉得香港公司不够安全，所以换到海外啦！看来，这是冯军给林氏下的套儿！这边威胁要撕毁合同，那边等着抢人家股份，不同意就破产，同意了股价一涨，他转眼就变亿万富翁！"

思梅听老方一席话，心中豁然开朗：怪不得！从三千万人民币到三千万美金，然后再到几亿，冯军的胃口好大！黄金龙，金合，长山，华夏房地产，都是他空手套白狼的工具！赵安妮也是工具，或者比工具更近一层：她不是还有个女儿在伦敦？会不会是冯军的？思梅说："然后呢？带着赵安妮跑到国外去？"

"嘿，这还真不好说！"老方一脸狐疑，"我试着找人打听了一下赵安妮。北京的还真不行。我找的青岛本地的。凑巧有几个哥们儿，以前在青岛干公安的。也巧了，赵安妮在青岛的户口，就是我朋友给上的。也不是我自己的朋友，朋友的朋友。这不重要了！怎么说呢，这女人啊，有出息！"老方竟然立起大拇哥，脸上却满是鄙夷，"你猜她本来在青岛是干啥的？哈！你肯定猜不到！她呀，是干保姆的！"

思梅吃了一惊，全然无法相信。她虽然只见过赵安妮几面，印象却格外深刻：美丽，高贵，不可一世。无论如何，无法和保姆二字相提并论。

老方看到思梅的惊异表情，越发得意道："她在浙江老家认识了一个有妇之夫——一个军人。破坏军婚的罪名可是不得了！也不知道她用了什么手段，居然让那人带她去了青岛，还帮她在青岛安顿下来！"

思梅猜测，赵安妮用的是孩子。她不是还有个大女儿在新加坡？按照年龄看，大概就是和军人的私生女。

"那人是个小军官，在青岛也没啥关系，找不到啥好工作，介绍她去一位老同志家当保姆。"老方一阵诡笑，"呵呵，老同志的名字就别提了，知道了不好！想想吧，老同志跟她，能发生什么样的故事呢？当然也许人家什么都没发生。不过呢，她在老同志家干了两年，就变成老同志的'外甥女儿'了，进了国企，还有了青岛户口。这样的女人，你觉得中原的老总能有多稀罕？"

老方顿了顿，又补上一句："Steve 我就真不懂了。那么聪明的男人，怎么会为了她⋯⋯？"

老方的话又留了半句，思梅却已然会意：Steve 这样的人精，怎会为了赵安妮冒这么大的风险？说是为了钱吧，赵安妮本是冯军的人，就算背叛了冯军，难道会肯把辛苦骗到手的钱分给 Steve？说是为了情呢，那就更不可信——Steve 会真的爱上赵安妮这样的人？

思梅问："Steve 是不是挺风流？"

老方低头想了想，摇头道："那倒好像没有。这么多年了，也没听说他跟谁谈过恋爱。这公司里美女如云的，也没见他特别留意过谁。除了这位⋯⋯"老方向着思梅的桌角努努嘴。

思梅心中纳闷，随着老方的目光看过去，一眼瞥见桌角的名片盒，这才领悟："谢燕？那个干了没几个月就辞职的调查师？"

老方点点头："大家当时都以为 Steve 喜欢她呢。又漂亮又时髦的美籍华人，在美国生活了好多年，刚刚回到中国，对这里啥都不了解，一点儿经验都没有。Steve 亲自面试的，立刻就录用了；到公司不到两周，就派她去斐济做实地调查，然后又把一个新项目全部交给她一个人管理！多少人在 GRE 混了好多年，还没混到这种待遇呢！"

"后来呢？项目没完成好？"

老方摇摇头："正好相反！完成得太好了！"

思梅更加纳闷："那为什么辞职？"

"唉，大概是伤心了呗！老公被抓了，情人也死了。"

思梅吃了一惊："这么复杂？有老公还有情人？老公怎么会被抓？情人又是怎么死的？"

"唉！别提了，"老方叹了口气，"她老公在国外做生意出了经济问题。那个情人呢，据说是以前在美国留学时候认识的，两人好多年没见了，她到 GRE 来上班，那人就突然出现了。两人还玩啥旧情复燃呢，后来她才听说那人是个警察，正在调查她老公的案子，整个就是利用她！她老公后来被抓了，那情人据说也在执行任务的时候死了。噢，牺牲了，该这么说。"

思梅听老方说罢，心一下子收紧了。红颜祸水，为情所害。尽管与她无关，但感情真是一件可怕的事情！她不禁问道："是她的旧情人通过她搞到了证据破的案？"

"唉！"老方又叹了口气，摇摇头，并不直接回答问题，"你们这些年轻姑娘，小说和电视剧看得太多！上了年纪就明白了，平平淡淡安安心心地过日子，其实是最好的！千万别想别的！"

老方一句话点中思梅心事：平平淡淡安安心心地过日子，可望而不可即。如今佟远前路坎坷，凶多吉少，他又是一个执着的人，不会为了自己的小幸福牺牲理想。不知此生是否还有缘一起过日子了。思梅一阵心酸，正不知该跟老方再说些什么，桌子上的座机却突然响了。

思梅有些意外。自她坐在这里，那座机还是头一次响。来电显示的是一个手机号码，思梅对它毫无印象。正在犹豫要不要接，老方伸头看了看，一阵挤眉弄眼："快接吧！老板找你呢！"

思梅拿起听筒，果然是 Steve。几天来，Steve 对她不闻不问，视若空气。怎会突然给她打电话？

"May，你今晚有安排吗？"出乎意料的问题。

思梅更加不知所措，不知如何回答。Steve 却好像也并不打算听她回答，抢先开口道："今晚有个重要的应酬，我希望你能陪我一起去。"

Steve 的口气很坚决，不是商量，而是命令。思梅心中愈发不安，不知是该同意还是回绝。老方正在一旁饶有兴致地欣赏，却并没有替她出主意的意思。电话那头，Steve 却仿佛猜穿思梅的心思，低声补了一句：

"只要你来，我会让你满意的。"

Steve 指的是什么？思梅完全没有概念。但突然间，她想到了佟远，心脏立刻狂跳起来："好，我去！"

"现在就下楼吧！车停在路边。"


*

"你小心着点儿……"

老方的话只说了一半，思梅已经消失在走廊里。老方点点头，又摇摇头，好像半句话卡在嗓子眼。这女孩的确聪明，可就是性子急，经验浅，跟当年的谢燕倒是有几分像。今晚 Steve 要赴的局，会不会又是一场惊险大片？老方瞥一眼桌角的名片盒。Steve 知不知道，那名片的主人又回来了？

螳螂捕蝉，黄雀在后。几个月前，Steve 是黄雀，可现在，他却变成了螳螂。

老方顺手拿起那盒名片，眉头却一皱，忙把盒子凑到眼前，小心打开盖子，一张张取出名片。取了大约一半，不禁一声惊呼。盒子里剩余的名片均在中心被挖了一个小洞，摞在一起自然就形成了一个小坑。有一粒"黑色纽扣"，正安静地躺在小坑中央。

窃听器该是 Steve 偷偷放的。老方后背一阵凉，仔细回忆自己在这桌子附近说过的话：帮助思梅做过的那些小调查基本对 Steve 无关痛痒；昨晚帮思梅进档案室的对话 Steve 应该听不到——为了提防琳达，几乎都是耳语，窃听器应该抓不到。其实凭着 Steve 的精明，过不了多久也应该能发现档案室里有过不速之客；刚刚的这段有关赵安妮背景的对话，Steve 应该最感兴趣，但有关赵安妮的事情 Steve 或许知道得更多。

老方想来想去，基本确认了一点：他从没在这里扒过 Steve 那些不可告人的秘密，也没透露过现在 Steve 已经成了目标。做人就得嘴严，做调查就更是如此。不管给谁干都一样，该不知道的就必须不知道。不管有多大本事，仇人总归越少越好。特别是像 Steve 这样的。

只是有关谢燕的事，说得稍微有点儿多。

老方再次回忆刚才的对话。还好，没把谢燕老公被抓的真实原因说出来。不然就是明摆着给 Steve 搅局了：如果思梅得知 Steve 重用谢燕的真正原因，其实是为了调查她的老公，通过她获取关键证据，并最终把她老公送进了监狱，那么 May 今天还敢跟着 Steve 走吗？

思梅根本就不知道，Steve 到底有多阴险。

老方看看表，May 这会儿大概快到楼下了。他急急火火走出公司，到楼道里去打电话。他放弃了在公司里打这个电话的想法。除了装名片的盒子，还不知哪里有窃听器。

老方拨通手机，用极低的声音说："Yan，我是老方。May 已经下楼去了，Steve 的车应该就停在路边，今晚应该有场好戏……不，你不必立刻跟上。让他们先走。跟踪器我放进她包里了……好的，没问题！我跟你一起去。我这就下来！"

3

"哥！常芳的账本让人骗走了！估计要出事！"女人焦虑急迫的声音正从刘建国的手机里钻出来，"姓冯的背着我派人找了常芳，他已经知道那小会计的事了！他肯定知道是我们动了手脚，现在你和我都有危险！我现在在'村里'出不去！今晚姓冯的要在这里对付香港人，估计下一个就是我！还有你！不过你别急！今晚我有个计划，你得来帮我！上次你回老家帮我办的护照，今晚一定记得给我带来！还有那个家伙！知道我说什么吧？也带给我！哥！一定按我说的做！事成之后，我给你个整的！"

"今晚，还要那玩意儿？"刘建国心里发颤，不禁伸手摸摸裤腰上别的硬家伙。表妹的确让他弄一支防身，却没说过马上就要派上用场。也赖他说过大话：这玩意儿在东北不难弄！哪有那么容易？

挂断电话，刘建国的心还在嗵嗵直跳。今晚表妹这是要干啥？刘建国文化不高，但这么多年跟着表妹，看她跟冯军、黄金龙斗心眼，有些事情也能大概猜出端详。自从黄金龙被杀，地窖里的一男一女又被人救走，表妹可真是乱了阵脚，东北也不让他待了，让他偷偷藏到北京，还让他搞这样的东西。他还从没见过表妹这么慌张。

这个表妹，本事能比孙悟空，可终究逃不出如来佛的手掌心。跟着表妹快20年，刘建国的确发了点儿小财，可也真的没少麻烦——养了她姐的孩子又养她的，反正不能见光的都丢给他。他还得整天小心翼翼，不能传出去一点儿风言风语。不要说20年前，即便是现在，家里突然多了个来历不明的孩子，也还是不小的麻烦。这样的麻烦也就算了，毕竟抚养费给得挺大方，几个孩子没养几年就都出了门，该上学的上学，该出国的出国，只要离开他家，跟他再没半点儿关系。可表妹给的任务还有更难的——卧底。十几年前，让他辞了工作，把家从浙江搬到吉林，到黄金龙身边当个小司机，每天唯唯诺诺，不但要讨好黄金龙和他身边的每一个人，还得和亲朋都断了联系，再编上一整套瞎话隐瞒自己的来历，自己和老婆都得背得滚瓜烂熟，孩子到现在都不知自己真正的老家在哪儿。

这些其实还是小事。最麻烦的，是黄金龙并非省油的灯！做他的亲信，得帮他干多少坏事！送个礼行个贿也就算了，最后连杀人的事都派到头上了！亏得表妹让他留个活证据，好歹没真成杀人犯。可没过几天又让他抓来一个小伙子，两个人要一起灭口！刘建国心里老大不情愿：大人物为了挣大钱铤而走险，他却只是个小人物，为了一点儿小恩小惠，犯不着干伤天害理的事。所以地窖里的两位逃了也好，他心里反倒踏实些。

但今晚表妹说了，要给他个"整的"。刘建国知道"整的"是多少：

100万美金。表妹虽然胆大包天，但至今还没说过大话。如果真能拿到100万美金，这辈子也就差不多了。带着老婆孩子到哪里躲一躲。中原的老总可不是好惹的。

刘建国终于下了决心，今晚就到"村里"去一趟。

刘建国穿衣出门，走出东郊某小区楼群里的小旅馆，钻进路边停的大众速腾，发动了引擎。他却不知道，就在速腾背后，隔着三辆车的地方，停着一辆丰田花冠，也挂着吉林牌照。车里有三个男人，都在全神贯注地盯着速腾车。

"姓刘的出来了。跟吗？还是去那边？"司机老孙说。

"跟着姓刘的。那边有小王和小蔡盯着。"高翔刚从耳麦中听到小王的汇报：谢小姐的车到国贸了。其实他该亲自盯着那边，因为最重要的东西——账本——很有可能就在她手里。他更应该接受小王的建议，昨晚就在首都机场扣住她。他兴师动众地检索上海大街上的监控录像，锁定了GRE上海前总监的奥迪轿车，又派小王一直跟踪监视，为的就是找回那本账本。小王却居然发现了她——这只燕子居然又偷偷地飞回来了。回来得这么快，完全出乎他的预料，也让他心潮澎湃，差点乱了阵脚。

她要那本账本有什么用？

账本是中原集团高层贪污舞弊的证据。高翔跟了赵安妮这么久，从北京跟到上海，不惜隐姓埋名，还给自己立了块墓碑，心里多年放不下的女人也放下了，就是为了放长线钓大鱼，把幕后的罪魁祸首——冯军——给钓出来。

冯军老奸巨猾，没在纸面上留一点儿证据。凭着他的后台，仅抓出一个赵安妮，未必能扳得倒他。但再狡猾的狐狸，也有藏不住尾巴的时候。黄金龙的账本，就是冯军贪污舞弊的铁证。他的名字出现了不止一次！

可现在账本被偷了，他却不敢把那个贼抓起来，甚至不敢亲自跟踪她。一颗心仿佛突然分裂成两半：一半那么渴望见到她，另一半却想偷偷躲起来，永远都不见。就像九年前，在风雪肆虐的芝加哥，他辗转纠结着，到底要不要在回国前，再去见她最后一面；就像半年前，他假扮会计公司的经理来到GRE北京公司的大门外，却犹豫良久，要不要按下门铃；就像一个月前，当他把从她家偷来的笔记本电脑交给小王，犹豫着要不要让小王带她去一趟公墓，让她以为，这辈子再也见不到他。

他欺骗了她那么多次，早已罪不可恕。他对她有多残忍，只有他心里最清楚。所以他绝不能动用公安部经侦局副局长的特权，通知首都机场扣住她，再狠狠地害她一次。她用的必定是假护照，但这还是小事。她本来的身份——谢燕——还有更多尚未解决的麻烦：她的前夫还关在香港监狱里，身无分文。没人真的相信那份赶在他被抓前一周临时签署的离婚协议，香港廉政公署也还在四处找她。她是他此生最难忘的人，但除了伤害，他什么都没给过她。

"速腾上京平高速了！"司机老孙低声说，打断了高总的思绪。绿色的高速路标牌正从头顶飞驰而过：平谷县城，50公里。

"她在国贸接了个男的，现在上了机场高速，不知是不是也要上京平！"小王在耳麦里报告。

高总一阵莫名地紧张：难道谢燕也要去同一个地方？

"高总，咱们这是要去哪儿？"佟远从后排伸过脑袋。他没有耳麦，听不到两辆车之间的对话。

高总回头去看他，睡眼惺忪的，大概是刚醒不久。昨夜坐了一整夜的车赶到北京，又喝了老孙准备的"饮料"，一上午都昏昏沉沉地睡着。这小伙子跟着折腾了这么些日子，不知心里明白了多少。自从被大湖公关录用的那天开始，他就是一颗棋，歪打正着的关键棋。GRE 的女调查师早就在高翔的监控之内。当初发现她参加完金合的面试立刻和这小伙子在陆家嘴碰头，还以为两人有什么特殊关系——商业调查公司和调查记者的秘密接触，让这案子更加扑朔迷离。高翔设法把他弄进大湖公关，才发现他和 GRE 的调查师其实并没什么关系——是当时没有，后来却真的就有了。小伙子虽然看上去不算太出众，魅力却着实不一般，不仅吸引了 GRE 的调查师，就连赵安妮也被他搭上了。不难看出，他在调查记者里也算不错的。希望黄金龙果真不是他杀的，但现在尚不能确定。因此不能让他知道太多，可到哪儿都得看牢了：接了个杀人嫌疑犯满世界跑，万一他真是凶手，还得给吉林省公安厅送回去。

高总清了清嗓子："去赵安妮家。今晚也许会有场好戏。"

4

冯军再次走进卧室，夕阳已经不见了，只在院子里的树梢上留着一层金光。

赵安妮已梳洗妥当，今晚分外妩媚：浓艳的卷发，淡雅的妆，深蓝底色的白花旗袍，乳白色的高跟鞋，耀眼夺目却又温婉含蓄，和不久前那个从浴室柜子里钻出来的蓬头垢面惊恐不堪的女人判若两人。

赵安妮脸上的惊异表情早已不在，换作最擅长的甜蜜之态，柔情蜜意，就像十几年前，第一次与冯军相会的晚宴。夏季的青岛如热浪中的绿洲，她则是绿洲中心盛开的一朵娇艳的牡丹花。不论她的姿色还是她的"舅舅"，都令冯军刮目相看。十几年后，在这专门为她所建的村外密宅里，她仍像当年一样的娇艳。但她心里很清楚，在冯军眼中，她早不是当年那个她了。

"今晚怎么这么美？"

冯军微笑着靠近，眼中有贪婪之光一闪而过。赵安妮知道在那一瞬间，他想要她。但那仅仅是一瞬间。好像殷黑的夜空里一闪而过的流星，短暂的光芒立刻被浓重的底色吞没。那是冷漠而阴险的底色。她再也无法唤起他的激情和宠爱。男人是长期处于饥饿状态的动物。饥饿的原因，是因为不肯只享用一种食物。冯军如此，青岛的离休老领导如此，把她从浙江小镇带走的男人也如此。女人是男人的食物，却不可能是他一辈子唯一的食物。男人想吃，你只是一盘菜，吃掉了总要消化排泄，吃不掉剩下了同样要腐朽变质。男人想吃，那只是开始。下面全靠自己。先得让他们闻其香却难以入口。好不容易入了口，就要像鱼骨一样狠狠卡在他喉咙里，绝不能被他咽下去消化掉。狠狠卡住，让他把你完好无损地吐出来，顺便把别的山珍海味一起吐出来，这才是聪明女人。比如赵安妮。从不跟任何一个男人无疾而终。"疾"可以是带她离开老家，可以是认一个有背景的"舅舅"，也可以是青岛户口和国企名额。但对于眼前这个男人，冯军，这些还远远不够。

她要他的一切。

"你不是有客人吗？"赵安妮浅浅一笑，百般妩媚。

"看来，你已经想好待客之道了？"冯军再上前一步，贴近赵安妮。

赵安妮微微侧身，含笑不语。冯军轻抚她圆润的肩头："亲爱的，你永远是我最好的帮手！"

赵安妮浅浅一笑，眼中荡漾着幸福。她当然不是，彼此心知肚明。她顺势轻轻偎进冯军怀里："今晚，你给客人准备了什么菜？"

"老样子，七荤七素。"

赵安妮了解冯军，最喜欢七这个数字，代表天地精华和宇宙神妙；而荤素的意思，自然是软硬兼施。赵安妮轻声问："能管用吗？"

"所以，等着听你的法子。"

赵安妮眼珠一转："依我说，有酒，再来点宵夜，就够了。"

"此话怎讲？"

"林公子正在闹离婚，听说了吗？"

冯军点头："当然。父子不和，夫妻也不和，林家够热闹的！"

"听说，是林公子主动提出的呢。理由是，感情不和。"

"那又怎样？"

"正在闹离婚的有钱人，最怕什么？"

冯军恍然大悟："让对方捉奸？！你觉得，这两口子现在都还很干净？"

赵安妮耸耸肩："起码我没听到过什么。干净不干净无所谓，只要没有真凭实据就好。对不对？"赵安妮眨眨眼，"不过，过了今晚，也许就不同了呢？"

"哈！你真是个天才！"冯军眉开眼笑，"今晚，还得辛苦你亲自出马？"

"别人，你放心吗？"赵安妮做了个鬼脸，像个调皮的小姑娘。冯军笑得更浓，眼角出现浓密的鱼尾纹，让她由衷的恶心。那些鱼尾纹里只有诡计，没有怜惜。她是赤裸裸的工具。赵安妮噘起嘴，娇声道：

"你一点儿都不心疼人家！"

"这不都是为了咱俩吗！这是最后一次了！以后，再不许你跟别的男人靠近！我要为你盖座宫殿，把你藏在里面，不让别的男人看一眼。"

冯军的眼里闪烁着贪婪的光。口是心非。扔掉她之前，还要最后再用一次。既是最后一次，她就让他称心："放心，我知道。不过，我有一个条件。"

"什么条件？"

"今晚，让你的人都到车里去等，谁也不准进屋！我不想让他们看见我和姓林的……"

"总得留个拍照的吧？"

"一个也不能留！我不要别人知道这件事！叫刘哥来帮忙，让他拍。别人我都信不过。"

冯军默然不语，脸色略显阴沉。赵安妮嘟起小嘴："这你都不答应人家？别以为我是为了我自己。万一要是传了出去，你还拿什么威胁姓林的？"

"好！都依你！"冯军挽住赵安妮的腰，"现在，陪我出去迎接林公子吧？"

*

赵安妮尾随冯军走出卧室，穿过咖啡色的环廊。

环廊的一侧有许多房门，另一侧则是落地的玻璃窗，窗外是被白雪覆盖的天井花园。这一层是沉落式庭院的倒数第二层，除了带浴室和更衣室的主卧套房，还有三间客房和一间餐厅。沉落式的设计，不仅能防止外人偷窥或偷听，还能阻止任何对主人不利的无线信号传出宅子——只需遥控开启信号屏蔽装置，便能轻而易举地阻止任何手机与外界的联络。

两人沿楼梯上到一层，由一名冯军的秘书陪同，一起走出院门。一辆黑色房车正缓缓停靠路边。秘书迎上前去，冯军和赵安妮则留在原地不动。

房车的司机先下车，拉开后排车门。第一个走下车的是个年轻女孩，眉目清秀，穿棕色皮衣和蓝色牛仔裤，身材苗条，令人耳目一新。赵安妮却并非第一次见：黄金龙在上海的小助理。虽只见过两三面，却让赵安妮印象深刻：毫不相干的两个人，相差几千里和几十年，却能拥有类似的容颜。这脸，是否也能激起别人共鸣？赵安妮偷看一眼冯军，他眼中正划过一道光。正如赵安妮所料，他对这女孩同样有些兴趣。Steve 果然是个天才，他派去金合的卧底简直妙不可言。可她怎么会突然出现？莫非，是 Steve 到了，而且竟然和林公子同乘一辆车？

果不其然，下一个走下车的正是 Steve，深色的风衣，与瘦削的身体严丝合缝。银色领带，黑皮鞋，一丝不苟。新剪的短发，不及寸长，少了阴柔，添了刚毅。赵安妮心中诧异：居然还有兴致去剪短了头发？不过的确别有滋味。她阅人无数，尤其是男人。如今还能让她心动的，的确凤毛麟角。

Steve 是个谜，与众不同。他不像别的男人那般贪婪和狂妄，他的眼神里看不出期待征服女人的快感。他就像深宅高台上的一只花瓶，躲在角落被女人观赏，也静静地观察女人，却从不随意把玩。他们在餐厅邂逅，都明白那不全是邂逅，却又都不拆穿。他的眼神里只有一点点暧昧，并不贪婪。他们交往，若即若离，似友非友。他毫不狂热，始终保持距离，手中却牵了一根无形的细线，偶尔拉上一拉，让她感觉到他的存在，却又拉不到身边。隔衫搔痒，越搔越痒。她并不喜欢这种感觉，缺乏控制，但她又为此着迷，这是一场暗地里的博弈，棋逢对手。她终于倦了，厌了。想撒手之时，他却再次拉动细线，这一次终于拉近了些。烛光晚餐，他对她坦白一切：他是调查公司的高管，亲自参与调查华夏房地产的项目。他的客户是中原集团。他拿出两份从航空公司辗转弄来的乘客名单。两趟航班只相差一天，一份上有涉嫌贪污的财务处长；而另一份，有她。用烛火点燃两张名单，没提出任何要求。

他从没说过甜言蜜语，但放任她来说。就像放任她的手，在他身上游走。他的被动反而激发她的征服欲望。这是她在男人身上前所未有的感觉，令她微微的兴奋。她并不爱他，就像她不爱任何男人。但她渴望征服他，让他像别的男人一样，为其所用。她把自己的秘密向他透露一点点。当然只有一点儿，绝不是全部。她在安全范围内，取得他的信任和怜悯。他帮她出了个主意：给米莎集团发匿名举报信，钱自然在黄金龙手里留不久。他帮她做到不留任何蛛丝马迹。那本来就是他的特长。他还答应她设法从米莎手中接到这个调查项目，以便亲手控制事态进展：她要的是恰到好处——翻船的只有黄金龙，钱是安全的。

但事态显然有些失控，所以她需要更多帮助。事已至此，不论 Steve 有没有责任，他都必须负责到底。原因很简单：最早是他找上她，他们曾狼狈为奸。她不清楚 Steve 这样做的目的到底是什么，但她不相信是为了感情，傻子才会相信那个。她猜想，恐怕还是为了钱。Steve 无意间提起过，他很累，想在 40 岁之前退休。Steve 才不会有真正"无意"的时候。他的每句话都有含义。她了解他，所以刚才在电话里，她提出要 Steve 陪她一起走，她还说：钱是我们的，我不会亏待你。以前她从没跟 Steve 提过钱，没暗示过要离开冯军和他私奔，更没暗示过要跟他分钱。今天是她第一次这么说，其实是冒了些风险的。但她别无他法，只能赌上一把。她了解人的本性，尤其是男人的本性——他们想要女人和钱。尤其想要原本属于别的男人的女人和钱。Steve 虽然表面不同，骨子里也该是个男人。她才不在乎他跟不跟她一起走，更不想跟他分钱。但迫在眉睫的是摆脱冯军。Steve 可以以后再说。

赵安妮原本没十足的把握，不知 Steve 是不是一定会来。毕竟她之前的铺垫不够多，不论有关金钱或爱情都欠缺说服力。但 Steve 还是来了。可见他骨子里毕竟还是个男人。Steve 果然是个天才，竟然和林家公子同乘一车。只是那小调查师让她觉得不自在。今晚这台戏，本该只有一个女主角。

林家公子最后一个下车。林俊文。胖瘦高矮都和 Steve 相仿，发型和衣着却风格迥异——林俊文是典型的年轻外籍华人富商范儿：微微烫过的深棕色长发，遮住耳朵和额头，像日本的电影明星。他足蹬老板鞋，穿黑色皮衣，提名牌公文皮包，胸前有配物闪闪发光，正如他左手中指上的钻戒。无名指上的已经取掉了。

冯军和林公子握手寒暄，陈述缺席会议的借口：微感风寒，下午没能去开会，深感歉意。所以晚上特借赵女士小宅，设薄宴为林先生接风。这位就是赵女士，我的得力助手，华夏房地产上海公司的负责人。

林公子并不怠慢，用台湾腔的国语客套，轻吻赵安妮的手背。姿势优雅飘逸，绅士气息十足。洋墨水喝得不少，对中国恐怕了解得不多，不然就不会单刀直入冯军的鸿门宴。无妨，今晚林公子只是陪衬。

林公子退后一步，介绍身边的 Steve："这位是周先生，波士顿咨询的合伙人，也是我新聘请的商务顾问。这位是他的助理，刘小姐。"

波士顿咨询？赵安妮在心中暗笑。高明的小骗子，才几个小时而已，就成了人家的顾问。偷偷和 Steve 交换一个眼色，心照不宣，只是这位刘助理有些多余，今晚的事，还需多少人见证？又一转念，Steve 该是自有他的道理。

好在除了这几人和司机，再无他人随行。这倒让赵安妮微感意外：身家显赫的港商，居然单枪匹马地赴宴，只带着恐怕认识了没几个小时的"商务顾问"。是不是担心过于兴师动众反倒得罪了冯军？林公子果真对中国不够了解，今晚的胜算又多了一筹。表哥已经在路上，很快就要到了，带着她的新护照，还有那个"家伙"。赵安妮瞟一眼冯军，正一脸笑容，一反常态，没一点领导派头。笑里藏刀。林公子却受宠若惊。和中原集团僵持了几周，今晚突然见到了曙光。

"晚饭还没准备好，我先带各位参观一下寒舍？"赵安妮光彩夺目，落落大方，好像气质优雅的豪门贵妇。

众人由赵安妮引路，进门才发现房子远比外面看着要大。下沉式的设计，围绕着中央花园。地面这一层最为简单，中式客厅，摆放简单的红木家具和瓷器，厨房和早餐厅陈设也比较简朴。再下一层是主生活区，房间都像窑洞般向着花园单侧开窗。这一层也有客厅，依然沿用中式风格，只不过多了沙发和电视。再往里是餐厅，门外已是菜香四溢。这一间姑且跳过，反正一会儿要回来用餐。继续往里，经过三间客房，到达主卧套间。赵安妮格外好客，连最私密的主卧也引领大家入内参观，而且介绍得格外详细，好像生怕哪位客人黑灯瞎火地撞到这里会迷了路。

主卧与之前的中式风格全然不同。大理石地板，纯白色长绒地毯，水晶吊灯，欧式的大床和梳妆台，笨重的贵妃椅后，是一面画着西洋画的屏风。深紫色厚重的天鹅绒窗帘直达地面。这屋子的陈设风格倒是和赵安妮更加般配——18 世纪欧洲贵族的风范。只是梳妆台上摆着一台银色的苹果手提电脑，显得有些不伦不类。

往下还有一层，是储藏间、花房、园丁房和用人房，赵安妮只草草介绍，并没带领大家参观。园丁和用人今天恰巧都请假回家，其实是被赵安妮临时支走了。准备酒席的都是冯军带来的随从，一会儿也得退到院中的面包车里等候。这是赵安妮的条件，冯军已经答应了。反正今晚用的是美人计，打手暂时也不需要。美人计若是不灵，再来硬的也不迟。

众人回到餐厅，这里同样采用中式风格。装潢舒适雅观却并不奢华，半旧的实木地板，巨大的圆形餐桌，一圈红木座椅，头顶是暖色节能灯，落地窗前纱帘半掩，窗外是暮色中白雪覆盖的花园。众人纷纷脱掉外衣。Steve脱去风衣，里面穿着惯常的西服领带，配上新剪的短发更显冷峻。林公子脱掉皮衣，露出马甲和大领白衬衣，没有领带，潇洒而时尚。不知为何，在餐厅的橙色灯光下，他却显得有些拘谨，不及Steve坦然。刘小姐的衣着很寒酸，完全没有刻意赴宴的意思，可见是被临时抓的差。

冯军请林公子上座。林公子坚决不坐，冯军也不坐，反叫赵安妮坐，因为这是"她家"。

赵安妮大方坐了。冯军在左，林公子在右。林公子旁边是周先生和刘小姐。一共五人，坐得很松，中间再插五个人也无妨。

赵安妮先起身敬酒，酒未入口已人面桃花，半真半嗲地说："林先生是见过大世面的人，到这寒酸的小草宅里吃晚饭，实在是很给面子。不过，既然是在我家，就要听一听我的规矩！"

冯军笑言："什么规矩？怎么从没听你说过？要是太多，我们可不敢吃了。"

"不多，就两条！"赵安妮微笑着举杯，"不谈生意，不醉无归！大家干这第一杯，算是答应我的规矩！"

冯军起身叫好，也高高举杯，全无高高在上的领导架势。林公子面色迟疑，Steve递给他一个眼色，仿佛是说：没关系，有我呢！赵安妮心中不屑：演技倒是不错！

三盅茅台落肚，这对赵安妮只是几口凉水。除了Steve，其他几位脸上都泛起红意。冯军喝酒上脸，并不代表他醉，赵安妮早就清楚。她倒是第一次看Steve喝白酒，脸色煞白，不知是不是灯光的原因，或许他本来就白。赵安妮有点儿担心，又自觉好笑，Steve是最不需要别人关心的人。

"俊文！咱们见过好多次了，也在一起吃过饭，但都没有今晚更尽兴。是不是？"冯军改口称"俊文"，边说边示意赵安妮再为林公子和Steve斟酒。

"是是！冯总，今晚真的很尽兴！"林公子脸色更红。Steve给林公子递一个眼色，林公子忙托杯起身："冯总，林氏和贵公司合作了这么久，我一直非常敬仰您！今晚能和您痛饮，真是太荣幸了！请让我也敬您一杯！"

"哈哈！"冯军朗声笑道，"别客气！按照我们北方人的习惯，既然坐在一起喝酒，那就算是兄弟！我比你老，我是哥，你是弟！来，干一杯！”

林公子大喜，连忙把杯子里的酒一饮而尽："冯总……不，冯哥！那小弟再敬你一杯！"说罢又要给冯军倒酒，拿酒瓶子的手已经微微发颤，显然不胜酒力。Steve起身去抢："林总不要急！今天幸会冯总，让我也敬他一杯！"

林公子却不肯松手，坚持要和Steve一起敬酒。看样子的确是喝高了，声音也嘹亮起来："冯哥！兄弟一定要再敬你一杯！以后，兄弟破产了，就没机会了！"

冯军仰头一笑："文弟开玩笑了！林氏那么大的家业，哪能说破产就破产？"

"冯哥，不瞒您说，林氏欠了银行两亿美金的贷款，现在股票眼看又要跌穿，破产指日可待！"

"不会的！贵人自有天助！我听说，有人愿意给林氏投资，倒是林氏看不上人家？"

"冯哥！这里都不是外人，我直说了吧！20%的股权，那是要把林家赶出林氏！从祖父到家父再到我，林氏经历了六十多个春秋，我岂敢让它败在我手上？最多15%！冯哥，不能再高了！不然兄弟死也不能从命！"林公子面红耳赤，绅士风度早已大打折扣。

冯军瞥了一眼Steve和刘小姐，笑道："说得是啊！你就这样去跟投资人说好了！坚持你的想法！大不了让他们滚蛋！有钱很了不起吗？让他们想投谁投谁去！滚蛋！哈哈，俊文，我支持你！"

"你……支持我？"

林公子睁大眼睛，仿佛没听懂冯军的话。

"哎呀！你们这些讨厌鬼！"赵安妮终于插话，半怒半嗲道，"不是说好了不许谈生意吗？怎么说话不算数？这么看不起我！"

"哈哈！对对！不该谈生意！我自罚一杯！"冯军举杯一饮而尽，"来来！贤弟你也该罚！罚一杯！"

"冯总，我替林总罚这一杯！"Steve起身挡酒，冯军不答应："不成！都罚！一起罚！刘小姐也要罚！"

刘小姐一直在桌边安静坐着，不吃菜也不说话。被冯军点到了，只好硬着头皮干一杯。Steve倒是全然不管不问，当她不存在。赵安妮心中始终纳闷，不知刘小姐的作用到底会是什么。莫非是Steve的美人计？但她又并不主动给冯军敬酒，甚至不多看他一眼，只是默默在一旁坐着，好像雕塑似的，着实尴尬。

几人从此不再谈生意，只顾喝酒。冯军敬得更勤，Steve有敬必还。只是冯军不准他替林公子挡酒，动不动还要拉上刘小姐。刘小姐很快有了醉意，连去了两趟厕所。冯军故作关怀，干脆让林公子替她喝。赵安妮知道冯军是要灌醉林公子。但是从他的眼神里也能看出来，他对刘小姐也情有独钟。冯军的口味她早就了解，这口味和黄金龙倒是很像。毕竟曾是一丘之貉。怪不得Steve派这位刘小姐去黄金龙身边卧底，居然还真就挖出私挪巨款的证据了。这其实是在赵安妮和Steve意料之外。其实赵安妮本已准备好第二封匿名信，打算发给米莎，激他们立刻出击的。倒是这小卧底省了她的事。

刘小姐第一个退席：已处于半昏迷状态。冯军要主动送她去休息，赵安妮偷偷瞪了他一眼，自己亲自扶刘小姐去了餐厅旁边的客房。把她和衣放在床上，鞋也顾不得帮她脱，就匆匆跑出来，穿过客厅，上楼去见表哥。

刘建国已经在楼上客厅等了多时，表情有些慌张，也不和她打招呼，上来就问："今晚是不是不太对劲？"

"当然不对劲！对劲才怪呢！东西带了吗？"赵安妮有点烦躁。她不能离开太久，楼下还有一场戏不能穿帮。

刘建国取出护照递给赵安妮。崭新的，还没一个戳子。姓名一栏是"赵爱菊"。赵安妮心中一喜：有了它，就可以离开中国，拿着某个免签国的中转机票顺利在香港入境。只要肯花钱，香港有的是办法。

"太好了！还有呢？"

"这……"刘建国面露难色。

"哥！难道你没弄来？给你那么多钱呢！"赵安妮发了急。一个大男人，有时候磨叽得像个女人。

"弄来了弄来了。"

刘建国连忙把腰间的黑家伙拔出来。赵安妮一把抢了过去："装子弹了吗？"

"装……装了！"刘建国有点儿结巴，"你……你小心点！你会用吗？"

"哎呀管他呢！"赵安妮拉开抽屉，取出一个缎子手袋，把枪和护照都藏进手袋，突然又想到了什么，问道，"你的速腾停哪儿了？"

"院子里。"

"别停院子里，一会儿不好走。去，把车开到后山国道边上停着，然后从后门暗道偷偷溜进来！最好让院子里那些人以为，你已经开车走了！"院子里都是冯军的人，好不容易让她支出去的，绝不能引起他们的注意。

刘建国转身要走，赵安妮突然又想起一件事："还有！一会儿别真拍，闪闪闪光灯就行！"赵安妮虽不清白，可也不想多留一张和男人在床上的照片。

"嗯！"刘建国点头。

"等等！从这儿走！"赵安妮再次叫住表哥，指指楼梯，"后门从里面锁着，你得先去把它打开，再去挪车！记住先把暗道里的警报器关了！"

刘建国恍然大悟，转身下楼去了。赵安妮有点儿担心：紧要关头，年长而沉稳的表哥也像没头苍蝇！不先从里面开锁，又怎能从外面进来？所谓的后门有两道，第一道在主人房更衣室的某个衣柜里，长年从里面反锁着，门外是一条真正的隧道，当初修建这院子时挖的，出口在后山的山洞里，那里还有另一道门，也是常年从里面锁闭的。从那道门出去，是大约几十米的山洞，崎岖狭窄，却很平坦。沿洞口的小路，可以走上连接平谷、蓟县和兴隆的国道。今晚，手机信号一旦被屏蔽，这房子就与世隔绝。没人知道这里发生了什么。只要 UKey 到手，她就立刻和 Steve 从后门的山洞逃出去。表哥的车等在国道旁，立刻直奔机场。

赵安妮匆匆下楼，没直接去餐厅，尾随着表哥走向卧室的方向。她得先把手袋里的东西藏好。旗袍原本藏不住东西，今晚迟早还得脱掉。

赵安妮再回到餐厅时，剩下的三个男人也都趴在桌子上。这场酒席还真神速，不到两个小时，喝倒了三男一女。赵安妮轻轻走到冯军身边，推推他肩膀。冯军立刻睁眼，低声问："都倒了？"

"都倒了。"

冯军这才直起身子，动作也有点儿打晃，但基本还能控制。另外两位就彻底烂醉如泥。林公子鼾声阵阵，一头长发杂乱无章，进门时的绅士风度荡然无存。Steve 倒是安静，一动不动趴着，一颗新剃的脑袋光泽圆润，好像新兵或囚犯。

"他真的醉了？"冯军指指 Steve。

赵安妮轻拍 Steve 的肩膀："周先生！周先生？"

Steve 毫无反应。赵安妮点头道："没问题，一时半会儿醒不了。"

"酒里放东西了？"冯军似乎还是有些不放心。

"嗯。第一杯酒里。"赵安妮瞥一眼 Steve 前头的酒杯，其实那里面什么都没放过。

"他呢？"冯军又看一眼林公子。

赵安妮摇摇头："没给他下，不能让他睡太久，一会儿不是还得跟他谈？"其实她倒是真想给林公子下点儿药，让他睡得更踏实。可 Steve 不同意：做得越多，越容易出错。凭着林公子的酒量，白酒厂家掺加的酒精已经够毒了。


冯军和赵安妮二人合力，先把 Steve 扶进客房，再把林公子扶进主卧。冯军看着四仰八叉躺在床上的林公子问："你动手，还是我动手？"

赵安妮白了一眼冯军，拉长了脸说："别麻烦你了。"

赵安妮说罢，突然拔腿走出卧室，头也不回，一路走进餐厅。冯军吃了一惊，忙跟进餐厅，却见赵安妮站在窗前，双臂互相环抱，默默注视着夜幕中的花园。餐厅的水晶吊灯兀自亮着，窗外的花园已是漆黑一片。赵安妮的婀娜身影倒映于窗，目光凝滞，眼睛里仿佛蒙着一层雾。

"怎么了？"冯军轻抚赵安妮的脊背。

赵安妮转回头来，悠悠地说："你就真舍得让我跟别的男人，赤裸裸地抱在一起？"

"这不是在演戏吗？别多想了，快去吧！"

冯军在赵安妮耳边轻声细语。赵安妮却看得出来，冯军心里很急躁。这会儿他心里只有他的计划和林氏 20% 的股份，那里没有她。从来都没有过。赵安妮狠了狠心：就按原定计划！

"你的人，都到院子里去了？"

"当然！房间里一个都没有！快行动吧！"冯军的急切已按捺不

住。赵安妮勉为其难地点点头："好吧，我这就进去。你去叫刘哥。他等在一楼客厅，相机在他手里。"

"等等！"冯军沉思了片刻，"还是我亲自拍吧！"

赵安妮一愣，但很快又恢复自然："随你。那你上去找刘哥拿相机吧，我这就进去了。"

冯军点头："好。我什么时候进去？"

"给我十分钟。"

*

环形大宅安静了十分钟。不仅安静，灯光似乎都不见了，漆黑一团，悄无声息，与冬夜的山野融为一体，只有北风兀自呼啸着。

二层靠近中央的部分，却突然亮起灯来，光线穿过天鹅绒窗帘的缝隙，在花园的枯枝上抹上一缕亮蓝。

冯军站在主卧室门内，高举巨大的单反相机，对准巨大的双人床，要的就是夸张。仅仅拿个小手机来拍照，气势实在差得太远。

床上的被单乱作一团，却只勉强遮住半张床，重要的风景都露着：赵安妮赤裸着身体，和一个男人面对面紧紧抱在一起。那男人同样一丝不挂，浑身的肌肉饱满坚实。他的脸被赵安妮遮住大半，一头散乱的棕发却格外醒目。

"林先生，您怎么溜进赵小姐的房间了？"冯军高声说着，相机快门啪啪作响。

赵安妮故作惊慌地起身抓被单，反而把那男人的裸体暴露得更多。那男人也似乎突然惊醒，慌忙用双手捂住脸，反身趴在枕头上，把健硕的脊背和屁股留给镜头。

"我说林先生，您有什么可害羞的？"

又是一阵按动快门的声音。赵安妮用床单遮住脸，却故意把白皙的大腿和半个肩膀都留在外面。裸体的男人则毫无遮挡，只能依然捂住脸趴着。冯军上前两步，用相机镜头对准他上臂的文身图案：

"哟！还有记号呢！是'冬'字吗？好极了！现在正好是冬天！"

床上的男人突然醒悟，忙用右手去遮挡左臂，脸却还是压在枕头上，不肯露出来。

"没关系，别挡了，该有的都有了！"冯军满意地看着相机里的回放，"哎呀，真是精彩极了！亏得我事先检查了一下。这相机里要是忘了放卡，那该有多可惜？林先生，您可别把自己闷死，既然已经醒了，咱们好好谈谈，我给你五分钟时间，穿上衣服，够了吧？"

冯军嘿嘿一笑，转身而去，顺手把灯关了，把门带上。卧室里又变成漆黑一片。

居住在这偏远小村里的农民们，今晚着实有些纳闷：村头那条土路，怎么一下子过了这么多车？

那土路在经过村子之后，虽继续蜿蜒而上，走不了多远就终止了。以前有车上来，都是以村子为终点的。自从山坡上盖了那神秘的院子，偶尔也有车穿村而过，但每次只是一辆车，一年也没几次。可今天，被车轱辘掀起的尘土都几乎来不及落。下午过了两辆面包车，傍晚又过了一辆速腾。更新鲜的是，速腾上挂的竟是吉林的牌照。以前这村子里除了挂北京和河北牌照的车，再没见过别处的车。还有更奇怪的：速腾进了院子，却没听见狗叫！下午面包车来的时候，狗可吠得厉害！莫非那速腾里坐的是院子的主人？这倒符合传言——东北人都是做大生意的。

可这还没完。速腾进院不久，山路上又来了一辆轿车。看不清啥牌子，因为天色已经太暗。车玻璃就更黑，看不清车里几个人。车子没在村口停，想必也是奔着半山的院子去的，可还是没听见狗叫。

其实那车就停在村口外的路边，距离院子不足百米。车停的位置比路面低，又恰逢一个小转弯。漆黑的夜里，熄了火关了车灯，很难被路上往来的车辆发现。天黑之后，北风又吹得紧，村民们都藏在家里，没人出来溜达，自然更是看不见了。

*

"刚才超过咱们的那辆速腾，应该已经进院子了。"

老方一手扶着方向盘，另一只手捏着下巴，低声对坐在副驾位置的 Yan 说。他一直凝视着远处黑暗中一条极细的红线。那是半山院子的围墙边缘残留的光。若非事先知道院墙的存在，那红光多半也是注意不到的。

跟踪 Steve，由老方亲把方向盘。单枪匹马地跟踪 Steve，对谁都绝非易事；Steve 又像是在故意捣乱似的，在城里绕了几个圈子，去发廊剪了头，又去郊外的某个小批发市场取了什么东西。多亏老方经验丰富，对北京的街道和路况了如指掌，再加上事先在 May 的包里放了跟踪器，方才勉强跟上。Steve 在半路换了车，带着 May 上了另一辆黑色房车。房车该是从酒店租的，开车的也是酒店的司机，没多少反跟踪经验。老方却还是不敢跟得太近——Steve 不开车，不代表他不会注意车后。在高速上，老方故意放慢速度，让自己和 Steve 之间隔了几辆车，其中就有这辆挂吉林牌照的速腾。下了高速，上了国道，速腾还在两车之间。没想到就一直跟到了这院子——这辆速腾居然和 Steve 乘坐的房车终点相同。

　　"牌照是吉林长山的，应该是赵安妮的人。"Yan 轻声说。

　　"咱们现在，下不下去？"老方低声问道。一直等在这野地里，似乎不是办法。但下车也未必就有收获。毕竟是人家的院子，自己毫不了解，贸然靠近风险更大。

　　"再等等。"Yan 的回答简洁而果断。

　　老方点点头，不再多言。几周不见，Yan 的容貌虽无改变，心性却成熟了许多。从女孩到女人的变化，有时只在一夜之间，与年龄完全没有关系。

　　大约一周多之前，当老方在胡同口第一眼看见 Yan，心里立刻就明白，她已和几周前判若两人。她开门见山，手里捏着一个厚厚的牛皮纸信封："你儿子的腿好些了？你女儿的学费呢？有着落吗？"一个月前，她也曾为了帮助老方渡过难关，取出一万块交给老方。但那笔钱和此刻她手中的信封却意义不同。这一次，她是来做生意的。

　　老方接受了信封，执行她的指令，不问任何问题，但老方看得出来，她的目标是 Steve。老方知道她恨 Steve，也猜得出她很有钱，但她的行动绝非单纯的报复。她的前夫三周前在香港落网，而她和前夫的离婚文件仅在案发前两周签署——那时她还身在北京，不可能在美国当着律师的面签署那份文件。更关键的，是她的前夫被抓时刚刚卖掉了香港的房产，自己账户里的存款却不足 1000 美金。答案显而易见，只是缺少证据。香港廉政公署和内地经侦局都在找她，她不该这么快就在内地出现，这太冒险了。

　　但老方还是接受了她的工作。老方猜测，她绝非孤注一掷，背后必定有更强大的力量。老方在 GRE 的位置原本就是强扭的瓜。若非当初用 Steve 的私人通话记录作为威胁，Steve 也不可能让他留在 GRE。正因如此，他更是 Steve 的眼中钉，本该早做打算。Yan 突然出现，带来丰厚的佣金，和对未来的一种可能。这正是他万分需要的机会。

院门开了，远远地透出两柱光。一辆轿车缓缓驶出。老方和 Yan 不禁同时低头。其实那光柱高过了头顶，完全照不到藏在低洼处的车子。

"还是那辆速腾。"老方说。

"看见车里的人了？"Yan 问。

老方摇摇头："逆光，看不清，好像只有一个人。"

"跟上它！悄悄地，别开车灯。"

*

村子里，靠近村口不远处的一处农家墙根，还停着另一辆轿车——丰田花冠。就像这村里停的另外几辆车一样，车灯和引擎已熄灭多时，车主早已下车进屋了。

其实，这车和这村里的任何一户都毫无关联。因为天太黑，没人注意到，不论司机和乘客一直都没下车。他们选择这一户的墙根，是因为这里的位置很巧，距离土路有十几米，不会被路上往来的车辆所注意，却又能同时看见村外低洼处藏的轿车，和山坡上的院子。当然不是全凭肉眼——那院子的选址就是为了回避村民。丰田花冠里是配备了夜视望远镜的。

"刘建国的车子又出来了。谢燕跟上了。我们要不要也跟上？"司机老孙问坐在副驾驶位置的高翔。

高翔沉默不语，心中暗暗思量：按照刚刚到手的调查结果，这院子所占的地皮，是八年前由村委会租给某公司使用的。公司是华夏房地产的下属公司。既然赵安妮的表哥刘建国车进车出，这院子大概就是赵安妮的私宅了。赵安妮应该在里面，冯军可能也在。除了他们，还有谁呢？傍晚时分，跟刘建国的速腾前后脚，有辆加长的房车也开进院子里。按照车牌调查结果，房车是东三环一家五星酒店的。高翔派人联系了酒店，确认车子今天是被香港林氏集团北京分公司包走了。这两天，林氏集团的总经理林俊文正在北京。莫非，车里坐的正是林俊文？林氏和中原的关系很僵，林俊文又怎会跟赵安妮或冯军在这偏僻的村宅里密会？这些都是高翔心中的问号，却并非最大的一个。那个或许和他手头的案子没有直接关系，却最令他耿耿于怀：

谢燕又是为谁而来？

高翔命令小王和小蔡驾车跟踪谢燕。按照小王的判断，谢燕很有可能是在跟踪那辆林氏集团租用的房车。自城里开始，她的车就在房车后面，并不跟紧，故意留出一段距离。刘建国的速腾是半路夹进去的。可就在刚才，刘建国的速腾开出院子来，谢燕居然也跟上，熄着车灯悄然尾随。刘建国在傍晚到达，过了几个小时又离开，貌似已经完成了他要做的事，现在打道回府。难道谢燕的目标是刘建国？

高翔有种预感：这里面大有文章。除此之外，还有另一种无形力量，在暗中推波助澜：

"咱们也跟上！"


听到高总所言，佟远心中诧异：跟上谁？

自从完成了浙江"家访"，佟远已心中有数：司机老孙也是卧底——是高总秘密派到黄金龙身边的卧底。看来，高总早就对华夏房地产和金合感兴趣，大湖公关只是个掩护。黄金龙和赵安妮原是众矢之的。思梅来自调查公司，他自己来自媒体，那高总又是从何而来？配置都是特别专业的——佟远望一眼后视镜，高总正头戴夜视仪，活像科幻电影里的机械战警。佟远脑子里突然闪出思梅几天前说过的话："头上戴着奇怪的东西，只有半张脸！"

莫非，高总早就开始跟踪思梅了？

不论高总是何背景，他的目标显然不仅仅是赵安妮。莫非，他是冯军的对头？也许并非对头而是伙伴。对头亦是伙伴，伙伴亦是敌人。此话适用于一切竞争环境，尤其是商政两界。这是一场不容错过的好戏，中华大地正在上演的千万场戏里的一场。只可惜舞台灯光不好，民众坐在廉价的观众席，只能遥见冰山一角，实情却被深藏在阴影里。阴影的作用就是把事情变一种样子。指鹿为马，甚至颠倒黑白。他的任务就是在台上多加一盏明灯，为大众照亮事实真相。被业内众人耻笑多年的"媒体精神"，却一直深藏在他心里。他的信念或许幼稚，但他本来就很固执，从来都打算坚持。

　　所以他暗暗打定主意，尽量跟上高总，挖掘事实真相，直到一切水落石出，或者跟到他再也跟不上的时候——自浙江之行，他似乎已对高总失去了用途，也被高总盯得更严，随时有人陪伴，再无溜出去给思梅发邮件的可能。既然没用了，就随时可能被丢弃。他已做好最坏的准备：警察突然在他面前出现，高总从此消失，连同赵安妮那些"把柄"：自会派上用场，但未必用在他身上。也许是另一场谈判的筹码，或者另一场斗争的武器。但终将与他无关。他会被定一个罪名，在监狱里度过很多年。他别无他求，只希望有朝一日，哪怕十年或二十年后，他的报道能昭然天下。

　　再过几周就是春节，今年恐怕没法回家过年了。

　　一瞬间，佟远突然非常想念家乡和父母，还有球馆里递给他湿巾的姑娘。

　　"兄弟，不，我还是叫你林先生，或者林总吧！"

　　冯军手托单反相机，泰然坐在主卧室床前的欧式贵妃椅上，身边放着一个黑色公文夹。林公子显然不够从容，只穿了裤子和 T 恤，脚还光着，直挺挺坐在床边，棕色长发依然蓬乱，铁青着脸一语不发。

　　赵安妮已经穿好旗袍，起身要走，被冯军叫住："赵小姐别走，留下做个见证吧。"

　　赵安妮不情愿地扭身走向梳妆台，在台子前坐定了，找了把梳子，对着镜子梳头发。

　　"林总，今晚的事情，其实真的挺遗憾的。"冯军轻轻抚摸相机，"其实呢，我真的一点儿都不在乎您跟赵小姐之间发生了什么。可是呢，我想，也许有人在乎。"冯军偷偷瞥了一眼赵安妮，看见梳妆镜里一双白眼儿。

　　"你到底想怎样，直说吧！"林公子闷闷道。

　　赵安妮从镜子里瞥了林公子一眼，右侧的眉梢微微一挑，颇有惊诧之意，但随即又恢复那慵懒无聊的神态，继续梳她的头发。

　　"哈！林总，果然是聪明人！我不说，估计你也清楚。"

　　"就是签署永富公司收购林氏两成股份的合约是不是？"林公子

一脸怒气，故意加重了"永富公司"四个字，几乎要把牙齿咬碎了。

"林总，不必这么生气嘛！咱们心平气和地谈，好不好？"

"不需要！"林公子低吼了一声，又极力按捺住自己的情绪，"还是不要绕圈子了！永富就是你的公司？是不是？"

"林总，别这么说嘛。公司是谁的很重要吗？我看，还是这些照片更重要，"冯军再次轻抚手中的相机，"您的声望和家产更重要，当然，还有有关青岛地皮的那份合约，也很重要。对不对？"。

"不。"林公子猛然起身，"我必须知道，我在和谁做生意！其实，自从我接到永富的第一封函件，就猜到那是您掌控的公司。您又为何不敢承认？"

冯军提起眉毛："也就是说，我承认了，你就愿意签合同？"

林公子坚定地点点头，赌气似的。

"就是我的。满意了？合同就在这里，你是立刻签，还是再看一遍？"冯军打开黑色公文夹，从中取出两本合约。

"我可以签。不过，我也有一份合约，在我的皮包里，放在餐厅。你等我一下。"林公子快步走出卧室，转眼也拿了两份合约回来。

冯军仰头一笑："哈！你也够心急的！股我都入了，还能不把青岛的项目给你？"

林公子却面色如铁，坚定不移："要签就一起，这样才公平！"

"好！痛快！就一起签！"冯军起身，和林公子交换了合同，随便瞥了一眼便举起笔，"怎么样？林总？"

林公子犹豫了片刻，终于也举起笔。四目相对，笔停在半空。卧室里的空气立刻凝滞了，仿佛要进行并非签署合约，而是生死决斗。赵安妮还在自顾自梳着头，好像两个男人之间正在发生的事情与她无关。只不过，那梳子上已经挂满了梳下来的散发。

"我还有一个条件！"林公子突然开口。

"说来听听？"

"马上把一半的投资款转入林氏账户！"

"现在？半夜12点？恐怕银行都不开门吧！"冯军的表情，好像听到一个滑稽的笑话。

"我不相信你没有网络银行！"林公子却把脸拉长了。

"别开玩笑了，这大晚上的！合同上不是写好了全款十天内到账？不到账你就可以收回合同，岂不是正合你意？"

"我没开玩笑！今晚就付一半！到账我就签！"

林公子瞪圆了眼睛，冯军脸上的笑容也消失了。两人继续四目相对，谁都不肯把目光挪开一秒。两人都没注意到，赵安妮终于减慢了梳头的速度，镜子里的目光偷偷投向冯军。

"签了我立刻转账！"冯军从牙缝里挤出几个字。

赵安妮连忙把目光移开，梳头的动作又流畅起来。

林公子不再多言，立刻在合同上签字。冯军也不含糊，迅速签好字，两人互相交换合约。查看了签名之后，林公子指指梳妆台上的手提电脑："现在可以汇款了！"

冯军看了看梳妆台上的电脑，心中暗暗诧异：怎么这么巧？再看电脑旁边的赵安妮，还在梳头，没完没了，一脸无聊透顶的表情。冯军眉头一皱，笑道："看我这记性！用网银汇款不是得用 UKey？我没带在身上！"

赵安妮拿着梳子的手，突然停了停。这回没逃过冯军的眼睛。果然是这个婊子！难道和姓林的也勾结到一起了？

"你怎么出尔反尔？"林公子质问道。

冯军摊开双手："我又不是故意的！我上年纪了，自然记性不好。再说，谁没事把 Ukey 带在身边？"

冯军边说边瞥一眼赵安妮。她把梳子放下，直愣愣看着镜子里的自己，一动不动。冯军突然得意起来："林总，我给你讲个故事。我儿子今年十岁。他总是喜欢跟我玩扑克牌，但他总是输得多，赢得少。所以呢，他就拉他的小伙伴一起来跟我玩儿，这样他们可以串通了对付我。你猜怎么着？他还是输！可他还是很喜欢跟我玩儿。你知道为什么？因为他虽然不喜欢输，可他更喜欢赢！如果不跟我玩儿，他就更不可能赢了！哈哈，唉！孩子就是孩子，他总是不明白，和大人玩牌，其实输赢都是大人事先安排好的。对不对？哈哈！"

冯军一阵大笑，镜子里的赵安妮已然脸色发青。

冯军蹀回贵妃椅："对不起，林总，我跑题了。咱们说正事。这合同，你签了，投资款肯定是你的，青岛的项目也是你的。这不是万事大吉？又何必非要急着今晚就收到款呢？"

冯军顿了顿，鄙夷地看了看赵安妮，这才又把目光转回林公子脸上，高声说道："其实这合同你迟早得签。就算我现在把它撕了，出不了三天，你还是得来求我签！"

冯军坐回贵妃椅，一手挥舞着合约，另一只手又放在相机上了。

突然间，从屏风后闪出一个身影，一把抢过冯军手中的合约。

"那就干脆把它撕了，签不签以后再说！"

话音未落，那购股合约的签字页已被撕得粉碎。

冯军被吓了一跳，定睛一看，更是惊诧：眼前愕然又多了一个"林公子"，同样是一头蓬乱的棕色长发，同样穿着西裤和白色 T 恤。只是脸型似乎有些怪异，脸上的皮肤粗糙得不太真实。

不等冯军开口，赵安妮却先惊呼道："Steve，是你？那他？"

赵安妮正手指原先那个林公子。那人紧握冯军刚刚签署的合约，稳稳站在墙角，面无表情，片刻前的怒意不见了。

新出现的"林公子"开怀一笑，一张脸彻底扭曲变形。他扔掉手中的碎合同，一把揭掉假发和面具。果然正是林公子新聘用的顾问周先生。

"他是真的，我是假的。哪能做出那么像的人脸面具？"周先生对着赵安妮说。

"那刚才？"赵安妮的问题只说了一半，声音发颤，脸上的错愕有增无减。

"放心，床上的也是我，不是他！和原计划一样！"Steve 冲赵安妮调皮地挤挤眼，一反往日的严肃表情。赵安妮更诧异，一时间理不清头绪：按照事先和 Steve 商量好的，趁冯军去找刘哥拿相机的空当，Steve——当然已经戴好假发和面具——伺机悄悄溜进主卧，和她协力把酒醉的林公子搬下床，藏到屏风后面，两人再一起上床，给冯军演一出双簧，骗他拿出 UKey 并说出密码。但不知何时，床上的 Steve 竟然又和躺在屏风后的真林公子调了回来。而且真的林公子不但酒醒了，还乖乖按照原计划把戏演了下来！怪不得连声音都那么像！可既然林公子已经拿到了合约，又为何坚持要求冯军先打款？这原本是为了骗冯军交出 UKey 和密码的，对林公子有什么好处？他为什么要如此配合这原本对他不利的计划？

赵安妮正百思不得其解，冯军却突然从贵妃椅上跳了起来。他面色铁青，双目喷火，赵安妮狠狠打了个寒颤，冯军却并没对她说什么，把目光转向墙角站立的真林公子，咬牙切齿道：

"是谁都无所谓！想合伙来骗我？没门儿！合同撕了，我有照片！有你抱着这婊子的，还有你他妈光屁股趴床上的！有你那鸡窝头，谁他妈知道到底是不是你？你老婆能看出来吗？她想看出来吗？"

"还是能看出来的。"Steve 从容接过话茬，"林先生的肩膀上的确也有个文身，只不过在右边，不在左边。"Steve 边说边褪下衬衫，露出左膀子上的"冬"字，"真抱歉，这个，我贴错边了。"

Steve 用力在自己肩膀上抹了两把，"冬"字已经少了大半。站在一边的林俊文也很配合地敞开衣襟。

冯军一愣，一屁股坐回沙发上，转而又笑起来："哈哈！好笑！你们以为，骗到我的签名，就能拿到项目？你们不知道，在中国，合约是需要加盖公章的吗？我明天一早就可以发声名废除那份合同！我还可以告你们欺诈！"

"哦？是去向警察告吗？还是向纪委？"Steve 也面带微笑，"要不要顺便解释解释，为什么林先生签了那份增股合同，您才肯签这一份青岛项目的合同？"

"什么增股合同？你在说什么？我怎么不知道？我压根儿就不知道你在说什么！"冯军一脸的莫名其妙，好像突发了失忆症。

"哎呀，我撕得太急了？"Steve 故作懊恼。

"你撕什么了？撕不撕与我何干？能模仿签名的人多了！"冯军双手抱胸，仰起头，一脸的不屑。

"五分钟之前的事，您这就不承认了？"

"五分钟之前发生过什么？你让我承认些什么？"冯军摊开双手。

"看来您记性不太好，我非得给您提个醒了？"Steve 耸耸肩，突然提高音量，"刘小姐！来给冯先生看看，五分钟前都发生了什么？"

Steve 话音未落，厚重的天鹅绒窗帘突然舞动起来，一个窈窕身影，从窗帘的缝隙中闪出来。正是"周先生"的助理刘小姐，左手捧着一只微型摄像机，右手捏着一粒黑色"纽扣"，中间由一根细线相连。

"对不起，赵女士，在您的窗帘上掏了个小洞。"Steve 对赵安妮微微颔首，冯军和赵安妮同时吃了一惊。

"流氓！无耻！下三滥！"冯军怒道。

Steve 接过话茬："比贪污几千万还下三滥？比用国家的土地给自己换股票还无耻？比用自己的情人给别人搞艳照门还流氓？"

"你！"冯军瞪圆了眼，却又强压心头之火，故作平静道："录像了又怎样？院子里都是我的人，你能出得去？"冯军目露凶光，"这荒郊野外的，不小心出个车祸，也没什么不可能！"

"对不起冯总，忘记通知您了！这 DV 随录随发，已经上传了。我们明天要是有谁失踪了，这录像会立刻被提交中纪委。哦，对了，不光是中纪委。您的老同事，前几个月刚刚被您从中原挤出去的洪总，说不定也会收到一份。"

冯军冷笑："想蒙我？你拿出手机来看看，有没有信号？"

Steve 眉头一皱，掏出手机："哎哟，还真没有服务！"

冯军一阵得意，Steve 却突然又开口："不过，Wi-Fi 的信号是满格！对不起，又忘了告诉您了！一般的手机干扰器都不能干扰 Wi-Fi 信号。今天我恰巧在林先生的房车里放了一部无线路由器，超大功率呢！车虽然停在院子外，这里还是覆盖得挺好。"

Steve 边说边摆弄手机，"叮咚"一声脆响："哟！微博还刷得挺快！再看看刚才上传的视频，能不能下下来？"

Steve 话音未落，手机已响起冯军的声音，虽然掺着杂音，却清晰可辨："……就是我的。满意了？合同就在这里，你是立刻签，还是再看一遍？"Steve 再摆弄摆弄，又是一段："是谁都无所谓！想合伙来骗我？没门儿！合同撕了，我有照片！有你抱着这婊子的，还有你他妈光屁股趴床上的……"

Steve 假装吃惊，关掉手机："哟！太不雅了！谁能相信，这是从中原集团老总嘴里说出来的呢？"

"那就随便吧！你把这玩意儿交中纪委，我要你的命！咱们鱼死网破！"冯军狠狠道。

"也不一定非要鱼死网破，我更喜欢双赢，您不喜欢？"Steve 的嘴角又泛起笑意。不论是赵安妮还是思梅，谁都没见过他像今晚这般表情丰富。

冯军果真沉默了，他眯起眼睛打量 Steve，等着他继续往下说。

"只要您答应一件事，这视频永远都不会被任何人看到。今晚我们高高兴兴地走，明天您继续当您的冯总。"

"喊！"冯军一脸鄙夷，"不过是此等伎俩罢了！说吧！"

Steve 故意停住不说，看了一眼赵安妮，似笑非笑。赵安妮也正看着他，炯炯的目光里充满了期待。

"是不是该说，把 Ukey 拿出来？"Steve 边说边向赵安妮挤挤眼，嘴角闪出一丝诡笑。

　　赵安妮心中突感异样，来不及细想，冯军已然一跃而起，抓起椅子上的相机，朝赵安妮猛摔过来："你这个婊子！"

　　赵安妮尖叫一声，慌忙躲闪，却还是被相机击中额角。"哗啦"一声，梳妆台的镜子被相机撞碎，玻璃碎片落了一桌子。赵安妮双手捂头，一柱鲜血涌出指缝。她看看自己手上的血迹，眼中顿时喷射出愤怒之火，之前的雍容华贵荡然无存。她上前一步，手指冯军的鼻子尖，歇斯底里地喊道："你他妈的王八蛋！你猜对了！这就是我的预谋！你他妈快把 UKey 交出来！要不然，老娘跟你一起鱼死网破！"

　　冯军也暴怒得失去了理智："想得美！贱人！就凭你？也不照照镜子，自己什么货色！要不是我，你能成为华夏的副总？你能有今天？忘恩负义！"

　　"哈哈！"赵安妮用更高的嗓门尖声笑道，"真好笑！你的良心都被狗吃了？我刚认识你的时候，你还只是个分公司的副总！副总里最不起眼的那一个！要不是靠着我舅舅，你今天能变成老总？你才忘恩负义！"

　　"舅舅？"冯军也笑了，笑容里充满了厌恶和鄙夷，"那是你舅舅？你真以为我猜不出来？用屁股也能猜出来，他能是你舅舅？你怎么没给他生个孩子？德高望重的老领导不让你要吧？你干吗不告诉他你在庙里求了个签，说那孩子能旺？旺什么？旺财？狗崽子吧？伦敦那只狗崽子，还不知你跟哪只野狗在外面怀的！你骨子里就是个婊子！天生就是婊子！"

　　"冯红军！你以为你是什么好东西？你以为你改了名儿就没人知道你过去的烂事了？你在东北插队的时候干过什么好事你自己清楚！"

　　"我行不更名，坐不改姓！我在东北插队的时候又红又专！我放弃回城的机会安心留在农村，带领全村人勤劳致富！我过去的事儿光明正大！"冯军梗直了脖子，分毫不让。他和赵安妮针锋相对，相互骂红了眼，两人根本没工夫注意到，Steve 眼中正划过一道光。冯红军——怪不得用冯军这名字，在东北什么也找不到！

　　"光明正大？"赵安妮从鼻子里冷笑一声，斜瞟一眼冯军，"赵爱梅，记得吗？跟你一起插队的浙江人？记得她是怎么死的吗？"

　　Steve 心中暗暗诧异：这名字倒是头一回听到，怎么似曾相识？

　　冯军一愣，脸上顿时阴云密布："赵爱梅？她……好像是病死的！"

　　"病死的？她是生孩子生死的！是被你害死的！"

　　Steve 眉梢微微一动，心中盘桓多日的谜团豁然而解，表面却仍不动声色，静观二人越吵越凶。

　　"你别胡搅蛮缠，血口喷人！她难产，大出血，大雪封山，谁也出不去！全村人都可以作证！"冯军怒目圆睁，激动万分。

　　"我胡搅蛮缠？我血口喷人？你倒是说说看，她是怎么怀的孕？"

　　"她已经成家了，嫁的当地农民，怀孕不是很正常？"冯军摊开双手，故作轻松，脸上的线条反而更加扭曲。

　　赵安妮愤然吼道："放你妈的狗臭屁！她男人是个废物！她是被人强奸才怀上孩子的！全村人都知道！"

　　"哦？"冯军愈发不自然，故意皱眉沉思了片刻，恍然道，"对！我想起来了，她是被那个大队文书强奸的！"

　　"是吗？大队文书？你倒是聪明，知道死人不会辩解！"

　　"你什么意思？"

　　"别装了！大队文书呢？他去哪儿了？"

　　"我怎么知道？过了这么多年了。"冯军双手抱胸，把目光转开。

　　"大队文书死了！让黄金龙打得半死！这你都不记得了？"

　　冯军放开双手，厉声辩解道："黄金龙是为了给赵爱梅出气！想教训一下那混蛋！没想到他受不住，死了！黄金龙为此坐了好几年牢！为了个流氓，不值！"

　　"黄金龙是为了给赵爱梅出气？"赵安妮的声音里充满了鄙夷和讥讽，"他那么英雄正义，怎么没杀了你？"

　　"莫名其妙！"冯军暴吼一声，却再次避开赵安妮的眼睛。

　　"一点儿都不奇怪！他才不是为了给赵爱梅报仇！他是为了替你灭口！大队文书和赵爱梅相好的确不假，但被你发现了！你一定妒忌得发狂吧？那么漂亮的女人，不喜欢你，喜欢比你窝囊一百倍的人！是你强奸了赵爱梅！"

　　赵安妮双目冒火，面色通红，卷发在耳边剧烈颤动。她的话仿佛一颗重磅炸弹，投在欧式卧房的正中央，轰然而爆！刹那间，满屋人都目瞪口呆。只有 Steve 脸上挂着一丝难以察觉的欣然之色。他偷瞥一眼思梅，看得出来，她正被眼前这场闹剧深深吸引。Steve 黯然一笑：她到底是观众还是主角，这个谜，也许今晚就要揭晓。

　　"你疯了吧！你这个疯子！像疯狗一样乱咬！"冯军双眼外突，穷凶极恶，像是发疯的野兽，随时准备扑向赵安妮。

"我没疯！你知道我说的都是真的！你威胁恐吓赵爱梅，不许说出是你强奸的她，可她偏巧就怀孕了！你连夜让黄金龙去逼那文书承认，想屈打成招，结果把人打死了！你……"

"住口！"冯军厉声打断赵安妮，双目凶光毕露，"你再造谣，我弄死你！"

"冯总，"Steve 却突然插话，声音平静而从容，仿佛在这剧烈的争吵中额外加入的画外音，"既然是谣言，就让她说完好了，一个疯子的话，又有什么可怕呢？何必为了谣言，变成杀人犯呢？"

冯军像一头发狂的野兽，转头狠狠瞪着 Steve，却又一时无语。

赵安妮趁机抢着说下去："赵爱梅迫于你的淫威，不敢说出真相！可你还是没放过她！让她在全村抬不起头！她男人把她赶出家门，你就在山上给她找了个距离村子十几里的空窝棚！那可是冬天，山上多冷？可她居然没被你冻死！临盆的时候她求你让她下山，你却把她反锁在窝棚里！你想让她和孩子一起死在屋里！可你没想到，赵爱梅的妹妹就在那一天赶到了！你这才假惺惺地带人上山，孩子就生在地上，屋里冷得像冰窟窿，大人和孩子都奄奄一息！是你害死了赵爱梅！你是强奸犯，杀人犯！"

冯军却竟然冷静下来，看得出在强压自己的情绪，指尖却在不住地颤抖。他用慑人的声音说："血口喷人！全村人都可以为我证明，就是大队文书强奸的她！你说的都是假话！"

"因为全村人都不知道真相！"

"既然全村人都不知道，你又是怎么知道的？你跟那个地方又没屁点儿关系！"

听到此处，Steve 无声地微笑。他正静等着谜底被揭开，其实他早已猜到答案。

赵安妮深深吸了一口气，双目突然充满泪水，声音剧烈地颤抖："因为我就是赵爱梅的妹妹！她就死在我怀里！她咽气之前，把这一切都告诉我了！"

"你?！"冯军骇然失色，张口结舌。

"对！就是我！赵爱菊！赵爱梅的妹妹！没想到吧？当年那个骨瘦如柴浑身散发着闷罐火车臭气的小姑娘，就是二十年后让你神魂颠倒的女人！"

▼8

大约半小时之前。

夜越来越深，平谷偏僻的小山村就更加宁静。在这北风呼啸的冬夜，绝大多数农家已早早入睡。没人知道，就在村外那神秘的大宅里，一场唇舌之战正如火如荼。更没人知道，在那大宅之外，漆黑寒冷的山林之中，却有另外几股力量，正在蠢蠢欲动。

山坡的另一侧，从平谷通往河北的国道边，悄然停着三辆轿车，分别相隔大约五六十米的距离。三辆车都没开引擎或车灯，故意捉迷藏似的，找了路边最不明显的位置。

螳螂捕蝉，黄雀在后。

头一辆车里只有一个人——刘建国。车子已在路边停了一阵子，车里冰凉冰凉的。他想把引擎打着了取取暖，却又生怕弄出声音来。他拼命竖起耳朵，却只能听见风声。驾驶座椅仿佛突然生出了牙齿，让他如坐针毡。

十分钟之前，他把相机交给冯军，趁冯军拿着相机走进卧室的工夫，自己悄悄从走廊溜进更衣室，又从更衣室里溜出后门，经密道钻出山洞，再钻进事先停在国道边的车里。其实他等得并不久，感觉却好像过了很久，心里却越来越不踏实，七上八下。他见过冯军许多次，第一次还是20年前，由表妹引见。之后则是跟着黄金龙。每次并无多少交流，却也没有什么怪异感觉。唯独刚才这一次，让他不寒而栗。也许是冯军眼中射出的光，也许只是直觉。反正他突然懂了，表妹为啥要让他把那"家伙"拿来。

表妹要铤而走险！那"家伙"也许不只是用来吓唬人的！

想到这一层，刘建国不禁浑身战栗！表妹会打枪吗？打过枪吗？如果只是吓唬人，那也许还好。如果真是要你死我活……

刘建国再也不敢往下想，一把推开车门。他得再偷偷回那宅子里去！他不能就这样傻等在车里！今晚这情形，表妹一个人恐怕是应付不了！

\*

"他又下车了。看这样子，又要回山洞那儿去！"

第二辆车里，老方低声对谢燕说。两个多小时前，老方已经悄悄跟着那开速腾车的男人跑了一趟。山洞进了，隧道也进了，就是没敢轻易进房子去。

"这次还跟不跟？"老方又问了一遍。山区的夜实在太黑，只有点点星光，那人的身影几乎看不见了。

"跟！"谢燕说，但这一次却不如之前那般干脆。老方没立刻行动，等待谢燕的下文。

她想了想，说："这回我跟你一起去！"

\*

"前面两辆车的人都下来了！"第三辆车里，司机老孙头戴夜视镜，低声又补充了一句，"谢燕也下来了。"

"你看清了？她真下来了？"高翔其实自己也戴着夜视镜，看得清清楚楚。只不过，当他猛然看见那纤细的身子，虽然只是一团绿影，心却还是猛地一缩，只好随便找些话来掩饰心情。

老孙肯定地回答："她的确跟上了！没错！"

高翔沉默了片刻，努力平复心情。他本以为自己做足了思想准备，没想到此刻心中还是意外地起了波澜。他必须立刻做出决定。两个小时前，前车只有一人下车跟随，谢燕则留在车里，他有理由按兵不动。现在，前面两车都空无一人。她跟上去干什么？那大宅里的情况她了解吗？不论她目的是何，会不会过于危险？

"我们也跟上！"高翔终于下定决心。对于经验丰富的侦查老手而言，这似乎是一次过于冒险的行动。但不论于情于理，他都必须冒险了。

老孙正要拉动车门，高翔却又突然开口："老孙你留在车里！小佟，你跟我来！"

高总小心翼翼地拉开车门，冰冷的北风袭面而来，夹杂着零星细雪。他突然想起芝加哥的冬夜。他只穿了一件衬衫，站在飘雪的街头，看着她笑盈盈地向自己走来。

9

隧洞里漆黑而潮湿，洞壁虽然凹凸不平，脚下却还算平坦。经过一道敞开的铁门，洞似乎更窄，但路面却更平，好像是后来开凿铺建的。地面过于平整，反而容易发出声音。老方和谢燕竭力踮起脚尖，却仍似能听见自己的脚步声。好在洞外北风呼啸，声音传进洞里，回音盘旋不绝，能掩饰洞里的其他响动。两人屏住呼吸，紧紧盯住前方一团悠悠晃动的微光，大约在三四十米开外，正缓缓向前移动。大概是刘建国的手电光。

这样蹑手蹑脚地走了十几分钟，风声小了，能清晰听见前方传来的脚步声。老方和谢燕更是加倍小心，蹑手蹑脚，生怕被前面的人发现。

前方那团光却突然停住不动。莫非，是到门外了？老方和谢燕也停住不动，脚步声却似乎没停——隐隐的两声，并非来自前方。难道身后有人？两人不约而同地回头，眼前漆黑如墨，伸手不见五指。脚步声没了，只有遥遥风声，在洞外呼啸。

风声轻了。两人继续屏息静听，隐隐听到男女争吵之声，极细极远，若有若无。前方那团光又开始晃动，却并不前进。争吵之声突然变大，瞬间又消失，前方的光也随即不见了。两人仿佛一下子沉入无底黑暗，前后再无任何光亮。洞外又是一阵狂风，呼啸之声钻进洞里，在这不见五指的黑暗中，令人心惊胆寒。

老方借着风声作掩护，用极低的声音在谢燕耳边说："大概是进房子里去了。"

正在这时，却似又是一声脚步从身后传来。两人一惊，赶忙再次屏息静听，除了风声却再听不见别的。两人却不敢继续前行，默默站在原地。又过了许久，风声瞬间淡了，突然又是一声！像是脚步，又像水珠落地。北京山区1月的深夜，洞外至少零下十度。洞内也在零度以下，又怎能有露水？

"你先进去，我等一等。"谢燕趴在老方耳边低语。老方立刻会意：如果背后果真有人，对方听见渐远的脚步声，也许会放松警惕，慢慢地跟上来。他们若有光，谢燕在暗处，必会提前发现他们；他们若无光，大家都是盲人，谢燕静止不动，不易被他们发现，自可等他们超过之后，偷偷跟在后面，偷听他们的动向。必要时，也可和老方前后夹击。

老方的脚步声渐远，随即也消失了，想必是也走到门外了。之后是一段长长的寂静。没有风声，也没有脚步声。也许身后并没有人？突然间，屋内的人声再次传出来，紧接着又再次消失。谢燕猜测，老方大概进房子去了，正准备自己也跟上去，却突然又听到一声，这一次格外清晰，分明就是脚步声，不如刚才那般小心翼翼。看来隧洞中果然还有人！老方的调虎离山起了作用。谢燕紧紧贴住石壁，一动不动。

两声，三声，脚步声已变得肆无忌惮，快速向她靠近。谢燕缓缓降低重心，身体紧贴石壁，心脏止不住地怦怦狂跳。

脚步声继续加快，而且听得出不止一双。谢燕努力睁大双眼，眼前却还是漆黑如墨。隧洞里如此漆黑，他们如何能走得这么快？谢燕暗暗命令自己：保持冷静，不要慌张。不管是谁，让他们先过！

脚步声转眼已到附近，眼前却依然漆黑一片。洞外风声又起，这一次格外尖厉，鬼哭狼嚎。脚步声却突然消失了。

谢燕屏住呼吸，却抑制不住剧烈的心跳：他们去了哪里？还是突然停下来了？难道发现她了？

突然间，谢燕仿佛感觉身前有一团热气，伴着浅浅的呼吸之声，正在向她靠近。她热血上涌，脊背死死抵住石壁，双手交叉放在胸前。

眼前一道强光，瞬间照亮了隧道。

谢燕面前赫然立着一个高个子怪物，像是外星人一般，正低头用一只独眼看着她。她本能地想要起身跑掉，却又距离那怪物太近，身后是坚硬的石壁，再无丝毫退路！她想伸手推开对方，双臂却被狠狠抓牢。对方一声低呼：

"燕子！"

一瞬间，谢燕的心脏骤然停止了跳动。血液离开大脑，眼前一片空白。

*

谢燕再清醒时，自己正靠在穴壁上。眼前一左一右，站着两个男人，夜视仪都已摘掉。年轻的一个拿着手电，周到地把电光投向她附近的石壁，以免晃到她的眼睛。她认识这个年轻男人，正是她曾经调查过的佟远。

年长的一个正搀扶着她。这个男人她更加认识！那张英俊的脸，是她刻骨铭心、至死难忘的。她却彻底说不清楚，这张脸到底让她恋恋不舍，还是深恶痛绝！

谢燕本能地挣脱高翔的手，"啪"的一声，一巴掌狠狠打在高翔脸上。

佟远吃了一惊，不知是否应该插手。高总自己并不反击，亦不躲闪。他缓缓放开谢燕的胳膊，双手垂立两侧，幽幽地低垂了视线。

谢燕斜跨出两步，躲进手电光的阴影里，狠狠咬住嘴唇，腮边的泪水还是依稀可见。

佟远知趣地后退一步，把手电的光圈从两人身边挪开。

"还好吗？"高翔终于先开口。

谢燕却并未立刻回答。她狠狠吸了吸鼻子，极力使用最冰冷的口吻："你到这里来，应该不是来约会吧？"

"我……"

"既然你在工作，我也在工作，那就让我们公事公办。"谢燕深吸一口气，"说吧，要怎么样？"

"谢燕……"高翔的声音微微地发颤，"我真的一直很想念……"

"高总！"谢燕断然打断高翔，声音不高，却无比严厉，"不要说这些与工作无关的事情吧！我跟你，咱们……又不是朋友！"谢燕狠狠咬一咬嘴唇，把头扭向一侧，"连熟人都算不上了！"

是的。她熟悉的那个高翔，在她心里已经死了，如今就只有一块碑，冰冷地立在京郊的公墓里。

高翔也沉默了，头深深低垂着，不发出一点声音。身边的人却都知道，他是在极力克制着什么。隧洞里突然变得异常安静，连风声都听不见了。

"没事的话，我就走了。"

谢燕终于又开口，狠狠撕破死一般的寂静。她转身要走，高翔却向前一步，拦住她的去路："那好！我直说吧！华夏房地产的案子，我跟了半年了，幕后的大鱼是冯军，我想你现在肯定都清楚。可我一直没拿到真凭实据。你知道，想要扳倒冯军，必须铁证如山。"

"这与我何干？"

"燕子，别跟我捉迷藏。我需要那本账本。"

谢燕闭口不语，把脸扭向一侧。

"我们知道账本就在你手里。"

"我为什么必须听你的？"

"不是听我的，是听中国政府的。"高翔顿了顿，补充道，"你在中国的领土上。"

谢燕心中一酸，这就是真正的高翔！在工作面前，从没有私人感情。她强忍泪水，抬起双手："那你逮捕我。"

高翔沉默了片刻，叹气道："如果必须如此的话，我会的。其实我的同事早就这么打算了，他们有充足的理由，比如非法入境。"

谢燕心中一片冰凉，他也许真的会逮捕她。他们原本非敌非友，各为其主。错不在他，错在自己，总是分不清感情和工作，那账本对她原本并没那么重要。她冷冷道："你的同事是对的。"

"我不知道你回来的真正目的是什么。不过，如果你真的被捕，不仅什么目的都实现不了，有人也一定会感到惋惜。因为他的牺牲，就白费了。"

他指的是老谭，谢燕的前夫。这她心里明白。老谭在香港被捕前，把资产全部转移到瑞士的某家银行，并把密码给了她。那才是真正爱她的人，不惜为了她的未来，去坐一辈子牢！谢燕突然警醒：自己为何到中国来？因为有人愿意帮她救出老谭！但她必须找到Steve的罪证。那房子里正在上演一出好戏，她的两位主角都已到场：赵安妮和Steve！她要的答案，也许就在那房子里，那才是她应该去的地方！但是，即便交出那账本，高翔就真会放过她，让她去实现"真正目的"？他其实说得已经很清楚：这是在中国。她不会再轻易相信他，账本就是她最后的筹码。她现在需要的是时间。

"账本在后备厢里，钥匙不在我这儿。"谢燕垂目低言。撬开后备厢，需要最长的时间。

"跟我一起去！"

"我脚崴了，走不动。"谢燕索性坐到地上。

"我背你！"

"不。"谢燕双手抱膝，把头埋进胳膊。她必须赖在这里，伺机溜走，到那大房子里去。另外一个小伙子，只是高翔抓来的木偶，根本不知他的真实身份，也未必会对他多么效忠。

她却听见高翔在她头顶说:"小佟,你过来!"

高翔话音未落,只听"啪"的一声,谢燕突然手腕一凉。她心中一惊,忙抬头,手腕上正套着明晃晃的手铐。佟远正蹲在自己面前,一脸的无奈。

高翔竟然把自己和佟远铐在了一起。

"看住她。在这儿等我回来。"

高翔说罢,转身要走,却又似突然想起了什么,停住脚步,转回身来:"小佟,你也猜到了吧?我是警察,公安部经侦局副局长。我的任务就是调查冯军和赵安妮的贪腐案。我们还不能确定黄金龙到底是不是你杀的,不过,你已经帮了大忙,无论如何,你是立过大功的。你自己好自为之。"

高翔说罢,戴起夜视仪,关了手电。隧洞里立刻又变作漆黑一团。

一阵急促的脚步声,向着洞口的方向去了。

赵安妮和冯军争吵时,思梅一直站立在窗帘边,一动不动。她手中的 DV 仍在悄然工作着。

这是 Steve 在车上交给她的任务:扮演 Steve 的助理;酒席宴上装醉;伺机溜进主卧室;藏在窗帘后面,用 DV 偷拍。Steve 一路向她交代了这些任务,却并没多加解释。Steve 的车内很整洁,一尘不染,没有任何额外装饰,除了车钥匙上的黄色字母吊坠,和一股古龙水的暗香。Steve 的话比车内装饰更简洁,只交代任务,不多说一言。等两人上了黑色房车,Steve 就一语不发了。

房车里已经有一名司机,和另一个与 Steve 年龄相仿的男人。衣着入时,戴着墨镜。但思梅还是依稀能辨认:这不正是林氏集团年轻的董事会主席林俊文?毕竟整整一个上午,她都在查阅有关中原和林氏的新闻,新闻照片里的林俊文也都戴着墨镜。Steve 怎会找上他?思梅心中费解,却看不出端倪,Steve 和林俊文不但不说话,眼神交换都没有。

房车一路往东,上机场高速,再转向京平高速,经过平谷城区,驶入荒山野岭,又过了大约半个小时,经过一个小村子,车终于停了。前来迎接的，竟然是赵安妮！思梅和老方已经猜到 Steve 和赵安妮有染，却没想到竟如此公然地会面，还带着一车"观众"。更令思梅惊讶的，是赵安妮身边的男人——竟然就是中原集团的老总，冯军！

Steve 按照事先交代好的方案，谎称自己是波士顿咨询的合伙人。思梅渐渐领悟：这多半是一场由 Steve 和赵安妮导演的骗局，只是不知被骗的到底只有冯军，还是包括林俊文。待到卧房里冯军捉奸那一幕，思梅知道床上躺的并非林公子，心中更加明了：这是赵安妮将计就计，暗中勾结了 Steve 来胁迫冯军的。思梅不禁暗暗惊叹：神不知鬼不觉的，Steve 和赵安妮竟已同声共气到如此地步！只是不知为何林俊文也配合得如此心甘情愿？赵安妮摆明了是要敲诈那几千万。她若真的得手，林俊文岂不是更得不到青岛的地皮？不知 Steve 又如何花言巧语，骗得了林俊文的信任。

思梅正纳闷，Steve 突然出现，抢走冯军手中的合约，将其撕个粉碎。思梅这才若有所悟：莫非这就是 Steve 向林俊文做的承诺——既不必出售林氏的股份，又能够得到冯军签名的协议？但林俊文真的如此幼稚？仅凭一份冯军签名的合约，就以为能拿回青岛的地皮？正如冯军所说，他明天就可以反悔。即便不明着反悔，也可在暗中制造各种障碍。更何况 Steve 所谓的"证据"其实并不保险——思梅心里清楚，自己手中的 DV 并不像 Steve 说的"正在把视频传上服务器"。她早已细细检查，这 DV 并不具备网络传输功能。她也用自己的手机检查过，这房子里的手机信号的确已被屏蔽，而且并无任何其他无线网络。Steve 用手机回放出的冯军的话，说不定只是他自己录的音。看 Steve 波澜不惊的样子，真是艺高人胆大！只不过这里还有另一个逻辑漏洞：DV 视频其实是把双刃剑——既是冯军贪污舞弊的证据，也是 Steve 帮助赵安妮独吞贪污款的证据。所以它根本算不得什么"有力武器"，那只是他骗取冯军交出 UKey 和银行密码的手段！可怜的林俊文，默然站在屋角，似乎尚不明白这一切是怎么回事。又一个 Steve 的牺牲品！赵安妮和 Steve 一旦拿到 UKey，就会和这 DV 视频一起永远消失。冯军丢了那三千万美元，又怎能白白让青岛项目出手？

倒是赵安妮的反应，让思梅有些不解：尽管她显然很清楚床上和她演戏的是 Steve，却似乎并不知道和冯军对峙的人是真正的林俊文。其实技术上这很合理：人皮面具只是骗小孩子的把戏，趴在床上做几分钟戏或许还能蒙事，但 Steve 绝不可能戴着面具在明亮的灯光下和冯军对峙。这场戏，绝少不了林俊文的配合。只不过，Steve 好像事先并没跟她解释这个环节。赵安妮本性多疑，脸上本已露出疑色，只不过她急着从冯军手里弄到 UKey，顾不得再去纠缠林俊文的问题。

不仅赵安妮顾不得，就连思梅，也暂时把林俊文的问题丢在一边——赵安妮和冯军的争吵，实在是令她大出所料！心中有些谜团却又迎刃而解：怪不得黄金龙在冯军面前有恃无恐，怪不得赵安妮把他当成眼中之钉！这个卑鄙贪婪的女人，骨子里竟然也有几分侠义之情，为了给姐姐报仇，不惜绞尽脑汁，和仇人卿卿我我了十几年！

赵安妮揭穿自己的真实身份，冯军的脸色已经由青变紫。两人目露凶光，面色狰狞，卧室里早已充满了火药味，仿佛有一场更残酷的大战，一触即发。唯有 Steve 泰然自若，洞若观火，从容地开口：

"各位都不要太激动，这样不利于解决问题。冯总，赵小姐，我看二位最好都不要过于纠结几十年前的事情了。"Steve 稍事停顿，看看赵安妮，又看看冯军。赵安妮立刻平静了些，胸脯的起伏不如刚才那般剧烈。冯军虽仍面目狰狞，却终究还是把视线从赵安妮脸上转开了。其实大家心里都明白，脸是撕破了，但脸本来也不值钱。对方是什么货色，谁心里不明白？给个台阶，谁想真的拼命？

"这样就对了。冯总，我想，赵小姐也希望能把以前的事情都忘掉，我们这里的每一位，都想把今晚所见所闻都忘掉，对不对？"Steve 环视四周，目光停在思梅身上。他从思梅手里拿过 DV，"够了，不用再拍了！冯总，我想，还是这视频，更要紧一些。其实我也希望它永远都不会再被任何人看到。然后您还可以高高兴兴当您的冯总。"

Steve 说得没错。赵安妮说的那些 20 多年前的事情，其实空口无凭，要紧的，还是之前那段视频。思梅更加确定，Steve 的目的就是Ukey。视频根本没上传，这里与世隔绝，冯军的人就在院子里。Steve必定要趁热打铁，赶快搞定那笔钱。思梅偷看一眼站在墙角的林俊文，依然面无表情，好像这里发生的事情与他无关。难道是在国外待得太久，连中文都生疏了？

冯军似乎也突然注意到了林俊文，眼珠一转："我把 Ukey 给你，你们就保证销毁视频，再也不让任何人看见，对不对？"

Steve 和赵安妮对视一眼。赵安妮的目光万分迫切。Steve 点点头："当然。"

"那林先生呢？他也没意见？钱都没了，他还指望我履行那合同？"冯军边说边看向林俊文。思梅突然领悟：他打算把林俊文当成自己的棋子——Steve 和赵安妮要是得逞，你就再也别想得到那块地皮了！

林俊文却还是一脸懵懂，低头看看手中的合约，又看看 Steve。Steve 皱起眉头，手捏下巴："这个，唉，还真有些不好办呢。"

赵安妮急道："先别说别的！让他先把 UKey 拿出来！他一定随身带着的！密码也一起说出来！现在就转账！"

冯军不屑地撇了撇嘴，鄙夷地斜了一眼赵安妮："就算你都把钱转走，你能花得了吗？就算你今晚能从这里走出去，能出得了国吗？"

赵安妮挑起眉梢，冷笑一声："那就不要你费心了。先把钱转了再说！"

冯军狠狠盯着赵安妮，眉头一皱，仿佛恍然而悟，再次暴吼道："你做梦！你这个蠢女人！跟你在一起，我怎么会把 UKey 带在身上？我早把它留在更安全的地方了！"

赵安妮也再次激动起来，对着冯军怒目而视："你骗人！你是个骗子！嘴里从来都没实话！UKey 就在你身上！UKey 就在他身上！让他拿出……"

赵安妮扭头去看 Steve，话却突然停在嘴边——Steve 和林俊文正悄然靠近浴室。赵安妮一愣，尖声叫道："Steve？你们要去哪儿？"

不待 Steve 回答，冯军朗声笑道："哈哈！你这个蠢女人！你的男人要跑了！他根本没打算带上你！"

赵安妮顿时脸色发白，双目圆睁，看看冯军，再看看 Steve，一脸错愕。Steve 耸了耸肩，什么也没说。

冯军更加放肆地笑道："周先生！我说我怎么一直就觉得今晚有点儿不对劲儿呢？您其实是为了林先生来的对吧？二位这就要走了？别着急啊！我还有话没说清楚呢。您手里那份合同，我是想执行的，只不过，条件你们清楚得很！至于那段视频，你们想清楚了，鱼死网破，对谁都没好处！"

冯军说罢，转脸瞪着赵安妮，笑意顿然消失了，换作一脸杀气："你这只破鞋！每个男人都能穿你！把你往泥里踩，往屎里踩！你又脏又臭，谁都他妈的用完了就扔了你！你……"

冯军骂得正凶，却突然哑然失色，怒气凝在脸上。

　　赵安妮正双手举着一把黑色的手枪，用枪口直指冯军眉心，双眼露出慑人之光。她身后的梳妆台抽屉拉开了，枪就是从那里取出来的。抽屉里还有一本崭新的护照，红色的封皮在灯光下格外醒目。

　　"都别走！"赵安妮声嘶力竭，"姓冯的！你别以为我做不出来！"

　　刹那间，屋里鸦雀无声。思梅也立在原地不敢动弹。看来赵安妮真是被逼急了，打算铤而走险。思梅侧目看看 Steve，他正和林俊文并肩站在浴室门口，浑身僵硬，一动不敢动，眼珠却很灵活，一眼看到思梅，竟挤了挤眼。思梅不知那是何意，心中万分不解：他今晚到底是为何而来？难道真的如冯军所说，他是醉翁之意不在酒？难道他真的只是在利用赵安妮？

　　冯军终于开口，语气缓和了许多，不但没有了刚才的凶狠，甚至多出一丝温柔："妮妮，先把枪放下！那东西可不是好玩的，别伤着自己！吵架归吵架，怎么能动真格的？你要钱，我明天就把 UKey 拿来，都给你！钱本来就是为了你和女儿挣的！我只不过是想再多挣一些，好让你和妞妞以后能生活得更舒服！"

　　"放屁！现在就把 Ukey 拿出来！不然，我立刻就打死你，给我姐姐报仇！"赵安妮怒目圆睁，声音在打颤，枪口也在打颤，浑身都在打颤。

　　浴室门口人影一闪，突然钻出一个人来："表妹！枪可不是好玩的，你可小心了！"

　　思梅循声望去，是个四十多岁的中年男人，身体敦实，面色黝黑。思梅细看那人的脸，顿觉一阵天旋地转，脑子里一片空白。她自然是注意不到，Steve 正饶有兴趣地看着她。

　　"哥！你来得正好！去搜搜他的裤兜！"赵安妮看见浴室里钻出的中年男人，底气似乎更多了几分。

　　刘建国慢慢靠近冯军："冯总，您就听她的吧！子弹可不长眼啊！要啥你就给啥吧！你也知道我表妹，她真的是什么都做得出来的！"

　　"可我真的没带在身上！不信，你搜！"冯军摊开双手，任由刘建国翻动衣兜。刘建国把冯军浑身搜了一遍，对赵安妮摇摇头。赵安妮怒火上涌，快步上前，用枪口逼近冯军的头："最后警告你一次，交出来！"

　　就在赵安妮身后不远处，趁着她逼近冯军的工夫，Steve 向林俊文使一个眼色，两人悄然钻进浴室里去了。Steve 盼望已久的答案已经揭晓，不必再浪费时间：May 的确认识刘建国，而且关系不一般！刘建国又恰恰是赵安妮的表哥。加上刚刚听到的东北知青故事，久久藏在 Steve 脑中的谜团终于解开了。他的判断是对的，其实 May 才是最好的筹码！之前那段 DV 不需要了，因为二十多年前的罪恶已经铁证如山！

然而此刻，思梅却还沉浸在惊愕之中，完全没注意到这房间中发生的微妙变化。幼年的记忆正如海啸般涌入脑海：她自小在表舅家生活，浙江小镇的样子已很模糊，只记得一些黑色的屋顶和白色的墙，还有 20 里外小学墙外的竹林。在童年的记忆里，虽然她姓表舅的姓，把表舅叫作"爸爸"，可表舅对她从没有过父亲的关爱。她七岁离家，住进 20 里外的小学。从小学到高中，学校越来越远，表舅也越来越难得露面。后来表舅一家搬去东北，就再也不曾见面。可即便如此，她还是一眼就认出，这突然出现的男人，正是自己的表舅，刘建国！

思梅仿佛坠入迷宫，又像个失忆症患者，被突然拉进一场恐怖电影。她所感受到的不仅仅是惊异，还有巨大的恐惧：我到底是谁？怎会突然出现在这里？

"妮妮，枪这个玩意儿呢，你可真是要小心了！"冯军突然转换了腔调，声音变得从容而狡猾，脸上的表情也舒展开来。他看着赵安妮手中的枪，缓缓迈步，眼中竟然有了一丝笑意。

赵安妮不禁后退一步，举枪的双手加剧颤抖："别动！不然我打死你！"

冯军的动作却更加放肆，一步迈到赵安妮跟前。刘建国也看出了端倪："表妹！保险！"为时已晚。只听赵安妮一声尖叫，冯军已经从她手里夺过了枪，"啪"的一声拉开保险，推弹上膛，后退两步，用枪指着赵安妮和刘建国：

"从没碰过枪吧？还敢拿枪威胁别人？你们都站住别动！臭娘们儿！动我打死你！还有你！刘小姐！还有……"冯军飞快地看了一圈，一脸诧异，"林先生？周先生？你们藏哪儿去了？快给我出来！刘小姐，你老板去哪儿了？"

思梅被冯军突如其来的动作惊醒，愕然发现，冯军竟然就在自己身边，正用怪异的眼神看向自己。思梅心里一惊，正要躲闪，却为时已晚。冯军一把抓住思梅的胳膊，把她拉到身前，用枪顶住她的太阳穴：

"周先生！快出来！带着你的 DV，你的手机，你所有的小玩意儿！让我看看，你把录像传哪儿去了？快出来！咱们谈谈！不然的话，我杀了这位小姐！"

整栋房子里，突然变得死一般的沉寂，连呼吸声都没有了。思梅就只能听见自己的心跳声。其他所有器官都麻木了，四肢是麻木的，头也是麻木的，顶在太阳穴的硬东西若有若无，只有心中的问题挥之不去：我怎么会在这里？突然间，她感觉到了后背的热度，火烧火燎，宽阔无边。那是冯军的胸膛，他正用力把她抱在怀里。思梅突然有一种异样感觉，说不出是厌恶还是亲近。她瞬间意识到了什么，大脑却剧烈一震，像是发生了短路，电源被强行关闭。她脑子里又是一片空白，只剩童年的那片竹林，在细雨中散发着清香的气息。

"冯总！千万别开枪！"一个熟悉的声音突然冒了出来。老方从浴室里探出头，笑眯眯看着冯军说，"她可是您的千金！"

*

几分钟前。

老方在更衣室里躲了大半天，最后还是决定出去看看。一屋子人吵吵得很热闹，他实在想偷看一眼，反正开速腾车的家伙已经进屋去了，轻易发现不了他。

老方正要拉门，门却一下子被人从外面拽开，两个男人闯了进来。尽管更衣室和浴室都没开灯，借着从卧室里辗转而来的光，老方还是分辨出，走在前面的正是 Steve。

三个人都大吃一惊。一秒不到，老方已经明白了大半，乖乖闪到一旁："您请！您请！地道的门儿就在中间那个柜子里！"

老方满脸堆笑，毕恭毕敬。Steve 身后跟的人他也认出来了，正是林氏集团的总经理，和他预估的一样。看来，Steve 得偃旗息鼓很长一段时间了。即便如此，老方也不想把 Steve 的后路堵死。Steve 的敌人应该是谢燕，或者谢燕背后之人。反正不是老方。做这一行的人都明白：打工而已，放人一条生路，别把事请做绝了。

在冰冷的隧洞里，谢燕和佟远并排坐在彻底黑暗中，什么都看不见，只能感到手腕上金属的冰凉。

"对不起，我……"佟远试图解释，却又不知该说些什么。高总竟然是警察！怪不得从北到南一路奔波，从没遇到警方的麻烦，自己却又被高总看死了，不给一点自由。他毕竟还是杀人嫌疑犯。但无论如何，至少能判个误杀，赵安妮也不可能再对他不利了。谜团终于纷纷解开：赵安妮，黄金龙，冯军，还有高总。可身边这位年轻女子呢？她又是谁？

"不用。跟你没关系。"

谢燕漠然道。她不需要解释，更不需要宽慰。这隧洞的地面彻骨的冰凉，她却坚持坐着。她仿佛又看见一个月前，老谭盘腿坐在地板上的样子，手里拿着钳子，专心致志地修理巨大的旅行箱。他把箱子塞得太满，恨不得把芝加哥的超市都给搬回北京来，老谭始终放心不下她。

只要老谭一天不离开香港的监狱，她就不需要任何解释和安慰。

隧洞里恢复了寂静，唯有北风在洞外呼号。

突然间，隧洞中有了光。里面的那扇门显然又被人打开了，有人走了出来。脚步声有些凌乱，应该不止一个人。谢燕纳闷：是老方回来了？其他人又是谁？

远处的光摇晃着靠近，该是手电发出的光。谢燕和佟远不约而同站起身，注视着隧洞深处。出现了两个人影，个头相仿，胖瘦也相仿。两人越走越近，是两个男人。佟远忽觉手腕一紧，这才发现，身边的女子已攥紧了拳头，两眼炯炯有神，似是被熊熊怒火点燃。

走在前头的男人似乎也认出了谢燕，立刻停住脚步。一道耀眼的手电光，在佟远和谢燕两人脸上来回了两遍，停在谢燕身上。那人用英语说：

"Yan，好久不见！"

"好久不见！Steve！"谢燕的口气格外冰冷，佟远不禁打了个寒颤。

"我还以为你在美国。在这里干什么？"Steve 的口气却要轻松随意得多，好像老朋友邂逅似的。

"在等你！"

"哦！是吗？还带来一位助手？"手电光转向佟远，由上至下，停留在手腕上，"你怕他跑了？"

谢燕却灵机一动："是他铐住我，怕我跑了。"

"哈，你变幽默了！"Steve 把手电光挪到一边，走近了一步，让谢燕和他彼此都能看清对方的脸。

"他是警察，要逮捕我。"谢燕用脚碰了碰佟远，佟远没吱声。他并不知道谁是好人谁是坏人，但相比之下，他更愿意相信谢燕，那男人的声音让他心生戒备。

"哦？警察也来了？"Steve 面露意外之色。谢燕耸耸肩："对！经侦局的，他同事就在外面，你见过，姓高。"

"噢！"Steve 立刻明白谢燕说的是谁，面色稍稍严肃了些。

"今晚那里面的，估计要被一锅端了。"谢燕朝隧洞深处努努嘴，"所以，你今晚的目的，恐怕……"

Steve 的眼睛张了张，谢燕看得出来，他有点儿吃惊。Steve 回头看了一眼身后的男人。那人全在暗处，看不清表情，但 Steve 的表情她却能看清：他分明是在安慰对方。谢燕心中暗喜：这是歪打正着了。她看了看佟远，又看看自己的手腕，叹气道："可惜，我也帮不上什么忙！"

Steve 耸耸肩："那可怎么办呢？"

谢燕却突然调转了话题："刘思梅呢？你不是带她一起来的？怎么没带她一起出来？"

谢燕只觉手腕一紧。Steve 立刻会意，摊开双臂，故作无奈地叹气道："唉！她就在里面，只不过，处境好像有点儿不妙。我可管不了她了！"

佟远仿佛突然中了一拳，急道："她怎么了？"

"不知道现在怎样了。刚才，里面有个持枪歹徒……"

Steve 故意话只说一半。佟远没心思再问，拔腿就跑，却被手铐拉住。谢燕被他拉了个趔趄，疼得叫出了声。佟远这才又想起手铐来，却听 Steve 说："这东西好弄！"

Steve 把手电交给谢燕，从兜里取出一张一块钱钞票，搓成细卷，慢慢塞进手铐的锁眼里。没过多久，"啪"的一声轻响，手铐居然开了。佟远拔腿就跑，立刻消失在隧洞深处。

谢燕冷笑道："果然是做贼的！"

"只是喜欢看新闻而已，好奇心又重！"

"没时间跟你贫嘴。"谢燕说罢，作势要往隧洞外走，Steve 却一步挡住去路："别急着走！不是要谈谈？"

"有什么可谈？"

"我今晚的目的。"Steve 目不转睛看着谢燕。

谢燕沉默不语。她并不知道 Steve 的真实目的是什么。她不相信 Steve 会为了赵安妮牺牲自己，几千万美金也未必能收买得了他。其实 Steve 的目的已不那么重要。谢燕需要的只是一个坚实的证据，证明 Steve 和赵安妮的相互勾结。这就足以毁掉他和他老板在 GRE 的前程。

"我猜，一定是 Jason 派你来的。对吧？"Steve 眯眼看着谢燕。

谢燕不禁感到意外：看来 Steve 心里很清楚敌人是谁：他早知 Jason 会对他下手，却似乎并未刻意防范。又或者，他有更重要的事情要做，所以并不在乎 Jason 的暗箭？

Steve 继续说道："你放心。今晚，你一定能顺利完成你的任务。老方和 May 已经把你想要的东西都拿到手了，只不过，我必须提醒你，"Steve 顿了顿，"Jason 未必能满足你的需求。"

谢燕明白 Steve 的意思。看来，他对她的想法也同样了如指掌。谢燕漠然回答："既然我接受了他的任务，就只能冒险试一试。"

"我不想说你未来老板的坏话。他的信用到底如何，以后和我也没什么关系。只不过，眼前我倒是有个办法，让你我都能得到我们想要的。"

"你的信用就很好吗？"谢燕反问。

"哈！"Steve 摇摇头，"当然不好，尤其对你。可是，你不妨听我说说？"

谢燕一语不发，沉默即是认可。她的确怀疑 Jason 的能力：就算他夺回 GRE，又凭什么能够左右廉政公署停止对老谭的惩罚？

Steve 面色严肃起来，嗓音也变得认真而低沉，一扫刚才的调侃态度："我身后这位，是林氏集团的总经理。我今晚其实只有一个目的，就是帮他从冯军那里拿回合约。这本来就是他该得的。为了达到这个目的，我什么都愿意做。你别问这是为什么，答案其实很简单，只是你不会相信。我知道，在你心里，我不是这样的人。你一定以为我唯利是图，不择手段。其实我也有我的原则，对得起朋友就是其中一条。只不过你不够了解我，你也用不着了解我。我欠过你一笔债，今天我愿意补偿你，这样我也就对得起你。不过我有个条件，就是你也要帮助我，让我对得起他。"

Steve 转身指指阴影中的男人。谢燕确实有些意外，没想到这样一番话会从 Steve 口中说出来。到底是真是假？Steve 的表情和口气却又不容置疑。谢燕低声问："我怎么帮你？"

"有关青岛地皮的合约他的确拿到了，按说已经具备法律效力。只不过，如果经侦局的人就在外面，冯军恐怕躲不过今晚。从明天起，中原集团的老总也许就另有其人了。其实这合约是早就谈妥的，新的老总也未必就会横生枝节。我只是希望这件事情更保险。只要经侦局不是硬要把这合同和冯军扯到一起，剩下的问题，就都好办了。"

谢燕领悟了 Steve 的用意，反问道："那怎么可能呢？这合约是冯军贪腐案中的重要一环！"

"也可以不是。这合约是将来时，尚未发生呢，冯军也还没从林氏那里得到过任何好处。"Steve 略作停顿，和谢燕四目相对，"不是还有一本账本吗？那才是过去时，经侦局需要的证据。"

谢燕有些意外：他怎么也知道账本的事？又一转念，Steve 连赵安妮都能控制在掌心，获取这点秘密，只是探囊取物。

Steve 见谢燕不吭声，继续说："所以，我想，也许你愿意帮我劝劝经侦局，以后不要用冯军的案子来为难林先生。"

"他们为什么要听我的？"

Steve 耸耸肩："我也没把握。不过，你刚才提到的那位高先生……"Steve 欲言又止，眼中流露狡黠的光。

谢燕心中一阵反感，努力控制住自己的情绪："那我呢？能得到什么？"

Steve 从怀里拿出一架 DV，递给谢燕："这是今晚那房子里的录像。你需要的证据，这里面都有。我无所谓你把它交给谁，Jason 或者 GRE 的董事会都可以。反正我也不打算再去上班了。"

谢燕接过 DV，心中暗暗惊叹：Steve 果然要破釜沉舟。为了他身后这位"朋友"，他是真的打算毁掉在 GRE 付出的多年心血。但这 DV 里的东西是 Jason 需要的，并非她的。谢燕问："还有呢？"

"林氏集团是香港最有影响力的公司之一，林家在港府也有不少关系。比如廉政公署。我想，只要你愿意帮助林先生，他也会愿意帮助你。是不是？阿文？"Steve 再次回头去看黑暗中的男人，眼神中的默契清晰可辨。林俊文点头道："谢小姐的事，就是我的事。"

谢燕微微点头。不妨试一试。万事都需要双保险。更何况，她的目的原本就并非报仇："可以。但我需要明确的承诺。"

Steve 点点头，清了清嗓子，用极低却又极认真的声音说："林俊文先生承诺，如果林氏集团和中原集团的合作顺利实施——不，只要不能实施的原因和冯军的贪腐案完全无关，那么谭先生就会在三个月内获得自由。"Steve 又看看林俊文，"怎么样？三个月，够吗？"

林俊文开口："不需要三个月。一个月就可以！"

Steve 点点头："Yan，这样可以了吗？还是需要写下来，再签字？"

"不必。林先生，我相信你的信誉。"谢燕摇摇头。此种契约，即便写下来也无济于事。

Steve 微微一笑："很好！不过，我还有一事相求。"

"什么？"谢燕不解。

"麻烦你把这个交给 May。"Steve 从衣兜里掏出一个小 U 盘，"里面有段录像，比警察手里的更完整。我想她和那个小伙子都需要。"

谢燕接过 U 盘。Steve 向谢燕微微颔首告别，如绅士一般风度翩翩，"帮我照顾好北京办公室！"

两个身影迅速消失在黑暗的隧道里。

谢燕独自站在黑暗中，手里攥着 U 盘，那上面似乎还残留着 Steve 手心的热度。谢燕心中有些异样：真的看错了他？

再一转念，其实那又有何稀奇？每个人都戴着有色眼镜，只能看见自己想看的。好比她眼中的高翔，不是也错看了那么多年？

*

在下沉式大宅的主卧室里，冯军瞪圆了眼睛，看看怀中的女孩，又在屋子里巡视一圈，目光落在赵安妮脸上，眼神万分错愕。当年那奄奄一息的婴儿，的确是被赵爱梅的妹妹抱走了，怎么今天，却突然出现在自己眼前？

赵安妮此时也是一脸难以置信的表情，瞪大眼睛看着思梅。刘建国也在一边不错眼珠地看着思梅，仿佛突然发现了新大陆似的，高声叫道:"真的是!真的是思梅!表妹!她就是思梅!你看她长得多像你姐!"

冯军连忙再去看思梅那张美丽白净的脸,心中不禁一惊:真的像!像极了!他仿佛被马蜂蜇中了心脏,浑身突然没了力气,手中的枪变得很重,再也举不起来,只能由着它往下垂。

"哈哈哈哈!"赵安妮发疯般地狂笑,"你开枪啊!杀了她!杀了你的女儿!就像二十多年前杀了她母亲一样!"

赵安妮的话音未落,从浴室里突然又窜出一个人影,快如离弦之箭,瞬间来到冯军眼前,猛然掰开冯军的手臂,硬把自己夹在思梅和冯军之间,铆足力气用身体向冯军压了过去。他动作太快,没人看清他的样子,只听他高喊着:"思梅!躲开!"

几乎与此同时,"砰"的一声巨响。

全屋人都愣住了。只有经验丰富的老方立刻抱头蹲下,过了几秒才抬头张望。

冲进屋里的年轻人正把冯军压在身子底下,一动不动。两人身边的地板上,扔着一支黑色的手枪,枪口还在冒着黑烟。

"佟远!"思梅声嘶力竭地尖叫一声,冲上前去。

隐隐的警笛之声,正连绵不断地从远处传来。

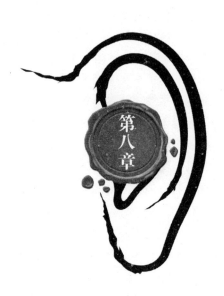

第八章

过河之卒

▽ 1

三天之后。纽约，曼哈顿。

时代广场之侧，一栋摩天大厦里，接近顶层的位置。

GRE 全球总部的会议室里，正在进行秘密的紧急会议。在场的 16 位董事会成员刚刚观看了一部视频。视频是事先剪辑过的，加了英文字幕和几段画外音独白。在视频的开始和结尾处，都用醒目的字体打上了"内部材料，严格保密"的字样。

播放视频并进行讲解的，是 GRE 公司纽约办公室的负责人查理斯。这位在 GRE 任职超过 20 年的资深专家正面色凝重，声音低沉，仿佛在宣布一场灾难。尽管他心中正暗暗窃喜：停在纽约办公室负责人这一头衔十年之后，终于有望再升一步，而且是跳跃的一步——直接越过北美大区主管，升任 GRE 总公司 CEO。

"GRE 中国区的负责人，在任职期间，与被调查对象暗中勾结，掩盖证据，隐瞒事实；向客户发送匿名信件以获取生意，以业务之便实现自己的私人目的；有重大的协助欺诈及洗钱嫌疑，并畏罪潜逃。他不但严重违反了 GRE 公司的规定，也在完成项目时违反中国当地法律，比如非法雇用服务提供商获取受法律保护的私人信息或通话记录等。他明知 GRE 公司严格禁止各地子公司在运营时违反当地法律，还在隐瞒总公司的前提下私自进行了这些非法活动。作为 GRE 的东亚明星经理人，上述恶行一旦公开，不但将影响 GRE 在大中华地区的威望，还有可能为 GRE 在中国的经营带来严重风险，甚至更将在全球范围内为 GRE 带来致命的声誉打击——一家举世闻名的反欺诈公司里，竟然隐藏着如此没有职业操守和法律意识的大骗子。"

Jason Brown 坐在会议室后排角落，他是董事会经过投票决定临时邀请的特别客人。这只是形式而已。大家都知道，这会议他才是主角。只有他，才能说服中国媒体和警方，不让此事公之于众，并且对

GRE 曾经做过的"越轨"行为既往不咎。其实 Jason 心里清楚，这两件事情绝非板上钉钉，一切还需 Yan 继续跟进。但在东方那片神奇的土地上，自有特殊的规则和方式。Steve 参与的案件涉及国企高管，警方未必会向社会公布内情。至于媒体，就更不会像西方人那般刨根问底。若无"上头"的旨意，谁又会为了挖掘丑闻而拿着前途和生命冒险？东方人讲究非礼勿视，揭露丑闻绝没自己修身养性更为重要。想必那目前唯一知情的年轻记者，想法也不会太特别。因此风险尚在可控范围之内。

有关 GRE 中国公司的"越轨"操作其实风险更高。中国的警方既不瞎也不聋，只不过善于"择机"出手。好在这些"越轨"皆可解释成是 Steve 一手遮天之下进行的，有违 GRE 的公司原则，因此 Steve 已被撤职。违法者是 Steve，并非 GRE 总公司。这是全球公认的，GRE 又是业内的领导者。商业社会的骗子原本就多，警方应接不暇，在哪个国家都一样，中国自然也不例外。一个经验丰富又遵纪守法的商业调查公司，是中国的市场经济所需要的。GRE 一向是各国警方的好帮手，在中国也该如此。Jason 有种预感：经此一劫，GRE 在东亚的运行，自会风调雨顺。

正如当年他缔造了 GRE，现在他又让它重生。董事会已没有跟他讨价还价的余地。

董事会决议已经印好发到每人手中：Jason 将以卖出价购回全部当初被迫卖掉的股份，再度成为 GRE 的大股东，并重新担任董事长。在座的 16 名董事都已口头表示同意。剩下没有与会的三位，他们的意见并不重要，包括 GRE 现任董事长，告病未能出席，也没人期待他出席。当初自以为完胜，剔除 Jason 的一切余党；没想到仅凭着一个视频，Jason 的"同党"仿如雨后春笋，一夜之间就遍地都是了。

董事会的最后一个环节是 Jason 的讲话。只是一场简短的表演：临危受命，勉为其难，公司问题种种，病入膏肓，各位同仁需共同努力，把公司带出低谷。其实除了 Steve 的问题之外，公司并无其他明显的风险隐患，利润不佳实属全球经济萧条的结果，谁当家都一样。众人热烈鼓掌，都是实力派演员。

Jason 最后补充一句："另外，我还有一事，要恳请董事会支持。大约三个月前，有个非常聪明的女士加入了 GRE 北京办公室。在座各位也许并不了解她。但我可以用人格保证，是她的努力拯救了 GRE。

因此，我希望董事会能批准公司破一次例，赋予她大中华区执行董事和中国区负责人的头衔。"

董事会鸦雀无声。中国是 GRE 当前最重要的战略市场，中国区也是 GRE 最有潜力的大区。以当前北京办公室的规模，其负责人的责任和待遇，在 GRE 都属顶级行列。让一位入职仅三个月的华裔年轻女性担此要任，这决定似乎比换个董事长更让他们为难。

"我知道你们怎么想。不过，所谓破例这种事，以前也不是没有过。"Jason 轻描淡写，话里有话。当年的 Steve 就是个例外。他曾帮他的"老板"从 Jason 手中抢走了董事长的位置，也因此一跃成为北京办公室负责人和 GRE 最年轻的执行董事。当时这一屋子人都是投了赞成票的。现在，Yan 帮着 Jason 把这个位置抢了回来，他得兑现之前的承诺。尽管那承诺里的很大一部分，其实要靠 Yan 自己去实现。

一万公里之外。

在国贸楼下的星巴克，靠近走廊的位置，坐着一男一女。两人面前各有一杯热拿铁，都是满的，还没碰一碰，尽管两人已经坐了一阵子。

地点是谢燕选的。她故意挑了个热闹的地方，为的是尽量缩短谈话时间，精简谈话内容，删除一切不适合在公共场合表述的语言和情绪。即便她早已对这次谈话做足心理准备，可还是感到莫名的紧张和别扭。为了早点结束这尴尬场面，她强迫自己先开口："高局，咱们直入正题吧。"

高翔环视四周："我不是很喜欢这个场合，还有咱们交谈的方式。"

"你的意思是，我们应该在您单位的审讯室里？"

"你知道我不是这个意思。"

"我觉得这里很适合谈判。能让人放松，同时又保持警惕。至于交谈的方式，我想你应该同意，演戏只能浪费大家的时间。"

高翔没回答，只叹了口气。

"高局，东西你已经拿走了，我希望你也能兑现承诺。"

"有关这个案子，你大可放心。至少在三年之内，不会有任何有关它的报道。"

"还有呢？"

高翔沉吟片刻，皱眉道："我希望你能明白，你现在之所以还能自由自在地走在北京的大街上，正是因为你配合了我们，交出了那样东西。因此，我们之间，并没有未完成的交易。"

谢燕颓然一笑："你用这种口气说话，反而让我觉得更真实。"

高翔低头道："我本来不想这样。"

"这样挺好的，更自在。"谢燕仰起头，随意四处浏览，像是在欣赏风景，口气也是随意的，"那是我误解了。前天晚上，我把东西交给你的时候，还以为你答应了。"

"你了解中国，你知道我没有这个权力。"

谢燕把目光转向高翔："反正你的意思就是，林氏得不到青岛那块地皮了？"

"那是中原集团董事会的事，我做不了主。"

"你知道我求你帮忙的不是这个。"

"冯军起诉书里的内容，也同样不是我能控制的。"

谢燕耸耸肩，无奈地转开视线："既然如此，你何必约我来见面呢？"

高翔低头沉吟片刻，声音有些发涩："我，其实是想向你道歉……"

"不必。"谢燕仿佛被什么咬了一口，猛然站起来，"你又不欠我什么。如果没别的事情，我就告辞了！"

"燕子！"高翔低声呼唤。谢燕一愣，多久没听到这种称呼了？她抬头望着窗外，微微眯起双目，仿佛在努力瞭望遥方。

高翔从背包里取出一张纸，放在桌子上："看看吧。"

谢燕低头一瞥，立刻被中间一段红笔标注的文字吸引，连忙拿起那张纸细读：

中原集团董事会决议：

……撤销冯军同志中原集团法人代表、董事长及总经理职务。暂停以下经由冯军同志批复的一切执行中项目，对这些项目展开深入调查和审计……

谢燕仔细检索长长的项目名单，并没发现她要找的那一个。在名单的最下面，却有一行带星号的小字标注：

    ★中原集团与香港林氏集团有关青岛郊区共同土地开发的项目除外。该项目经经侦局审查后确认，不涉及经济犯罪问题，可按合约规定继续执行……

谢燕吃惊地看着高翔。

"昨天的决议，林氏已经得到消息了。"高翔顿了顿，嘴角露出一丝苦笑，"你别误会，这和我的道歉没关系。"

谢燕缓缓坐回原位，低垂了目光："谢谢。"

"不用！这里没我多少功劳。"

谢燕再度抬头，默默注视着高翔，目光瞬间变得迷茫而伤感。

高翔却把视线避开，似有难言之隐，沉吟了片刻，鼓足勇气说："真的，这和我真没什么关系。你应该知道，这不是仅用一个账本就能换来的。"

谢燕的目光顿时黯淡了。她深吸一口气，立直了身子。只是一场新的交易而已，她早该想到的："说吧。"

"GRE 中国区的负责人将会是你，对不对？"

"我还没接到正式通知。"谢燕顿了顿，补充说，"不过，应该不是别人。"

"那就好。"高翔点头，刻意压低了声音，"我们需要 GRE 中国公司的配合。"

"'我们'指的是经侦局？"

"'我们'指的是中国政府。"

"我们不做间谍，也不会为任何一国的间谍提供服务。"

高翔摇头道："你误会了。这个新项目只涉及商业，不涉及政治，也绝不属于商业间谍的范畴，不存在窃取商业机密或情报的问题。只不过，我们需要有人在美国协助调查。你知道，按照体制内的规定，我们没法公开聘请一家像 GRE 这样多少有些不够名正言顺的外企公司，预算也会有困难。而且，我相信，GRE 的董事会也不会很希望我们变成 GRE 公开的客户吧！"

"明白了。"谢燕点点头。GRE 北京办公室在中国的土地上，公司里的每个人都是中国人。责无旁贷，没什么可讨价还价的。

"我是不是可以认为，这算是同意呢？"

"我会尽力，但不能保证结果。"

"当然。我们谁都不能保证结果。"高翔点点头，稍事停顿，又缓缓说了一句，"以后，咱们可能要经常见面。"

谢燕默然看看高翔。一个多月不见，他竟苍老了不少，额头和眼角都添了些深纹，双颊深陷，眼睛也变得浑浊。也许这一个多月他并无多少变化，只不过是她的印象还停在八年前。谢燕心中隐隐揪痛。以后，又会是怎样？

"对了，"高翔再次压低了声音，"我们刚刚接到廉政公署的电话，他们通知我们，可以停止针对谭先生的调查了。我猜，他很快就要自由了。"

如释重负。谢燕心中巨石落地，却微微感到鼻酸。

"叮咚"一声，高翔的手机收到短信。

"我得走了，还有事。"高翔匆忙起身，犹豫片刻，向谢燕伸出手，"祝我们合作愉快！"

谢燕猛然发现，这座位正是三个月前，Steve 面试她时坐过的。当时 Steve 就站在高翔的位置，向她伸出手说："今天就到这里吧！谢谢！"

那是故事的开始，到现在仍未结束。她还是那颗过了河的卒子，摆在棋盘正中央。

\*

高翔走出咖啡厅，沿马路一直往北，经过一个十字路口，拉开一辆黑色轿车的后门。后座上正端坐着一位穿警服的中年人，五十上下，腰板笔直，表情威严。

高翔坐进车里："王局，咱们就在这里见他？"

王局点点头："对。就在车里！我刚开完一个会，来不及换衣服。别的地方不方便。你一会儿是不是还有事？"

高翔点点头："是。我约了东部财经的那个记者，在局里谈。"

"他怎么样？同意了吗？"王局问道。

高翔摇摇头："挺固执的！"

"现在的年轻人啊！就是让人头疼！"王局皱起眉头，思忖了片刻，又问，"你真觉得他还不错？"

高翔点点头："小伙子挺棒。胆大心细，就是有点轴。要不，干脆把他拉进来？"

王局并没立刻回答，只把眉头锁得更紧："你和他约的几点？"

"一个小时之后。如果需要，我可以通知他改个时间。"

"不用！"王局一摆手，"咱们这个会用不了多久，就是让你们认识一下。他就在A座，马上下来。我先大概介绍一下：这位老同志是一局的，卧底很多年了，一直属于高级保密人员。不容易啊！条件非常艰苦！我也是刚刚知道这回事。正好可以配合你手里的案子。他的身份现在还没解密，咱们局，只有你我知道。以后，也只能是你和他单线联系……"

就在星巴克上方，国贸中心A座38层，GRE中国区北京分公司办公大厅的最里侧，行政主管琳达刚刚更换好办公室上的门牌：

Yan Xie

只有一个名字，头衔还空着，过不了几天就会填上。

在谢燕的新办公室门外，有几张孤立于办公大厅的桌子。几个月前，谢燕还是调查师的时候，就使用其中一张。

而此刻坐在桌边的，是刘思梅。

思梅正在整理桌面上的纸张，都是有关中原集团和香港林氏的调查结果。老方站在一边，一脸遗憾地看着她："真的要离职？ Yan接受了吗？"

思梅摇头道："给她发邮件了，还没答复我。"

老方也摇头，而且幅度比思梅大，一脸惋惜地说："太可惜了吧？看看你多能干？"

思梅耸耸肩："比你差远了。"

"我？"老方撇撇嘴，"我有什么能耐？我不会英语，也不太会鼓捣那玩意儿，"老方指指电脑，"以前Steve整天想法子把我撵走呢！"

"你的本事够大呢！随便给你个车牌号，立刻就能查出精确位置！"思梅做了个鬼脸。

"哎呀，怎么又拿这说事儿！不是告诉过你了，给租车公司的小姐打了一千块嘛！还没给我报销呢！"老方撇撇嘴。

"别谦虚了，你就是有本事！"思梅说罢，稍稍迟疑了片刻，又说，"对了，一直想问呢，你是怎么知道冯军是……"

思梅脸红了，后半句变得难以启齿。

老方却似猜出了她的问题："我给你看样东西！看过这个，又听了赵安妮说的那些，谁都会知道的！"

老方快步走回自己的桌子，从抽屉里取出一张纸，转身交给思梅。像是一份户籍记录的复印件，格式却又与思梅常见的不同。她细看记录内容，不由得吃了一惊。自己的名字，分明就在这份记录的"人员列表"中：

| 姓名（曾用名） | 与户主关系 | 户籍状态 |
|---|---|---|
| 梁秀敏 | 户主 | 正常 |
| 赵爱梅 | 女儿 | 病故注销 |
| 赵爱菊 | 女儿 | 正常 |
| 刘思梅（赵思梅） | 外孙女 | 迁出注销 |
| 李晓丽 | 外孙女 | 正常 |
| 冯诗雯 | 外孙女 | 正常 |

思梅诧异："怎么比你之前给我的那份多了两个？"

"我前几天给你的那份户籍资料，是托朋友从户籍联网系统里调取的，只有当前的信息。这份应该是从当地派出所复印的原始资料，所以注销的人也都有！"

"这一份是在哪里找到的？"

"在那里，"老方指指档案室的方向，"那个没有标签的夹子里。"

思梅更是意外："你是说，Steve早知道我跟赵安妮有关系？"

老方点点头："看起来是这么回事儿！从他收集的文件看，他早就开始调查赵安妮了！还去浙江当地查过她的原始户籍，所以他早知道你和赵家有关系。只不过，他当时应该不清楚，你到底是赵安妮的女儿还是外甥女儿。他大概觉得这里面有文章，所以才盯上你……"老方说着说着，突然眼睛一亮，"说不定，这就是为什么你能在 GRE 上班的原因！这可是 Steve 的老伎俩了！"

思梅心中一动："你是说……"

"我是说，Steve 不是半年前收购了你原来的公司吗？叫什么来着，鑫利，对吧？"老方越说越兴奋。

思梅点点头。

老方继续说："鑫利是专业调查公司吗？"

思梅摇摇头："不是。我们什么都做。不过，因为 Jack 以前是做商业调查的，有些老客户，所以我们有时候也会做一些调查，不过，跟 GRE 的项目比起来，都是小打小闹，太山寨了。"

老方眼波流转，满脸诡笑，仿佛发现了什么巨大阴谋："所以说啊！鑫利这样的小万金油公司，恐怕成百上千，就连 GRE 所使用的'渠道'，都比你们专业得多。作为全球最牛的商业调查公司，GRE 凭什么会对鑫利感兴趣？"

思梅领会了老方的意思，连连摇头道："这不可能！Steve 收购鑫利，是为了得到 Jack！Jack 真的非常厉害非常专业！我在他身边工作了两年多所以我知道。现在回想起来，他当初说的许多话其实都是对的！只不过……是我年轻冒失，没听他的。"想到 Jack，思梅立刻心生歉意。

"可 Steve 把他炒了，一点儿都没犹豫！"老方眨眨眼。

"不不！不会的！"思梅用力摇头，"Jack 本来就很棒！GRE 的器重原本是他应得的，Jack 的能力有目共睹，只不过 Steve 发现他难以驾驭。以 Steve 的性格，是绝不会把不听话的人留在身边，更何况是个有本事的人，这对 Jack 本来就是不公平的。"

"无所谓了，你爱信不信吧！"老方耸耸肩，一脸无奈，"我还跟 Steve 一起工作了十年呢我更知道了，还没见过比他更有心机更狡猾的人呢！对他而言，有什么事是不可能的？"老方摇头晃脑，如数家珍，"就拿刚刚这件事来说，你想想，为了弄到冯军的把柄，他绕了多大个圈子？先是把冯军周围的人都研究一遍，挑选了赵安妮下手——当然也可能是碰巧遇上了华夏财务处长贪污案。可谁知道是不是他先查出华夏有问题，又用了类似匿名信之类的手段去引诱冯军在中原的老对头雇用 GRE 去做调查？等查出赵安妮有问题，却又替她隐瞒，以此和她勾结，给她出主意让她向俄罗斯人告发黄金龙，挑拨离间，制造危机，就是为了引诱冯军露出马脚，Steve 好抓住证据！更妙的是，他还成心派你去黄金龙身边做卧底！他大概就是想看看，你跟赵安妮还有黄金龙之间到底是什么关系！他的猜测都没错，因为你就是冯军最大的把柄——二十多年前的罪证！哎呀抱歉抱歉，我不是故意说令尊的坏话……"

思梅顿时心潮澎湃，悲从中来，断然道："我从来就没有父亲，我父亲早死了！"

老方嘻嘻一笑，赶快再转回正题："我是想说，Steve 这家伙有多鬼吧！不过我还真的没想到，他竟然会为了林氏这么尽心尽力，连事业都不要了。这十年，我可是亲眼看着他奋斗过来的！也不是一般人能吃的苦，说不要就不要了！林氏得给他多少好处？"

"不知道。"思梅摇摇头，皱眉思索了片刻，问道，"你信不信，Steve 其实也是个讲义气，重感情的人？"

"Steve？"老方有点儿意外，皱起眉头，"我还真说不好，按道理，他不是。凡是跟他工作过的人，都觉得他特唯利是图。可我又总觉得，他心里最看重的，还真的未必是名利。不过，我有这种感觉，是因为我认识他太多年了，眼看着他从黄毛小子变成成功人士。你跟他又不熟，怎么会有这种感觉？"

"其实我也一直觉得他特唯利是图，阴险狡猾。只不过，林氏的这件事，让我有些疑问。所以，我查了查 Steve 的历史，"思梅压低了声音，"我查了美国密歇根大学的校友录。"

"美国密歇根大学？为什么？"

"因为那天下午，我坐在 Steve 车里，看见他的钥匙链上，挂了一个黄色的'M'。我去网上搜了搜，那该是密歇根大学的标志。"

"可我没听说他在美国上过学啊？"老方愈发不解。

"那你知道他是哪所大学毕业的吗？"

老方摇摇头："还真没印象，不记得他提过。"

"你认识他的时候，他多大年纪？"

"那就是十年前，GRE 北京办公室刚开业，他入职初级调查师。大概二十六七岁？"

"二十六七岁，大学毕业三四年了，就算读过研究生，也毕业一两年了。毕业后回国来工作，也是有可能的吧？"

老方皱着眉边想边说："那倒也是。只不过，他为啥从来不提呢？那时候海归可吃香了，不过他的英语倒是一直不错。那你从那什么大学的校友录上找到 Steve 的名字了吗？"

思梅摇头道："没有，没找到 Steve Zhou 这个名字。不过……"思梅顿了顿，一脸神秘地说，"找到了另一个名字：Chung-Wen Lin。是台湾人的拼法，中文应该是林俊文。1996 年获得硕士学位。"

"1996？也是十几年前？"老方若有所悟。

"对！从时间上推算，差不多就是 Steve 毕业的时候！"

"所以说，Steve 和林俊文有可能十几年前是那密什么大学的同学？只不过，那会儿 Steve 还不叫 Steve？"

思梅用力点头："我觉得很有可能！为了十几年前的同窗链而走险，两肋插刀，这还不算讲义气，重感情？"思梅眨眨眼。老方也连连点头："那是！年轻时的交情才是最真的！只不过，Steve 的牺牲也太大了点儿。这关系，真不是一般的铁啊！嘿！我就说嘛！你真是一块干调查的好料！辞职多可惜？再说，新老板一定会关照你的！"

老方朝谢燕的办公室努努嘴。

"不干了！"思梅使劲儿摇摇头，无限感慨地环视四周，"以前，我以为我特想成为能在这种地方上班的人，特想成为高级白领，甚至是金领。我觉得，只有那样才能真正受人尊重。"思梅顿了顿，转回头看着老方，"可我现在明白了。只有懂得尊重自己的人，才能真正得到别人的尊重，权力和财富，其实都没太大关系。"

老方点点头："所以，你学会尊重自己了？"

"我还在努力。首先，要学习尊重自己的感受。"思梅微微一笑，目光却突然伤感起来，"那天，在赵安妮的别墅里，当我听见那一声枪响的时候，我心里就只有一个念头：老天啊！请再给我一次机会！真的，就一次！我……"

思梅的眼圈红了。老天的确又给了思梅一次机会——刘建国给赵安妮"搞的"并非真枪，那只是高仿真的道具枪。可此时想起那一幕，思梅还是心有余悸。她深深吸了一口气，非常非常认真地说："所以，我要完成我许的愿：和他去过简单而幸福的日子。"

"唉！"老方叹了口气，"年轻人，毕竟还是年轻人！谁不想简单而幸福啊！这世界上的事儿，哪有那么多心想事成……"老方正说着，目光却突然越过思梅，投向她身后，"瞧瞧！我说什么来着！辞职，恐怕还没那么容易呢！"

思梅连忙转身，只见谢燕正笑盈盈看着她，身后还跟着一个男人。

正是 Jack。

老方抬头看看表，惊呼一声："妈呀！迟到了！我有个亲戚来看我，楼下等半天了！我得赶快下去！你们慢慢聊哈！慢慢聊！"

老方做了个鬼脸，一溜烟跑出公司去了。

"我收到你的邮件了，我能理解你的心情。相信我，不久之前，我也有过类似的经历和感受。"谢燕注视着思梅，目光从容而温和，"我想我再劝你也没用。不过，GRE 上海办公室的执行董事和负责人 Jack 还想再试试，毕竟，他是希望能有你这样一位得力助手在身边的。"谢燕朝 Jack 微微一笑，对思梅说，"所以呢，我请他自己跟你谈谈，我还有个会，你们慢慢聊。"

谢燕说罢，走出办公室去，轻轻关上门。办公室里只剩 Jack 和思梅二人。

"Jack，恭喜了。"思梅微笑。自知笑容有些尴尬，越发地不知所措。

"Yan 可能误会了，我不是来劝你留下的。"Jack 的表情也同样并不自然，他踌躇片刻，继续说，"我只是想祝你幸福。"

思梅心中顿时充满歉意："对不起！我知道你对我一直都很好，而且寄予厚望。可我却要辜负你……"

"May，"Jack 打断思梅，摇头道，"你完全不必这么想。我没为你做过什么，你完全不必感到内疚。"

"怎么能这么说？是你把我带进 GRE，是你顶着压力让我升职，还……"

"不！"Jack 再次打断思梅，"提出让你留在 GRE 的，不是我；提出让你升职的，也不是我。都是 Steve！是他说你可以留下，并且可以直接担任中级调查师；后来也是他主动提出要把你提升成高级调查师！那不是我要求的！"

思梅睁大了眼睛，几乎不敢相信自己的耳朵。

Jack 继续解释着："如果他不想提升你，我再说什么也没用的！他给你升职，其实就是为了有借口能派你去卧底！我猜他当初并购鑫利，其实都是为了你！"

思梅愣在原地，彻底无言。她才是最大的筹码，Jack 和鑫利都只是她的牺牲品！其实她欠 Jack 的，比她想象的更多！

Jack 却还在自顾自地说着："你真的不必内疚。你本来就该去过你想要的生活。我只是想告诉你，只要我在 GRE 一天，这里的门就是对你敞开的。如果真的哪天想回来，随时都可以回来……"

一个小时之后。

冬日的阳光，正斜斜地照进经济犯罪侦查局副局长的办公室。

办公室里有两个人，正面对面坐着。副局长高翔坐在办公桌内侧，坐在访客座椅上的，是东部财经的调查记者，佟远。

屋子里的气氛却很紧张，不像屋外的阳光那般温暖和煦。

"你们总编已经同意了，这篇稿子不能发。你要不要现在就给他打个电话问问？"高翔脸色阴沉。佟远更是一脸怒气，闷声闷气道："他不发，我可以找别的报社杂志社发！谁都不给发，我可以到网上去发，到微博上去发！"

"不怕毁掉自己的前途吗？"

"不怕！差点儿命都没了，还怕啥？"佟远早已决定了，发了这篇报道，再不干记者。回东北老家，找份不起眼的工作。只要有他心爱的姑娘，一切都无所谓。他梗直了脖子，直视高翔："这样的威胁不好使，反正报道我一定要发！要不你把那 U 盘毁了，再把我当杀人犯抓起来，把我的嘴堵上！"

"你！"高翔愤怒得要拍桌子，却还是努力控制住自己的情绪，用尽量平和的口气说，"小佟，我能理解你的心情，这是你的劳动成果，是你拼命得来的，你绝对有理由发表它。其实，我也希望把这些人的丑陋面目都公之于众。可是，不管你发表不发表这篇报道，冯军和赵安妮都会被绳之以法的。文章发表了，只能让大家看到另一个反面故事，对社会少一份信任，这又有什么好处呢？"

高翔盯着佟远的眼睛。佟远默不作声，目光里却丝毫没有让步。高翔突然降低了音量，身体微微前倾："而且，文章如果发表了，另外一些更有危害的人，有可能就会逍遥法外。"

这句话果然起了作用。佟远抬眼看着高翔，目光中多了些诧异。

"这本来是一个保密等级很高的案子，就连局里的很多人都不知道。但我还是决定告诉你。就像我刚才说的，为了华夏的报道，你也算千辛万苦，至少，你有资格知道不能报道的实情……"

高翔对着佟远一阵低语。佟远的眉头锁得更紧，脸上的怒气倒是消了。

"所以，我想你也同意，至少现在，我们不能让中原的事情见报。是不是？"

佟远勉强点了点头。

"不过呢，还有一件事，我想告诉你。"高翔冷不丁地又补了一句，佟远诧异地抬起头。

"我们其实需要一个人，以记者的身份，到美国去住几年。这是一份秘密的任务，而且有些危险。我向我的领导，推荐了你。"

佟远面露意外之色，一时间，说不清是兴奋还是沉重。

"当然，你可以不接受这份工作。但是呢，就像我刚才说的，我是不该把这么机密的事情告诉你的，这不但违反纪律，而且是可以坐牢的。不仅我有风险，你也有，因为你知道了不该知道的。我希望你明白我的意思。不过，如果你参加了这个项目，那就是另外一回事了。"

佟远真的有些犹豫了。他倒并不在乎所谓的"风险"，那是吓唬小孩的东西。吸引他的，是任务本身——秘密而危险。

"还有，"高翔继续补充，"我可以向你承诺，这个新任务完成之后，你是可以把它写成新闻报道的。我们不但要让中国人知道事实真相，还要让全世界都知道！"

晚上 6 点 50 分，思梅提前十分钟赶到羽毛球馆。春节前几天的晚高峰时段，马路上的拥堵变本加厉。她提前了三个街口就跳下出租车，一路快走，后来干脆小跑，顶着呼呼的北风，浑身却热气腾腾，心里更是热闹，好像揣了只活蹦乱跳的兔子。听到一两声鞭炮声，猛

然想起来，再过几天就过年了。今年的春节在哪儿过？北京？上海？或者，去东北？这想法突如其来，思梅心中为之一振，兴奋得有些喘不过气。不论在哪儿，今年的春节，还有以后的春节，再也不要一个人过了！

思梅经过一个热闹的湖堤，体育中心的院子已在不远处。天色已经很暗，但街灯很亮，遥遥地看见一个瘦高的年轻人，手握球拍，双肩背反背在胸前，好像一只袋鼠，直立着翘首期盼。

思梅停住脚步，把背包也调转到胸前。她也要做一只袋鼠，这样才能和袋鼠般配。佟远发现了她，顿时咧着嘴笑。笑得真傻，可也真帅。她向他眨眨眼，憋住了不笑，因为肚子里憋的笑太多，怕冒出来就止不住。脸上却终归还是发起热来，憋也憋不住，忙找些话来说：

"场地租好了？"

佟远摇摇头，满脸歉意："租得太晚，没租到。我求遍了，好歹有个场子同意，他们休息的时候，让咱们插两局。"

"哈！没关系，那咱下次提前订，以后有的是机会！"

思梅继续笑，佟远却没笑。他低头去看地面，把一头光亮倔强的短发摆在思梅眼前，思梅的心却一下子悬了起来。

"他们不让发稿。"佟远闷闷地说。

"为什么？"

"因为另一个大案子。"

"哦。"思梅似懂非懂。可她知道这报道对佟远有多重要，"你答应了？"

佟远微微点头。思梅有些意外，心悬得更高。

"条件是，他们让我参加那个大项目。那个完成了，可以报道。不光报道，还要在全球范围内报道。"

"那也不错啊！"思梅一阵兴奋，可心里更加不踏实。

"他们让我去美国。"佟远抬头看着思梅，费了半天的劲儿，才继续说，"不能和中国这边的亲戚朋友联系，得严格保密。"

思梅心里一沉，她顿时明白了。

"有没有危险？"

佟远摇摇头："没事儿！"

思梅点点头，却说不出话来，有什么东西突然把胸口堵住了，上不去下不来。

她知道佟远在偷看她，表情有点儿忐忑。她恨这只闷葫芦，只会跟自己较劲，什么话也说不出。她明白他心里不好受，可她就是演不出轻松，泪水一点儿不听话，非要在眼眶里转悠。

"其实，我也没最后决定。"还是佟远先开口，声音有点儿涩，"你……辞职了？"

思梅用力摇头："没，我也要再想想。"她不想说实话，更不想逼他承诺什么。她了解他的理想，本来不该做他的绊脚石。

佟远再次低头看地板，揉捏着球拍把："我保证，也就一两年……"

思梅强忍住泪水，把背包从胸前卸下来，拼命挤出一个大大的笑容："先把这场球打完吧！"

2013 年 10 月 14 日凌晨 2 点第一稿

2014 年 2 月 9 日凌晨 2 点第二稿

## 图书在版编目（CIP）数据

秘密调查师Ⅱ 卧底 / 永城著． -- 北京：作家出版社，
2018.1
（悬疑世界文库）
ISBN 978-7-5063-9837-4

Ⅰ．①秘… Ⅱ．①永… Ⅲ．①长篇小说－中国－当代
Ⅳ．①I247.5

中国版本图书馆CIP数据核字（2017）第315624号


**秘密调查师Ⅱ 卧底**

作　　者：永　城
统筹策划、责任编辑：汉　睿
装帧设计：天行云翼·宋晓亮
出版发行：作家出版社
社　　址：北京农展馆南里10号　　　　邮　　编：100125
电话传真：86-10-65930756（出版发行部）
　　　　　86-10-65004079（总编室）
　　　　　86-10-65015116（邮购部）
**E-mail:zuojia@zuojia.net.cn**
**http://www.haozuojia.com**（作家在线）

永城作品版权由北京嘉印文化传播有限责任公司全权代理
业务合作：info@joy-ink.com
www.joy-ink.com

印　　刷：三河市华业印务有限公司
成品尺寸：152×230
字　　数：220千
印　　张：19.75
版　　次：2018年1月第1版
印　　次：2018年1月第1次印刷
ISBN 978-7-5063-9837-4
定　　价：48.00元